Frío y Calor

Gina Peral

© Derechos de edición reservados.
© Gina Peral, 2016
Ediciones El gato negro

Diseño de portada: © Alicia Vivancos
Diseño logo: © Jorge Fornes
Maquetación y diseño de interiores: © Gina Peral

ISBN: 978-84-617-4450-3

Este libro es para aquellas personas
que me han dado tanto de forma desinteresada.
Vosotras sabéis quienes sois.
Gracias por vuestra generosidad.

1

El entierro

Entrelaza sus dedos fríos con los míos, alzo la cabeza para mirarlo. Eric parece muy tenso, su mandíbula cuadrada está muy apretada. Aprieto su mano y nuestras miradas se encuentran, sus preciosos ojos azules están brillantes de emoción. Le dedico una tímida sonrisa intentando darle mi apoyo.

Probablemente Eric sea la persona más fuerte que conozco, tengo mucho que agradecerle. Gracias a él encontramos a Mariona, él me salvo la vida, consiguió que el Monstruo no pudiera tocarme y casi muere en el intento de defenderme y vengar a su hermano.

"Te quiero" deletreo con mis labios en una declaración silenciosa. Él sonríe una fracción de segundo y me besa la mano. Vuelve a mirar al párroco que está oficiando la misa, yo también lo hago.

El cura no deja de hablar sobre la resurrección de Cristo. Nunca he entendido por qué se habla de estas cosas en los entierros, ¿se supone que la familia, debe sentir consuelo por qué él se revivió después de muerto? Nunca he ido a ningún entierro que pasara algo así. Sinceramente creo que hablar sobre este tema, es meter el dedo en la llaga, en mi opinión, está fuera de lugar.

Una vez, cuando todavía era una niña y mi madre una persona completamente diferente a como es ahora, le plantée la cuestión a ella. Me dijo que la esperanza reside en que hay vida después de la muerte.

Sigo mirando al cura, sinceramente asqueada de su sermón y me pregunto: ¿Qué sabrá él? Yo sé que hay algo después de la muerte, lo descubrí en mis propias carnes el mes pasado. La misma persona a la que hoy estamos despidiendo, se comunicó conmigo y me llevó a encontrar a la chica menuda que tengo sentada a mi lado.

Miro a Mariona, no parece mucho más relajada que Eric, está recta como un palo y de sus ojos verdes no dejan de emanar lágrimas silenciosas, que acarician sus mejillas hasta perderse. Le acaricio la mano, ella la estrecha y apoya su cabeza en mi hombro.

A pesar de que estoy en la primera fila, sé que la sala está abarrotada de gente, todo el mundo quiere presentar sus respetos a la familia. Eso es algo que no satisface a Eric, al llegar se ha disgustado mucho. Él quería una ceremonia íntima, incluso se planteó no decírselo a su padre, algo que Mariona y yo le convencimos para que no hiciera. No tengo ni idea de por qué su relación está tan dañada, le he preguntado cúal es el motivo, siento curiosidad, pero Eric no parece dispuesto a saciarla, no quiere hablar del tema. Si debo presionar lo haré, pero ahora no es el momento, quizás en un tiempo.

Su padre ha hablado con los medios de comunicación, de ahí que haya tanta gente en la sala y que el exterior esté lleno de periodistas, esperando su oportunidad para poder hablar con Eric o su padre, que está sentado en el banco que hay al lado del nuestro, con su mujer y dos adolescentes.

Eric había preparado unas preciosas y emotivas palabras, para leer cuando el cura acabara de oficiar el funeral. Cuando me las leyó anoche en la intimidad de mi casa, me emocionó mucho el amor que siente por su hermano.

A pesar de que no llegué a conocer a Carlos, después de oírlos hablar a él y a Mariona, siento que le conozco un poco y lamento su muerte todavía más.

Al llegar ha hablado con el párroco, no está dispuesto a hablar delante de toda esta gente a la que, en su opinión, no le interesa nada de lo que él deba decirle a su hermano. Así que el sacerdote cierra la misa pidiendo intimidad, para que la familia pueda enterrar a Carlos y despedirse de él.

La gente empieza a salir de la sala, nosotros también nos ponemos de pie. Mariona se suelta de mi mano y se abraza a Eric apartándolo de mí, haciendo que nuestras manos unidas se separen. Llora entre sus brazos y Eric le acaricia el pelo y la espalda susurrándole palabras en el oído. No me gusta que Mariona lo acapare de esa manera, no debería pensar esa clase de cosas, me hace sentir una persona mezquina, pero detesto las confianzas que se está tomando con él.

Me quedo aquí de pie, relegada a un segundo plano. Alguien pasa el brazo por mi cintura, me giro y veo a Nayara que estaba de pie en la parte de atrás, Laura se pone al otro lado y me besa la mejilla.

—¿Estás bien, Sarah? —me pregunta Nayara tan protectora como siempre.

Afirmo con la cabeza. Si supieran cómo me siento no serían tan benévolas conmigo. Si supieran lo celosa que estoy de Mariona, sólo porque ella y Eric se entienden, me detestarían como yo lo hago.

—Ha sido una ceremonia muy bonita —dice Nayara.

Ha sido una misa larga y pesada, como lo son todos los funerales, pero no estoy dispuesta a decirlo.

—¿Vendréis al cementerio? —les pregunto.

—No, nos iremos para casa —me contesta Nayara, mirando en dirección a Eric y Mariona. Estoy segura de que a ella le gusta su cercanía tan poco como a mí—, es un momento muy íntimo, será lo mejor.

Afirmo con la cabeza, me parece lógico. Preferiría que Mariona se fuera con ellas, pero sé que no lo hará, necesita despedirse de Carlos y me siento muy mala persona por ser tan egoísta, por desear que se largue.

—Si quieres que nos quedemos podemos hacerlo, Sarah —comenta Laura viendo mi malestar.

Preferiría que lo hicieran, que nos acompañaran. Mariona monopoliza a Eric, parece que nadie se da cuenta, pero así es, eso me molesta y me irrita a partes iguales. Debería disfrutar de su compañía pero mis celos sin sentido no me dejan.

A pesar de que quiero que se queden, les digo que se vayan. Eric y Nayara se detestan el uno al otro, creo que es mejor no imponérsela, ya está suficiente irritado.

Cuando llegamos al coche para desplazarnos al cementerio, Mariona se sienta en el asiento delantero, yo me quedo detrás escuchando cómo ellos hablan sobre Carlos, dejándome a mí al margen de la conversación por supuesto. Yo no lo conocía, no tengo nada que aportar. Relegada a un segundo plano de nuevo, me siento fuera de lugar.

En el cementerio la historia se repite, Mariona acapara a Eric por completo y él no se preocupa en absoluto de que yo me quede sola. No puedo culparlo, es un momento muy tenso, así que me quedo detrás y espero.

Cuando al fin todo acaba, Eric increpa a su padre por ser tan poco discreto, le acusa de utilizar la muerte de su hijo para promocionar sus negocios, le acusa de cosas terribles y ambos se enzarzan en una discusión. Parece que la sangre vaya a llegar al rio, Eric parece dispuesto a tumbar a su padre de un puñetazo. La mujer de él le pide que dejen de discutir y tira del brazo de su marido, me acerco con intención de hacer lo mismo. Mariona se me adelanta, le habla al oído a Eric y se alejan sin mirar atrás.

9

Me dejan en una posición de lo más incómoda.

La familia de Eric me mira acusatoriamente, me quedo mirando a su padre, tiene las facciones duras como las de su hijo, parece tan severo como Eric. Al menos me intimida tanto como él.

—Lamento su pérdida —miro sus ojos verdes, los de Eric son azules pero tienen la misma frialdad.

Él no dice nada, sigue mirándome con la misma cara de asco, como si yo fuera un insecto al que le agradaría aplastar. Agacho la cabeza sintiéndome una completa estúpida y me dirijo al coche con calma, con una calma deliberada. El pensamiento fugaz de que no reparen en mí y se vayan pasa por mi cabeza, pero aun así no acelero el paso. Me hacen sentir como una intrusa.

Sólo deseo que las cosas a partir de ahora cambien. Mariona no nos da ni un solo momento de intimidad, me pone de los nervios. Cuando Eric viene a casa se pega a él como una lapa, él no parece para nada molesto, me da la impresión de que prefiere su compañía a la mía, eso consigue que los celos y la envidia me corroan por completo. El sonido de mi teléfono móvil me saca de mis pensamientos cancerígenos, miro la pantalla, es Eric, parece que se ha dado cuenta de que se ha largado sin mí.

—¿Sí?

—¿Dónde cojones estás? —me pregunta en un tono tan duro como el que ha usado con su padre.

—No sé si te has dado cuenta de que os habéis largado sin mí —contesto con tono calmado, intentando contener mi propio enfado.

—Esto está lleno de periodistas, ven cagando ostias o te juro que te dejo aquí.

—No me sorprendería para nada que lo hicieras —intento seguir con el mismo tono de voz llano—, si quieres ya puedes irte con Mariona, puedo volver sola a casa sin ningún problema.

—Sarah, no me toques los cojones, no estoy de humor para tus gilipolleces.

¿Mis gilipolleces? ¿De verdad? Cuento hasta quince en mi cabeza, con diez no tengo suficiente. Detesto que me hable de esa manera, odio que me menosprecie como lo hace, aún más cuando sé que a ella nunca le hablaría así, y los celos vuelven a envolverme por completo.

—Pues no tienes por qué aguantarlas, ya te puedes ir, volveré a casa sola.

—Ven ahora mismo —dice en un tono que no admite replica y me cuelga el teléfono.

Esto es genial, ahora he conseguido cabrear a Eric. Toda la rabia contenida por lo sucedido esta mañana recaerá sobre mí, me va a aplastar como una hormiga. Acelero el paso hasta el coche, lo ha cambiado de sitio y cuando estoy llegando se mueve y me recoge.

Entro en el coche sin abrir la boca, Eric sale de las puertas del cementerio donde esperan los periodistas. Ninguno de los dos me presta la más mínima atención de nuevo, siguen hablando como si nada, como si yo no hubiera entrado en el coche. Eric le habla en un tono completamente diferente al que ha empleado con su padre o conmigo, con Mariona nunca utiliza ese tono seco y duro, con ella todo es delicadeza. Lo detesto.

—Entiendo tus motivos, Eric —dice Mariona—, pero es tu padre, deberíais intentar solucionarlo.

¿Entiende sus motivos? ¿Eric le ha contado a ella los problemas con su padre, cuando a mí no ha querido decírmelo? ¿De qué va?

—No hay nada que solucionar, para él todo es un negocio, estoy harto, ni siquiera ha podido respetar el funeral de su hijo.

Siguen hablando y yo cojo mi móvil, me meto en Facebook para hacer algo que no sea hacerme mala sangre. Intento ignorar la conversación que mantienen en la parte delantera del vehículo, pero me resulta imposible. Quiero salir de aquí.

Esta mañana Eric y yo hemos hablado de comer juntos, al momento Mariona se auto invitó. Con el tema del funeral han tenido mucho de lo que hablar, mucho que organizar, ella no nos ha dado ni un momento para nosotros, pensé que cuando pasara las cosas cambiarían, ahora francamente lo dudo.

No pienso ir a ninguna parte con ellos, no quiero tener a ninguno de los dos cerca, si Eric me necesita que lo diga, pero no voy a ir más detrás de él como una estúpida para que me pisotee. No debería comportarme así, me ciegan los celos y la envidia de que ellos se entiendan tan bien. Los preparativos no han sido fáciles para mí, he pasado tres días viendo lo bien que se llevan, eso ha hecho mella en mi autoestima y seguridad. Debería apoyar a Eric y no cogerme una rabieta, pero una cosa es apoyarlo y otra ser la diana de su rabia.

Le mando un whatsapp a Laura y quedo con ella para comer, no quiero ir a ninguna parte con Eric y desde luego no quiero estar en casa con Mariona. Cuando estamos llegando a casa interrumpo a Mariona que está hablando, lo hago sin ninguna delicadeza ni educación.

—No voy a ir a comer con vosotros, tengo cosas que hacer.

—¿Qué cojones te pasa, Sarah? —dice Eric traspasándome con su mirada de hielo desde el retrovisor.

—No me pasa nada, ir a comer vosotros, seguro que tenéis cosas de las que hablar.

—¿Esto es por qué nos hemos alejado? —me pregunta— ¿Qué querías, que me diera de ostias con mi padre? —demanda con incredulidad.

—No, no quería que te dieras de ostias con nadie, pero si estás cabreado no tengo ninguna necesidad de pagar los platos rotos.

—Venga Sarah, siento haberte hablado así —aligera el tono de voz—. Estoy muy agobiado, no debí hablarte así.

Es lo más cercano a una disculpa que voy a oír por su parte, algo es algo, pero no es suficiente.

—No, no debiste.

—Sarah —interviene Mariona girándose en su asiento para mirarme a la cara—, esto ha sido muy difícil para Eric. Está alterado, no deberías tomártelo todo a la tremenda, deberías ser más comprensiva.

La miro sin poder esconder mi cara de asco, es tan correcta, tan tranquila y además tan guapa...

—¿Alguien ha pedido tu opinión? —demando en tono ácido, harta de que se meta en todo lo referente a Eric.

—Lo siento —contesta con un hilo de voz girándose de nuevo en el asiento delantero.

Miro su perfil, agacha la cabeza y su melena rubia cubre su cara, me siento fatal. Mariona no tiene la culpa de que Eric le preste más atención a ella que a mí. Ella tiene toda la razón, debería ser más comprensiva, no sólo con Eric, también con ella. Me prometí a mí misma que no volvería a sentirme celosa de ella, pero me resulta imposible por más que me esfuerce. Para ella todo es nuevo, sólo intenta encajar, yo soy una imbécil por ponerle la zancadilla en lugar de ayudarla, después de lo que ha pasado.

Ha pasado ocho años encerrada bajo tierra, al final comprendí que estuvo allí por voluntad propia, pero eso no cambia el hecho que lo hizo porque estaba asustada, porque tenía miedo. No debería olvidarlo, pero mi instinto me hace marcar terreno y lo detesto, no me gusta la clase de persona que soy, pero por más que me esfuerce no sé ser mejor.

—Lo siento Mariona —digo tocando su brazo desde el asiento trasero—, no he debido hablarte así, supongo que yo también estoy un poco nerviosa —intento disculparme.

—Tienes razón, no debería meterme en vuestras cosas. Sólo quiero ayudar —dice en un hilo de voz que delata que está llorando.

Encuentro la mirada de Eric en el espejo retrovisor, puedo ver el reproche en ella, me siento fatal por haberla hecho llorar.

—No llores, cielo —digo volviendo a mirarla a ella—, soy una idiota, tienes razón, debería ser más comprensiva.

Mariona no vuelve a hablar y Eric no deja de echarme miradas asesinas desde el espejo retrovisor. Cuando llegamos al portal, Eric para en doble fila.

—Si Sarah no puede, podemos ir a comer nosotros —le dice Eric acariciándole la espalda.

Mariona levanta la cabeza y veo como brillan sus ojos verdes mientras mira a Eric, ese brillo no es debido a las lágrimas, estoy segura.

—Me apetece salir, no quiero encerrarme en casa —vuelve a sonreír y se gira para mirarme encantada de la vida, no puede ocultar su regocijo y yo intento contener mis emociones—. ¿Te importa que comamos juntos, Sarah?

—No, claro que no —miento con una sonrisa igual de falsa que mi contestación.

Está feliz de la vida de que yo no vaya, no puede esconderlo o negarlo. Trago saliva y sonrío falsamente.

—Tengo que hacer un par de cosas, si te parece bien te recojo a eso de las dos —le ofrece Eric.

—Vale —dice en un tono feliz que la delata, miro a Eric preguntándome si no se da cuenta de lo que pasa.

—¿Vamos, Sarah? —dice abriendo la puerta.

—Sube tú —interviene Eric—, tengo que hablar un momento con Sarah.

Mariona no le increpa lo más mínimo, sin dedicarme ni una sola mirada, se baja del coche y se va. Me apoyo en el asiento, asqueada de la situación. Eric se gira en su asiento y me mira.

—¿Por qué no quieres que vaya a comer con ella? —me pregunta Eric que no se le escapa una, al menos conmigo.

—Ve a comer con ella, me da igual —miento de nuevo inútilmente.

Niega con la cabeza poniéndose aún más serio, no le gusta que le mienta, pero la culpa es de él por hacer ciertas preguntas. ¿Qué espera que le diga?

13

—¿Cuándo vas a aprender que a mí no puedes mentirme? —demanda con su voz rasgada y volviendo al tono de voz duro que siempre emplea conmigo.

—¿Qué quieres que te diga, Eric? —pregunto mirándolo sin moverme del sitio— Me gustaría pasar más tiempo contigo, apenas has tenido tiempo para mí estos días… Me ha sentado mal que me dejaras allí tirada y te fueras con ella.

—Ella, es tu amiga, esa que buscaste con tanta desesperación y ahínco, esa que ha pasada por un infierno y a la que debes apoyar. No es tu enemiga, todo lo contrario.

—Lo sé —digo suspirando.

Sentirme así ya es suficientemente malo, no hace falta que Eric me restriegue por la cara lo mala persona que soy, ya lo sé.

Pasé un mes buscándola desesperadamente, Eric lo hizo conmigo, fue por su hermano muerto hacia ocho años que nos conocimos. Pasé por un infierno por encontrarla, casi matan a Eric, y ahora, idiota de mí, tengo todo lo que quería, lo tengo a él y la tengo a ella y sin embargo, no soy capaz de disfrutar de ninguno.

—Me siento un poco sobrepasado —dice mirando al frente—, estaba pensando en que podríamos desaparecer unos días, no soporto el acoso de la prensa.

—¿Quieres que nos vayamos? —pregunto emocionada.

Me reclino sobre el asiento acercandome a él.

—Desconectar unos días, podríamos irnos a mi hotel, te dije que estabas invitada a ir con alguien —se gira en su asiento y vuelve a mirarme—, me gustaría que fuera conmigo.

Me levanto de mi asiento y me siento sobre el reposabrazos, me cuelgo de su cuello mirando sus preciosos ojos azules. Ya no parece tan enfadado, estoy segura que él es tan consciente como yo de que Mariona se acerca demasiado.

—Vámonos —digo pegada a su boca.

Rozo sus labios llenos con los míos con timidez, nuestras narices chocan y mi lengua le roza el labio inferior. Eric me mira a los ojos sin pestañear y yo le miro a él anhelando poder estar en otro sitio. Extraño los momentos de intimidad, apenas hemos pasado tiempo solos. Cuando no quería estar con él tenía que aguantarlo contra mi voluntad, ahora que es lo único que deseo, siempre hay alguien por medio. Desde hace tres días somos pareja, oficialmente, pero todavía no hemos intimado. Eric me pone, me pone mucho, tengo ganas de comprobar cómo será en la cama, quiero saber si será duro y agresivo como lo es normalmente, o si en ese aspecto será suave y cuidadoso.

—Vámonos ahora mismo —digo besándolo con ardor.

Nos sumergimos en un beso caliente y húmedo, Eric me coge de la cintura y me pone sobre él con mucha facilidad, alargamos el beso hasta que nuestras respiraciones jadeantes se mezclan y su mano aprieta mi culo, Eric me extraña tanto como lo hago yo, me siento excitada y él también, puedo sentirlo.

—Mañana —dice sobre mi boca, separo mis labios de los de él—, mañana por la mañana vendré a recogerte y nos iremos.

Le sonrío con devoción, quiero a este hombre voluble, irascible y gruñón, estoy enamorada de él y me derrito cuando me mira como lo está haciendo ahora. Cuando me mira con el deseo que sus ojos reflejan en este momento, cuando parece que para él sólo existo yo, podría olvidar el mundo entero y perderme en él.

—Vámonos ahora —le suplico aún pegada a su boca.

Su aliento me roza la cara y sus labios besan los míos casi con timidez, como si no se fiara de él mismo.

—Debo hacerte el favor que me pediste con tu amiguito del trabajo —me coge, sus dedos se cuelan por la raíz de mi pelo, me acaricia las mejillas con los pulgares. Adoro esta actitud tierna, seria increíblemente fácil acostumbrarme, vuelve a besarme con dulzura los labios.

—¿Vas a ir a hablar con Aleix? —pregunto acercando mi cuerpo aún más al suyo.

—¿Es lo que quieres, no?

Afirmo con la cabeza, Nayara lo está pasando mal por culpa de Aleix, tengo la esperanza de que al hablar con él descubra cuales son realmente sus intenciones. Cuando volví al trabajo me pareció muy arrepentido por lo sucedido con Nay. Si hay alguna posibilidad de que lo arreglen me haría muy feliz, pues ambos son buenos amigos y creo, que harían una pareja estupenda.

—Después debo pasar por la empresa y asegurarme que todo vaya bien, no me gusta ausentarme tanto tiempo y estos días, apenas he pasado por allí.

—De acuerdo, mañana —cedo.

Me sonríe y vuelve a besarme.

2

Cuida tus espaldas

Me voy a comer con Carla y Laura. Esperaba que Eric me ofreciera de nuevo que fuera a comer con Mariona y él, pero no lo ha hecho, me siento decepcionada, pero prefiero comer con mis amigas que con ellos dos. No soporto ver lo bien que se llevan, se me atraganta ver la facilidad con la que conectan.

Nuestra comida no es muy animada que se diga, yo no puedo alejar de mi cabeza a Eric y Mariona, Carla se ha peleado con Fabio, su ligue de verano que esperaba que fuera algo más, así que está deprimida y Laura, Laura lleva un par de días abstraída en sí misma, por una oferta de trabajo que no sabe si coger o no.

Cuando volvemos a casa, Nayara está como loca de un sitio a otro, sólo se mueve histérica, intentando hacer de todo a la vez sin llegar a hacer nada. Aleix la ha estado llamando, llevaba dos días sin noticias de él, algo que la deprimía y ahora que la llama, ella no quiere hablar con él. Supongo que Eric debe haber hablado con él. No hay rastro de Mariona, eso no me gusta nada, todavía deben estar juntos.

Llamo a Eric con la excusa de saber qué le ha dicho a Aleix, y aprovecho para enterarme dónde está y qué está haciendo. Por lo visto Mariona sentía curiosidad por su trabajo y están allí juntos, se supone que tenía que trabajar y por eso no podíamos irnos hoy mismo.

Cuando cuelgo la llamada me siento malhumorada, hablo con Nayara y le explico lo que Eric me ha dicho. Ella no lo tiene tan claro como yo, pero sé que si Eric dice que Aleix va en serio, es que va en serio, al final la convenzo para que al menos hable con él y aclare las cosas.

Retomo mi partida abandonada del The last of us, pero no me siento de humor para jugar, he estado un mes sin jugar y ya no recuerdo ni lo que estaba haciendo. Cada vez que oigo un ruido creo que Mariona ha llegado a casa, pero eso no ocurre.

La tarde va pasando y a eso de las siete Laura viene a mi habitación.

—Me estoy rayando —comenta sentándose sobre la cama.

Pongo la partida en pausa y la miro.

—Hace días que estás rayada —le contesto.

Mueve la cabeza haciendo que su flequillo milimétricamente cortado se mueva, para volver a su posición original. En sus enormes ojos azules puedo ver su angustia, tiene una mirada muy expresiva y bonita, siempre he pensado que era la más guapa de la casa, pero ahora Mariona se lleva la palma con esa belleza nórdica que tiene.

—¿Crees que debo aceptar el trabajo? —me pregunta.

—Sinceramente creo que sí Laura, solo serán unos meses.

—Me perderé casi todo el primer trimestre —dice con voz quejicosa.

Le sonrío con condescendencia, ella me mira debajo de su flequillo rojo y recto dubitativa.

—¿Y qué más da? —me mira interrogante— Vamos Laura —la empujo sutilmente por el hombro—, te vas a perder un trimestre, si fueras otra persona te diría que no lo hicieras, que no vale la pena, pero tú puedes recuperarte con facilidad, es una gran oportunidad, al menos eso creo… Seguro que podrás hacer contactos, la gente verá lo súper lista que eres y seguro que te sale alguna oferta interesante, para cuando acabes la especialidad.

—Necesito una copa.

—Yo también —contesto con sinceridad suspirando.

—Cámbiate de ropa, nos vamos de fiesta —dice muy decidida.

Se levanta de la cama y voy detrás de ella. Va a la habitación de Carla, que está llorando mientras discute con Fabio por Skype, le dice que salimos y ésta dice que pasa. Vamos a por Nayara que acaba de salir de la ducha y está decidiendo que se pone.

—He hablado con Aleix, vamos a vernos para hablar.

Me alegro por ella, al menos a alguien en esta casa le va bien, espero que hagan las paces. Aleix parecía arrepentido de lo sucedido y muy interesado en Nayara, además no dudo de la palabra de Eric ni por un segundo. Eso nos deja solas a Laura y a mí, me meto en la ducha sin pensar

17

demasiado en por qué de repente tengo esta necesidad de salir y perder el norte.

Cuando la noche empieza a caer salimos a la calle, Mariona sigue sin llegar a casa, se ha pasado todo el día con Eric, y yo en casa rayada, manda huevos... Qué ganas tengo de desaparecer con Eric, de tenerlo todo para mi solita, me lo voy a comer.

Empezamos con unas cervezas, cenamos en un mexicano y seguimos con una copa en un bar de mala muerte de un amigo de Laura. Después vamos a un pub donde Laura no deja de saludar gente, es una *totarreu*, allí donde va alguien la conoce. Unos amigos de ella se unen a nosotras y empiezan las rondas de chupitos, cuando salimos del pub yo ya estoy bastante perjudicada. Me siento tentada de llamar a Eric y decirle todo lo que pienso, decirle cómo él y Mariona me hacen sentir, en este momento me parece la mejor idea del mundo, ya no recuerdo por que no puedo ser sincera con él respecto a eso, y es un problema, porque antes de salir de casa era lo último que quería. Si hago esa llamada sé que me arrepentiré, aunque ahora no entienda por qué. Así que con una voz que delata mi estado de embriaguez, le pido a Laura que me guarde el móvil y que bajo ningún concepto me lo devuelva. No quiero hacer nada de lo que mañana pueda arrepentirme, estoy demasiado envalentonada.

La noche sigue, vamos a otro pub donde Laura encuentra a otra amiga, ésta nos ofrece ir con su grupo a no sé qué feria fuera de Barcelona. Le digo a Laura que si le apetece vamos, yo lo único que quiero hacer es dejarme llevar.

La primera parada es la casa del terror, al entrar pensé que era una buena idea, pero en cuanto estoy dentro empiezo a inquietarme y me doy cuenta que no era tan buena idea como podía parecer. Después del mal rato vamos a una parada de jamones y vinos.

—Me voy a ir, Sarah —dice Laura—. Me voy a ir, tienes razón, soy capaz de recuperar ese trimestre.

La abrazo feliz por ella, creo que es la decisión acertada, no sé en qué consiste el trabajo, pero es una oportunidad para mostrar su gran potencial, podría ser un trampolín para encontrar un gran trabajo en el futuro.

Me separo de ella y la miro, mi cerebrito con tutú. La voy a echar de menos, extrañaré sus ocurrencias, su inteligencia, su descaro al decir las cosas. Ella y Nayara son mis pilares fundamentales, ahora Nayara parece que solo está por Mariona y yo, me siento enferma por ser tan celosa.

—Estoy hasta los cojones de que Mariona no se despegue de Eric —le digo volviendo a abrazarla para que no vea lo mala persona que soy.

Intenta separarse de mí y yo intento impedirlo, finalmente lo consigue y me mira a los ojos preocupada. Laura tiene una mirada muy expresiva, incluso borracha puedo ver lo que piensa. Dos segundos después estalla en una carcajada, que lo único que consigue es que a mí me haga reír tanto como a ella, su risa es contagiosa.

—Lo siento mucho por ella, me siento horrible por ser tan mala persona —le digo aún riendo, supongo que por no llorar—, pero me tienen harta los dos. ¿Has visto cuando viene a casa que no se despega de él? —afirma con la cabeza, lo que menos necesito es que alguien me dé la razón, pero ahora veo las cosas más claras que nunca— Tendrías que haber venido al entierro, me han dejado allí y se han largado sin mí.

Remuevo la copa de vino tinto entre mis manos y me la acabo de un trago.

—Yo también creo que Mariona se apoya mucho en Eric, incluso más que en ti, deberías hablar con ella.

—¿Verdad que sí? A mí apenas me hace caso, pero cuando Eric anda cerca revolotea a nuestro alrededor como una mosca.

—Habla con ella —me aconseja.

Cojo mi copa de vino vacía, vaya mejunje estoy haciendo, mañana me voy a sentir fatal, pero quiero tener una resaca de las que hacen historia.

—No puedo hablar con ella —me quejo—, cada vez que le digo algo que no le agrada se pone a llorar, no quiero hacerle daño…

—Pues habla con Eric.

—Pensará que soy una novia celosa y posesiva —me quejo.

—Sarah, eres una novia celosa y posesiva —me suelta. La miro sin comprender, yo no soy así y ella se ríe de nuevo en mi cara, pero yo ya no me río—. ¡No te cabrees! —dice empujándome por el hombro, provocando que casi caiga del taburete— Tú y Eric habéis pasado por esa historia de los límites de la realidad —vuelve a ponerse seria—, aunque sólo llevéis juntos unos pocos días, eso os ha unido mucho, no dejes que tu inseguridad lo joda. Se sincera con él, es inteligente, tiene que haberse dado cuenta de cómo Mariona se acerca a él.

—¿Tú crees? —demando deseando creer que tiene razón, aunque no lo tenga nada claro.

—Claro que sí —dice muy segura de sí misma.

—Vale, dame el móvil, lo llamaré.

—Ni lo sueñes —dice apartando su bolso de mi alcance—, me has dicho que no te lo diera bajo ningún concepto y estás borracha. Es mejor que lo hables cuando se te haya pasado el colocón y la resaca.

Supongo que tiene razón, como siempre. Ella no es que esté mucho más serena que yo, a mí todo me da vueltas, así que se la dejo pasar. Mañana me voy con Eric, lo tendré sólo para mi durante días enteros, seguro que encuentro el mejor momento para ser sincera con él. Tengo muchas ganas de estar con él.

Ahora que he tomado la decisión de hablar con Eric, siento que me he quitado un peso de encima. Vamos a los autos de choque, mala idea supongo, pero me río lo que no está escrito. Seguimos por la polvorienta feria parando en cada puestecito de bebida, sal, limón y los chupitos de tequila van corriendo, si sigo así voy a acabar vomitando.

—Vamos allí —dice Laura señalando una caseta.

Miro en la dirección que señala aturdida, consigo enfocarla y leo un rotulo que dice: "Lee tu futuro". No sé qué le ha dado a Laura por lo místico últimamente, sus amigos siguen por los puestecitos de azar.

—Tú no crees en esas cosas —le recuerdo con una voz que evidencia lo afectada que estoy.

—Seguro que nos reímos un rato.

Vamos a la caseta donde hay una señora de más cincuenta años, es de lo más extravagante, con el pelo lleno de rastas, no sé si son rubio platino o canas, con mucho maquillaje en la cara arrugada y rellena.

—¿Queréis saber qué os depara el futuro, chicas? —nos dice la señora con un acento raro.

—Yo sí —dice Laura muy decidida desplomándose en la silla que hay delante de la mesa de la señora.

—¿Qué me dices tú? —me mira la señora con unos ojos oscuros como la noche.

—De acuerdo.

La señora se pone en pie, lleva una especie de camisón de manga larga de color azul eléctrico, como de raso. Coge una de las sillas plegables que tiene amontonadas a su lado, me la tiende y yo la cojo, me siento junto a Laura con un poco de dificultad, debido a mi alto estado de embriaguez y mi torpeza.

—Son diez euros la tirada —dice sentándose de nuevo en su sitio.

Laura le tiende un billete de veinte euros por las dos tiradas, ella lo coge sin dudar y lo guarda en una cajita de madera. Empieza a barajar las cartas. Me marea mirar el movimiento que hace con ellas, aparto la mirada y observo mi alrededor. La caseta, ya de por sí oscura, apenas está iluminada, sólo la luz de la calle y la de unas pocas velas, proyectando sombras que me ponen nerviosa. Me recuerda a la noche que decidieron hacer la ouija, aunque gracias a eso conocí a Eric y encontramos a Mariona, no me apetece recordarlo, por nada del mundo querría volver a pasar por algo así. Me centro en el presente y vuelvo a centrar mi mirada en la señora.

—¿Qué quieres saber, guapa? —le pregunta a Laura— ¿Quizás el amor?

Laura se descojona en su cara, la mujer sonríe mostrando unos dientes torcidos y picados que dan grima.

—No, no, yo paso del amor —declara Laura.

—¿Una tirada general entonces?

—Sí, mejor general —contesta aún riendo.

—¿Estás casada?

—No que yo sepa...

—Corta con la mano izquierda —dice dejando el mazo frente a Laura.

Laura hace lo que ha pedido y mira las cartas a ambos lados, empieza a tirarlas alrededor de una sota que tiene sobre la mesa.

—Veo que vas a hacer un viaje —dice, Laura y yo nos miramos—, estarás lejos de casa una temporada, te veo salir de tu rutina completamente, pero antes de lo que crees volverás a tu vida cotidiana.

—¿Me irá bien el trabajo?

—Sí, veo que es un viaje de trabajo. Sin duda te irá bien, veo muchos triunfos. ¿Estás estudiando?

—Sí —contesta Laura demasiado deprisa.

Creo que ha tenido suerte con el tema del viaje, ahora que ve que Laura la cree solo la está tanteando.

—En los estudios te irá bien, no veo ningún bache, cuando regreses conocerás a un chico de pelo largo, te sentirás muy atraída por él, lamentablemente él no está por la labor, veo que está interesado en otra mujer.

—Pues vaya... —dice Laura sin dejar de sonreír, no sé si se está creyendo esto o no.

—Si juegas bien tus cartas y no decaes puede que sea tuyo, pero no te veo muy por la faena, te veo más centrada en tus estudios y amistades. También veo que moverás papeles, eso hará que te entre dinero.

—¿Puede ser una beca? —demanda esperanzada.

La mujer que ya tiene toda la baraja sobre la mesa mira las cartas.

—Es posible, pero no te lo puedo decir con seguridad. Aquí lo que veo es un viaje, será pronto, no sé si en tres días o tres semanas, antes de que finalice el año volverás a casa y conocerás a este chico, él te gustara mucho, pero como te digo, si te gusta tendrás que luchar por él, ya que él está interesado en alguien.

Recoge las cartas y vuelve a dejar la pica sobre la mesa, empieza a marear las cartas de nuevo.

—¿Qué me dices tú? —me pregunta— ¿Una tirada general?

—Sí —contesto secamente, no pienso darle ninguna pista sobre lo que quiero escuchar.

—Descrúzame las piernas, bonita.

Lo hago y marea las cartas un poco más, las deja frente a mí.

—¿Soltera también? —afirmo con la cabeza— Entonces corta con la mano izquierda.

Hago lo que me ha pedido, repite la misma mecánica que con Laura, se detiene.

—¡Vaya! —exclama mirando las pocas cartas que ha dejado sobre la mesa, parece que en sus ojos de noche puedo ver estrellas brillar, está emocionada, me estoy perdiendo algo, pero no sé el qué— Dame tu mano —extiende la suya sobre la mesa. Con desconfianza pongo mi mano con la palma hacia arriba sobre la suya— ¿Qué tenemos aquí? —tira de mi mano hacia ella y la observa con suma atención, tanto rato que consigue incomodarme— Vaya, vaya —pasa el dedo índice por mi mano.

—¿Vaya, vaya? —pregunto, miro a Laura de reojo, incomoda— ¿Qué pasa?

—Eres una persona muy especial, ya vi algo en tu aura, cuando entraste —vuelve a mirarme a los ojos, con una curiosidad que no me gusta nada—. Tú no eres normal. ¿Qué te hace diferente?

—No soy diferente —aparto la mano ofendida, no sé porque me molesto tanto—, soy normal.

—Veamos qué dicen las cartas —echa un par más y vuelve a mirarme, me perfora con sus ojos oscuros—. De normal no tienes nada —sonríe y su boca me da grima ¿de qué está hablando? Creo que me estoy mareando—, de normal no tienes nada querida, tú tienes un don y es poderoso.

—¿Qué clase de don? —pregunta Laura.

Miro a Laura sin creer que se esté tragando los embustes de esta farsante.

—Puede comunicarse con los muertos —contesta mirando a Laura, vuelve a poner su mirada en mí—. Por tu cara veo que es algo que está aletargado, seguramente no eres ni consciente de ello. Es una lástima —y parece que lo dice con sentimiento—, si aún no ha despertado, puede que no lo haga —la miro interrogante y ella vuelve a mirar las cartas—, ya eres un poco mayor.

¿Que soy mayor? ¿Si yo soy mayor, qué es ella? Me doy una patada mental por creerme estas cosas. Me mira de nuevo, niega con la cabeza como si pudiera leerme el pensamiento, seguramente se refleja en mi cara la incredulidad por lo que estoy oyendo, sigue poniendo cartas sobre la mesa.

—Esta semana recibirás una noticia que te alegrara mucho, pero no te veo feliz —niega con la cabeza mirando las cartas—. Veo un hombre moreno, pero vuestra relación no está nada clara —comenta tirando las cartas, si se cree que le voy a decir que tengo novio la lleva clara, se supone que ella es la pitonisa— Una mujer se interpone entre vosotros, está dispuesta a todo por separaros y va a hacerte mucho daño—me mira y yo trago saliva, ¿está hablando de Mariona? Porque Mariona es incapaz de hacer daño a nadie. Vuelve su vista hacia las cartas y sigue poniéndolas sobre la mesa— Por suerte para ti, aparece otro hombre, te gusta —tira otra carta y la señala mirándome—, te gusta mucho —añade afirmando con la cabeza, como si quisiera así enfatizarlo—, él podría ser tu alma gemela… Tendrás que elegir y si consigues alejarte del primero, éste puede hacerte muy feliz.

Pamplinas, no debo creer en estas cosas, he decidido apostar por mi relación con Eric, no voy a fijarme en otro tío, llevo sola más tiempo del que recuerdo, ahora que al fin he vuelto a enamorarme no voy a dejarlo escapar. Es imposible que deje de sentir lo que siento por Eric por otra persona.

—Los vas a tener haciendo cola —aplaude Laura mirándome, riéndose de mí.

Le dedico una mirada nada amistosa y ella se tapa la cara para no soltar una carcajada.

—¡Vaya! —¿Otra vez con el vaya? Volteo los ojos— Hay una persona que te busca, una persona pequeña, también es especial —me mira de nuevo—, a diferencia de ti, es muy consciente de su poder. Está a punto de encontrarte, quiere que la ayudes, de ti depende hacerlo o no, pero te necesita.

¿Qué significa eso? ¿Una persona pequeña me busca? ¿Un especie de enano o algo así? Primero lo de ése supuesto don, después lo de Eric y ahora esto, no hay quien se crea nada de lo que dice. No puedo dar ningún crédito a esta mujer.

—Lo siento, bonita —dice levantando la cabeza y mirándome con esos ojos oscuros. Se me ha pasado todo el buen rollo que llevaba en el cuerpo, me siento inquieta y estafada—. Veo una muerte.

—¿Cómo? —pregunto con un escalofrío que me recorre de arriba abajo.

—Sí, la muerte de una mujer, es algo repentino e inesperado, estabas muy cerca de ella.

—¿De quién? —pregunto con aprensión.

No creo en lo que dice, no puedo creerlo, pero aun así sus palabras me han puesto en guardia. Vuelve a mirar hacia la mesa y tira las pocas cartas que le quedan, su rostro se oscurece al mirar las cartas y las amontona como si no quisiera ver lo que hay en ellas.

—¿Qué pasa?

—Eso es todo —contesta mezclándolas de nuevo.

—¿Cómo que eso es todo? —demando enfadada. No es que la crea, pero ya que me ha fastidiado la noche, al menos que acabe— ¿Qué hay de las últimas cartas?

—No hay nada más, tenéis que marcharos —deja la baraja sobre la mesa y coge la cajita de madera donde ha guardado el dinero de Laura. Le tiende el billete de veinte euros.

—¿Por qué? —pregunta Laura cogiendo el billete.

—Quiero que os vayáis.

—¿Qué ha visto? —pregunta Laura alzando la voz, ella tampoco tiene muchas ganas de reírse.

—Eso es todo, ahora debéis salir de aquí.

Me pongo en pie tan deprisa, que me mareo, a causa de los chupitos, la cerveza y el vino que llevo en el cuerpo. Me apoyo en la silla y cuando recupero el control de mi cuerpo, cojo el antebrazo de Laura y la obligo a levantarse.

—Vamos Laura —me doy la vuelta—, es una tomadura de pelo, solo quiere sacarte más dinero.

—Estás muy equivocada, bonita —dice la pitonisa poniéndose en pie también, nos giramos y la miramos—, puedes creer lo que quieras, pero en breve descubrirás que todo lo que te he dicho es cierto, porque todo

24

pasará pronto. Yo que tú, ayudaría a quien te pida ayuda, por el camino puede que te ayudes a ti misma, que llegues a conocerte como está claro que no haces ahora. Pero debes tener cuidado —me advierte—. Cuando todas estas cosas ocurran, recuerda que debes protegerte, estás en peligro, no confíes en nadie.

Me quedo quieta, estática, hipnotizada por la mirada de esta desconocida, no puedo creer lo que dice, pero la veo tan segura que la duda me asalta.

—Vámonos de aquí —dice Laura cogiéndome de la mano.

3

"Vacaciones"

"Pum, pum, pum"

Me remuevo en la cama. ¡Mierda! Siento que me va a reventar la cabeza. Nuevos golpes. No sé quién da golpes o por qué pero como no dejen de hacerlo puede que mate a alguien. Durante un tiempo indeterminado reina el silencio y sigo durmiendo, estoy con una señora que tiene los dientes picados, esta señora me da miedo, quiere hacerme algo malo, no deja de hablarme pero no la entiendo.

—Eric está cabreado —entiendo que dice la señora y después sonríe. ¡Qué novedad! Eric siempre está cabreado—. Vamos Sarah, tienes que levantarte, ha estado llamando a tu móvil, estaba en mi bolso y dice que anoche te estuvo llamando, está de camino llegará de un momento a otro, levántate ya.

La señora me sujeta por los brazos.

—¡No me toque! —exclamo intentando zafarme de su agarre.

Un nuevo sonido atronador perfora mi cabeza, huyo de él y veo un balcón, voy hacia él y salgo al exterior. Todo es verde aquí fuera, impera la calma y el silencio, me siento en una mecedora de madera.

—¿Todavía está en la cama? —me giro hacia la habitación, es la voz de Eric, pero la habitación está vacía, no sé de dónde viene su voz— ¡Madre mía! —le oigo malhumorado, todo a mi alrededor empieza a moverse y a desdibujarse. Estoy durmiendo y todo me da vueltas, como no despierte creo que voy a vomitar— Despierta nena, no me hagas esto de nuevo, despierta de una vez, Sarah.

26

Abro los ojos y la luz me ciega, Eric está sentado delante de mí, poco a poco me acostumbro a la excesiva luz y le miro. Sus ojos azules son más fríos de lo que han estado en semanas, no había vuelto a mirarme así desde antes de encontrar... ¿de encontrar qué? Me siento muy desorientada, me cuesta hilar dos pensamientos seguidos. Lo mejor es no pensar, eso hace que me duela la cabeza. Me acomodo de lado en la cama y me quedo callada solo mirándolo. Eric es guapo a rabiar, nunca me cansaré de mirarle, es imposible hartarse de su imagen. Lleva un polo de manga corta que marca los músculos de sus brazos, tiene la piel bronceada de nuestras caminatas por el bosque, sus ojos claros aún resaltan más con la piel morena y el pelo negro. Observo sus labios, podría inclinarse y desearme buenos días con un beso, le quiero.

—¿Dónde estuviste anoche? —demanda en tono acusatorio.

Sigo callada y sólo le miro, me gustaría acariciar sus labios con la punta de mi dedo, adoro sus labios gruesos, me lo imagino recorriendo mi cuerpo con ellos y me enciendo al instante. No creo ser capaz de moverme en una buena temporada, pero me encantaría que él hiciera lo que quisiera conmigo en ese tiempo.

—¿Dónde cojones estuviste anoche, Sarah? —alza más la voz.

—Me duele la cabeza —contesto restregándome lo ojos.

—No me extraña, apestas a alcohol, eres una destilería.

—¿Qué pasó anoche? —me pegunto en voz alta.

—Dímelo tú, tenías que estar lista hace quince minutos y todavía estás en la cama, con la ropa de ayer noche, y creo que todavía borracha, eres una vergüenza.

—No me comas la olla, Eric —eso es lo único que soy capaz de decir.

Laura se acerca por detrás de Eric, empiezan a venirme flashes de la noche anterior y sonrío mirándola.

—Eric, Mariona está preparando café, ve a beber uno mientras Sarah se ducha, enseguida estará lista.

¿Qué? ¿Espera que me levante? ¿Están de coña? Estoy cansada. Eric me echa una mirada matadora, se levanta de la cama y se va. Laura cierra la puerta y yo cierro los ojos abrazando mi almohada, por fin tranquila.

—Sarah espabila, Eric está súper cabreado.

—Eric siempre está cabreado —me quejo entrando en trance de nuevo.

—Os vais de vacaciones, solos, anoche no dejaste de hablar sobre ello y él está pensando dejarte aquí.

—¿Por qué?

No entiendo nada, tengo la peor resaca de mi vida, o puede que aún esté algo borracha. Lo cierto es que temo que es una mezcla de las dos.

—Porque ayer te estuvo llamando al móvil, muchas veces, pero estabas muy ciega y no quería que la cagaras así que no te lo dije. Esta mañana te ha vuelto a llamar pero no conseguíamos despertarte y ahora está que se sube por las paredes porque no estas lista. ¡Vamos Sarah!

Me coge del pie y me arrastra por la cama hasta tirarme al suelo, abro los ojos y la miro de malhumor. ¿Por qué no me dejan dormir tranquila?

—Metete en la ducha, prepararé tu maleta.

Me levanto del suelo casi a rastras, ¿Qué pasó anoche? Me duele hasta moverme.

—¿Por qué tú no estás tan hecha polvo como yo? ¿Qué pasó anoche? —pregunto sin recordarlo.

—¿No te acuerdas?

—No mucho, además no me apetece pensar demasiado.

—¿Quieres perder a Eric? —dice arrastrándome al baño.

—¡No!

—Pues espabila de una vez —dice dando un portazo en el baño, que hace que mi cabeza palpite.

No comprendo nada, pero no me siento capaz de pensar en lo que está pasando, me miro en el espejo y estoy hecha un cromo, madre mía, lo de anoche debió ser brutal… Mi pelo color chocolate está revuelto, el maquillaje corrido, los ojos marrones brillantes y tristes, un desastre. Me quito la ropa que ni siquiera me molesté en quitarme anoche y me meto bajo el caño de agua. Tengo que espabilar, quería este tiempo para hablar con Eric, para aclarar las cosas, para afianzar lo nuestro, no para cabrearlo y fastidiarlo todo.

Cuando salgo de la ducha Laura me ha dejado la ropa sobre la pica, ropa interior, una chanclas de playa, unos shorts y una camiseta ancha, sobre la ropa mis gafas de sol. Es un cielo, me visto y me lavo los dientes, me pongo las gafas de sol y salgo dispuesta a pegarme una buena siesta hasta llegar al hotel de Eric. Supongo que no es el espíritu adecuado, pero sinceramente es lo que me pide el cuerpo, cuando lleguemos al hotel espero que me den un buen masaje, una comilona y otra larga siesta, creo que acababa de dormirme cuando alguien ha empezado a aporrear la puerta.

—Estoy lista —digo desde la puerta de la cocina.

Parece que en esta casa no duerme nadie. Carla tiene los ojos hinchados, supongo que su discusión de anoche no debió acabar demasiado bien, Nayara sigue en pijama, mirándome como si hubiera cometido un pecado capital, y Laura prepara un termo con café, supongo que para el camino. No hay rastro de Mariona, me resulta extraño que no esté orbitando alrededor de Eric.

—Vámonos —dice Eric muy serio poniéndose en pie.

Me adelanta y pasa por mi lado sin ni siquiera rozarme, está muy cabreado, ni siquiera puede una quedarse dormida. Laura se acerca y me tiende el termo y unas chocolatinas.

—Para el camino —me dice, va a decirme algo más pero la interrumpo:

—Whatsappéame y cuéntame que pasó anoche, hazme el favor —le susurro para que Eric no me oiga—. Bueno chicas, nos vemos en unos días —digo a las demás a modo de despedida.

Carla se pone a llorar y yo la miro sin comprender nada, no debí beber tanto anoche, no volveré a beber así en la vida, me encuentro fatal.

—Lárgate ya —me dice Nayara como si yo le hubiera hecho algo terrible y no quisiera ni verme.

—¿Qué os pasa?

Mi cerebro no es capaz de procesar lo que está pasando en esta cocina, pero el ambiente obviamente está muy cargado. Carla se pone a llorar como si se hubiera muerto alguien, Nayara está muy cabreada mirándome con los brazos cruzados como si yo fuera la asesina y Laura, ella es como si me mandara al corredor de la muerte y se compadeciera de mí, facilitándome las cosas al máximo.

—¿Qué te pasa, Carla? —me acerco a ella.

—¡Sarah! —me grita Eric desde el recibidor.

—Vete, luego te cuento —me susurra Laura empujándome fuera de la cocina.

Me dirijo al recibidor aturdida, me siento como si me hubieran dado una paliza y los peores golpes se los hubiera llevado mi cabeza, maldito tequila. Eric espera con una expresión que raya la ira en el rostro, me tiende el bolso y a pesar de la muleta coge el equipaje que Laura ha preparado.

—Cuando lleguemos al hotel, tú y yo ya hablaremos —dice a modo de amenaza.

Mira como tiemblo, piensa mi parte colocada, pero mi parte consciente hace que me muerda la lengua, cogiendo el bolso obedientemente.

29

Me resulta extraño que quiera darme tregua hasta llegar al hotel, no digo nada, mejor para mí. Hasta llegar allí tenemos casi tres horas, tiempo suficiente para una dulce y relajante siesta, con lo hipnótico que me resulta el vaivén de un coche en marcha.

Subimos al ascensor y Eric le da al botón de planta baja.

—Te juro que si me haces esto de nuevo, te dejo en tierra —me amenaza de nuevo.

Me apoyo en el ascensor y bostezo, no veo el momento de llegar al coche, vuelvo a bostezar.

—Tu pasotismo no mejora las cosas —dice en ese tono severo que utiliza con sus empleados.

—¿Qué problema tienes, Eric? —pregunto sin mirarlo— Se supone que nos vamos unos días de vacaciones, o de relax, ¿Por qué me agobias? —me quejo tocándome la frente para ver si disminuye el dolor.

—Anoche te estuve llamando, estaba preocupado por ti —me coge del mentón y me obliga a mirarlo—, encima cuando vengo a recogerte no sólo te encuentro durmiendo a la bartola, sino que además me entero que hace apenas una hora que te has acostado, que llegaste borracha, ¡A gatas, literalmente! A las siete de la mañana como si tuvieras dieciséis años.

—Parece que la noche se nos fue un poco de las manos, eso es todo.

—¿Parece? ¿Eso es todo? —dice elevando el tono de voz.

—No me grites, me duele la cabeza —le advierto.

Salimos del ascensor, Eric va con la directa con muleta y todo, yo me lo tomo con calma. Espero que cuando lleguemos al hotel se haya relajado un poco. ¡Por el amor de Dios! Cualquiera diría que he matado a alguien.

Salimos al exterior. Eric me espera fuera con la puerta abierta, veo su coche aparcado en doble fila, me acerco a él casi arrastrándome cuando veo una cabeza rubia en el asiento del copiloto. Freno en seco.

—¡Eric! —se detiene y me mira— ¿Quién hay en el coche?

—Mariona.

¿Cómo?

—¿Qué hace esa en tu coche? —pregunto molesta.

—¿Esa, Sarah? —pregunta claramente exasperado— ¿Ahora Mariona es esa?

—¿Por qué está en tu coche? —ignoro su pregunta.

—Porque le he dicho que íbamos a pasar unos días al hotel donde estuvimos mientras la buscábamos. Quería salir de casa.

—¿Cada vez que sienta la necesidad de salir de casa va a tener que hacerlo contigo? —me enciendo y cuando me enciendo se me nota, por muy embotado que tenga el cerebro, la rabia manda una potente señal hasta él— Porque cuando yo le he ofrecido algún plan siempre ha pasado, pero oye, llegas tú y no quiere estar en casa encerrada.

—Mejor cállate, aún estás borracha y puedes herir sus sentimientos.

—¿Sus sentimientos? —me encolerizo— ¿Qué hay de los míos? ¿Te importan lo más mínimo mis sentimientos?

—¿Pero qué cojones te pasa, Sarah? —me grita.

—Se suponía que iban a ser unos días para nosotros, para ti y para mí. Apenas hemos pasado tiempo juntos, es como ayer, te dije que saliéramos en ese momento y me dijiste que tenías trabajo, pero luego te llevas a esa a tu empresa, cuando yo ni siquiera sé dónde está.

—Sarah, no la llames esa —dice en el tono contenido que utiliza cuando está a punto de estallar.

Miro al lado de su hombro y veo que Mariona se baja del coche, esto es la ostia, ahora entiendo porque Laura intentaba facilitarme las cosas, porque Nayara estaba tan molesta conmigo, a ella le hace tan poca gracia como a mí que venga. Lo que no comprendo es donde encajan los llantos de Carla en todo esto. Eric se gira y mira a Mariona, me coge del antebrazo y tira de mí.

—Sé amable, ya hablaremos tú y yo cuando lleguemos al hotel.

Me siento tentada a decirle que se pueden ir los dos a la mierda y pasar por el hotel de camino, pero me muerdo la lengua, ni loca los dejo solos.

—Buenos días, Sarah —me saluda con su cara de niña buena recién lavada, es que hasta sin maquillaje es guapa. *¡Qué condena!*— ¿Te importa que vaya delante? Es que en los viajes largos me mareo.

—¿Desde cuándo? —demando en tono cortante.

—¿Estás de mal humor, Sarah? —me pregunta con ingenuidad— Eso es porque no has dormido. Siempre has sido muy dormilona e impuntual, hay cosas que no cambian —me dedica una sonrisa y tengo ganas de devolver—. Pero no te preocupes nos vamos de vacaciones, allí podrás descansar tanto como quieras, las chicas me hablaron del hotel de Eric, estoy segura que lo pasaremos genial.

Me la quedo mirando, preguntándome si yo me estoy volviendo loca o esta tía quiere chulearme, la conozco de toda la vida, siempre fue una niña buena, bondadosa y muy cariñosa. *La conocías*, me corrige una voz malvada en mi mente, *ocho años cambian a una persona, ¿acaso tú eres la misma que hace ocho años?* Desde luego la respuesta es no.

Intento recordarme el infierno por el que ha pasado, me repito lo malísima persona que soy por millonésima vez.

—¡Yupi! —digo en tono irónico.

Abro la puerta trasera y cierro de un portazo, directamente me tumbo en los asientos traseros. Quiero dormirme y que al despertar esto sea una pesadilla, tenía muchas expectativas en este viaje, expectativas que ahora veo diezmadas. Dos portazos más tarde el coche arranca pero no siento el movimiento.

—Siéntate y ponte el cinturón, Sarah —ordena Eric desde el asiento delantero, le ignoro y acomodo la cabeza sobre el bolso sin coger la postura—. No pienso ir a ninguna parte si no te sientas como una persona normal, en lugar de como una borracha.

—¿Qué más te da? —pregunto con voz quejicosa bostezando de nuevo.

—Si tenemos un accidente puedes hacerte daño.

—Que más quisieras tú —digo sin pensar, sentándome. Me pongo el cinturón mirando su perforante mirada desde el retrovisor.

Niega con la cabeza mirándome e inicia la marcha. Abro el termo y encuentro dos ibuprofenos. Buena chica Laura, me meto las dos pastillas en la boca y bebo café.

—Deberías comer algo, sino eso te hará daño en el estómago.

¿Me habla a mí? Vuelvo a encontrarme con su mirada en el espejo retrovisor, pongo cara de fastidio y me como las chocolatinas que Laura me ha dado. Ellos se ponen a hablar sobre el trabajo de Eric, un tema apasionante en el que una vez más me quedo al margen. Cojo mi teléfono móvil, veo todas las llamadas y los mensajes de Eric, no me extraña que estuviera enfadado… Me pongo a hablar con Laura, le pregunto qué pasó anoche, ella me explica los sitios donde estuvimos y lo bien que lo pasamos, pero no consigo recordar más que flashes del principio de la noche. No recuerdo haber salido de Barcelona, tampoco ir a ninguna feria o discoteca, cómo llegué a casa es toda una incógnita para mí.

Le pregunto qué le pasaba a Carla esta mañana. Cuando me dice que anoche Nay le pidió que volviera a su piso, porque en casa no cabíamos todas, se me revuelven las tripas. Pobre Carla, esa chica es súper dependiente, para ella tuvo que ser un mazazo que Nayara la echara de casa.

Todo por culpa de Mariona, ella es la culpable de todas las cosas malas que pasan.

Laura me pide que tenga paciencia con Mariona y que marque el territorio, pero que lo haga de manera calmada, que ella no tiene la culpa de estar tan perdida, que debo ser paciente y que lamenta lo que ha pasado, que sabía la ilusión que me hacía perderme con Eric, que no permita que mis celos me arruinen el viaje. Está claro que anoche hablé más de la cuenta, pero sé que Laura no me juzgará. Después de un rato más hablando con ella, donde me cuenta que ayer estaba decidida a hablar con Eric, decido dormir un rato. Me siento una intrusa de nuevo, Eric y Mariona hablan como si fueran amigos de toda la vida, se nota que se entienden, algo que yo anhelo, entenderme con Eric, con esos pensamientos agónicos consigo dormirme.

Cuando llegamos al hotel parece que todo va a peor, Mariona desea que Eric le explique la historia del sitio, que le enseñe las instalaciones del hotel. Ellos me ignoran y yo les ignoro a ellos, cuando llegamos a nuestras suites se quedan hablando en la puerta, yo me meto en la de Eric y dejo mis cosas en cualquier parte, sólo deseo llegar a la cama y que al despertar Mariona haya desaparecido.

—¿Qué te pasa con Mariona? —pregunta Eric cuando estoy a punto de dormirme de nuevo.

—Estoy durmiendo.

—Tu misma, Sarah…

Sale de la habitación y me deja ahí, inquieta después de esa contestación, que no precede a nada bueno. Doy algunas vueltas en la cama comiéndome la cabeza y al fin consigo dormirme.

Los dos días siguientes son una pesadilla. Eric sigue molesto conmigo, lo único que hemos hecho juntos es discutir. Mariona tiene miedo a dormir sola, o eso dice, así que no he tenido un solo momento a solas con Eric. Ellos se pasan el día haciendo actividades físicas que poco tienen que ver conmigo, cuanto más los veo juntos, más y mejor pareja me parecen. Eso me mortifica. Laura ha aceptado el trabajo y mañana se va a Madrid, no volveré a verla hasta finales de año. Nayara está completamente centrada en Mariona (como debería hacer yo), y cuando volvamos Carla ya no estará en casa. Tengo ganas de volver al trabajo, allí al menos tengo a Aleix. Ahora que sé que no jugó con los sentimientos de Nay, ya no estoy enfadada con él.

Bajo a desayunar pensando que encontraré allí a la parejita feliz pero no están, así que desayuno sola, reconcomiéndome por los celos, la envidia y el malestar de ser tan egoísta, de sentirme así, en lugar de pensar y preocuparme por mi amiga. Cuando veo a Mariona no puedo ver a una amiga, por mucho que me esfuerce sólo veo a una desconocida con la que tengo recuerdos en común, muy buenos recuerdos, pero recuerdos al fin y al cabo. Sólo veo a una que quiere quitarme a mi chico.

Le pregunto a Joel, uno de los trabajadores, si tiene idea de dónde está Eric. Están en el campo de golf, puedo imaginar a Eric enseñándole a Mariona como se juega al golf y la imagen mental que se proyecta en mi cabeza me mata. Estoy cansada de sentirme sola, tengo ganas de volver a Barcelona, aunque lo que me espera allí sea más de lo mismo.

No he madrugado demasiado, así que la mañana pasa rápido. Tomo un rato el sol en la piscina al aire libre, me doy una ducha abajo en el spa y paso lo que queda de mañana con uno de los masajistas del hotel. Me doy varios masajes y al menos puedo hablar con él mientras lo hace. A la hora de comer paso por la habitación, por la de Mariona y por la de Eric, aún deben estar en el campo de golf, bajo a comer sola.

Cuando estoy pidiendo la comida aparecen los dos riéndose, no quiero ni verlos, cuando Eric sonríe me vuelve loca, pero no me sonríe a mí, le sonríe a ella. Me fijo en Mariona, va vestida con una mini falda de pliegues blanca y un polo a juego. Parece una tenista ojalá no fuera tan guapa como es, yo a su lado parezco insulsa y ordinaria, ella tiene esa belleza nórdica heredada de su madre, contra la que no puedo combatir.

—¡Sarah! —me saluda alegremente y yo solo sonrío falsamente.

Eric ni siquiera me saluda, se sientan en la mesa delante de mí.

—Tendrías que haber venido, Eric me ha enseñado a jugar al golf —comenta alegremente, la imagen de ellos dos pegados vuelve a mi cabeza—, es un deporte apasionante, podría gustarte, como tú que eres tan perezosa.

¿Qué yo soy perezosa? Que me guste dormir hasta tarde y sea desordenada, no me convierte en perezosa.

—Me alegra que lo hayáis pasado tan bien, si me hubierais avisado habría bajado con vosotros.

Eric me mira y niega con la cabeza, hasta yo puedo oír la mentira en mi voz, pero Mariona o no se entera o le da igual.

—No quería molestarte, no te ofendas pero tienes muy mal despertar —dice con una risita tonta.

—Si Mariona, soy un cúmulo de defectos infinitos —le contesto cansinamente.

—Oh Sarah —dice pasando la mano por la mesa y cogiendo la mía—, pero no te molestes cariño, todos tenemos defectos, nadie es perfecto. ¿Estás enfadada?

—No, estoy encantada —digo sacando mi mano de debajo de la suya, y cogiendo el móvil sólo para que deje de tocarme—. Eric, no sé qué planes tenéis para esta tarde, pero me gustaría disponer de tu coche si no es molestia.

Manda huevos que tenga que hablar así con él, que se supone que es mi novio, así nos va.

—¿A dónde quieres ir?

A casa pienso.

—Voy a ir a ver a mi madre —le contesto dejando el móvil de nuevo sobre la mesa.

—Podemos ir juntos, me gustará saludarla.

Le miro y no puedo evitar sonreírle con añoranza. Le echo de menos, echo de menos que sea amable conmigo, pasar tiempo con él. Sigue molesto y ni siquiera sé porque, no me cabe en la cabeza que esté cabreado porque me dormí, pero Mariona no me ha dado tregua para poder hablar con él.

—¿Podemos darnos unos baños abajo antes de ir? —demanda Mariona devolviéndome a la realidad.

—Estaría bien —contesta Eric mirándola a ella de nuevo.

Agacho la cabeza y vuelvo a mirar mi móvil, intentando esconder mi cara de decepción.

Cuando bajamos a la piscina y Mariona se quita el albornoz me siento fatal, su cuerpo esquelético me recuerda el infierno por el que ha pasado. Cada vez que tenga un mal pensamiento sobre ella, pienso recordar esta imagen. Soy una egoísta de lo peor, preocupada porque pasa más tiempo con mi novio que yo, sabiendo todo lo que ha sufrido.

Mis renovadas intenciones de ser mejor persona y no sentirme celosa de ella, se van al garete cuando llegamos al psiquiátrico y mi madre se abraza a ella al verla llegar. Los ojos se me empañan de lágrimas, no de felicidad o emoción, sino de puros celos y envidia, me siento la persona más mezquina del mundo. Eric pasa el brazo por mi hombro y me acerca a él, apoyo la cabeza en su pecho agradecida por esta muestra de afecto, aunque si él supiera por qué lloro no lo hubiera hecho. Mariona se separa de mi madre y nos mira.

—Me alegro de verte, mama —digo con la vista de Mariona aún puesta en mí.

—Y yo a ti Sarah, me alegro que todo saliera bien.

—Sí, me siento muy feliz —miento—, he recuperado a Mariona,

comprendo las cosas como nunca creí que podría hacerlo y Eric y yo estamos juntos —siento como Eric se tensa—, todo es felicidad y gozo.

—No dejes que nadie eclipse este momento —dice mi madre en su infinita sabiduría.

Le sonrío y afirmo con la cabeza, así es como debería sentirme, pero estoy a años luz de que eso ocurra.

—Dejémosles un poco de intimidad y vamos a dar un paseo Sarah, después puedes hablar con tu madre, seguro que Mariona y ella tienen mucho de lo que hablar.

—No, quedaros con nosotras Eric, no hay motivo para que os vayáis.

—No importa —intercede mi madre mirando a Mariona—, así podemos hablar un rato.

—Vamos, Sarah —dice Eric cogiéndome del hombro con más firmeza.

Salimos al exterior del recinto en silencio, cuando llegamos al coche le pregunto a dónde quiere ir, dice que vayamos a tomar un café y yo le pido que me deje llevar el coche, me gusta conducir. Nos subimos al coche y pone la radio, los cuarenta principales, lo que a mí me gusta, está sonando el final de una canción de Jennifer López y empieza a sonar Somewhere only we know de Keane. Subo el volumen y me siento muy identificada con ella. Cuando dice que esto podría ser el final de todo, no puedo evitar emocionarme. Tengo miedo a perder a Eric, pero no puedo seguir así, detesto esta situación con Mariona, debo hablar con él.

—Me encanta esta canción —comento.

—A mí también me gusta —dice Eric, simplemente.

La última vez que escuché este tema fue al volver de ver a mi madre con él, paramos en aquel mirador y por primera vez me dejó ver un poco del Eric sensible y sin corazas, me habló de su hermano, de cómo se sentía respecto a él. Cuando nos subimos al coche y escuché este tema, pensé que si Eric y yo tuviéramos un lugar que sólo nosotros conociéramos, seria ese.

Fue en ese momento, cuando me di cuenta de mis sentimientos por él, y es ahí donde quiero ir ahora. Paro en un área de servicio, café para él y un refresco sin cafeína para mí, lo último que necesito es cafeína, si debo hablar con Eric prefiero hacerlo sin ningún estimulante. Me da miedo como quede nuestra relación cuando le confiese como él y Mariona me hacen sentir, no necesito nada que haga que me sienta aún más nerviosa.

Llegamos al lugar y me bajo del coche, Eric viene detrás de mí. Paro delante de la barandilla de metal del mirador, me gustan estas vistas. Pase lo que pase después de hablar con él, este sitio siempre será especial para mí, estar aquí con él lo hace especial. Eric tiene el poder de hacer que todo sea especial. Hace una cálida tarde de verano, pero sopla un aire fresco que mueve las gruesas nubes blancas haciendo formas.

—¿Qué te pasa conmigo? —pregunto mirando las nubes sin mirarlo a él.

—Me has decepcionado mucho, no pensé que fueras así —me contesta con calma.

—¿Así cómo, Eric? —demando molesta sin mirarlo.

—Creía que eras más responsable, además no te imaginas la noche que pasé esperando que contestaras a mis llamadas, estaba muy preocupado, temía que te hubiera pasado algo. Cuando llegué y me dijeron que te habías ido de fiesta, que apenas acababas de llegar a gatas con Laura, me cabreé mucho —pone las manos encima de la barandilla alrededor de mí, su tono se endurece aún más—. Tu comportamiento estos días no ha hecho nada más que agravar las cosas, puede que Mariona sea lo suficiente ingenua para no escuchar el sarcasmo en tu voz, pero yo no lo soy. ¿Qué te pasa con ella?

—No me gusta veros juntos.

—¿Cómo?

Oigo la sorpresa en su voz, pero no me giro para ver su expresión, sigo mirando hacia el cielo que se yergue delante de mí.

—Ya me has oído, no me gusta que cuando andas cerca orbite alrededor de ti, que le prestes más atención a ella que a mí y desde luego, no me gusta ver que con ella te llevas mejor que conmigo, que ella es todo lo que tu querrías en una mujer.

—¿Estás celosa, Sarah? —me pregunta en un tono jocoso que está completamente fuera de lugar.

—Me gustaría que te pusieras en mi lugar. Cuando estás cerca ella te acapara y tú pareces encantado, conmigo no tienes una sola palabra amable pero con ella, te deshaces en caballerosidad y entrega. He visto como habláis, se nota que os entendéis, parecéis viejos amigos, aún no te he visto alzarle la voz una sola vez, cuando le preguntas algo a ella omites la palabra cojones, cuando conmigo siempre la usas como si yo fuera una estúpida que no se entera de nada… Estas vacaciones han sido la gota que colma el vaso, mañana vuelvo a Barcelona, no puedo tolerar más esta situación, me hace daño, pero tú eres incapaz de ver nada malo en ello, para colmo te ríes de mí.

Ya lo he dicho, mis ojos se empañan en lágrimas pero me las trago como puedo. Me coge del brazo con suavidad e intenta girarme, pero no dejo que lo haga, me zafo de su agarre y él no insiste.

—¿Por qué has esperado hasta ahora para decírmelo?

—Ni siquiera me hablas, no me has tocado un solo pelo de la cabeza desde el día del funeral de tu hermano. Si crees que te has precipitado conmigo, dímelo, pero deja de hacerme daño.

—Nunca ha sido mi intención hacerte daño, Sarah —me besa el hombro con delicadeza, dejando la humedad de su boca sobre él—. No puedo cambiar mi forma de ser con ella, ella nos necesita, parece que olvidas que Mariona es una persona muy frágil, alguien que necesita que la apoyen y quieran.

Eso no responde a la pregunta de si se ha precipitado conmigo.

—Eso creía yo, pero parece que sólo quiere apoyarse en ti. Cuando yo le ofrezco hablar o hacer algo, siempre pasa, pero cuando tú estás cerca se pega a mí como una lapa, lo hace por ti, no por mí.

—¿Qué insinúas?

—No insinúo nada —estoy perdiendo la paciencia, Eric es inteligente, si no me entiende es porque no quiere entenderme—, te lo estoy diciendo muy clarito, es obvio que ella quiere estar contigo —se me encoje el corazón ante las palabras que estoy a punto de decir, pero sigo—. Si tú también quieres estar con ella, hazlo, pero no me uséis de carabina.

Un nudo cierra mi garganta, no sé por cuanto tiempo voy a poder contener las lágrimas, no puedo ser más clara. Eric se queda callado y los nervios se instalan en mi estómago, sus grandes manos se ponen sobre las mías mucho más pequeñas, los nudillos están tensos de fuerte que sujeto la barandilla. Me fijo en sus manos, me encantan, son grandes, duras, masculinas y a la vez suaves, las sube con delicadeza por mis brazos, una caricia que me pone el bello de punta, pega su cuerpo a mi espalda y me masajea los hombros.

La he cagado, acabo de perder a Eric, sólo está preparándome para lo peor, no quiere estar conmigo, la prefiere a ella y mi corazón acelerado duele. *Es mejor así Sarah, mejor el dolor que vivir en una mentira*, me digo a mí misma. Pestañeo y las lágrimas que he estado conteniendo caen una detrás de otra muy deprisa, silenciosamente.

Se inclina detrás de mí y su aliento roza mi oreja.

—Sarah, Mariona es guapa, muy bonita y frágil —me envaro, pero no me muevo un solo centímetro. Él masajea mis hombros con pericia—, admito que tiene cualidades que me encantan en una mujer. Es comedida, prudente, inteligente, displicente, dócil y tranquila —duele, duele mucho, yo no soy ninguna de esas cosas, ni podría serlo aunque quisiera—, podría haberme interesado en ella fácilmente, pero tú mi preciosa bocazas, imprudente, contestona, torpe, insegura y cabezona niña, me has robado la razón. Estoy enamorado de ti, no tiene sentido, pero te quiero, Sarah. Nadie me provoca como tú, pero nadie podría calmarme como tú lo haces, me encanta cómo me plantas cara sin amilanarte, a veces me saca de quicio —sonríe, aunque no le vea la cara, oigo la sonrisa en el tono de su voz— es cierto, pero como ya te dije, me da igual que no estemos hechos para estar juntos. Te has colado bajo mi piel, te tengo todo el día en mente, estás en mi corazón, prefiero pasarme la vida peleando contigo que lejos de ti.

Me aparta el pelo y me besa justo detrás de la oreja, su boca baja por mi cuello. Me siento pletórica, no ha dicho una sola cosa positiva de mí, pero me quiere, la verdad es que con eso me basta. Me giro.

—No me gusta que dudes de mis sentimientos, Sarah —dice penetrándome con esa mirada suya—. Sé que no soy demasiado cariñoso ni afectivo, que no soy efusivo como tú. Me cuesta abrirme a las personas, mostrar mis sentimientos, pero intentaré serlo por ti, no quiero que te sientas insegura respecto a lo que siento por ti.

Sonrío, y me pongo de puntillas, sin zapatos esos veinte centímetros se notan. Le peino el pelo moreno de los lados hacia atrás, esto es mucho mejor de lo que podría haber imaginado, esas palabras tocan mi corazón.

—Yo tampoco quiero sentirme así, pero os veo juntos y conectáis tan bien… Tienes que hablar con ella.

—¿Por qué debo hablar con ella? No está haciendo nada malo, sólo es tu inseguridad, no seas niña.

—Se pega a ti como una lapa —suspiro.

—No es cierto Sarah… —se queja él.

—Cada vez que vienes a casa no podemos tener ni un momento para nosotros —me quejo yo.

—Vente a vivir conmigo —dice cogiéndome de la cintura y estrechándome contra su cuerpo.

—¿Qué? —¿*Está de coña?* Me pregunto mirando su mirada azul.

—En tu casa no cabéis todas, eso parece una residencia de tantas que sois, así podremos estar solos, los dos, todo el tiempo y espacio para nosotros. No me interesa Mariona, para mí siempre será la chica de mi hermano. Si te vienes conmigo podrás verla siempre que quieras sin que yo interfiera, tu relación con ella no es como debería ser por mí, esto puede acercarte a ella. ¿Qué me dices?

¿Irme a vivir con Eric? Ni siquiera he estado en su casa, la idea de tener a Mariona lejos de él no podría gustarme más, pero es muy precipitado.

—Llevamos una semana juntos, y hemos pasado la mitad de ese tiempo sin hablarnos. ¿No te parece un poco precipitado?

—Sí, lo es, además no estoy acostumbrado a compartir mi espacio con otros. Desde que faltó mi hermano he vivido solo, pero quiero estar contigo, Sarah —sonríe de nuevo y sus ojos se iluminan.

La idea de vivir juntos le ilusiona, es innegable mirando sus ojos. La idea de que le ilusione pasar tiempo conmigo me hace sentirme emocionada, pero no lo tengo claro, no quiero precipitarme y cagarla.

—¿No quieres que vivamos juntos? —me pregunta con una expresión confusa.

—Sí, claro que me gustaría, pero no quiero precipitarme.

—No seas miedosa nena, hemos estado semanas juntos sin que la sangre llegara al rio, entonces ni siquiera nos caíamos bien, esto será genial.

Su entusiasmo es contagioso, ojalá siempre fuera así, no me puedo creer que hace media hora estuviera escuchando esa canción, pensando que habíamos llegado al final y ahora, me esté planteando ir a vivir con él.

—Tendrás que ayudarme con la mudanza —le digo sin pensar mucho en mis actos.

Vuelve a sonreírme y todo su rostro se ilumina, no existe hombre en la Tierra más guapo y sexy que mi Eric sonriendo, es imposible que haya una cosa igual. Me alza por la cintura y yo rodeo su cintura con mis piernas, voy a decirle que me baje al recordar que su pierna aún no está en plena forma, pero me besa y yo le devuelvo el beso con desesperación. Estos tres días lejos de sus besos y sus brazos teniéndole tan cerca, han sido una condena.

4

Sentimientos

—Inmortalicemos el momento —digo bajándome de encima de él y separándome de su boca—. Quiero que el mundo sepa lo feliz y dichosa que soy. Voy a colgarlo en Facebook —sentencio.

—No entiendo que es lo que le veis al tema de las redes sociales.

—¿Cuántos años tienes en realidad, Eric? ¿Eres un anciano en un cuerpo joven? —le sonrío— Todo el mundo tiene Facebook.

—Muy graciosa listilla —dice un Eric juguetón al que podría acostumbrarme con mucha facilidad, intentando hacerme cosquillas—. No todo el mundo tiene Facebook, yo no tengo.

Salgo corriendo hasta el coche y cojo el móvil de mi bolso.

—Lo sé, cuando descubrí tu nombre te busqué y no estabas —le digo poniendo el móvil sobre un banco.

—¿De verdad esto es necesario?

—¡Por supuesto! —contesto modificando la configuración del Retrica para hacer el mayor número de fotos posibles— Ahora en serio Eric, ¿Cuántos años tienes?

—Treinta hasta diciembre, simpática.

—Quien lo diría…

—Ven anda, que te voy a demostrar lo joven que soy.

Pongo el temporizador al máximo de segundos y me pongo delante de él. Me estrecha la cintura y pone su cabeza a la altura de la mía, salta la primera foto. Aparta mi cabello ondulado a un lado y me besa el cuello, salta otra foto, su boca va bajando, giro el cuello y nuestras miradas se encuentran. Me sonríe y me besa la comisura de los labios, me lame, me provoca y me olvido de las fotos, me giro y le beso, sus manos bajan hasta mi culo. Sonrío interiormente. Decía que tenía un culo pequeño y escuchimizado, pero a la mínima oportunidad que tiene, sus manos están sobre él. No debe disgustarle tanto como dice.

El ambiente se calienta, a pesar de que estamos al aire libre me siento caliente, excitada y con ganas de tener sus manos por todas partes. Una de sus manos se cuela bajo mi falda y aprieta mi culo de nuevo, la otra sube por mi espalda hasta el cuello, en una caricia excitante. Me inclina y su boca baja por mi cuello hasta el escote. Le cojo la cabeza excitada por sus besos, pasa la mano que tiene en el cuello por mis pechos, mete la mano dentro del sujetador, coge un pecho, lo tantea y ni corto ni perezoso, lo libera. En la rendija que son mis ojos entreabiertos, veo que me mira con anhelo y lascividad, con una sonrisa lobuna en la boca, se mete el pecho en la boca y jadeo.

No es el lugar más indicado para hacerlo, estamos al aire libre, escondidos de la carretera, por la que por otra parte tampoco hay demasiado tránsito, pero aun así como alguien se acerque no le veremos hasta tenerlo prácticamente encima.

—No tienes ni idea de cuánto te deseo, Sarah —dice Eric con la voz entrecortada.

—Tenemos que parar, Eric —suplico poco convencida—, puede vernos alguien.

Me ignora, la mano que tiene en mi culo se mete entre mis piernas, se cuela dentro de mi tanga y me acaricia allí donde tanto lo necesito en este momento. *A la mierda*, pienso. Acaricio su miembro, los tejanos me dejan notar su excitación. Los desabrocho y él libera mi pecho, me mira con su mirada azul caliente, llena de anhelo, anhelo por mí.

Me deshago por este hombre y él me besa, mete la lengua dentro de mi boca enviando oleadas de calor a todo mi cuerpo. Su dedo juega con mis labios y mi clítoris, me excita sin ser consciente de que ya estoy a tope. No puedo hacer más que devolverle tan calientes caricias. Meto la mano dentro de sus calzoncillos, rodeo su rigidez y Eric gime en mi boca.

Ardo. Siento que ardo por dentro, y me encanta.

—¡Joder, Sarah! —exclama Eric con una mirada tan apasionada como caliente.

Gimo sobre su boca, succiono su labio lleno y meto la lengua dentro de su boca. Nuestras lenguas bailan la danza más antigua, mientras su dedo no deja de perturbarme con los movimientos. Saca la mano de entre mis piernas y siento un vacío terrible. Me coge del culo, me alza y le rodeo con las piernas, sin dejar de tocarlo arriba y abajo me cojo a su cuello. Cuando quiero darme cuenta, está sentado en el banco donde hace un momento estaba mi móvil y yo sobre él. Levanta un poco el culo y se baja los pantalones y calzoncillos algunos centímetros, dejando la vara que tiene entre las piernas libre, toda para mí. Aparta mi tanga a un lado y me acaricia desde delante, excitándome y llevándome al límite.

—Estás mojada, nena —me dice con voz entrecortada, siento como mis mejillas se ruborizan.

Me dedica una sonrisa, una sonrisa sólo para mí, sus ojos son zafiros brillantes. Su cara es una mezcla de sensualidad, devoción y deseo, quiero comérmelo, juro que quiero comérmelo entero.

Cojo su miembro y lo rozo contra mi apertura húmeda, el pasa las manos por mi espalda y me abraza. Mis pechos quedan a la altura de su cara, los besa y los lame cogiéndome de los hombros desde atrás, se mete los pezones en la boca y los succiona entre sus labios.

—¿Me deseas, nene? —le pregunto caliente, moviendo su erección sobre mi zona húmeda.

—Sabes que sí, Sarah —alza la cabeza y me mira—, lo que tienes entre las manos no es Calippo, aunque también puedes chuparlo —me guiña un ojo y sonrío negando con la cabeza—. Me estás matando, nena —se pone serio.

Por fin vas a ser mío maldito presuntuoso, solo mío, todo para mí. Coloco su erección en mi entrada, me ensarto en él mirándolo a los ojos, los dos gemimos y miro hacia el cielo lleno de nubes. Gimo muy fuerte y él me muerde. Apoyo las manos en el respaldo del banco alrededor de su cabeza, me muevo, me adapto a él y a su tamaño, que no es precisamente pequeño. Lo cabalgo como una loca, gimo, grito y él gruñe.

Pasa las manos por mi espalda y me estrecha el culo, me ayuda a mantener este ritmo matador que no creo que pueda soportar mucho tiempo, me ayuda y el calor se hace insoportable. Paso los brazos por detrás de mí y apoyo las manos en sus rodillas, me expongo a él y él se inclina para besarme.

—Quiero arrancarte la ropa —dice en un jadeo lleno de queja.

Yo también quiero que lo haga, estoy sudada, caliente y excitada, apunto de llegar al orgasmo, insatisfecha por no haberlo alcanzado ya, pero disfrutando de la sensación de tenerlo a él en mi interior. Me siento más completa de lo que me haya hecho sentir ningún otro hombre.

—Esto es sólo un aperitivo —digo mirándolo. Es la imagen del pecado, su mirada azul arde, su boca está entreabierta y sus manos marcan unas penetraciones más largas. Me está llevando al límite y no creo que él se dé cuenta—, cuando lleguemos a tu casa vendrá lo bueno—intento hacerme entender entre mis jadeos.

—Nuestra casa —me corrige sin apartar su mirada de la mía.

Le cojo del cuello y boto encima de él, siento como mi vagina se contrae y ahí tengo mi orgasmo. Me lo he ganado y lo disfruto, lo disfruto al máximo, grito y él me acalla mentiendo su lengua dentro de mi boca. Me aprieta el culo y no deja que me detenga, consigue que siga moviéndome con sus manos, como si no fuera más que una muñeca que él puede manejar a su antojo, puede que lo sea, pero no voy a quejarme, me encanta. Se sacude dentro de mí, sus pupilas se agrandas y siento cómo me llena entre gemidos, me abrazo a él y me quedo laxa entre sus brazos.

Cuando volvemos a recoger a Mariona al psiquiátrico, me encuentro con una gran noticia, van a dejar que mi madre salga durante este fin de semana y el siguiente. Sino hay ningún problema y aún lo desea, puede que le den el alta voluntaria, tomando su medicación y volviendo para hacer sus terapias y controles, obviamente. Es una iniciativa de ella y me siento feliz y dichosa, eso demuestra que realmente está mejorando, es sencillamente genial.

Paso un rato con ella, ahora sí me siento dichosa como le he dicho cuando la he visto. Ella está mejor de lo que la he visto en años y por fin consigo sentirme feliz. Feliz de verdad.

De camino al hotel conduzco el coche contenta. Parece que las cosas se van poniendo en su sitio: la fabulosa noticia de mi madre, aclarar las cosas con Eric, no sólo eso, sino que me voy a vivir con él, aunque me parezca precipitado, podré pasar más tiempo con él, todo el que quiera y eso me complace y agrada.

Mariona se pasa todo el camino muy callada, demasiado callada. Tanto Eric en el asiento trasero, como yo, intentamos sonsacarle cómo le ha ido con mi madre, pero sólo conseguimos sacarle monosílabos. Como está sentada a mi lado le voy echando alguna mirada que otra. Se la ve triste y apagada, eso no me gusta, le cojo la mano y vuelvo a preguntar si está bien. Dice que sí y no vuelvo a presionar aunque mienta.

Al llegar al hotel el cielo está pintado de color naranja y amarillo, se está haciendo de noche. Bajamos del coche y un aparcacoches se lleva el todoterreno de Eric. Observo las vistas. Ahora que estoy de mejor humor todo me parece más bonito y maravilloso. Eric se acerca por detrás y rodea mis hombros con su brazo, me giro para mirarlo y veo como Mariona nos mira, inmediatamente se va sin decir nada al interior del hotel. Me pregunto si está molesta por que Eric y yo hemos hecho las paces.

—¿Qué crees que le pasa? —le pregunto a Eric apoyando mi cabeza en su pecho.

—No tengo ni idea, pero se le pasará.

—¿Nos iremos mañana?

—¿Quieres irte ya? —demanda buscando mi mirada.

Le miro a los ojos y afirmo con la cabeza. Para mí no tiene sentido seguir aquí. Quiero empezar mi vida junto a Eric. No va a ser fácil, soy realista y sé que va a ser un camino lleno de baches, pero aun así lo estoy deseando. Además, si volvemos mañana podré despedirme de Laura, antes de que se vaya a Madrid, la voy a echar mucho de menos, nadie sabe cuánto.

Entramos en el interior del hotel abrazados, cuando llegamos a las habitaciones nos despedimos en la puerta de la mía, que es la misma que la otra vez, hace apenas dos semanas.

Cuando entro en la habitación Mariona está en la terraza hablando por teléfono, imagino que con Nayara. Voy directamente a la ducha, Eric me ha hecho sudar de lo lindo, en mi cara se dibuja una tonta sonrisa que no puedo borrar. Al salir no la encuentro por ninguna parte, finalmente la localizo tumbada en la terraza.

—¿Qué haces aquí a oscuras? —le pregunto tumbándome en la misma tumbona donde Eric casi me besó una vez.

—¿Te acuerdas cuando mirábamos las estrellas? —pregunta mirando al cielo.

—Claro que sí —sonrío al recordarlo—, solías decir que algún día serías tú quien les pusiera nombre.

—Todavía me gustaría hacerlo. Natalia dice que debo empezar desde abajo, pero que si me esfuerzo podré ser lo que siempre soñé.

—Claro que sí, cielo —le digo mirando su perfil oscuro.

—He hablado con mi madre, va a ayudarme económicamente y en septiembre empezaré en una escuela de adultos para retomar mis estudios.

—¡Eso es genial, Mariona! —exclamo contenta. Me alegra ver que empieza a plantearse qué va a hacer con su vida— ¿Por qué estás triste entonces?

Se queda callada y como no puedo adivinar nada de su perfil a oscuras, miro hacia al cielo esperando que ella conteste. Dándole tiempo a aclarar sus ideas, cruzando los dedos para que no tenga que ver con Eric.

—Tu madre ha cambiado mucho —dice en voz baja, una voz que

delata que está llorando.

Siento una punzada en el corazón. La última vez que Mariona vio a mi madre, ella era una persona muy diferente. Esto debe haber sido muy duro para ella, pero soy tan rematadamente estúpida, celosa y egoísta que sólo pienso en Eric. Parece que para mí todo gira en torno a él.

Me levanto de la tumbona y me arrodillo delante de ella, le cojo la mano.

—Poco a poco estará mejor —le aseguro—, de hecho ya ha empezado a mejorar, algún día será la de siempre.

—No debí aceptar su ayuda —arranca a llorar y yo la abrazo—. Siento haber metido a tu madre en esto —me dice sollozando.

La abrazo con fuerza, mi pobre niña... Es terrible lo que Mariona tuvo que vivir, Natalia aseguró que ella estaba bien dadas las circunstancias, pero eso no significa que lo esté. Cada vez que recuerdo la terrorífica historia que Guillermo Muela me explicó, siento que enfermo. Mariona no me ha explicado lo que pasó, no hace falta que lo haga a no ser que ella quiera hacerlo, tengo la versión de Guillermo grabada a fuego en mi corazón.

La estrecho entre mis brazos, abrazo su pequeño y escuálido cuerpo e intento consolarla.

—No fue culpa tuya, cielo —le digo con lágrimas en los ojos.

—No debí dejar que viniera a buscarme —llora sobre mi hombro.

Me parte el corazón ver así a Mariona, no soporto que se culpe por algo que ella no podía controlar, por algo que tanto daño le hizo a ella misma. La aparto de mí, hago que me mire, apenas puedo ver su cara sin luz, seco las lágrimas de su cara.

—No llores cielo, no fue culpa tuya. Todo ha acabado, mi madre se pondrá bien, Mariona, y tú también.

No sé qué más decirle, no sé cómo consolarla o reconfortarla, a Nay se le dan mejor estas cosas que a mí, Nayara es la fuerte, no yo.

Ella sigue sollozando y dejo que se desahogue entre mis brazos, como la niña pequeña que parece, como la niña pequeña que puede que sea siempre, a causa de lo que le pasó.

Después de cenar vamos a la habitación, ahora que hemos decidido volver al día siguiente a Barcelona, parece que Eric está muy ocupado reorganizando su agenda, con ayuda de Estefanía, que tiene una paciencia de Santa, pobre mujer.

Mariona y yo pasamos la noche en nuestra suite, la enseño a maquillarse, la peino y la maquillo buscando su estilo perfecto. No es fácil encontrar lo que mejor le sienta, si algo tiene es que es muy guapa, todo le queda bien. Nayara la llevó a la peluquería donde le cortaron esa melenaza rubia y estropeada, ahora su pelo largo y liso, se ve brillante y sano. Le han hecho un escalado que le sienta muy bien a su cara alargada, yo le hubiera cortado un flequillo, pero Nayara dijo que eso la haría parecer demasiado niña, cosa que a mí personalmente me parece igualmente, con esas pecas traviesas que cubren su pálida piel y sus ojos verdes y curiosos.

Después ella me peina y me maquilla a mí, lo convertimos en un juego, hace que vuelva a sentir que tengo quince años, es muy agradable, la verdad. Nos hacemos un centenar de fotos, poniendo caras y poses raras, decido colgar alguna en Facebook. Le enseño cómo funciona ese mundo desconocido para ella, le creo una cuenta y seguimos jugando.

Acabamos tumbadas en la cama. Por primera vez me siento cómoda con ella. Desde que la encontramos mis sentimientos por ella han pasado por muchas fases: felicidad, preocupación, emoción, tristeza, añoranza, nostalgia, pena, compasión y los peores: celos y envidia. Pero ahora aquí tumbadas me siento muy a gusto, como si nada hubiera ocurrido, como si mi amiga hubiera vuelto y no hubiera cambiado nada.

Nos quedamos hablando hasta altas horas de la madrugada, le explico un montón de anécdotas que se ha perdido. Nayara le ha explicado muchas cosas, pero le ha explicado su versión de los hechos, yo le doy una versión mucho más abierta para que pueda tomarle el pelo tanto como quiera.

Al día siguiente todo son prisas. Eric nos hace madrugar muchísimo, no me gusta madrugar, él es de acostarse pronto y levantarse aún más temprano. Antes de ir a trabajar siempre hace al menos una hora de deporte, yo sin embargo, soy nocturna, me cuesta mucho irme a la cama y aún más levantarme. Suelo levantarme con el tiempo justo de darme una ducha rápida y salir pitando.

Al llegar a casa veo las maletas de Laura en la puerta, la voy a extrañar muchísimo, ahora que Nayara está tan pendiente de Mariona apenas me hace caso. Nay es muy protectora, muy mami y aunque a veces su exceso de preocupación me agobia, ahora que no me hace caso lo extraño. Supongo que soy una inconformista, nunca estoy contenta, menudo rollo.

—¡Estamos en casa! —exclamo cerrando la puerta.

Nayara viene hacia el recibidor, ella y Mariona se abrazan como si llevaran meses sin verse. Sólo hemos estado fuera cuatro días, qué exageradas son, también me gustaría abrazarme a ellas.

Paso por su lado, le doy un beso en la mejilla a Nayara y voy hacia mi habitación a dejar la maleta.

—Tenemos que hablar —dice antes de que llegue hasta allí.

—Cuando quieras —contesto sin detenerme.

Imagino que a pesar de no haber hecho ningún comentario a mi publicación de Facebook, debe haberla visto. Sé lo que va a decirme, no va a estar de acuerdo con mi decisión, no puedo culparla, yo misma sé qué puede que me esté equivocando, que lo mío con Eric va excesivamente rápido… A pesar de todo, la decisión está tomada.

Minutos después se reúne conmigo en mi habitación, antes de que entre en materia le pregunto por Aleix:

—¿Cómo te fue con Aleix? ¿Habéis hecho las paces?

Sus ojos de ese extraño color castaño verdoso se iluminan. Han hablado, si no lo han arreglado cerca están de hacerlo, es obvio que ha ido bien, viendo como se le ha iluminado la mirada. Me gusta verla contenta de nuevo, hace mucho tiempo que le gusta Aleix y estaba herida, pero sé que fue un mal entendido.

—Quiere comprometerse —dice sonriendo.

—¿Qué quiere decir eso? —pregunto sin acabar de comprender— ¿Vais a casaros? —sonrío con incredulidad.

—Yo no corro tanta como otras —dice sentándose en la cama y cruzando los brazos, primera pulla.

—¿Entonces qué quiere decir?

—Que estamos juntos, que hemos iniciado una relación.

—¡Genial!

—¡Sí! —exclama emocionada. Me gusta ver a Nayara al fin feliz, ha estado demasiado agobiada con todo el tema de Mariona, conmigo, con Eric, con nuestra relación que ella no aprueba— Fue muy bonito —sigue con ojos brillantes y soñadores—. Me dijo cosas realmente románticas, así que estamos juntos, nada de enrollarse, una relación de verdad, completamente exclusiva.

No deja de sonreír, me siento en la cama y la abrazo.

—Me alegro mucho por ti, Nay —digo abrazándola.

—Yo también estoy muy contenta, pero luego veo algunas cosas en Facebook y me cabreo —voltea los ojos y la suelto, a la carga—. ¿De verdad te vas a vivir con Eric? ¿Te has vuelto loca? —me reprocha.

—Ya sabes que estoy loca por él, él quiere que vivamos juntos y a mí también me apetece.

—Sarah, es una locura. Sólo lleváis unos pocos días juntos, no os conocéis y Eric no me gusta para ti.

—Le quiero, Nay. Nunca había sentido tanto por nadie como por él, estoy enamora de él.

—Mira Sarah, no quiero ser dura contigo, pero no estás enamorada de él, no es más que un capricho. Eric es muy guapo, increíblemente guapo, está muy bueno no voy a negarlo, pero sólo es eso, un envoltorio. Nunca has sido una persona tan superficial, aún me acuerdo de aquel cuidador de pájaros… —ella sonríe al acordarse de mi ex, a pesar de que lo que me está diciendo no me gusta un pelo, yo también sonrío al recordarlo. Aún no entiendo en qué estaba pensando para enrollarme con semejante personaje— Eric no te conviene, es un maltratador en potencia, mereces algo mejor.

—¡No te pases! —exclamo envarándome.

Eric no es de trato fácil, lo admito. A veces es difícil entenderse con él, tiene un carácter duro, puede ser un déspota cuando se lo propone, pero de ahí a que sea un maltratador hay una gran diferencia. Además, debajo de todas esas capas bajo las que se escuda o protege hay mucho más, un hombre que sufre, él me ha enseñado esa parte tan privada de él, me ha demostrado que siente y padece, que no es todo como aparenta.

—¿Has olvidado como te trató cuando os conocisteis? —sigue atacándome Nayara.

—Han pasado muchas cosas desde entonces —intento mantener la calma.

—Venga Sarah, admite que esto es un error.

Nayara me está cabreando de lo lindo, ella no tiene ni idea de lo que Eric y yo tenemos. Detesto que se empeñe tanto en denigrar mi relación, cuando no sabe de lo que está hablando.

—Me voy a ir a vivir con él, está decidido —digo muy segura de mí misma.

—Esto no va a salir bien —dice sinceramente traspasándome con una mirada de compasión.

—¿Tú que mierda sabes? —estallo. Me pongo de pie— No lo conoces, cuando lo ves vas con la escopeta cargada. No te has tomado la molestia de intentar conocerlo, se preocupa por mí y yo quiero estar con él.

—No te cabrees —se pone en pie y me coge la muñeca—, sólo quiero lo mejor para ti, no conoces a Eric.

—¿A caso tú sí? — la interrumpo mirando sus ojos de ese extraño color marrón verdoso.

Conozco a Nayara de toda la vida, sé que no hace esto para fastidiarme, aunque sea justamente lo que está consiguiendo. Lo hace porque me quiere y quiere protegerme, porque no quiere que sufra, pero se equivoca.

—No, yo tampoco lo conozco, pero al menos yo no estoy cegada por su brillo como vosotras.

—Me estás cabreando, Nay —le advierto soltándome de su agarre.

—Vamos Sarah, te cabreas porque sabes que tengo razón. No puedes argumentar lo contrario —me quedo callada mirándola, cansada de esta conversación—. No quiero hacerte daño, quiero lo mejor para ti.

—¿Has acabado? Porque tengo que preparar la mudanza.

—Te estás equivocando.

—¡Ya está bien! —exclamo harta de esta discusión.

Discutir con Nay no es muy diferente a hacerlo con Eric, ninguno de los dos es capaz de dar su brazo a torcer. Aunque ellos no sean conscientes, se parecen mucho entre sí.

—Vale, ya lo dejo, pero dime una cosa: ¿Qué hace Eric en su tiempo libre? ¿Cuáles son sus aficiones?

Mierda, me quedo callada con el morro torcido. Lo peor de todo es que tiene razón en casi todo, me estoy precipitando, no conozco a Eric lo suficiente y no estoy lista para irme con él, pero necesito alejarlo de Mariona y ésta es la mejor manera. Aprenderé esas cosas sobre la marcha, no es un capricho, ni estoy cegada por su brillo, estoy enamorada de él y juntos haremos que funcione.

—No tienes ni idea de lo que le gusta —se regodea en mi silencio.

—Le gusta hacer deporte, la música clásica y su trabajo —es cuanto sé de él.

—¿De verdad? Guau —agranda los ojos con mordaz ironía—, tienes razón, estoy equivocada, lo conoces perfectamente, además vuestras aficiones son las mismas.

—No te pongas en plan sarcástica conmigo —digo harta de esta discusión absurda.

—¿Qué quieres que haga, Sarah? No tienes ni idea a qué se dedica realmente y él menosprecia tu trabajo, odias hacer deporte y nunca te ha gustado la música clásica. Tú veras lo que haces, pero deberías pensar en lugar de tomar decisiones absurdas —se da media vuelta con la intención de salir de la habitación, pero se queda en la puerta—. Pase lo que pase, recuerda que ésta es tu casa, y que Mariona y yo te necesitamos —cierra la puerta, dejándome sola y con un palmo de narices.

5

Mudanzas

La habitación de Carla ya está vacía, antes de ir al aeropuerto a llevar a Laura me quedo observandola. Algo se revuelve en mi interior al recordar a Carla llorando en la cocina, aún tengo una semana de "vacaciones", debería llamarla y ver como está, apoyarla.

Mi relación con Carla nunca ha sido especialmente estrecha, Carla siempre fue más una compañera de piso que una amiga. Nayara y yo somos amigas de toda la vida y con Laura conecté al momento, sin embargo con Carla, nunca tuvimos demasiado en común. Aun así he vivido con ella casi cuatro años, la conozco y sé que la patada que Nayara le ha dado en el culo, ha debido hacerle mucho daño. He hablado con Nayara, le he dicho que le pida que vuelva, ahora hay habitaciones de sobras, pero dice que lo nuestro es algo temporal, eso ha conseguido que empezara a ordenar el caos de mi habitación y me pusiera a preparar todo, cuando me cabreo desprendo energía.

Llevo a Laura al aeropuerto, me sorprende que se despida de Nayara y Mariona en la puerta de casa y vayamos solas. Cuando aparco el coche de Nay aún está en facturación, al salir vamos a tomar un café, mientras esperamos que llegue la hora del embarque. Hablamos de su trabajo súper secreto, esto de que tenga que dejar el móvil al llegar y no poder tenerlo ni en su tiempo libre mientras esté ahí dentro, me huele a chamusquina. Me da miedo que pueda ser algo ilegal, pero Laura es inteligente, no se dejaría engañar, al menos eso espero. Le hablo de la posible alta de mi madre, es la mejor noticia que podría haber recibido, al decírselo no se alegra tanto como yo esperaba, de hecho parece preocupada. Con sutileza cambia de tema y me aborda con Eric, a pesar que sé que Eric le cae bien, la conversación cada vez se parece más a la que he mantenido con Nayara esta mañana.

—Venga Sarah, no quiero fastidiarte —dice viendo cómo me tenso—, pero Nay tiene razón, tú no lo ves porque se trata de ti, pero si lo vieras desde fuera verías que es un error. Vuestra relación está muy verde para dar un paso así —resoplo incómoda. Esperaba que al menos Laura se pusiera de mi parte—.Tienes dudas Sarah, piénsalo mejor antes de dar el paso —me aconseja.

—Yo no tengo dudas —me defiendo, como a una niña a la que han pillado haciendo una travesura y lo niega.

—Sarah, las tienes, esos celos por Mariona no es más que inseguridad.

—Quiero distancia entre ellos.

—¿Por eso lo haces? —enarca una ceja.

No tengo por qué mentir, dejo de mirarla y observo a las personas desconocidas que pasan por nuestro lado, todos con sus problemas, sus propios miedos y sus vidas. Vuelvo a mirarla a los ojos, a Nayara no puedo hablarle de mis inseguridades, Eric no le gusta y haría leña del árbol caído, pero con Laura es diferente.

—Hablé con él sobre ello, fue Eric quien lo propuso.

—Venga Sarah, irte a vivir con él es precipitado y hacerlo por los motivos erróneos, puede ser un desastre.

—Nayara y tú me estáis gafando —digo perdiendo el buen humor.

—Te queremos y nos preocupamos por ti, queremos que seas feliz, no lo hacemos por fastidiar —*lo sé*, antes de que pueda decirlo sigue:—. A veces la vida nos pone en situaciones que no sabemos cómo afrontar, a veces la respuesta la tenemos ahí, en la cara, pero no somos capaces de verla.

—¿A dónde quieres llegar? —pregunto sin comprender.

—Lo que quiero decirte, es que a veces vemos mejor las cosas desde cierta distancia, cuando no nos afectan directamente. ¿Sabes cuando una amiga te pide consejo y tú lo ves clarísimo, pero ella no es capaz de verlo?

—Yo no os he pedido consejo a ninguna, la decisión está tomada —digo con decisión, asqueada de la conversación.

—Lo sé Sarah, sé que no nos has pedido consejo pero Nay y yo te queremos, sólo queremos que seas feliz. Nunca has vivido en pareja, Eric parece alguien controlador, tú misma te quejaste de eso, no me lo estoy inventando —es cierto, pero entonces no estábamos juntos—. Tú por lo general eres una persona bastante independiente. ¿Cómo vas a llevar que él te cuestione cuándo, cómo y por qué? Además de que eres muy desordenada... —me quedo callada, tiene razón pero no estoy dispuesta a decirlo— Vi su habitación antes de que la destrozara, él parece ordenado y minucioso...

Sé que le importas a Eric, cuando desapareciste estaba desesperado por encontrarte, sólo le importaba ponerte a salvo, aún así creo que sería mejor ir poco a poco, adaptándose a esas pequeñas cosas antes de dar el paso que vais a dar.

—¿No podríais alegraros, simplemente?

—No, te queremos y nos preocupas. Deseo que las cosas te vayan como tú desees, que las decisiones que tomes te hagan feliz, lo creas o no, es lo que Nay y yo queremos.

—Quiero vivir con él —digo con decisión, seria.

—¿Eso es lo que quieres? ¿O quieres distancia entre él y Mariona?

—Ambas cosas. ¿Podemos cambiar de tema?

Veo la duda en sus ojos, quiere seguir con el tema, pero me suelta una pregunta que me descoloca:

—¿Has recordado algo más de la noche que salimos?

—No mucho, ya te dije que no me acordaba de nada —me mira con indecisión—. ¿Hay algo que no me hayas contado?

Se remueve en la silla claramente incómoda, me está ocultando algo. Me mira a los ojos y me sonríe con cierto nerviosismo, después aparta la mirada. Me esconde algo, me pregunto qué es lo que no me cuenta.

—Nada importante.

—Dímelo, Laura —insisto, sé que hay algo.

Bebe de su café, como si necesitara tiempo para ordenar sus ideas, algo poco habitual en Laura. Es de ideas rápidas, la persona más inteligente que conozco, me inquieta su actitud. ¿Qué me oculta?

—No es nada, simplemente pasamos una gran noche.

—¿Seguro que sólo es eso?

Afirma con la cabeza, vuelve a beber de su café que debe estar helado después de tanto rato, mira la hora y se levanta de la silla.

—Será mejor que suba, no quiero perder mi vuelo.

Me levanto con ella, le cojo la muñeca y la miro a los ojos antes de que se me escape.

—No quiero que haya secretos entre nosotras, dímelo.

Me sonríe y me acaricia el pelo.

—Quiero que tengas cuidado, ahora yo no estaré aquí para protegerte pero tienes a Nay. Apóyate en ella. Nay y tu sois como hermanas, por mucho que peleéis siempre estáis ahí la una para la otra, no lo olvides.

—¿A qué viene esto, Laura? —pregunto sin comprender— ¿De qué o quién debería protegerme?

—No lo sé, sólo quiero que estés bien, nostalgia supongo —dice intentando quitarle importancia.

Esa respuesta no me convence, me oculta algo y eso me inquieta. Laura es un libro abierto, nunca se guarda nada para ella misma como a veces hacemos Nayara o yo, ella no es así. Todo lo que piensa lo dice, ahora me oculta algo y me pregunto qué puede ser, pero se niega a decirme nada.

Dejo a Laura en el control del aeropuerto para embarcar. Nos abrazamos para despedirnos, vuelvo a preguntarle qué es lo que no me cuenta, no sé qué puede ser pero creo que quería decirme algo y no se ha atrevido a hacerlo. Ella insiste en que no hay nada. Creo que estoy paranoica.

Vuelvo a casa dándole vueltas a la cabeza, preguntándome qué puede ser lo que pasó esa noche que Laura no ha querido contarme, eso de que debo protegerme me ha dejado tocada. ¿Qué sabe ella que yo no sé?

Al llegar a casa encuentro a una mujer de unos cuarenta años en mi habitación, empacando mis cosas.

—Hola —digo tímidamente preguntándome quién es esta señora.

—Hola querida, tú debes de ser Sarah.

—¿Y usted, es...? —pregunto sin comprender, nunca había visto a esta mujer.

Rodea la cama y se acerca a mí.

—Soy Isabel —me tiende la mano y yo se la estrecho con cierto recelo—, ayudo al señor Capdevila en todo lo relacionado con la casa. Él me dio su dirección para que la ayudara a preparar las cosas. Va a ser un gusto que haya alguien en esa casa, siempre está vacía, estoy segura que un toque femenino le sentara muy bien.

La mujer parece nerviosa, le sonrío intentando tranquilizarla, seguro que está intentando evaluar si le voy a complicar la vida. Por mí puede estar tranquila, no pienso molestarla en nada.

—Es un placer, Eric no me advirtió que usted vendría, de ahí mi sorpresa.

Me ayuda a guardar toda mi ropa en cajas. Mientras lo hacemos me interroga, preguntándome qué me gusta comer, qué no me gusta, alergias, me pregunta a qué me dedico, si tengo alguna manía o fobia… Me hace muchas preguntas, parece dispuesta a complacerme en todo.

Cuando estamos acabando con la ropa es mi turno de las preguntas, entre nosotras reina una atmosfera cómoda, casi confidente, me aprovecho de ello y le pregunto cosas sobre Eric. Me explica que Eric no es demasiado sociable en su vida personal, me explica que trabaja mucho y apenas pasa tiempo en casa, después me habla de una ex novia, por lo visto estuvieron a punto de casarse. Me parece muy fuerte. Es obvio que a ella esa mujer no le gustaba. Espero que no tenga la misma impresión de mí dentro de unas semanas, no lo creo, yo soy bastante normalita. Intento indagar un poco más pero no me lo permite, lo comprendo y no fuerzo.

Estamos acabando cuando llama a alguien, el mismo chico que trajo el todoterreno de Eric el día que nos conocimos, viene a ayudarnos con las cajas. Es el hijo de Isabel, me parece muy joven para tener un hijo tan mayor, debía ser jovencísima cuando se quedó embarazada.

Cuando ve mi colección de juegos para Play Station parece impresionado, como su madre es muy agradable, esto renueva mis esperanzas, espero poder encajar en la vida de Eric. Isabel y Pepe, su hijo, viven en el edificio de al lado de Eric, creo entender que están a disposición de Eric cuando él lo precisa, me parece exagerado, excesivo, por supuesto no digo nada. A pesar de lo mucho que ambos insisten en cargar las cajas ellos solos, les ayudo, cuando esta todo en el coche se marchan. No quiero invadir el espacio de Eric, le llamo y quedamos en que me recogerá en casa.

Vuelvo a mi habitación vacía, no queda nada de mi caos habitual, me siento algo nostálgica. Sabía que me iba a vivir con Eric, pero no imaginaba que esta misma noche ya estaría en su casa.

—Es raro ver tu habitación tan vacía —dice Nayara apoyada en el marco de la puerta.

—La verdad es que sí —digo sentada en la cama estirando las sabanas.

—No quiero que sigamos peleando Sarah, quiero que sepas que ésta siempre será tu casa —veo como sus ojos se humedecen—, espero que vengas a menudo a vernos, no quiero que cambies por él.

Me levanto de la cama y la abrazo.

—Yo también te quiero Nay —la miro a los ojos—, que no viva aquí no cambiará nada, te lo prometo.

56

—Eso espero, porque yo te necesito y Mariona también, si las cosas no salen bien espero que vuelvas.

Nayara tiene muy claro que las cosas con Eric no van a salir bien, no puedo recriminárselo. Lo cierto es que creo que entre ella y Laura me están gafando. No se lo digo, sólo sigo abrazándola con fuerza.

Eric se retrasa, cuando al fin viene a buscarme me despido de mis amigas en la puerta de casa. Mariona no deja de llorar, intento calmarla diciéndole que estaré aquí al lado, es cierto, estaré sólo a algunas paradas de metro de distancia. No quiero hacer un drama pero yo también estoy emocionada.

Abajo nos espera un coche que nos lleva a casa de Eric. En la parte trasera Eric se sienta a mi lado y me tiende la mano, se la cojo y me pregunta por mi día, qué me han parecido Isabel y Pepe. Hablamos sobre ellos hasta llegar a su casa, el coche nos deja en la puerta y se va.

Eric me presenta al portero de noche, después de un formal saludo subimos a su piso, el noveno. El piso de Eric es enorme, más que el de Nayara que no es precisamente pequeño, todos los muebles son de diseño, pocos muebles y mucho espacio, no hay una sola cosa fuera de lugar. No hay marcos ni nada personal, parece una casa de revista de decoración, todo parece muy impersonal, incluso frío.

La cocina es enorme, con una gran isleta en el centro como en las películas americanas.

—¿Te gusta cocinar, Sarah? —pregunta Eric.

—No mucho, además no se me da muy bien —contesto un poco incómoda.

—A mí tampoco. Isabel cocina para mí, cuando tengo alguna apetencia en particular se lo digo, ella se encarga de todo en la casa, la compra, la comida, la limpieza… Cualquier cosa que necesites ella te ayudará.

Afirmo con la cabeza, nerviosa. Cada vez veo más claro que me he precipitado, el piso de Eric no tiene nada que ver conmigo, yo soy un caos y Laura tenía razón, él es metódico y minucioso. Se pone delante de mí y me acaricia los brazos.

—No pongas esa cara de susto, ya verás que te acostumbras pronto, creía que Isabel te había caído bien.

—Ella me cae bien —digo con decisión.

—¿Cuál es el problema entonces?

—No sé —contesto dubitativa—, tu casa no tiene nada que ver conmigo.

—Ahora es nuestra —me coge del mentón y me besa los labios con suavidad—, no quiero que te sientas como una intrusa Sarah, cambia lo que quieras, quiero que te sientas en tu casa.

Miro esos ojazos azules que me vuelven loca. Le sonrío, adoro al Eric amable, me encanta ver que se preocupa por mí.

—Vamos, te enseñaré el resto —dice tirando de mi mano.

Tiene un enorme gimnasio con sauna y jacuzzi, dos habitaciones, su despacho, tres baños y al fin llegamos a su habitación, la nuestra ahora. Eric lo hace todo a lo grande, la habitación es enorme, la cama también lo es, sigo sin ver nada por medio, todo está perfectamente colocado, sigue pareciéndome algo impersonal, como una habitación salida de un catálogo, no refleja nada de su personalidad.

—Isabel ha guardado tu ropa en el vestidor —me lleva hasta él y me quedo anonadada, el vestidor es como mi habitación de grande. En la parte derecha están todos sus trajes, perfectamente colocados y alineados, en la izquierda mi ropa ya colocada, junto a cajas aún por desempacar—. Si no te gusta como a puesto Isabel las cosas cámbialas. Aquí está el cesto de la ropa, lo que sea para el tinte lo pones aquí —me enseña otro cesto—, ella lo llevará.

Afirmo con la cabeza, la colada es una de las cosas que menos me gusta, en casa siempre se encargaba Carla, ahora lo hará Isabel, la única diferencia es que no tendré que cambiarle las tareas como a Carla.

—Estás nerviosa, nena. ¿Qué te pasa?

—Pareces muy ordenado —digo con una sonrisa nerviosa saliendo del vestidor.

—Lo soy —me alcanza y me acaricia la cara, el mundo parece desdibujarse, sólo puedo verlo a él.

—Yo soy un desastre —le digo con una mueca.

—Te adaptarás —susurra inclinándose.

Me besa y le devuelvo el beso. Acerco su cuerpo al mío y una oleada de calor se cuela bajo mi vientre. Paso la americana de su traje por sus hombros y la dejo caer al suelo, se separa de mis labios e intenta recogerla del suelo, le cojo de la corbata e impido que se agache.

—Tenemos que adaptarnos los dos —digo poniéndome de puntillas—, me gusta el caos.

—Tu eres un caos, Sarah —sonríe y sus ojos brillan, su mirada se vuelve de zafiro y yo me derrito.

Volvemos a besarnos, deshago el nudo de su corbata y la dejo caer al

58

suelo, me coge del culo y lo aprieta con deseo, pegando su cuerpo al mío. Me separo de él y doy un paso atrás. Eric me mira interrogante, despacio le desabrocho los botones de la camisa, no entiendo cómo no se asa con el traje en pleno verano.

—¿Cómo te ha ido el día, cariño? —le pregunto mientras lo hago.

—Bastante bien, aunque sólo podía pensar que al salir te instalarías aquí, así que no he podido alejarte de mi mente un solo segundo —me aparta el pelo de la cara y me acaricia la mejilla.

Saco la camisa de su pantalón y lo miro. Abusón, me está regalando el oído y me encanta.

—Has llegado tarde —le reprocho en tono juguetón.

—Tenía trabajo —se defiende.

—Espero que hayas tomado nota de mi reacción —le contesto enarcando las cejas.

Sigo desabrochando la camisa, con un poco de dificultad con los puños consigo quitársela, miro su torso desnudo, el tiempo de gimnasio se nota. Eric tiene un cuerpo bonito, fuerte, una tableta de chocolate bastante definida y unos oblicuos de escándalo, pero tampoco excesivo como esos cachitas obsesionados con su cuerpo, no es uno de esos niñatos que solo les preocupa su cuerpo y su bronceado. Le beso el apósito que tiene en el pecho, allí donde el Monstruo le disparó, aún no entiendo cómo esa maldita bala no perforó nada a su paso, pero lo agradezco, lo agradezco muchísimo. La idea de perder a Eric hace que mi corazón se encoja y duela.

—Mañana voy al médico —levanto la cabeza y le miro, me acaricia la cabeza—, revisaran la herida y seguramente me quiten la muleta, tengo ganas de deshacerme de ella.

Tampoco es que haya seguido las instrucciones que le dio el médico: reposo durante una semana, no dejar peso sobre la pierna y no despegarse de la muleta. No ha hecho ninguna de las tres, pero me callo.

—¿Puedo hacerte yo primera una revisión? —le pregunto en tono coqueto.

Eric se echa a reír y le miro con devoción, observo esas arrugas adorables que le salen en la comisura de los labios gruesos. Eric es un hombre fuerte y atractivo, casi duro e inaccesible, pero cuando sonríe es otro. Cuando sonríe aparece el chico del que estoy enamorada, ese que habla en lugar de gruñir, ese que me ha robado el corazón.

—Puedes hacer conmigo lo que quieras, Sarah. Soy tooodo tuyo— contesta sin dejar de sonreír.

Me muerdo el labio inferior, fingiendo una timidez que no siento en absoluto. Le quito el cinturón y lo dejo con el pequeño montón de ropa que tengo a mi lado. Le desabrocho el pantalón, pero no lo toco.

—Quizás necesitaría un trajecito de enfermera —digo rodeándolo, escrutando la anotomía de su torso y espalda desnuda, moldeando sus músculos con las manos.

—Mañana será tuyo, nena.

En su espalda no hay rastro de ese bello fino y oscuro que cubre su pecho y abdomen. Le acaricio los hombros, la espalda y bajo las manos hasta su trasero firme, meto las manos dentro de su ropa interior.

—¿Mis deseos son órdenes, Eric? —pregunto pasando mis manos a la parte delantera.

Rodeo su rigidez y él sisea.

—Dímelo, Eric: ¿Mis deseos son órdenes?

—Lo son, dime lo que quieres y te lo daré, todo.

—Buen chico.

Le beso la espalda y le acaricio arriba y abajo, cojo sus testículos y los arrullo, echa la cabeza para atrás, gime y yo me enciendo como una hoguera.

Me coge de las muñecas con fuerza, impidiendo que siga estimulándolo, saca mis manos de dentro de su pantalón, con un gesto osco me empotra contra la pared junto al vestidor. Se pone delante de mí, ocupando todo mi espacio. Estoy en la mejor cárcel en la que estaré en mi vida, la de su cuerpo pegado al mío. Con agresividad hace mi camisa verde girones, doy un pequeño grito impresionada. Eric me sonríe satisfecho, me mira y el muy canalla se relame. Le sonrío negando con la cabeza y me besa. Nuestras lenguas se encuentran, se saludan como viejas amantes que se han echado de menos, con desesperación y anhelo, justo como yo me siento en este momento.

Su boca deja un reguero de besos húmedos que baja desde mi cuello hasta mi pecho, se deshace de mi sujetador no sé ni cómo y se hunde en mi delantera, jadeo, ahora soy yo la que jadea.

Su boca exigente sigue bajando, me estrecha la cintura con las manos y me baja los pantalones, hasta las pantorrillas, besa mi sexo aún con la ropa interior puesta, me cojo al marco del vestidor y gimo.

Siempre pensé que Eric en la cama, debía ser tan duro y exigente como lo es en la mayoría de aspectos de su vida. En lo que a sexo se refiere, me gusta controlar la situación, pero me excita que Eric me domine.

Nadie lo ha hecho nunca, sólo alguien con un carácter tan fuerte como el de Eric podría someterme, sólo él puede dominarme.

Vuelve a ponerse en pie y sin ninguna delicadeza me mueve hasta la cama. Me pone a cien que pueda conmigo, me excita que me trate como si fuera una muñeca, con la que él puede jugar a mover a su antojo.

—Lo he pensado mejor, la revisión te la voy a hacer yo a ti —me empuja por el hombro y caigo sobre la cama.

Voy a replicar, sólo por molestarlo un poco, pero su mirada me detiene, escruta mi cuerpo con una mirada que parece abrasar allí por donde pasa. Es la imagen de la lujuria: semidesnudo, fuerte, atractivo y sexy. Le hago una foto mental, voy a guardar esta imagen en mi cabeza hasta el fin de mis días.

Se agacha entre mis piernas, me quita los pantalones y los zapatos, estoy hiperventilando, me coge de los tobillos con rudeza y pone mi entrepierna sobre su boca, baja mi pequeño tanga granate y se zambulle en mi sexo.

Gimo, jadeo, grito, ardo y siento que voy a morir por combustión espontánea. Eric me besa, me lame, me tortura y mi sexo palpita. Cojo las sábanas con fuerza, incapaz de aguantar mucho tiempo más la marea de sensaciones que recorren cada parte nerviosa de mi cuerpo. Cuando estoy a punto de tocar el cielo con la punta de mis dedos, su boca deja de torturarme y de una sola embestida fuerte y potente me penetra.

Grito, no me ha hecho daño, pero me ha impresionado mucho.

—¿Te he hecho daño?

Niego con la cabeza con vehemencia, incapaz de pronunciar una sola palabra, hace que le rodee la cintura con las piernas, me besa de nuevo. Sale prácticamente de dentro de mí y con una embestida igual de poderosa vuelve a penetrarme, siento que me va a partir en dos.

En dos movimientos más exploto, pero él no se detiene, las sensaciones son demasiado fuertes y siento que voy a romperme de un momento a otro.

Sale de dentro de mí, me pone de lado y yo solo me dejo llevar como una muñeca rota.

—Quiero que te corras conmigo, Sarah —dice pasando una mano por mi cintura y acariciándome el clítoris.

—Ya lo he hecho, Eric —digo con voz entrecortada moviéndome al ritmo de sus dedos.

—Otra vez, conmigo, conmigo dentro de ti nena.

Sólo con esas palabras podría correrme, es lo más sexy que me han dicho en la vida, es la voz de Eric, con ese tono rasgado y contenido que está utilizando, me vuelve loca. Paso la mano por detrás y cojo su sexo húmedo, impregnado de nuestras esencias, la suya y la mía. Lo pongo en mi abertura y él se inserta en mí sin vacilación, puedo sentirlo por completo dentro de mí, me inclino hacia adelante pasando mi mano detrás de su cuello. Me besa la muñeca, me lame el cuello, me acaricia el clítoris y pasa una mano bajo mi cuerpo acariciando mis pechos, sin dejar de penetrarme, todo a la vez. Me muevo con él y él aprieta mi punto de placer. Sus embistes cambian, siento como crece aún más dentro de mí, estallo en mil pedazos y me colma, caigo laxa contra su cuerpo.

—Joder nena, ha valido la pena esperar —dice con la voz entrecortada.

—Ajá —digo en un hilo de voz, no puedo decir más.

Me besa el hombro y el cuello aún dentro de mí, deja de acariciar mi clítoris hinchado y maltrecho y me abraza la cintura. Cierro los ojos, anestesiada, cansada y muy satisfecha, me siento como si estuviera sobre una nube.

Solía pensar que Eric era el mismísimo demonio, ahora sé que lo es, es el demonio del placer, que vive en el paraíso y estoy encantada de arder entre sus brazos.

6

Una de cal y otra de arena

Me despierto sobresaltada, busco a Eric pero no está. Intento relajarme y recordar mi sueño, inquieta por él. Nunca le he dado a los sueños una gran importancia, pero después de lo sucedido con todo el tema de Mariona y Carlos, me siento obligada a no dejarlos pasar, sobre todo cuando despierto en el estado de nervios en el que me encuentro en este momento.

Recuerdo la imagen de una señora con una sonrisa picada y desagradable, de la mano de ella una niña que se parecía a mí. Poco a poco la recuerdo mejor, iba vestida con un pijama rosa de Hello Kitty, algo que yo ni de niña me hubiera puesto, mi intolerancia al color rosa es de nacimiento. Tenía los ojos marrones, creo. El pelo ondulado y largo de color castaño, la niña me pedía que me acercara y esa mujer no dejaba de sonreír. Al recordar su sonrisa, de nuevo decido no pensar más en eso. Me da grima la sonrisa de esa mujer.

Miro la hora, las once de la mañana, imagino que Eric se ha ido a trabajar, *ya podría haberme despertado*, pienso con fastidio. Voy al baño que hay dentro de la habitación y me doy una ducha fría. Tengo que ir a comprar mi champú, mascarillas y demás. No pensé en eso y lo dejé todo en casa de Nayara.

Cuando salgo de la ducha me encuentro con Isabel haciendo la cama, ella me mira y me sonríe.

—Buenos días, Sarah —me saluda con amabilidad— ¿Qué tal has dormido?

Las sábanas con todas las pruebas de lo que anoche pasó en esa cama,

63

reposan en sus manos y me muero de vergüenza, siento como mi cara se calienta al enrojecer.

—Deja eso Isabel, yo me encargaré en cuanto me vista.

—De eso nada —no puedo apartar la mirada de las sábanas manchadas de los restos de una noche de placer, me siento muy avergonzada—, para eso estoy yo aquí, pondré esto a lavar e iré a prepararte el desayuno mientras te secas el pelo. Sé qué hace calor, pero los peores catarros se cogen en verano —me quedo callada mirando las sábanas, muy agobiada y avergonzada—. ¿Qué sueles desayunar?

—Café —contesto deseando que suelte las sábanas o que me deje escapar.

—Estás muy delgada, te prepararé un desayuno en condiciones, seguro que no comes como es debido.

La miro agobiada y al fin se va, suspiro sintiendo que me he quitado un peso de encima. Me visto de manera informal, ni siquiera me pongo unos zapatos altos como de costumbre. En la cocina me espera Isabel con un desayuno que parece más para un elefante en lugar de para una persona. Esta señora me quiere cebar, supongo que debe haberse dado cuenta del gasto de energía de anoche. Lleno mi boca de comida enrojeciendo de nuevo.

Después de desayunar voy a comprar e Isabel, se empeña en acompañarme para conocer mis gustos. A pesar del bochorno, reconozco que cada vez me gusta más, es muy agradable y protectora. Caminamos por las calles de Barcelona en un cálido y perfecto día de verano, me siento de buen humor y compro unas flores en el mercado, después vamos a comprar ropa para mi madre, quiero que empiece una nueva vida. En cuanto llegamos a casa, Isabel las pone en agua y se dedica a sus labores. Yo sin embargo, no sé qué hacer.

Llamo a Eric para ver si comemos juntos, tiene trabajo. Mi gozo en un pozo. Isabel se pasa el día en casa, intento ayudarla pero no me deja, así que decido hacer lo que más me gusta: jugar a la consola.

Me paso el día muerto delante de la tele jugando a la Play. Mis amigas piensan que pierdo el tiempo jugando a los videojuegos, pero hay a quien le gusta la literatura, el arte, el cine, pasear, hacer deporte... A mí me gusta sentarme en el sofá y viciarme, cada uno tiene sus aficiones. Además, en cuanto le digo a un chico que tengo todos los trofeos del "red dead redemption", cae a mis pies, son así de simples, lo he comprobado. El mayor sueño del noventa por cientos de hombres de mi generación, es que a sus parejas les guste jugar a la Play. Después del de hacer un trio con otra mujer, claro.

Cuando Eric llega a casa ya es de noche, yo sigo con lo mismo, y él está de mal humor, me queda claro enseguida.

—¿Has cenado? —me pregunta al entrar a la sala.

—Te estaba esperando —contesto poniendo en pause la partida.

Deja la americana sobre el sofá con sumo cuidado, deshace el nudo de la corbata y se sienta a mi lado.

—¿Qué has hecho hoy? —me pregunta.

—Matar infectados —digo señalando el televisor.

Me rodea con el brazo y me besa la cabeza, no es lo que esperaba.

—Ya, el hijo de Isabel estaba impresionado con tu colección de juegos, es una afición poco femenina.

—¿Qué insinúas? —le pregunto en tono juguetón.

—No insinúo nada, pero deberías emplear tu tiempo en algo más productivo que pasarte el día delante de la caja tonta, es una pérdida de tiempo.

—Estoy de vacaciones, puedo dedicar mi día a lo que me plazca —contesto intentando no irritarme.

—Haz lo que quieras Sarah, pero deberías buscar un trabajo de lo tuyo y dejar de perder el tiempo sirviendo comidas. No tengo ganas de discutir, sólo es un consejo ahora haz con él lo que quieras.

Es obvio que está de mal humor. Se aparta de mí con la intención de levantarse, de alejarse de mí. A excepción de Isabel he pasado el día sola, no quiero que se vaya.

—¿Por qué no lo pruebas? —digo cogiéndolo del brazo y ofreciéndole el mando de la consola.

—No me gusta perder el tiempo en esas cosas.

—Quizás te guste —insisto.

—No tengo diez años para dedicarme a esas gilipolleces —me contesta secamente.

—¿De qué vas? ¿Por qué vuelves a menospreciarme? Si has tenido un mal día no es culpa mía —le contesto malhumorada, ha conseguido cabrearme, llevo esperándolo todo el día—. Además este juego es para mayores de dieciocho años, listo.

—No quiero discutir, y menos por esta gilipollez. Así que quita eso de la tele y pon las noticias, quiero saber que pasa en el mundo real.

Las noticias, el programa que más detesto de la televisión, todo son desgracias. Sigo con mi partida como si no le hubiera oído, no pienso dejar la partida sin grabar. Además, admito que está muy interesante, el protagonista está herido y me veo obligada a jugar con la niña, una niña de pelo castaño de catorce años. Me acuerdo de mi sueño y se me quitan las ganas de jugar.

Eric se levanta del sofá y se va a la cocina, durante la cena no se despega de su teléfono móvil. Como esto sea así cada noche, esto no va a funcionar. Después de cenar una deliciosa lasaña casera que ha preparado Isabel, me pongo a fregar los platos.

—Deja eso Sarah, mañana lo hará Isabel —dice dejando su plato en la pica.

—No me cuesta nada hacerlo, además así me siento útil.

—Como quieras —contesta bostezando.

Cuando acabo de fregar los platos me reúno con él en la sala, se ha cambiado de ropa, al fin.

—¿Vemos una película? —le pregunto esperanzada de hacer algo juntos.

—Mañana tengo que madrugar —contesta sin ni siquiera mirarme.

—Eric, me he pasado el día sola —me quejo—, me gustaría hacer algo juntos, los dos.

Resopla como si le molestara que hablara. Me recuerdo que tengo que poner de mi parte para que esto funcione, si me quedo aquí acabaré discutiendo con él, así que me voy.

Decido darme un baño. Lo estoy preparando, cuando se apoya en el marco de la puerta.

—¿Por qué has pasado el día sola? Podrías haber llamado a tus amigas. Mariona me ha llamado esta tarde, quería ir a dar una vuelta.

Genial, eso me hace sentir mejor, gracias.

—A mí no me ha llamado, ella quiere pasar tiempo contigo, no conmigo —contesto de malhumor.

—Llámala mañana, me ha dicho que no quería agobiarte, estaba segura que estabas liada con la mudanza —se acerca y me aparta el pelo a un lado— No te cabrees, Sarah —me pide besándome el cuello con suavidad.

—Ya estoy cabreada.

Me estrecha por la cintura y me abraza.

—Espero que ese baño sea para los dos, eso podríamos hacerlo juntos, los dos.

Me echo a reír. A pesar de mi malhumor me giro y le beso, a pesar de todo, no puedo resistirme a él.

Al día siguiente me despierto sobresaltada, he vuelto a soñar con la misma niña, no dejaba de decirme: te estoy buscando, te estoy buscando, con la voz típica de una película de terror. Eric se ha marchado así que paso por casa de Nayara. Cuando entro en casa me llega un fuerte olor a pintura.

—¡Hola! —grito entrando en el recibidor.

—¡Sarah! Estoy aquí —grita Mariona desde mi habitación.

Recorro el pasillo hasta allí, cuando veo las paredes pintadas de un rosa pastaleso y horrible me hierve la sangre. Esa ya no es mi habitación, me he mudado a casa de Eric, pero me molesta lo que le está haciendo a mi habitación.

—¿Qué haces? —pregunto mirando con espanto las paredes.

—Estoy pintando, ¿me ayudas?

Ni de coña, esto es un sacrilegio.

—¿Por qué pintas mi habitación? —pregunto intentando ocultar mi irritación, con poco éxito.

—Técnicamente ahora es la mía —me sonríe y yo la miro preguntándome de qué va—. ¿No te has enfadado verdad, Sarah? —dice dejando la brocha en el bote de pintura— Ahora vives con Eric.

—Pensé que te quedarías en la de Carla, Nayara la echó para que te quedaras allí —le escupo a la cara, sin poder ocultar mi malestar un segundo más. Su cara cambia y sus ojos empiezan a brillar, me he pasado y lo lamento—, esta habitación está muy alejada del resto— intento suavizar mi tono de voz.

—Es la más grande. Además —hace un puchero, tragándose las lágrimas—, Nay no echó a esa chica. Carla tenía su propio piso, ella no esperaba que todas huyerais de mí, como si fuera una infectada. Nayara dijo que me quedara la habitación que más me gustara.

Se pone a llorar haciéndome sentir como una mierda, me lo merezco.

—No llores, Mariona —me acerco a ella y la cojo de los hombros.

—Déjame, Sarah —se zafa de mi agarre.

Me siento fatal por haberla hecho llorar, soy una idiota, la peor persona por haberla herido, no puedo tenerlo todo. Ella tiene razón, ahora vivo con Eric, que haga lo que quiera con la habitación.

—¿Dónde está Nayara? —pregunto suspirando, incómoda por la situación.

—Ha quedado con Aleix —mira la pared con fingida indiferencia.

—¿Te lo ha presentado ya? —intento cambiar de tema— Yo trabajo con él, es muy majo.

—Es simpático, me cayó muy bien.

La cama está cubierta con una sábana, sobre ella hay una caja, decido echar un vistazo.

—¿Es tu vieja máquina de escribir? —pregunto impresionada de que la conserve.

—Sí —dice con un tono más animado, se acerca y acaricia la máquina—, ayer me la trajo mi hermano.

—Todavía recuerdo cuando tu madre te escribía cuentos con ella de niña. Cuando aprendimos a leer solías leérnoslos, entonces querías ser como tu madre. Te pusiste muy pesada cuando te la regaló.

—Sí —sonríe recordándolo—, mi hermano sabía lo mucho que me gustaba y la conservó con la esperanza de devolvérmela.

Somos muy afortunados de que esté de vuelta, debo intentar ser mejor persona.

—Había pensado en salir a dar un paseo esta tarde, ya que no está Nay podríamos ir juntas.

—Estoy haciendo esto —dice señalando esa horrible pared.

—Como quieras, mañana voy a subir a Boira, pasaré allí el fin de semana. Si quieres venir conmigo... Así podrás ver a tu madre.

—¿Eric va contigo?

—Sí —intento ocultar como me afecta esa pregunta, aparentemente inocente—, supongo que sí. Mañana es sábado, no creo que trabaje.

—De acuerdo.

Me pregunto si su respuesta hubiera sido la misma de no venir Eric. Me quedo allí viendo como mancilla mi habitación. Me cuenta que está pensando en buscar un trabajo de verano. Por lo visto Natalia se lo ha recomendado, para que así se enfrente al mundo real y supere su timidez. Me pregunto qué timidez, pero no digo nada. Con Mariona hay que andar con pies de plomo.

Al salir de casa llamo a Natalia, parece encantada de recibir mi llamada, me pregunta si tengo planes y como no los tengo quedamos para comer. Natalia me cae genial, le debo mucho a esta mujer, gracias a sus sesiones de hipnosis encontramos a Mariona.

Me pregunta por mi relación con Eric, le explico que me he mudado a su casa, me quejo un poco y ella me aconseja que tenga paciencia. Me gusta hablar con Natalia, no conozco a nadie que lo conozca mejor que ella, quizás Isabel, pero no tengo la misma confianza que tengo con Natalia.

Insegura le pregunto si ella cree que me he precipitado, su respuesta es que puedo hacerle mucho bien a Eric, que lo opina desde antes de conocerme, cuando Eric le habló por primera vez de mí. Yo escuché esa conversación pero obviamente no se lo digo.

También hablamos sobre Mariona aunque no demasiado, me dice que la estamos mimando demasiado, me pide que no ceda a sus chantajes y eso me sorprende. Le pregunto por ella, me explica que está divorciada, tiene un hijo de siete años. Como la madre orgullosa que es, me enseña fotografías en su móvil y sus ojos verdes tienen un brillo especial. Está esperando la anulidad eclesiástica para volver a casarse con su pareja actual.

Estoy llegando a casa cuando recibo una llamada de Aleix, me sorprende que me llame pero enseguida comprendo el motivo, quiere jugar al Resident Evil online. Al llegar a casa, un amigo que está instalado con él quiere unirse a la partida, eso me deja fuera pero Aleix lo arregla con una llamada.

Cambio el juego en la Play y me coloco el auricular, él y su amigo juegan en una pantalla, yo lo hago en otra con un tal Pablo, un nuevo compañero de trabajo. Por lo visto Sonia tiene un embarazo de riesgo, así que está de baja. Dani ha despedido a la chica que la iba a reemplazar y se ha quedado con Pablo que cubría mi sitio.

Pablo no deja de agasajarme por mi modo de jugar, el Resident Evil es uno de mis juegos favoritos, lo tengo por la mano y me luzco un poco encantada con tanto piropo. Pablo parece una persona muy simpática, espero que en el trabajo sea igual. Él también siente curiosidad, Aleix no deja de decir mentiras sobre mi persona, deformando la imagen que ese chico tiene de mí.

Cuando Eric llega a casa no parece demasiado contento de verme en la misma posición que la noche anterior. Le miro a los ojos y veo la frialdad en ellos, por lo visto no ha tenido un buen día.

—Cuidado con el lamedor, Sarah —me advierte Pablo por el auricular.

Vuelvo la vista a la pantalla y me encargo de él sin mucha dificultad, con mi arco soy infalible.

—Chicos tengo que dejar el juego.

—¿Estás de coña, Sarah? —me pregunta Aleix.

—Acaba de llegar Eric —digo echándole una ojeada.

—¿Tienes novio? —pregunta Pablo.

—Sí —contesta Aleix—, un novio gilipollas.

—Tú sí que eres gilipollas —le digo a Aleix ofendida.

—Vale soy gilipollas, pero no puedes dejar así la partida.

—Es la última —les advierto.

—¿Vas a seguir con eso? —me pregunta Eric.

—¿Te importa?

—Sí, me importa —contesta secamente.

—Gilipollas —dice Aleix que debe de haber oído a Eric.

—¡Cállate!

—¿Cómo dices? — se pone Eric delante de mí, tapando la pantalla.

—¡Quita que no veo! —me quejo, me tumbo en el sofá para poder ver la pantalla— Se lo decía a Aleix.

Eric me echa una de sus miradas de hielo, coge la americana y se va.

—Tu novio debe estar encantado contigo —dice Pablo, por un momento pienso que me está vacilando, pero enseguida caigo en mi porcentaje—, yo mataría por tener una novia que juegue así al Resident.

—No es el Resident, es una viciada —comenta Aleix entre risas—, una friki de las grandes.

—No sé cómo Nayara te aguanta.

—Pues deberías saber que tu amiga está muy cabreada contigo.

—¿Por qué? —pregunto sin comprender qué he hecho ahora.

—Cuando hemos llegado a su casa, Mariona estaba llorando. Decía que habías sido muy desagradable con ella, que te habías enfadado porque estaba pintando la habitación —no puedo creerlo—. No le digas a Nay que te lo he dicho, no quiero más líos con vosotras. Acabo de recuperarla, no quiero joderla de nuevo.

Sigo jugando, ellos siguen hablando pero ni siquiera los escucho, no puedo creer que Mariona le haya ido con esas a Nay. Cuando me he ido de casa estaba bien, incluso hemos quedado para mañana. Me desahogo matando infectados y otros bichos con brutalidad. Acabamos la partida y enseguida salgo del juego,. Me llega la solicitud de amistad de Pablo, la acepto y apago la consola. Me levanto del sofá corriendo y voy en busca de Eric. Lo encuentro en la cocina, sacando una cerveza de la nevera.

Ya se ha cambiado de ropa, se ha puesto un pantalón de pijama que le cae por las caderas de escándalo, marcando esos oblicuos definidos que me vuelven loca.

—¿Cómo te ha ido el día? —pregunto quitándole la cerveza de la mano y dándole un trago.

—De pena, tenía un regalo para ti, pero no creo que vaya a dártelo esta noche.

Me pregunto qué me habrá traído, como sea otro par de zapatos me caigo muerta, adoro los zapatos. Ahora que el médico le ha dicho que ya puede hacer deporte con normalidad, sé que no tengo que seguir sufriendo por su pierna, así que de un salto me encamaro encima de él. Eric me coge del culo.

—¿Qué me has traído?

—No voy a dártelo, Sarah —me sienta sobre la isleta de la cocina—, me ha llamado Mariona esta tarde.

—¡Yo no la he tratado mal! —me defiendo incrédula de que también le haya ido a él con el cuento.

—Dice que te has enfadado —apoya los puños en la isleta alrededor de mí—. ¿De verdad te cuesta tanto ser amable con ella?

—¿Para eso te ha llamado? —pregunto cruzándome de piernas.

—Quería saber a qué hora pasábamos mañana a recogerla —niega con la cabeza—, imagínate mi sorpresa cuando no sabía que nos íbamos a ninguna parte. Esas cosas me irritan —dice muy serio. Volteo los ojos y me cruzo de brazos. ¿Qué no le irrita?—, me molesta que hagas planes y no me consultes. Mi agenda es complicada, tengo un lío de la ostia en la oficina por mis continuas ausencias.

—¿Eso quiere decir que no vas a venir mañana?

—No puedo ir.

—Pero mañana es sábado —me quejo.

—Debiste consultarme —me contesta en tono tajante.

—Mi madre va a salir de ese horrible sitio después de casi ocho años, quiero estar con ella.

—Tendrás que ir sola.

—Por lo visto tengo que hacerlo todo sola.

—¿Qué significa eso?

—Nada —contesto de malhumor.

Descruzo brazos y piernas, dispuesta a bajarme de la encimera. Esto es importante para mí, pero parece que a Eric le da igual, lo más importante es su maldita multinacional. Él para mí es lo primero, si me necesitara haría cualquier cosa por él. Tengo ganas de echárselo en cara, pero lo único que conseguiré es que a él le de igual y yo salir herida de la discusión, así que me callo. Intento bajar y él se acerca más.

—¿Puedo? —intento que se aparte.

—No hemos acabado de hablar.

—Tú dirás —digo cruzándome de brazos a la defensiva.

—¿Por qué no me consultaste?

—Pensé que como era importante para mí, lo sería para ti. Obviamente me equivoqué, no volverá a suceder.

Sus ojos se descongelan, sabe que estoy herida, me besa y acabamos en el único sitio en el que por lo visto nos entendemos: la cama.

A la mañana siguiente, cuando voy a recoger a Mariona, no se encuentra bien. Creo que eso responde a la pregunta sobre si su asistencia dependía de la de Eric. Intento no pensar en eso, estoy obsesionada con Eric, no todo gira entorno a él. Me dirijo a Boira sola, recojo a mi padre y juntos vamos a por mi madre.

Mi madre está cambiando, sus ojeras se han reducido claramente, tiene las mejillas algo sonrojadas y está con nosotros en cuerpo y alma, no sólo en cuerpo. Por el camino me pregunta cosas sobre mi vida, vuelve a interesarse por mí y yo la decoro para que se sienta orgullosa y feliz.

Después de comer, mi padre nos ofrece dar un paseo, pero mi madre no parece muy dispuesta a salir de casa, así que nos quedamos allí. Mi padre parece que va estallar de felicidad de un momento a otro, sus chicas han vuelto.

Dormir en mi antigua habitación es como un viaje en el tiempo. Nada ha cambiado, mi padre la conserva igual que el día que me fui de casa, enfadada con él por no querer ponerme las cosas fáciles, huyendo de él.

El domingo a mediodía viene una visita que no puede hacerme más feliz. Eric está en casa de mis padres, anoche hablé con él y me aseguró que no vendría en todo el fin de semana para que aprendiera a consultarle las cosas, ni siquiera me molesté en discutir con él. Cuando llaman a la puerta y voy a abrir, pensando que es otro vecino cotilla, y lo veo en la puerta con un ramo de flores, me lanzo a sus brazos dichosa y emocionada como una niña.

—Son para tu madre —me advierte con una sonrisa.

—Eso me gusta más —lo beso—. Vamos, entra, mi madre estará encantada de verte.

Efectivamente mi madre parece encantada con la visita, incluso mi padre parece satisfecho y eso que pensé que Eric no le gustaba demasiado. Mi padre le da las gracias por encontrarme y ponerme a salvo, le pregunta por sus heridas y Eric le asegura que está recuperado.

Disfrutamos de una comida tranquila y amena, Eric está de buen humor, mi padre parece satisfecho y mi madre está volviendo en sí, me siento muy feliz, tanto que me resulta extraño. Cuando estamos recogiendo para irnos, mi madre viene a la habitación. Eric y mi padre están en la planta de abajo, mi madre se sienta en la cama y me observa.

—¿Tienes ganas de volver a casa? —pregunto guardando mis cosas en la maleta— ¿Lo has pasado bien?

—Pronto estaré en casa para siempre —le sonrío complacida—. Mañana vas a conocer a alguien muy especial, ella te ha estado observando y vigilando en sueños. Es hora de que la conozcas.

Dejo lo que estoy haciendo y miro a mi madre, ella me mira a través del espejo de mi habitación.

—¿Vigilando en sueños, qué significa eso? —sonrío con incredulidad, no quiero más historias raras.

—Es muy especial. Hay secretos que deben ser revelados, ella te necesita y algún día se volverán las tornas. Ayúdala Sarah —y aunque por su tono es una petición, en sus ojos veo una súplica—, al hacerlo te ayudarás a ti misma. Las dos estáis perdidas, juntas haréis grandes cosas.

¿Por qué mi madre me hace esto otra vez? Vuelvo a estar en el mundo real, ordinario y normal. Me gusta este mundo donde entiendo lo que tengo a mi alrededor, lo desconocido me da miedo, además he cubierto el cupo. No quiero creerla, no debería, pero si no le hubiera hecho caso no hubiera encontrado a Mariona.

—¿Cómo puedes saber lo que va a ocurrir? —pregunto desconcertada.

—Todos estamos conectados. Entre nosotras hay un vínculo muy fuerte, ayer la vi rondando tus sueños. Tú, como yo, eres especial, aunque de una manera diferente. Por eso te eligió Carlos. Sigue tu instinto, Sarah.

Se levanta de la cama y me deja sola, comiéndome la cabeza. No quiero más historias de fantasmas, estoy mareada y los nervios bailan en mi estómago. Mi vista no se despega de la puerta por la que acaba de salir, preguntándome si ella tiene razón, si la historia va a repetirse. No puedo pasar otra vez por lo mismo, no puedo.

—¿Estás bien, Sarah?

Centro mi vista, Eric está en la puerta y ni siquiera lo había visto.

—Sí —contesto retomando mi tarea de recoger, no sé cuánto he estado en stand by.

—Tus padres ya están preparados para irse.

Nos despedimos en la puerta de casa. Mi madre no hace ningún comentario más sobre lo que me ha dicho en la habitación, se lo agradezco, si va diciendo eso por ahí no le darán el alta. Eric va en moto delante de mí y no me gusta nada cómo conduce esa moto enorme. Me concentro en seguirlo para no pensar en mi madre, no es fácil de seguir, corre demasiado, adelanta de manera imprudente y el trayecto se me hace eterno.

Cuando llegamos al parking le reprocho su manera de conducir, me ha tenido todo el camino sufriendo por su seguridad. Mientras subimos a casa me cuenta que le gustan las motos, le gusta salir los domingos a correr con un amigo. No me gusta esa afición y me habla de sus otras aficiones, que poco tienen que ver conmigo. Como si no fuera suficiente con nuestra diferencia de caracteres, más diferencias. *¡Genial!*

—¿Te preocupan mis aficiones? —me besa el cuello.

—Me preocupa lo poco que tienen que ver con las mías.

—Nos adaptaremos —contesta cuando se abren las puertas del ascensor—. Te he preparado una sorpresa—dice sonriéndome, claramente relajado.

—¿Qué clase de sorpresa?

—Un cuarto de juegos —dice desplegando su encanto.

—¿Un cuarto de juegos? —pregunto con aprensión— ¿Un cuarto rojo?

Prefiero el cine a leer un libro, pero Nay no dejó de acosarme hasta que me leí las sombras de Grey. Aunque los libros me encantaron, yo no estoy hecha para ese rollo de sumisión y dominación, no es lo mío, seguro.

—Bueno no es rojo —Eric parece confundido—, aunque podemos pintarlo, si quieres.

Abre la puerta de casa y me da miedo lo que pueda esperarme dentro, me coge de la mano y me lleva a una de las habitaciones. En mi cabeza

74

ya me veo boca abajo en una cruz, mientras Eric me azota, admito que cualquier cosa que Eric quiera hacer conmigo me excita, pero eso no me convence.

—Isabel y Pepe lo han organizado todo, esta mañana Pepe y yo lo hemos dejado todo listo.

Eso me gusta menos, abre la puerta y la habitación ha cambiado por completo, pero no veo rastro de cruces o potros. En su lugar hay una enorme pantalla de plasma en la pared, un sofá que parece muy cómodo con unos pufs a juego, al otro lado de la habitación junto a la ventana un diván, un escritorio y una estantería vacía. Colgado en la pared hay un cuadro con la foto de la graduación en un lienzo y otra de tres de las fotos que nos hicimos en el mirador el otro día.

—¿Qué es esto? —pregunto con una sonrisa mirando todo a mi alrededor.

—Bueno, yo tengo mi despacho... Pensé que te gustaría tener un espacio para ti. Pepe lo ha acondicionado para que sea el lugar perfecto para esa afición tuya con la caja tonta.

—¡Es genial! —exclamo muy ilusionada.

De un salto me tiro encima de él, no creo que pudiera haber acertado más ni queriendo. Es completamente innecesario, pero aun así me encanta. Es un sitio para mí, lo ha hecho sólo pensando en mí y me siento pletórica. Estrenamos el sofá y después cenamos tranquilamente cogiendo fuerzas para un segundo round.

—Ayer hablé con Dani, mi jefe —comento recogiendo la mesa.

—¿Vas a volver a trabajar allí?

—Por supuesto —contesto—. ¿No te parece bien?

—Creí que habías estudiado una carrera para algo.

—Sí claro, pero mientras no encuentre trabajo de eso, seguiré en el restaurante.

—No tienes por qué hacerlo. No me gusta ese trabajo para ti, ahora vives conmigo, no necesitas los cuatro duros que cobres allí, puedes buscar con calma, incluso si quieres puedes abrir tu propio negocio.

—Eric, no quiero ser una mantenida, ni abusar de ti.

—No es un abuso, Sarah. Yo puedo proporcionarte ciertas comodidades, estabilidad. Me gustaría que disfrutaras de ello.

—Me gusta mi trabajo, me gusta trabajar para Dani y no voy a dejarlo —me muestro firme—, menos aún después de todas las molestias que le he causado y no me haya despedido.

Esa contestación no le gusta, se levanta de la mesa nada contento con mi decisión.

—Mañana voy a volver, no debía hacerlo hasta el miércoles, pero he hablado con Dani, me dará esos dos días para cuando le den el alta a mi madre.

—Mañana Mariona empieza a trabajar en mi empresa —suelta como si quisiera devolvérmela.

—¡¿Cómo?! —no puedo creer que haya escuchado bien.

—Ayer me llamó, Natalia le ha recomendado que se busque un trabajito hasta que en septiembre empiece a estudiar y ella sí quiere que yo la ayude.

¿Y ella sí quiere que yo la ayude? Dejo lo que estoy haciendo y me meto en mi habitación de juegos cerrando de un portazo, no quiero discutir. La idea de venir a vivir con él era poner distancia entre ellos, ahora van a trabajar juntos, donde yo no podré ver lo que pasa. Seguramente su relación aún se estrechará más. Mi enfado aumenta y estoy que me subo por las paredes de pura rabia.

Cuando me meto en la cama, Eric ya está dormido.

7

Aina

Vuelvo a soñar con la misma niña del pijama de Kitty. Estamos en la puerta del trabajo, todo a nuestro alrededor es gris y desdibujado. Sé que estoy en un sueño, puedo verme a mí misma hablando con ella, vestida con el pijama que me puse antes de ir a dormir.

Despierto sobresaltada por el sonido del despertador, bostezo e intento recordar la conversación con esa niña, pero sólo recuerdo lo que me ha dicho justo antes de despertar: *Hoy voy a encontrarte*, un escalofrío me recorre, al recordar su voz y sus palabras. Me pregunto si es posible que sea cierto, mi madre dijo que ella me estaba buscando, que me observaba y vigilaba en sueños. Llevo días soñando con esa niña.

Me doy una ducha y preparo mi ropa del trabajo, intentando convencerme que no debo darle importancia a esas cosas, vuelvo al trabajo, rutina y normalidad. Se acabaron los fantasmas, no quiero más espíritus en mi vida.

Me pongo uno de los vestidos que Estefanía compró para mí. Es demasiado elegante para la ocasión, pero quiero dar una buena imagen el primer día. Además, aún no lo he estrenado.

Al salir de la habitación me sorprende encontrar a Eric en la cocina. Isabel me saluda y ofrece un café. Me siento en la isleta al lado de Eric.

—¿Qué haces aquí?

—Como es tu primer día, había pensado en llevarte.

Eso sí que es una sorpresa, me pregunto si es su manera de disculparse por lo de anoche, pero no lo creo. Salimos juntos, hoy no recogen a Eric en la esquina como de costumbre, en lugar de eso vamos juntos en moto. No es un trayecto agradable, paso muchísimo miedo, no me gusta como Eric lleva la moto.

Me acompaña hasta la puerta del trabajo, incluso parece dispuesto a acompañarme al interior.

—¿Seguro que quieres esto, Sarah? —demanda como si fuera incomprensible para él.

Esta mañana me he trenzado el pelo hacia un lado, así que llevo un semi recogido, pasa la mano por mi mejilla libre de cabello y la acaricia, masajeándome el cuello.

—Me gusta trabajar aquí. Aunque no lo comprendas, ahí dentro —señalo la puerta del restaurante— soy útil y me valoran.

Niega con la cabeza y yo también lo hago. Aún estoy enfadada por lo de Mariona, no entiendo por qué le ha dado trabajo sabiendo que eso no me haría ninguna gracia, sabiendo que me siento celosa de ella. A Eric no le preocupan mis sentimientos, debería irme acostumbrando a esa falta de empatía.

—Eres una cabezona —dice con media sonrisa en los labios.

—Debiste darte cuenta antes —le devuelvo la sonrisa, cuando Eric sonríe podría olvidarlo todo.

—Touche.

Se inclina y me besa, nada de un piquito, me da un beso largo y apasionado. Me siento tentada a volver a casa con él y tomarme el día libre. Nuestro labios se separan pero no nuestros cuerpos, me acaricia el labio.

—Se buena nena, y no trabajes mucho.

—Lo mismo te digo —le contesto mordiéndole el dedo con el que acaricia mi labio inferior.

Vuelve a besarme y me deshago por él, olvido el trabajo, mi enfado por culpa de Mariona, todo. Alguien carraspea a nuestras espaldas y Eric deja de besarme.

—Buenos días, Sarah —me saluda Dani desde la puerta.

—Hola Dani —saludo a mi jefe alegremente—, él es mi novio, Eric, mi jefe, Dani —los presento.

Se saludan con un apretón de manos, después Eric se marcha al trabajo y yo entro al mío hablando con Dani. Me pongo el uniforme y voy a la barra, mi compañera Rebeca me ha visto en la puerta y me pregunta por Eric. Rebeca me cae bien pero es demasiado chafardera, aunque nunca he tenido problemas con ella, no me gusta ese afán por enterarse siempre de todo. Le digo que es mi novio, pero no le doy demasiados detalles.

—Llego tarde, lo siento —entra diciendo un chico al que no había visto nunca.

—Pablo, ven —lo llama Rebeca.

¿Ese es Pablo? Me pregunto mirando al chico que acaba de entrar por la puerta, se acerca a nosotras. Es alto, delgado, de espalda ancha, lleva un look muy surfero, camiseta ancha y unas bermudas. Tiene la piel bronceada, el cabello mojado y ondulado que le llega casi a los hombros. Es guapo, muy guapo.

—¿Qué quieres, guapa? —pregunta apoyándose en la barra.

—Te presento a Sarah, es la chica a la que hasta ahora sustituías.

Pablo se fija en mí, me mira con sorpresa y después me sonríe, su sonrisa resalta mucho con su bronceado. Su mirada se vuelve curiosa, tiene los ojos de color avellana muy bonitos y una nariz respingona.

—¿Tu eres la del resident? —me pregunta cruzando la barra.

—La misma —le devuelvo la sonrisa.

Me mira de arriba abajo, su escrutinio consigue incomodarme, no entiendo por qué me mira así.

—Es un placer —vuelve a sonreír y me besa las mejillas, acaba de ducharse, huele genial, a gel de baño—. ¡Vaya! Eres muy guapa, Aleix no te describió así, estoy impresionado.

—Aleix es muy gracioso —digo sin molestarme—, prefiero no saber las cosas horribles que dijo de mí.

—Creo que tú y yo nos llevaremos muy bien —asegura—. Me gustan las mujeres bonitas y tú, eres preciosa.

¿Está de coña? Quiero contestar algo ingenioso, pero mi cerebro no responde, siento como enrojezco.

—Venga Romeo, ve a cambiarte antes de que Dani vea que has llegado tarde —dice Rebeca echándolo.

—Volando —dice volviendo a repasarme antes de irse.

—No le hagas ni caso Sarah, es un adulador, un Don Juan —baja el tono de voz—, por lo visto Yolanda y él han tenido algo más que palabras.

—¿Yolanda? —frunzo el ceño, dubitativa— ¿Qué pasa con su novio?

—¡Lo ha dejado! —exclama ella, encantada de cotillear— Yo creo que ha sido porque Pablo le gusta, pero chica, no suelta prenda.

Afirmo con la cabeza. ¿Cómo espera que le cuente nada a ella con lo cotilla que es? Veo a Aleix y voy a saludarlo, nos abrazamos y le pregunto por Nay. Pablo se reúne con nosotros y despliega su encanto. Le echa la bronca a Aleix por todo lo que le dijo de mí, me explica todo lo que Aleix le contó, prácticamente me describió como un orco de Mordor. Pablo es un ingenuo por haber creído todas esas historias.

Dani deja a Pablo en mi zona y a mí me pone en la barra. La mañana va muy tranquila para la época del año en la que estamos, al mediodía el trabajo aumenta. Pablo no deja de buscar cualquier excusa para hablar conmigo. Rebeca tenía razón, es un adulador, le recuerdo que tengo novio pero a él no parece importarle demasiado, a pesar de todo me río mucho, será fácil trabajar con él, es un guaperas que sabe el encanto que tiene y lo explota. Para él soy la nueva, pero en cuanto se acostumbre a mí, dejará de agasajarme.

Al salir del trabajo a media tarde, me siento observada. Voy de camino al metro y esa sensación me aprieta de nuevo. Me giro y me encuentro justamente con lo que menos quería ver, una niña de cabello castaño muy largo, mirándome a lo lejos. Al menos parece que está viva, eso es un consuelo.

Vuelvo a mirar al frente y camino lentamente, si quiere decirme algo puede alcanzarme, pero no lo hace. Cuando me subo al vagón del metro creo que la he perdido, pero cuando me bajo me doy cuenta de que sigue detrás de mí. Una niña no debería andar sola por las calles de Barcelona, debería hablar con ella y llevarla a su casa en un momento.

No más cosas raras Sarah, me recuerdo a mí misma. Me quedo en el portal y la miro, sin duda es la niña con la que he soñado: melena larga y ondulada, ojos marrones, nariz respingona y labios rojos, es una monada de niña. ¿Qué quiere de mí?

Me quedo mirándola, la observo dándole tiempo a acercarse. No lo hace, sólo me observa con curiosidad, como si me evaluara, al menos así me hace sentir. Entro dentro del portal y subo a casa.

Una vez arriba aún me siento inquieta, las palabras de mi madre resuenan en mi cabeza. Dejo mis cosas en el recibidor y bajo dispuesta a hablar con esa niña, a averiguar qué quiere de mí. Cuando bajo la niña ya no está.

Cuando llega Eric parece que está de buen humor, le pregunto por Mariona y dice que sólo la ha visto a primera hora, que después Estefanía se ha hecho cargo de ubicarla, eso me satisface. Yo le cuento como me ha ido el día, aunque no le hablo de la niña, no me gusta ser una rarita.

Al día siguiente cuando salgo del trabajo, la niña de nuevo me sigue hasta casa. Me quedo en el portal observándola, le hago señas para que se acerque. Recuerdo cuando era yo la que observaba a un desconocido, en este mismo portal. Si Eric en alguna ocasión hubiera llegado a pedirme que me acercara, habría corrido en dirección contraria, pero yo no impongo como Eric. Además, no soy tan borde como él se mostró cuando lo vi por primera vez, cuando chocamos aquí mismo.

La niña ladea la cabeza y se acerca, yo también lo hago y nos encontramos a medio camino.

—Hola —me saluda cuando la tengo enfrente.

Es una monada de niña, debe de tener menos de diez años y desde luego es la niña con la que sueño.

—¿Nos conocemos? —le pregunto.

—No en este plano.

—¿En este plano? —demando sin comprender.

—Ya nos habíamos visto antes, pero no así.

—¿Qué quieres?

—Yo soy un conductor y tú un receptor, necesito que me ayudes.

No entiendo de qué me está hablando, pero me da igual, que me diga lo que quiere y me deje tranquila.

—¿Ayudarte a qué?

—Con los espíritus, claro —contesta muy segura de sí misma—. ¿Con qué va a ser?

Esta niña soy yo, y yo soy Eric. Me entra el pánico, susurros en la oscuridad, terror, cosas que se mueven solas, sensaciones desagradables, pesadillas… No voy a volver a pasar por eso, me niego, lo siento por ella.

—Yo no sé nada de espíritus, vuelve a casa y déjame tranquila.

Me doy media vuelta y vuelvo al portal, ella me sigue.

—¡Eres una mentirosa! —me grita, tira de mi brazo hasta que la miro— Tienes que ayudarme te guste o no, si no me ayudas haré que lo pases muy mal.

La mocosa se atreve a amenazarme, sus ojos se ven decididos, habla en serio. Sentía lástima por ella, había visto un reflejo de mí en ella, pero ahora ya no la siento. Acaba de pasarse de la raya.

—Vete a tu casa.

Me suelto de su agarre, entro en el portal y la dejo fuera.

Esa noche compruebo que no era una amenaza efímera, me paso toda la noche soñando con ella, no deja de perseguirme, de gritarme, tira de mi brazo, quiere llevarme a alguna parte y yo tengo miedo.

—Sarah, Sarah —me despierto. La luz está encendida y Eric me mira interrogante, me abrazo a él— ¿Qué te pasa?

No quería contarle esto a Eric, no quiero ser una rarita, aun así se lo explico. Le cuento que llevo más de una semana soñando con la misma niña, que esa niña me ha encontrado y me sigue. Le explico lo que me ha dicho esta tarde y lo poco dispuesta que estoy a volver a pasar por lo mismo.

—Vamos Sarah, esa niña seguro que ha leído de ti en la prensa y por eso te sigue.

—En la prensa no se dijo nada de espíritus —me aparto el pelo de la cara—, además mi madre me dijo que me estaba buscando, que debía ayudarla, pero es una mocosa irritante que me pide más de lo que puedo dar.

—Mañana hablaré con mi detective para que la investigue, veamos que encuentra de ella, no te preocupes.

—Claro que me preocupo Eric, ella soy yo y yo soy tú.

—No lo cojo —dice restregándose los ojos.

Me cubro la cara con las manos, organizo mis ideas y se lo explico.

—Cuando tu hermano hacía cosas en casa era para que te encontrara, lo pasé fatal y por eso empecé a buscarte. Ahora ella me busca a mí y recuerdo lo mal y desesperada que estaba. No quiero que esa niña pase por lo mismo que pasé yo, no es más que una niña, pero me da miedo meterme en algo así, otra vez.

—Ya entiendo —me acaricia la espalda y le miro—. Tranquilízate, mañana enviaré a Torres, si tu madre te dijo que hablaras con ella puede que sea lo mejor, quizás sólo quiere que la escuches. Carlos quería que contactaras conmigo para encontrar a Mariona, quizás alguien se co-munica con ella, puede que te conozca y sólo quiera darte un mensaje —suspiro poco convencida—. No adelantes acontecimientos nena, seguro que esa niña sólo quiere que la escuchen.

—Es cierto —afirmo con la cabeza intentando convencerme.

—Ahora descansa.

Apaga la luz y volvemos a dormirnos.

Tengo a la niña delante, le digo que me deje tranquila, que mañana hablaré con ella y se esfuma. Mi sueño cambia, estoy en una playa de aguas cristalinas, Eric me coge de la cintura y me enseña a hacer surf. Es muy divertido a la vez que excitante, pero cuando me doy cuenta es Pablo quien está conmigo.

Me despierto azorada, cuando estoy llegando al trabajo me llama Natalia, quedamos en que se pasará a media mañana a hacerme una visita. Parece que algo la preocupa, espero que no sea Eric.

Entro en el vestuario y Pablo se está cambiando ahí en medio, en lugar de usar los compartimentos que Dani habilitó para darnos intimidad. No puedo no fijarme en su torso desnudo, tiene un torso sin bello, definido, bronceado y fuerte. ¡Madre mía! Dejo de mirarlo.

—Buenos días, preciosa —se acerca y me besa en la mejilla—. ¿Has tenido dulces sueños?

¿De todas las preguntas que podía hacerme, por qué tiene que ser esa? Siento como mi cara enrojece como un tomate, aparto la mirada de él y me voy a los compartimentos.

—Deberías cambiarte aquí, para eso están.

Abro uno con decisión de par en par y lo que veo es un primer plano del culo desnudo de Rebeca que me mira desde el espejo como si quisiera matarme.

—¡Sarah! —me grita Rebeca desde el espejo.

—¡Mierda! —cierro el compartimento— ¡Lo siento!

Pablo se ríe a mis espaldas, me giro y lo miro aún más roja, muy avergonzada. Voy a mi taquilla para coger mi ropa y Pablo se acerca, se acerca demasiado, se pega a mí y me dice:

—Estaban ocupados, por eso me he cambiado aquí fuera —baja el tono de voz para que sólo yo pueda oírlo—, si algún día te pasa esto a ti, espero estar cerca para verlo.

Le golpeo con el bolso para que cierre la boca y él se echa a reír, le miro y sonrío involuntariamente.

—Qué vergüenza —le digo en el mismo tono bajo, cubriéndome la cara abochornada.

—Espero que me cuentes qué has soñado esta noche, así los dos podremos olvidar el trauma de ese enorme culo en pompa. ¡Que desagradable! —dice con teatralidad— Necesito una bonita imagen en mi cabeza, para olvidar lo que acabo de ver, creo que casi funde mi retina con semejante horror.

—Vete a trabajar ya —le digo en un tono de voz normal, rompiendo la camaradería.

Vuelve a reírse y se larga.

Domingo sale de uno de los compartimentos y me cambio a toda máquina, me da miedo que Rebeca me la devuelva. Tengo que decirle a Dani que ponga unos pestillos o algo así.

Cuando salgo del vestuario le pido disculpas a Rebeca cien veces, al final me pide que lo olvide. No tenemos mucho trabajo y Pablo está encantado, así puede torturarme con lo de mis sueños.

—¿Sabes que Sarah ha soñado conmigo esta noche? —le dice Pablo a Aleix.

—¿Y eso, Sarah? —me provoca Aleix.

—¿De verdad vas a creer nada de lo que éste te diga? —intento quitarle importancia mientras le paso los cafés que está esperando.

—Sarah, te estás poniendo roja. ¡Qué fuerte! —exclama haciendo que enrojezca más, me giro para que no me vean la cara— Cuéntanos el sueño. ¿Estabais vestidos? —dice el muy morboso emocionadísimo.

—Hola, Sarah.

Me giro y veo a Natalia al lado de Aleix, espero que no lo haya oído, aunque dudo que no lo haya hecho, con las voces que estaba dando Aleix.

—Hola Natalia —rodeo la barra—, largaros de una vez o le digo a Dani que me acosáis —le digo a Aleix y Pablo, me acerco a Natalia y le doy dos besos.

—¿Cómo ha ido la vuelta al trabajo?

—Muy bien —le contesto animada—, tenía ganas de volver. Eric nunca está en casa y me aburría mucho.

—¿Cómo se lo ha tomado él?

—No muy bien, la verdad. No le hizo ninguna gracia.

Natalia afirma, obviamente no le sorprende.

—Debe aprender que las cosas no siempre serán como él quiera, por eso creo que eres tan buena para él. Tienes carácter, el suyo es muy fuerte, no dejes que te controle, a veces tendrás que ceder pero no siempre.

Le sonrío a Natalia, hablar con ella me encanta, nadie conoce a Eric como ella, es la voz de la sabiduría.

—Oye Sarah —me giro hacia Pablo, espero que no diga nada del maldito sueño delante de Natalia—. Si quieres haz ya el descanso y siéntate a tomar un café con tu amiga, ya me quedo yo en la barra, la cosa está muy tranquila.

—¿No te importa? —demando sorprendida de ese gesto.

—Podrías compensarme diciéndome lo que quiero saber, pero eso ya depende de ti.

—Eres insufrible chaval —digo negando con la cabeza— ¿Te lo había dicho alguna vez?

—Lo creas o no, mi hermana me lo dice veinte veces al día —vuelve a sonreír— ¿Qué queréis?

Vamos a una mesa, mientras tomamos un café Natalia comenta los buenos compañeros que tengo, yo le digo que ahora con Pablo aquí, él y Aleix hacen que parezca un chikipark.

Volvemos al tema de Eric, le explico nuestras diferencias. Natalia me aconseja que haga cosas con él, no sólo estar en casa, que planeemos citas, sitios a los que ir, que busque algo que nos guste hacer a los dos. Que ceda y le haga ceder a él también.

—Esta mañana he tenido una sesión con Mariona.

—Ahora trabaja para Eric —le digo con fastidio.

—¿Eso no te gusta?

—No —¿para qué mentirle?—, ella busca mucho a Eric, eso me disgusta, se acerca mucho a él... La llamo con algún plan y siempre tiene algo que hacer, sin embargo después ella le llama para hacer cosas con él. Este fin de semana mi madre salió del psiquiátrico —le explico—, ella iba a venir con nosotros a Boira, pero cuando se enteró que Eric no venía, se puso repentinamente enferma, aunque después habló con él para pedirle trabajo.

—Entiendo.

—Ella lo está pasando mal y debería ser más comprensiva, pero tengo la impresión que a veces olvida quien es Eric y piensa que es Carlos —niego con la cabeza, no puedo creer que lo haya dicho en voz alta—. Cuando me acerco a él le molesta, se nota que le fastidia vernos bien. A veces pienso que es paranoia mía, así que intento dejarlo pasar pero siempre pasa algo que me devuelve a ese pensamiento. No está sola, me tiene a mí, a Nayara, a su hermano que vive aquí en Barcelona, pero siempre recurre a Eric.

—Esta mañana hemos discutido.

—¿Por qué? —pregunto bebiendo de mi café confundida.

—Eso no puedo decírtelo Sarah, no puedo divulgar nada de lo que hablamos en nuestras sesiones. La cuestión es que ha decidido dejar la terapia —miro los ojos verdes de Natalia a través de sus gafas de pasta—.

Mariona no está bien, alguien debería convencerla para que vuelva a terapia, si conmigo no se siente cómoda puedo recomendaros algún colega, pero no tendría que dejarlo.

—Crees que puede hacerse daño o algo así —me temo lo peor.

—No, tranquila, no haría algo así, pero tiene problemas de personalidad —Natalia quiere decirme más de lo que me dice pero no puede, se nota que quiere contármelo—. Mira Sarah, ella pasó por algo terrible hace ocho años, no estoy segura de que lo haya superado, le cuesta hablar del tema, pero lo ha hecho. Es cierto que Mariona estuvo ocho años metida en ese agujero, pero no debes olvidar que ella quería estar ahí. Guillermo le dio lo que tenía y ella se conformó porque tenía miedo. Ahora la persona a la que temía está muerta, ya no tiene miedo, esos ocho años han sido más que suficientes para cambiar su personalidad. La estáis sobreprotegiendo, sobre todo Nayara y Eric, y no le están haciendo un favor, sino lo contrario.

—¿Tienes un diagnóstico?

—Es posible, pero a ti no puedo dártelo, a no ser que ella me dé su consentimiento.

—Hablaré con ella, si no consigo nada le pediré a Eric que lo haga, seguro que a él le hace caso.

Cuando Natalia se va me deja tocada. Aleix y Pablo siguen con sus bromas pero si antes me hacía poca gracia ahora menos. Pablo me pregunta si estoy bien, se preocupa. Se nota que es un buen chico, necesita madurar pero ya tendrá tiempo, sólo tiene veintidós años.

Antes de salir de trabajar me llama Torres, el detective de Eric. Le hablo de la niña, le doy una descripción y le digo que en caso de encontrarla la llevaré al parque que hay dos calles detrás de mi trabajo, para poder hablar con ella.

Cuando salgo del trabajo, en efecto la niña está esperándome, pero no en la puerta como siempre, sino un poco más lejos. Voy al parque y ella me sigue. Me siento en el banco y ella se sienta a mi lado, me giro en mi asiento y la miro. Lleva un vestidito rosa y unas convers. Me mira con ojos curiosos y una sonrisa diáfana.

—¿Cómo hiciste lo de anoche? —pregunto mirando sus ojos, que a la luz del sol se ven verdes.

—Ese es mi poder: proyecciones astrales —me explica como si yo la entendiera—. Separo mi cuerpo físico del espiritual, eso me permite ir a donde yo quiera, aunque nunca había entrado en el sueño de nadie. Cuando salí del tuyo, lo intenté con mi hermano y no fui capaz. Supongo que contigo puedo porque eres como yo.

—¿Cómo tú, que significa eso? —pregunto sin comprender.

—Tú hablas con los muertos.

—No, no lo hago —niego con la cabeza.

—¿Nunca te has comunicado con un espíritu? —niego con la cabeza de nuevo, miento— Puede que sea una niña, pero no soy estúpida. Toñi me ha dicho que debía buscarte a ti, ella dijo que tú podías ayudarme.

—¿Quién es Toñi? —pregunto con interés.

—Es mi vecina, murió el mes pasado.

Me recorre un escalofrío, ya estamos, el bello se me pone en guardia y me pongo recta.

—Yo no conozco a ninguna Toñi —intento mantener la calma.

—Ella no te conoció en vida, sino después, cuando se marchó.

—¿Cuándo se marchó, dices? —pregunto con un tartamudeo nada habitual en mí.

—Sí, cuando murió —la miro descolocada y sintiéndome fatal. Creo que empalidezco, la niña me coge del brazo y saltan chispas, literalmente. Miro su mano sobre mi brazo pero ella ni se inmuta—. Cuando estaba viva nosotras éramos un equipo, ella se ha marchado y me siento muy sola. Mi madre no quiere ni oírme hablar de estas cosas, le da miedo, así que no hablo. Antes mi hermano me apoyaba o intentaba entenderme, pero hace un tiempo que me ha dado la espalda. El espíritu de mi padre lleva toda la vida conmigo, a mi lado, pero cada vez está más atormentado, no sé qué quiere. Yo quiero ayudarlo —sus ojos se humedecen y siento que mi corazón se resquebraja—, quiero que cruce, que descanse en paz, pero no sé cómo hacerlo, no sé qué quiere de mí. Toñi sabía hacer cosas, ella lo ha contenido mucho tiempo, pero ahora que no está, vuelve a comunicarse conmigo y no me deja, no me deja hacer nada. Provoca fenómenos en casa que alteran a mi madre, a veces digo que he sido yo para que se tranquilice, pero tengo miedo —su mirada me traspasa, no estoy segura de qué pensar o decir—. Yo soy espiritual —comenta como quien dice que es vegetariano o cristiano—, en ese plano soy fuerte, pero en éste no lo soy, en este plano soy normal y corriente. No me gustan las cosas físicas, nunca he tenido miedo de lo que hago, pero mi padre hace que lo tenga. Él tiene un vínculo conmigo y me da miedo que pueda hacerme daño.

Deja de hablar y me suelta el brazo, cuando lo hace siento un extraño vacío. Cierro la boca, que he mantenido abierta inconscientemente mientras me contaba su historia. Aparta la vista de mí para que no vea sus lágrimas, pero éstas huyen de sus ojos desesperadas, ella se las limpia de un manotazo.

87

—No llores, cielo —le pido, me acerco por el banco hasta pegarme a ella, paso el brazo por sus hombros y ella se abraza a mí, eso me deja un momento fría. No conozco a esta niña de nada, pero oigo como llora y no puedo hacer más que abrazarla—. Mi madre cree que soy especial, pero no lo soy, yo no puedo hablar con los muertos, nadie puede hacerlo.

Se separa de mí, se pone en pie y me mira con desafío, alrededor de sus ojos y nariz tiene manchas rojas de llorar. No sé quién es esta niña, pero sin duda es una pequeña guerrera.

—Eres tonta, una tonta del culo —afirma—, yo puedo hablar con los muertos y tu deberías, si no puedes es porque eres una corta y una inútil.

Joder con la niña, la madre que la parió. Da un paso para alejarse de mí y la cojo del brazo, haciendo que se siente en el banco de nuevo. No puedo creer que vaya a darle más credibilidad a esta niña. Parece desesperada y rota, a pesar de sus insultos sólo puedo compadecerme por ella.

—Hace casi dos meses, unos amigos hicieron una ouija en casa —le cuento—, yo no quería participar, tenía miedo —confieso—, el espíritu tenía un mensaje para mí. A partir de ese momento empezaron a pasar cosas raras en casa, en varias ocasiones se comunicó conmigo, pero sólo me dijo palabras sueltas, susurros, nada más que eso.

—Así es como empieza.

—En mi vida he pasado tanto miedo como en esos días, no quiero empezar nada, me gusta ser corriente y vulgar.

—No eres corriente, somos muy pocos, algunos nacemos así. Toñi decía que yo había nacido con un velo, pero también se puede transmitir en generaciones. Otros experimentan esto después de una experiencia con la muerte, cuando se salvan de la muerte, ella les besa y los marca. Tienes un poder.

—No me digas lo de un gran poder conlleva una gran responsabilidad, porque me da.

La niña sonríe, me sorprende que una niña comprenda esa frase.

—Eres una friki.

—Veo que no soy la única —le sonrío de vuelta.

—Lo que iba a decirte es que si tienes el poder de ayudar, tienes el deber de hacerlo.

—¿Cuántos años tienes?

—Tengo diez.

—Eres muy madura.

—Tú no, además de una miedosa.

—Supongo que sí —digo apoyándome en el banco y mirando a mí alrededor.

—Vas a ayudarme.

Vuelvo a mirarla, no lo ha dicho como una pregunta, sino que es una afirmación. A pesar de su aspecto de niña, que es lo que es, habla como una adulta, parece muy madura y parece saber mucho de este mundo desconocido para mí. Se pone el pelo largo y castaño detrás de las orejas y me sonríe con los labios pegados.

—Yo no puedo ayudarte cielo, tú pareces una experta, yo no sé nada de todo esto.

—Yo puedo enseñarte.

El problema es que no quiero aprender, pero no se lo digo a ella, no quiero hacerle llorar otra vez.

—Tengo que pensarlo —digo frotándome la frente— ¿Qué es lo que quiere tu padre?

—No lo sé, no deja de repetir lo mismo una y otra vez: Mi hija está viva —otro escalofrío, no estoy lista para pasar por esto, en serio—. ¿Qué es lo que quiere? —la miro y me encojo de hombros, pero es una pregunta retórica y ella sigue:— Claro que estoy viva, no sé cómo ayudarlo, no sé qué quiere.

—¿Qué quieres tú de mí?

Sonríe, da por hecho que voy a ayudarla pero yo no lo tengo nada claro.

—Quiero comunicarme con él, en este plano yo no puedo hacerlo sola, al menos todavía no puedo hacerlo. Creo que como puedo ir al otro lado, quizás por eso cree que estoy muerta, porque allí puede hablarme, pero sabe que estoy viva, y por eso me dice que su hija está viva una y otra vez.

Madre mía, yo no puedo hacer esto, pero me siento incapaz de decírselo.

—Necesito pensarlo, dame el fin de semana para que lo piense, ¿vale?

—Vas a hacerlo, no tienes nada que pensar, tú y yo ya hemos conectado, te guste o no, vas a ayudarme.

—Eres muy terca —sonrío mirándola— ¿Lo sabías?

—Lo creas o no, mi hermano me lo dice veinte veces al día.

89

Tengo una extraña sensación de déjà vu, tampoco es que me extrañe, llevo días soñando con ella sin recordar lo que hablamos en sueños. Puede que ya hayamos tenido esta conversación y yo no lo recuerde, es posible que por eso ella tenga tan claro que voy a ayudarla, aunque yo no lo crea posible.

—¿Cómo te llamas? —le pregunto.

—Aina.

—Yo soy Sarah —le tiendo la mano y me la estrecha.

—Juntas vamos a hacer un gran equipo Sarah, seremos como los Warren.

—¿Cómo quién? —pregunto sin comprender.

—Los Warren, Ed y Lorraine Warren, deberías leer sobre ellos, veo que voy a tener mucho trabajo contigo.

—Aina, no te hagas ilusiones, no te he dicho que vaya a ayudarte, seguramente ni pueda.

—Lo harás.

Niego con la cabeza, es inútil discutir con ella. Me da su número móvil y me pide el mío, me niego a dárselo, ya tengo bastante con sus visitas diurnas y nocturnas, no quiero que tenga mi móvil y me acose todavía más. Me ofrezco a acompañarla a casa, pero ella no quiere que lo haga.

Cuando nos separamos me llama Torres, dice que sigue a la niña y en dos días me pasará un informe con lo que descubra de ella. Le pido que sea discreto, esa niña es muy lista, no quiero que lo pille.

8

Cita

Al llegar a casa me cruzo con Isabel que se marcha ya, me pregunta qué tal el día y le contesto que bien, por decirle algo. ¿Qué le voy a decir a la pobre mujer? Una niña cabezona de diez años, quiere jugar conmigo a los espiritistas. Mi amiga tiene problemas de personalidad y quiere dejar la terapia, además persigue a mi novio. He soñado con uno del trabajo y no para de torturarme por ello. Hoy he tenido un día redondo, desde luego. Me preparo un baño para ver qué hago con este desorden que es mi cabeza.

Lo primero es lo primero, mientras se llena la bañera llamo a Nayara, le explico lo que he hablado con Natalia, le pido que hable con Mariona y la convenza para volver a terapia. Nay está cabreada porque Mariona trabaja para Eric, me hace la misma gracia que a ella, me pide que hable con Eric pero ya lo hice y no conseguí nada. Me comenta que Mariona tiene médico al día siguiente, Nayara es muy blanda con ella, decido llamarla y ofrecerme a acompañarla pero como siempre pasa de mí, dice que irá con Nay. Intento sonsacarle sobre lo que ha pasado con Natalia pero no suelta prenda.

Me doy un baño de agua templada, lo más acertado y efectivo es que Eric hable con ella, seguro que a él no tiene las narices de torearlo como hace con nosotras. Después está el tema de Aina, no sé qué voy a hacer con eso. No quiero meterme, preferiría no saber nada, pero ahora ya lo sé y la verdad es que no puedo ignorarlo, me da pena esa niña, empatizo con ella. Recuerdo lo desesperada que me sentí cuando nadie me creía, ni siquiera las personas que sufrían las consecuencias conmigo, entiendo lo sola que se siente.

Cuando me estoy secando el pelo llaman a la puerta.

—Estoy en casa —dice Eric a través de ella.

Cuando salgo del baño ya no está, la ropa que se acaba de quitar está en el vestidor, la huelo, adoro el olor a Eric. Me pongo unas braguitas y su camisa medio abotonada. Salgo en su busca, lo encuentro rebuscando en la nevera, me apoyo en el marco de la puerta y lo observo. El muy canalla sólo se ha puesto un pantalón corto de pijama, ¡qué bueno está mi novio por Dios! Cuando me ve, me dedica una sonrisa, una de esas sonrisas made in Eric, que hacen que mi corazón salte y mis bragas se humedezcan. Me acerco a él.

—No te muevas —me pide, sigue mirándome, con una mirada de pura satisfacción que me enciende.

—¿Qué pasa? —le pregunto en la puerta.

—Estás preciosa, nena —se acerca lentamente, como un depredador que acecha a su presa—, así con el pelo alborotado, las mejillas sonrojadas como a mí me gusta y sólo con esa camisa que por cierto, es mía. Me encanta que te pongas mi ropa, alaba tu sex appeal y me recuerda que eres mía.

—Me gusta porque huele a ti —le contesto mirando cómo se acerca sinuosamente hacia a mí.

—¿A qué huele, Sarah? —me pregunta en un tono juguetón y vacilón a la vez.

Me llevo la camisa a la nariz, la huelo y él sigue acercándose lentamente, acechándome.

—Huele a fresco, a tormenta —cambio el tono de voz—, a deseo— me sonríe satisfecho—, huele a una mañana de domingo en la cama, con todo el día por delante sólo para nosotros.

—¿A eso huele? —sisea.

Afirmo con la cabeza, estrecha mi cintura, me mira de arriba abajo y yo arqueo las cejas. Su mirada hace que me sienta más sexy y poderosa que nunca. Se inclina, pega su rostro a mi cuello, mordisquea mi oreja tenuemente, su nariz roza mi cuello de arriba abajo, inspirando, oliéndome, calentándome.

—Tú hueles a primavera, eres el sol que me calienta, el olor a flores me rodea y me arrulla, podría perderme en ti, Sarah. Estoy loco por ti, nena.

Siento que esas palabras acarician mi alma, son un manto cálido que me rodea y me reconforta. Me cuelgo de su cuello, un segundo después

92

mi lengua está en su parque de recreo, la boca de Eric. Me mira a los ojos con una mirada feroz y me devuelve el beso, exigente, agresivo, fuerte y dominante.

Me coge del culo sin dejar de besarme y me sube a la isleta de la cocina, me tumba sobre ella y recorre mi cuerpo bajo la camisa con sus manos, su boca y su lengua.

Hacemos el amor allí mismo, sobre la isleta de la cocina, me posee, me enloquece y me trastorna. Eric es un excelente amante, el mejor que he tenido, el último que tendré. Quiero pasar la vida con este hombre, aunque a veces consiga sacarme de quicio, quiero estar con él para siempre.

Cenamos aquí, en el suelo, saciados, satisfechos, es el momento más romántico que he compartido con él en este piso. Nos alimentamos el uno al otro en una atmósfera tranquila, cómplice. Estaba siendo un día horrible, pero Eric ha conseguido que me olvide de Mariona y de la niña del sexto sentido, *en ocasiones veo muertos*, escalofriante.

—Eres bellísima, Sarah —dice depositando un trozo de fresa en mi boca.

Me acaricia el labio con el dedo, se lo muerdo fuerte y Eric me sonríe.

—Esta mañana ha venido a verme Natalia —digo cuando la fresa ya ha bajado por la garganta.

—¿Y eso? —pregunta distraído, buscando una pieza de fruta de la macedonia que meter en mi boca.

—Ha discutido con Mariona, dice que ha dejado la terapia.

—¿Por qué? —demanda prestándome toda su atención.

—No me lo ha dicho —me encojo de hombros—, secreto profesional. Le he pedido a Nay que hable con ella, pero seguro que si se lo dices tú te hace caso, a ti siempre te hace caso —digo con fastidio.

—¿Quieres que volvamos a discutir? —pregunta poniéndose serio, enfriando el ambiente.

Cojo un trozo de plátano y se lo meto en la boca para que cierre el pico. Me siento encima de él a horcajadas, paso las manos por detrás de su cuello, nuestras miradas quedan a la misma altura.

—Venga Eric, no quiero discutir, ni siquiera quiero hablar de ella, tú sólo díselo y ya está.

Me estrecha la cintura, me pongo un trozo de fresa en la boca y me pego a su boca, él lo muerde y me besa. Esto es excitante, darnos de comer el uno al otro, con las manos, con las bocas, me encanta. Adelanto el culo y rozo mi sexo contra el suyo, poco a poco siento como éste crece. Eric está listo para otro round.

—Nunca hemos tenido una cita, había pensado que ya que mañana es viernes podríamos tener una.

Traga el trozo de fruta que tiene en la boca y me sonríe, sus ojos brillan, le agrada la idea. Se relame y yo me fijo en su boca, me aparta el pelo y me besa el cuello.

—¿Una cita, dices? —pregunta mordisqueándome el cuello.

—Una cita —carraspeo, intentando que no me afecte su pericia—, podrías venir a recogerme al trabajo, damos un paseo y cenamos por ahí —sigue besándome, me cuesta seguir el hilo de lo que estoy diciendo.

Sus manos bajan por mi cuerpo acariciándome y van a morir a mi culo, lo estrecha y me acerca a él haciendo que nuestros sexos choquen, imitando el acto sexual, excitándome de nuevo al sentirlo tan duro.

—Le pediré a Estefanía que reserve en algún sitio bonito.

—Después podríamos salir a tomar una copa, o dos, tengo ganas de salir a bailar.

Deja de besarme y me mira a los ojos.

—No me gusta bailar Sarah, eso no va conmigo.

Esa negativa no me satisface, me rozo contra él, provocándolo, beso su labio inferior.

—Hazlo por mí, Eric —le pido besándole el labio y mirándolo a los ojos.

—Tendrás que compensarme —dice en tono juguetón.

—Lo haré —contesto metiendo la lengua dentro de su boca.

Nos fundimos en un beso largo y húmedo. Eric se deja caer al suelo y yo quedo encima de él a horcajadas, me ha dado el control, veremos cuánto dura, a Eric no le gusta ceder terreno. Recorro su duro torso con las manos, aprieto su férreo pectoral, moldeo sus fuertes brazos, le cojo las manos y se las pongo a ambos lados de la cabeza, me agacho y lo beso, rozo mi entrepierna excitada por la dureza de su excitación. Se suelta de mi agarre y me coge del culo, lo estrecha, sin alejar su mirada azul de mis ojos desgarra mis braguitas, hace girones de ellas y abre la camisa haciendo saltar los botones. No vamos a ganar para ropa, le excita destrozarla y a mí me excita que sea tan rudo, no puedo negarlo.

—Quiero que me montes, Sarah —dice en un ronroneo que manda una corriente a mi entrepierna.

Me acaricia los pechos desnudos, los toca con devoción, para inclinarse y llevárselos a la boca, primero uno y después el otro. Le empujo del hombro y vuelve al frío suelo.

Levanta la pelvis y me bajo de encima de él, me arrodillo en el suelo entre sus piernas, le bajo el pantalón corto y lo dejo en el suelo, torneo sus piernas, desde el tobillo a la ingle. Su erección queda delante de mí y se la acaricio. Eric jadea y mira al techo, sé lo que quiere, puedo imaginar cómo le gustará así que me meto la punta en la boca y succiono, gime, música para mis oídos. Levanto la vista y su mirada de zafiro está puesta sobre mí, sigo besándolo, lamiéndolo, succionándolo sin apartar mi mirada de la suya.

—Sarah, móntame —me pide en una súplica que no tiene nada que ver con su carácter.

Vuelvo a ponerme a horcadas y poco a poco me ensarto en él, hago movimientos adaptándome a su tamaño. Eric me llena, reboso de gozo y cuando estoy adecuada a su tamaño hago justamente lo que me ha pedido. Me apoyo en su férreo abdomen y lo cabalgo, hasta que me colma y caigo inerte sobre él.

Me levanto feliz y descansada, con energía para enfrentar un nuevo día, que hoy me parece mucho más brillante que ayer. La noche con Eric fue inmejorable, además he dormido del tirón, sin sueños, sin pesadillas… ¡Sin Aina torturándome!

Elijo para la noche un vestido azul a juego con los ojos de Eric, unos zapatos de los que me regaló y un conjunto de ropa interior de los más sexy, para cuando lleguemos a casa después de la cita. Va a ser perfecto.

En el trabajo tenemos mucha faena así que la jornada pasa volando. Dani no nos permite llevar el móvil encima en horario laboral, pero como estoy en la barra, me tomo libertad de tenerlo por allí encima en silencio. Eric me envía un mensaje diciéndome que puede que se retrase, por lo visto tiene mucho trabajo. Me mosquea un poco, pero no voy a dejar que un ligero retraso amargue mi buen humor.

Antes de que nadie entre en el vestuario me cambio de ropa, me estoy maquillando cuando Pablo y Aleix entran discutiendo.

—Vaya, vaya, vaya —dice Pablo mirándome el culo, puedo verlo a través del espejo—, espectacular.

—Tengo una cita —digo alegremente, ignorando cómo me mira, es un descarado de lo peor.

—Lo siento por ti chaval —le dice Aleix dirigiéndose a su taquilla.

—¿Qué es lo que sientes? —me giro para mirarlos.

—El capullo éste tiene el Grand Theft Auto cinco —me dice Aleix.

—¡Mientes! —le interrumpo— No sale hasta el mes que viene.

—Yo tengo contactos, guapa —interviene el otro muy ufano, no puedo evitar reírme—. Le estaba diciendo a éste —golpea el pecho de Aleix—, que si es tan pringao que prefiere estar con su novia que venir a mi casa a jugar, te lo diría a ti.

Como se nota que Pablo no conoce a Nayara, es muy cariñosa y protectora, pero también es muy cañera.

—Si cancelo mi cita con Nayara para irme a su casa a jugar, se va a cabrear, y paso.

—Nayara iba al médico con Mariona esta tarde.

—Nayara me ha dicho que iba contigo —dice Aleix contrariado.

Qué raro, Aleix va a cambiarse y Pablo se queda conmigo, el otro departamento está ocupado.

—Voy a comportarme como un caballero y no me cambiaré delante de ti, por mucho que lo desees.

Me echo a reír, sólo llevo una semana trabajando con Pablo, pero es como si siempre hubiera estado aquí. Estoy cómoda con él, es simpático, cariñoso y demasiado halagador, pero sé que a mí me lo dice de broma. Es un ligón y lo cierto es que le va bien, he visto a varias chicas pasándole el número para que las llamara al salir.

—Será lo mejor, podría abalanzarme sobre ti —le sigo el juego.

Miro el móvil, le envío un mensaje a Eric para ver cuánto va a tardar, ya estoy lista. Al momento me contesta diciendo que puede que tarde un poco, que será mejor que lo espere en casa. Me resulta raro que tenga tanto trabajo y sin embargo pueda contestarme al momento.

Me despido de mis compañeros hasta el día siguiente y me voy. Cuando estoy en la puerta decido llamar a Eric, si no se retrasa mucho puedo esperarlo tomando algo.

—¿Qué quieres, Sarah? —contesta al primer tono.

—¿Vas a tardar mucho? Si no tardas mucho, puedo tomarme algo aquí en lo que vienes.

—No sé cuánto voy a tardar, es mejor que me esperes en casa.

Oigo un ruido de fondo, un especie de altavoz, Eric está muy tajante, algo va mal.

—¿Dónde estás?

96

—Ya te lo he dicho Sarah, ve a casa, te llamaré en cuanto salga.

—Venga Eric, teníamos una cita, nuestra primera cita, se supone que eres el jefe, mándalo to... —me interrumpo cuando oigo la voz de una mujer, con un simpático "Mándale un besito a Sarah"— ¿Esa es Mariona?

—Sí, te manda un beso.

La rabia me recorre en un segundo. ¿Qué está haciendo con ella? Se supone que no trabajan cerca, me dijo que estaba lejos de su puesto.

—Se supone que esta tarde tenía médico, dentro de media hora —digo consultando el reloj, y de repente todo encaja, a mí me ha dicho que iba con Nayara, a ella que iba conmigo y ha ido con Eric, jodiéndome la cita—. ¿Estás en el médico con ella?

—Luego hablamos, Sarah —sigue en el mismo tono tajante.

—¡No! —le grito mientras la sangre hierve por mis venas— ¡Ahora! ¿Estás en el médico con ella o no?

—No me grites —dice en tono de advertencia.

¿Será posible?

—Es muy simple Eric, o lo estás o no lo estás.

—Sí, estamos en el médico —dice en tono molesto.

Me parece increíble que encima se cabree, me ha dicho que estaba trabajando, me ha mentido.

—¿Por qué?

—Me ha pedido que la acompañe —baja el tono de voz—, no tenía con quien ir. ¿Qué querías que hiciera?

Estoy que me subo por las paredes, me parece increíble que Mariona haya arruinado mi cita, aún peor que Eric me haya mentido de esta manera. Él que no me deja pasar ni una sola mentirijilla, ahora resulta que es un mentiroso, ¡increíble! Estoy indignada, rabiosa. La gota que colma el vaso es que Eric sabe cuándo alguien le miente, no es un farol, lo sabe, lo he comprobado, es imposible colársela. Lo que quiere decir que él sabía que ella le mentía y a preferido irse con ella, que pasar lo que queda de tarde y noche conmigo.

—¿Qué no tenía con quien ir? ¿Estás de coña? —digo elevando el tono de voz más.

—Anoche me dijiste que venía con Nayara pero al final no podía acompañarla. Cuando se lo ha dicho tú ya estabas trabajando, no quería venir sola. ¿Qué querías que hiciera?

—¿Tú crees que yo soy tonta o qué mierda te pasa?

—La boca, Sarah —me advierte.

—La boca, una mierda —cuando me cabrean y sale mi vena de barrio ya no hay marcha atrás, Eric me está cabreando de lo lindo—. Me has mentido —le reprocho—, me has dicho que estabas en un sitio y estás en otro. Encima vuelves a mentirme, ella no te ha dicho nada de eso, nunca he dudado de tu palabra, soy una estúpida.

—Sarah, deja de tocarme los cojones, cuando salga te recojo en casa, se acabó la discusión.

Aleix, Pablo y Yolanda salen por la puerta, se despiden de mí con la mano, voy hacia a ellos.

—No hace falta que me recojas, no pienso ir a ninguna parte contigo, voy a buscarme otro plan como tú has hecho.

Cuelgo el teléfono, creía que una de las mayores virtudes de Eric era su sinceridad, si me ha mentido en esto, a saber en qué más me ha mentido. Estoy furiosa.

—¿Pablo, sigue en pie lo de tu casa? —le pregunto cuando estoy enfrente de ellos.

—Claro que sí preciosa, las puertas de mi casa siempre estarán abiertas para ti.

—Pues vámonos, necesito cargarme a alguien.

Aleix se va, Yolanda viene con nosotros. Eric me llama y yo le cuelgo, le mando un mensaje a Nayara:

"¿Xq no has ido al médico con Mariona?"

Yolanda y Pablo hablan entre ellos, pero yo sólo le presto atención a mi móvil. Eric no deja de llamar y yo de colgarle, que le den, un minuto después Nayara me contesta:

"Me dijo que iba contigo"

"A mí que iba contigo y se ha ido con Eric, nos ha mentido Nay, a la cara"

Espero su contestación, pero no llega y Eric me está poniendo de los nervios con sus llamadas.

"Deja de llamarme, me voy a casa de un colega a jugar al GTA volveré tarde, que te lo pases bien!!"

Apago el móvil antes de que pueda contestarme o volver a llamarme, lo guardo en el bolso y suspiro, tengo que relajarme o me va a dar algo.

Miro a mi alrededor y Yolanda ya no está.

—¿Dónde está Yolanda?

—Se ha ido a su casa.

—¡Mierda!

Había olvidado completamente que Pablo y Yolanda se han enrollado o se enrollan, a lo mejor había quedado con ella y me he metido en medio.

—¿Qué pasa? —dice Pablo.

—¿Ibas a irte con ella? —pregunto azorada por haberme metido en medio.

—¿Con Yoli? —pregunta confuso, afirmo con la cabeza— No, ella coge el otro anden para ir a su casa. ¿Qué ha pasado con tu cita?

Tiro el bolso encima del banco de piedra y me siento con desánimo al lado.

—Me ha dado plantón.

—¿De verdad? —levanto la cabeza para mirarlo, me encojo de hombros. Es increíble que prefiera estar en el médico con Mariona a tener una cita conmigo— Pues Aleix tiene razón —dice sentándose a mi lado—: es un gilipollas. No te rayes Sarah, su pérdida es mi ganancia, lo pasaremos bien.

¿Dónde me estoy metiendo? ¿De verdad voy a ir a casa de Pablo? Es un ligón, un picaflor, seguro que toda la que pisa su casa pasa por su cama.

—No voy a enrollarme contigo, Pablo —le advierto a bocajarro para que no haya confusiones. No tengo paciencia para malos entendidos—. Si quieres jugar al GTA perfecto, sino me voy a casa.

Pablo se carcajea como si hubiera contado un gran chiste, yo no le veo la gracia por ninguna parte. Me siento iracunda, el enfado tardará un buen rato en pasárseme.

—Sarah, sé que tienes novio, yo paso de meterme en esas movidas. No voy a intentar nada contigo —suspiro más tranquila de haberlo aclarado—, claro que si estás tan cabreada con tu novio que quieres vengarte, estaré encantado de ser tu chivo expiatorio.

—Idiota —digo negando con la cabeza sin poder evitar sonreír.

Coge un mechón de mi pelo y me lo pone detrás de la oreja.

—Así me gusta, que sonrías, nunca dejes que nadie te quite la sonrisa.

99

Me acaricia la nariz como si fuera una niña y mira en dirección al tren que ya se acerca. Se despide con la mano de Yolanda, que está en el andén de enfrente. Ni siquiera había reparado en ella. El vagón, como es habitual en el centro de Barcelona, va a tope. Pablo se pega a mí para dejar pasar a una señora, huele de muerte, no tengo ni idea de qué colonia usa pero siempre huele genial.

Me pregunto qué estará haciendo Eric, cómo se habrá tomado que me vaya a casa de Pablo, seguro que nada bien... Que se fastidie, ojo por ojo.

Pablo vive en el barrio del Clot, no conozco demasiado esta parte de Barcelona. El edificio se ve antiguo y poco cuidado, aunque limpio. Cuando entramos en su casa es un larguísimo pasillo, me recuerda a la película Rec, tengo miedo de que en cualquier momento aparezca la vieja con el camisón lleno de sangre y venga a por nosotros.

Vamos a su habitación, es desordenado como yo. Me gusta el caos, se disculpa pero a mí no me molesta el desorden, todo lo contrario, el orden de casa de Eric me parece impersonal. Esta habitación sin embargo es cálida, se nota que vive un joven normal y corriente, no un obseso del orden. Pone a cargar el juego y va a buscar unas cervezas.

Miro todo a mi alrededor, tiene un corcho con fotografías, casi todas haciendo deporte, surf y snowboard, parece que tiene muchos amigos, a diferencia de Eric que llevamos juntos casi tres semanas y aún no he conocido a ninguno. Me recrimino mentalmente por compararlos constantemente.

Lo que más me gusta de Pablo es lo atento que es. Siempre está pendiente de mí, parece que procura anticiparse a mis necesidades, en el trabajo hace lo mismo, por eso es tan fácil trabajar con él. Me cede el mando, mientras juego me explica cosas de su vida, está estudiando magisterio, le gustan los niños y el deporte. No me lo imagino de profesor, es demasiado guapo y jovial, las niñas se enamoraran de él.

El tiempo pasa volando, el juego me encanta y la compañía también. Con Pablo no tengo que ir con pies de plomo con lo que digo o hago. Había olvidado lo que es comportarse de manera espontánea, no tener que medir cada cosa que hago. En el trabajo es normal que me contenga, pero que también lo haga en casa es agotador, no me había dado cuenta hasta que he dejado de esforzarme. Oigo un portazo, Pablo mira la hora.

—¡Hola! Estoy en casa —dice una voz de mujer—. Tendría que haberme comprado un perro en lugar de tener hijos, seguro que al menos él me vendría a saludar al llegar a casa.

—Estoy en la habitación —grita Pablo poco dispuesto a soltar el mando.

—¿Es tu madre? —pregunto en voz baja.

—Claro.

Me pongo nerviosa, esta mujer no me conoce de nada. ¿Qué va a pensar de mí? Así vestida, tirada en la cama de su hijo, descruzo las piernas y me siento más recta que un palo contra la pared, aliso los pliegues de mi falda con vuelo. Pablo aparta la mirada de la pantalla y me mira de reojo.

—¿Qué haces? — se asoma su madre por la puerta.

Su madre es una mujer joven, no debe tener ni cuarenta y cinco años, eso de la edad a mí se me da bastante bien. Tiene el pelo negro a diferencia de su hijo que lo tiene castaño claro, no veo demasiado parecido entre ellos, es bajita y delgada, lleva unas gafas verdes colgando del cuello.

—Ya ves —dice señalando la pantalla.

—Hola —saludo a su madre.

—Hola guapa, soy la madre del mal educado, Macarena —voy a levantarme de la cama pero ella se acerca—, no te molestes —me besa las mejillas y después besa a su hijo una vez.

—Ella es Sarah, trabajamos juntos.

—Llevas un vestido precioso, Sarah —le sonrío y ella mira a su hijo— ¿Qué hace tu hermana?

—No sé, estará en su habitación, no la he visto en toda la tarde.

—¡Pablo! —le dice en tono de riña, se pone delante de la pantalla para que su hijo le preste atención— ¿Has mirado si estaba? Me extraña que tengas visita y no haya venido a ver quién es.

—¡No me jodas! —exclama Pablo levantándose de la cama corriendo, me deja sola con su madre.

—Mis hijos son un desastre, los dos —vuelve a sonreírme—. ¿Se porta bien en el trabajo?

—A veces —le sonrío.

—¿Te quedarás a cenar, cariño?—me pregunta con una sonrisa tan cálida como la de su hijo.

Me acaricia el pelo, ya entiendo por qué Pablo es tan cariñoso, su madre parece igual.

—No —niego con la cabeza—, no puedo, de hecho debería irme a casa, se me ha hecho muy tarde.

—Pablo nunca trae a ninguna chica a casa... —comenta para mi horror— ¿Sois novios?

—Sí mama, somos novios y estamos enamoradísimos —contesta Pablo por mí, entrando en la habitación—. La pedorra de tu hija no quiere salir de su habitación.

—Deberías vigilarla mejor —le reprende.

—Siempre lo hago —se deja caer sobre la cama y coge el mando de la consola.

—Tu novia dice que no se quiere quedar a cenar, deberías intentar convencerla —le dice Macarena a su hijo para mi total horror.

—Yo no soy su novia —intervengo algo avergonzada.

—Porque ella no quiere —dice Pablo sentándose junto a mí en la cama, me mira y me sonríe, vuelve a mirar a su madre. Le miro incrédula y pasa el brazo por mi hombro—. ¿No crees que hacemos buena pareja?

Siento como mis mejillas enrojecen, me lo quedo mirando incrédula de lo que acaba de decirle a su madre, él no deja de sonreír mirándola.

—Muy bonita. Voy a decirle a Aina que no sea mal educada y venga a saludar a su futura cuñada.

¿Aina? La niña con la que hablé ayer, la que se cuela en mis sueños se llama Aina. El pensamiento fugaz de que sea la misma niña pasa por mi mente, lo descarto, no puede ser. La madre sale de la habitación y Pablo se acerca más.

—Nunca imaginé que fueras tan vergonzosa — me susurra en el oído.

Le doy un codazo para que corra el aire.

—¿Por qué le has dicho eso a tu madre?

—¿Crees que se lo ha tomado en serio?

—¿Tu hermana es mayor que tú?

—¡Que va! Es pequeña e incontrolable, pero mi madre y yo hacemos lo posible por controlarla.

—¿Y tu padre?

—Nos abandonó cuando mi hermana aún gateaba —se pone serio, el tema no le gusta, es lógico.

—Lo siento.

—No deberías —dice con un gesto indiferente negando con la cabeza—. Él se lo pierde, tiene una hija preciosa, lista y encantadora, de la que no sabe nada, además de un hijo con las mismas cualidades —sonríe.

—¿Listo, precioso y encantador? —no puedo evitar reírme mientras le miro— ¿Así te describes?

—¿No lo soy?

—Eres un petardo —lo empujo del hombro haciendo que se tumbe, me levanto de la cama—. Tendría que irme, se ha hecho muy tarde, Eric estará súper cabreado.

—Tu novio es idiota Sarah, si está cabreado que se joda, le pasa como a mi padre, él se lo ha perdido.

—Gracias, Pablo —digo mirando sus ojos pardos.

Este rato con él me ha ido fenomenal. Pablo es genial, es muy fácil tratar con él, no debo esforzarme, sólo dejarme llevar. He podido desconectar de la realidad que me espera en casa, ahora tendré que aguantar la ira de Eric, pero que se prepare porque cada vez que me acuerdo de lo de Mariona, me hierve la sangre.

Me tiende la mano y tiro de él ayudándolo a levantarse, se pone de pie junto a mí y no me suelta.

—Ha sido un placer pasar este rato contigo, me gustaría que te quedaras a cenar con mi extraña familia.

—Mira Sarah, ésta es mi hija Aina —agradezco la interrupción de su madre, Pablo está demasiado cerca

Me separo un paso de él y dejo de mirarlo. Me giro hacia su madre, junto a ella está su hija, la misma niña con la que hablé ayer, la que se cuela en mis sueños. No puedo creerlo.

9

Hermanos

Me quedo quieta mirando a la niña. ¿Todo ha sido una broma? Me siento desorientada, Aina me mira avergonzada. No puedo creer que me hayan hecho esto, Pablo y Aleix se han pasado de la raya.

—¿¡Tú!? —exclamo mirando a Aina.

La niña agacha la cabeza azorada, me siento una completa estúpida, esto es cosa de Aleix, él sabe todo lo de Carlos, estaba allí cuando hicimos la ouija. Él y Pablo han decidido tomarme el pelo y lo han conseguido. Aina se escapa de las manos de su madre y sale de la habitación corriendo.

—¡Aina! —la llama su madre, la niña se encierra de un portazo— ¿Conocías a mi hija? —pregunta Macarena sorprendida.

—Sí, su hijo tiene un humor muy negro. Me voy.

Me giro para recoger mis cosas de encima del escritorio de Pablo. Mañana se va a enterar, no quiero hablar de Carlos delante de su madre y que piense que estoy loca. Me siento una completa idiota por haber creído en esa niña, de haber empatizado así con una mentira.

Pablo me coge del brazo, me escapo de su agarre.

—¿Qué ha pasado? —pregunta intentando cogerme de nuevo.

—No me toques —le advierto girándome para mirarle.

Macarena sale de la habitación, se va en la misma dirección por donde acaba de salir su hija corriendo.

—¿Qué pasa, Sarah? No entiendo nada.

Inclino la cabeza para mirarle a los ojos, no entiendo por qué sigue interpretando su papel, ya lo he pillado, no tiene que seguir fingiendo, que por otro lado lo hace de muerte. Debería ser actor, los dos deberían serlo. Pablo realmente parece desconcertado, pero no pienso permitir que me la cuele de nuevo.

—Os habéis pasado de la raya, tú y Aleix, los dos, una cosa es una broma pero esto es pasarse.

—¿Qué es esto, Sarah? —me pregunta como si no comprendiera nada— ¿Qué te hemos hecho? Ayúdame a entenderlo porque no comprendo nada, hace un minuto estabas bien.

—Lo sabes muy bien.

Acabo de recoger mis cosas y me voy de su casa, Pablo vuelve a cogerme en la puerta de salida. Me pide que le explique qué ha pasado, como si no supiera por qué me he puesto así, el muy hipócrita. Voy a cantarle las cuarenta cuando veo a su madre en el pasillo, me trago mi enfado y me voy. Mañana me van oír los dos, vamos, me van a oír en estéreo, se han pasado.

De camino a casa no puedo apartar de mi cabeza la idea de lo estúpida que soy, preguntándome como no lo vi venir, preguntándome desde cuándo soy tan tonta para creer lo primero que me digan.

Cuando llego a casa me siento abatida, Pablo apenas me conoce, pero Aleix sabe lo mal que toda esa experiencia me lo hizo pasar. Un amigo nunca le haría eso a otro. Todo está oscuro al llegar a casa.

—¿Dónde cojones estabas?

Doy un salto sobresaltada, a través de la poca luz que entra de la calle, veo a Eric sentado en el sillón a oscuras, enciendo la luz. Está bebiendo en un vaso bajo algún licor, nunca he visto a Eric beber licor, cerveza, vino y cava sí, le gusta mucho el cava, pero nunca licor.

—¿Te lo has pasado bien jugando a los médicos? —contesto dejando mis cosas sobre la mesa.

—¿Dónde has estado, Sarah? —pregunta en un tono de voz contenido que no precede nada bueno.

—Ya te lo he dicho, en casa de un colega.

—¿Has visto la hora que es? —se pone de pie.

—¿Ahora eres mi madre? —contesto desafiándolo con la mirada.

—No me vaciles, Sarah. Hoy no.

—¿Hoy no? —pregunto escéptica— No me vaciles tú a mí —le advierto.

Se pone delante de mí, Eric es muy listo, sabe lo que se hace pero no pienso amedrentarme, no le tengo miedo. Me coge del mentón y me obliga a mirarlo. Sus ojos son de hielo, está muy enfadado, yo también.

—Te has pasado, Sarah —parece que sale escarcha de sus ojos mientras me mira.

—¿De qué vas? —muevo la cabeza para que me suelte el mentón— Me dejas tirada para irte con Mariona, me mientes a la cara. Nunca he dudado de tu palabra, siempre te has jactado de lo sincero que eres y estúpida de mí te he creído. A saber en qué más me has mentido respecto a ella, no quiero ni saberlo.

—¡Olvídate de ella de una vez! —eleva el tono de voz.

—¡Olvídate tú de ella! —le grito para hacerme escuchar.

—No me grites —me advierte. Niego con la cabeza, discutir con Eric es inútil, no sé por qué sigo intentándolo. Me quedo callada y él sigue hablando, su mirada sigue helada pero intenta relajar el tono de voz—. Debí decírtelo, pero ella no tenía con quién ir y me pidió que la acompañara. En el médico iban con retraso, no pensaba faltar a nuestra cita, ni siquiera retrasarme. No te dije dónde estaba porque sabía que te enfadarías. No quería que pasara lo que ha pasado, pensaba decírtelo luego, cuando estuviéramos juntos.

—¡Deja de mentirme! —grito fuera de mí— Estoy cansada de que me tratéis como a una estúpida que no se entera de nada. Si querías ir con ella, deberías habérmelo dicho, yo misma me ofrecí a acompañarla, Nayara también, sí tenía con quien ir. Además sé muy bien a qué hora era la visita, el medico no iba con retraso, tú sabias que llegarías tarde y no te ha importado.

Eric me mira dubitativo, como si buscara sentido a mis palabras, estoy cansada, me doy la vuelta y me marcho.

Me doy una ducha y me pongo el pijama, Eric me pregunta si he cenado, le digo que no y me voy a mi habitación. En cuanto enciendo la consola, Pablo empieza a hablarme, lo ignoro y retomo mi partida interminable. Eric viene en un par de ocasiones a hablar conmigo, pero la única respuesta que obtiene es que quiero un cerrojo en la habitación, exasperado por mis evasivas se va a dormir. Bien entrada la madrugada sigo su ejemplo, me pongo en mi lado de la cama al borde de caer al suelo, innecesario teniendo en cuenta las dimensiones de la cama, pero no quiero que me toque.

Vuelvo a soñar con Aina, esto es el colmo, mi subconsciente me traiciona y me tortura, no es ella, soy yo quien sueña con ella, ella no tiene nada que ver. Paso la noche huyendo de ella, no deja de repetirme una y otra vez que debo ayudarla.

Me levanto cansada física y mentalmente, preparada para un día de mierda que es justo lo que obtengo. Al llegar al trabajo, Pablo ya le ha explicado a Aleix lo sucedido. Cuando le reprendo a Aleix por hacer una broma sobre un tema tan serio, me dice que no sabe de qué le estoy hablando. Ya lo he pillado, no tiene que seguir mintiéndome, pero no deja de hacerlo, de decirme que no sabe de qué le estoy hablando. Pablo me pide que hablemos al acabar la jornada, le digo que sí para que deje de incordiarme. En cuanto llega la hora de plegar recojo mis cosas y me voy a casa. No tengo nada que hablar con él, estoy muy enfadada.

Al salir del trabajo me encuentro con ella, justo a quien menos quiero ver.

—No puedes ignorarme —dice en cuanto me cruzo con ella.

—Eso ya lo veremos —le contesto en dirección al metro.

—Tienes que ayudarme —me sigue.

—Ya sé que todo era una broma, déjalo ya, niña.

—No es ninguna broma, Sarah. Todo lo que te dije es verdad.

Acelero el paso, pero Aina me sigue sin piedad, sigue como un pistón incansable, otra cosa no será, pero está claro que es tenaz y no va a dejarme ir sin más. Ya la he pillado, no entiendo por qué sigue con lo mismo.

—Vuelve a casa, tu madre se preocupará por ti, no deberías andar sola por la calle.

Me siento esperando que venga el tren, ella se sienta junto a mí.

—Mi madre está trabajando y Pablo está enfadado conmigo —dice en una queja—, no me habla.

—No tienes que seguir mintiéndome, Aina. Era una broma, tu hermano no debió utilizarte. No estoy enfadada contigo, pero por favor déjame tranquila —me permito mirarla—, vuelve a casa.

—¡No te he mentido! —se pone de pie delante de mí— Mi hermano anoche me pego una buena bronca, él no entiende por qué te he buscado, no se lo he dicho, de todos modos él no me creería. Él ya no cree en mí.

Sus ojos se humedecen, está a punto de ponerse a llorar, dudo un momento y me doy una bofetada mental por dejar que mis emociones me controlen, por dejar que ella me dé pena. Es una actriz, una actriz de primera que me está tomando el pelo. Le aparto un mechón de pelo de la cara, se parece muchísimo a su hermano, debí darme cuenta. Tienes la misma nariz chata que Pablo, orejas grandes, pelo castaño claro, ese extraño color avellana en sus ojos. Me pregunto si los de él también se verán verdes a la luz del sol.

—Aina, tienes que ir a casa, si Pablo se entera que te has ido se enfadará contigo.

—No me iré hasta que me prometas que me ayudarás.

—¿Por qué yo? —intento razonar con ella— ¿Qué me hace tan especial? ¿Si no es una broma, cómo me encontraste?

—Toñi me dijo quién eras pero no dónde encontrarte. Busqué tu esencia en mis viajes y te encontré en esa dimensión, pero no sabía dónde estabas en este plano. Un día fui a buscar a mi hermano, te vi salir del trabajo, te seguí, preguntándome si eras tú. Lo eres, llevo tiempo buscándote, ahora tienes que ayudarme.

Resoplo pensando en lo que me está diciendo, su falta de duda me descoloca, que soñara con ella antes de conocerla también lo hace, pero me niego a creer en lo que me está diciendo. Miro por encima de ella, el tren está llegando. Le coloco el mechón de pelo detrás de la oreja.

—Debes marcharte a casa, cielo.

La aparto y me pongo de pie, me subo al vagón y ella me sigue. Se pasa todo el camino dándome la vara, diciéndome que no se marchará hasta que la escuche. Me sigue hasta casa, cuando entro en el portal le pido que se vaya a casa de nuevo, pero tan terca como es se sienta en el portal, entro y le pido al portero que me avise cuando se haya ido. Mientras subo al noveno piso, le envío un mensaje a Aleix para que me pase el número de Pablo. No me hablo con ninguno de los dos, pero alguien tendrá que venir a por ella.

Cuando entro en casa me doy cuenta que tenemos visita. Desde el recibidor puedo oír unas carcajadas de mujer. Al entrar en la sala encuentro a Torres, el investigador de Eric con Isabel. Es sábado por la tarde, no entiendo cuando descansa esta mujer aunque con Torres se la ve encantada, el brillo de sus ojos la delata.

—¡Sarah! —me saluda azorada Isabel.

—Hola.

—José venia buscándote, estábamos esperando que llegaras —dice de manera rápida y entrecortada.

Por primera vez en el día de hoy en mi rostro se dibuja una sonrisa real. A Isabel le gusta Torres, ¡qué fuerte!

—Tengo el informe que me pidió —levanta una carpeta verde igual a la que Eric tenia de mí.

—Os traeré algo para beber, Eric está haciendo deporte. ¿Quieres que lo avise?

—No es necesario, gracias Isabel.

Isabel se marcha y me siento en la mesa delante de Torres, no sé cómo decirle que le he hecho perder el tiempo, todo ha resultado ser una broma.

—Aquí tiene el expediente de Aina Carbonell Crespo, una niña difícil.

—¿Por qué difícil? —pregunto sorprendida, cojo la carpeta que me tiende sobre la mesa.

La abro, en ella hay fotos de ella en el parque conmigo, le echo un vistazo mientras Torres me cuenta.

—Ha hecho varias terapias con diferentes especialistas. Una familia desestructurada: su padre se marchó cuando ella tenía ocho meses, su madre es enfermera en el hospital Vall D'Ebron y trabaja mucho, hace turnos muy largos para mantener a su familia. Después está el hermano, él trabaja en el mismo sitio que usted.

Me llega un mensaje, le pido disculpas a Torres y lo miro, es de Aleix, le mando un mensaje a Pablo con mi dirección y le digo que venga a por su hermana. Dejo el móvil sobre la mesa y sigo mirando los papeles de la carpeta, sorprendida. Hay de todo, desde notas escolares a informes psicológicos y médicos.

—¿Cómo consigue usted esta clase de información? —le pregunto sin comprender cómo ha podido acceder a todo esto— Aquí hay documentación privada, informes médicos, psicológicos…

—El señor Capdevila paga bien, es todo lo que he encontrado, se trata de una menor, es complicado.

Arqueo las cejas, supongo que sí. Vuelvo a mirar el expediente que tengo delante. Isabel vuelve con una bandeja, le sirve café a Torres, pero yo me sirvo un vaso de agua.

—¿Hay algo más que haya llamado su atención? —digo ojeando los papeles sin llegar a leerlos.

—Sí, aunque nada relevante, supongo.

—¿El qué? —me interesa mucho su opinión.

—Boira —le miro interrogante, allí nací y me crié yo—, su padre es de Boira como usted. Un pueblo muy pequeño, su hermana está allí enterrada.

De repente siento un súbito frío que me traspasa, una corriente fría que no sé de dónde proviene, todo está cerrado conservando el frescor del aire acondicionado. Todo el bello se pone de punta, Aina me dijo que su padre no dejaba de decir que su hija estaba viva, ella no comprendía por qué le decía eso.

—¿Perdón? —tragado saliva, achicando mis ojos mientras lo miro.

—¿Qué es lo que no ha entendido, señorita?

—¿Ha dicho que tiene una hermana enterrada en Boira? —demando a pesar de parecer idiota.

—Sí, está en el expediente. Nació en Barcelona como sus hermanos, aunque no en Vall d'Ebron, murió dos días después en el hospital. La enterraron junto a la familia de su padre en Boira.

Eso me descoloca, Pablo no me ha hablado de otra hermana, aunque tampoco lo ha hecho Aina. Ella no comprendía por qué su padre decía que su hija estaba viva... ¿Es posible que hablara de otra hija?

Torres se va y le digo a Isabel que se marche también. Llamo a Pau, el portero y me confirma que Aina aún está en la calle. Le pido que la haga subir, guardo el expediente para que no lo vea y la espero.

—Tu hermano viene a buscarte —le advierto cuando sale del ascensor.

—¿Por qué has tenido que llamarlo? —pregunta entrecerrando los ojos molesta.

—¿Qué esperabas que hiciera?

Niega con la cabeza y se acerca, se queda delante de mí y me mira como si yo le hubiera hecho daño.

—Que fueras mi amiga, no una vil traidora y me la metieras por la espalda.

—¿Qué clase de vocabulario es ese? —pregunto cogiéndola del brazo, arrastrándola al interior de casa.

En ese momento sale Eric. Va vestido sólo con un pantalón deportivo corto, se nota que acaba de hacer ejercicio, está todo sudado y sus músculos se ven tensos. ¡No se puede estar más bueno ni queriendo!

—¿Se ha marchado Torres ya? —pregunta secándose la cara con una toalla.

—¿Ese es tu novio? —me pregunta Aina. Eric repara en ella y la mira— No me extraña que le des largas a mi hermano.

—¿De qué estás hablando? Eres muy pequeña para pensar de esa manera en los chicos —la reprendo.

—¿Quién es? —me pregunta Eric.

—Es Aina, mi acosadora.

Eric sonríe y se acerca a nosotras, me besa la mejilla como si anoche no hubiera pasado nada y le tiende la mano a Aina.

—Soy Eric.

Aina sin dudarlo se la estrecha.

—¿Cuántos años tienes? —le pregunta.

—Treinta —contesta Eric mirándola.

—Dentro de ocho años, cuando yo tenga dieciocho, ésta —dice señalándome— estará vieja y arrugada, si quieres puedes buscarme.

Eric se ríe a carcajadas, a mí no me hace gracia. Me la quedo mirando anonadada por lo descarada que es, la muy gamberra se atreve a entrarle a Eric, hay que tener un par para hacerlo y sólo tiene diez años.

—¿Eso es lo que te enseña tu hermano?

—Dice que las chicas caen a sus pies por su encanto, algún día los chicos caerán a los míos.

No puedo evitar reírme, eso es muy de Pablo.

—No deberías hacer caso a tu hermano, además, cuando tu tengas dieciocho, Eric tendrá casi cuarenta y estará más viejo y arrugado que yo.

—No, los hombres con los años mejoran a diferencia de las mujeres.

Esto es surrealista, esas ideas se las mete el Don Juan de su hermano en la cabeza.

—Tú también te harás mayor, guapa —le digo algo picada.

—¿Has visto a mi madre? —afirmo con la cabeza, anonadada— Tengo buenos genes.

Vuelvo a reírme, si no fuera porque me acosa con historias de espíritus, esta niña podría caerme muy bien.

—Te está dando una paliza —me dice Eric sonriendo en el oído. Aina le ha caído bien, se separa de mí—. Voy a la ducha. Un placer, Aina.

—Todo mío —le contesta descaradamente repasándolo con la mirada.

Eric vuelve a soltar una carcajada y se marcha.

—Deja de mirar a mi novio, tú y yo tenemos que hablar.

La llevo a la cocina, le doy para beber un zumo de naranja.

—Me gusta tu casa, es muy grande, no se parece a la mía, en la mía todo es estrecho.

—Es la casa de Eric.

—Ya me lo imagino, los sitios tienen esencias de las personas que habitan en ellos, éste no tiene la tuya.

—Vale, no voy a preguntarte qué quiere decir eso.

—¿Por qué has llamado a mi hermano, Sarah? ¿Por qué me has traicionado?

—Yo no te he traicionado, tienes diez años, no puedes hacer lo que te dé la gana como una persona mayor.

—Ahora Pablo estará aún más enfadado conmigo por tu culpa.

—¿Por mi culpa? —la miro anonadada— Te he dicho que no me siguieras.

—Y yo que tenías que ayudarme con mi padre —me dice muy segura de sí misma—. Él está aquí ahora, cuando he llegado ya estaba aquí contigo, conozco su esencia y sé que está aquí.

—No digas eso Aina, me pone nerviosa.

—Eres demasiado mayor para ser tan miedosa.

—Tú eres demasiado pequeña para ser tan valiente —contraataco.

Se encoje de hombros y bebe de su zumo. Mientras esperamos que venga Pablo a por ella vuelvo a preguntar si todo es una broma, ella me dice una y otra vez que no. La llevo a mi habitación de juegos y le enseño las fotos de mis amigas, dejo caer que Nayara y yo somos de Boira mientras le muestro la foto de la graduación. Eso la sorprende y me dice que su padre también era de allí.

—Ayer Pablo me dijo que él se marchó, que no está muerto.

—Pablo puede decir misa, mi padre está muerto y hasta que no le ayude no podrá cruzar en paz.

—¿Cómo puedes saberlo?

—Ya te lo he dicho, él me visita, está aquí ahora mismo, casi siempre me acompaña. Por eso me ha extrañado que ya estuviera aquí cuando he llegado.

Llaman al timbre, Pablo no podía llegar en mejor momento, le digo que suba y vuelvo con Aina.

—Espera aquí, hablaré con tu hermano para que no se enfade contigo, pero debes esperar aquí.

Se sienta en el sofá como una niña buena, la niña buena que me ha quedado claro que no es.

—¿Alguna vez has sabido algo a ciencia cierta y nadie te ha creído? —la miro desde la puerta afirmando, es tan madura para tener diez años que da miedo— Es muy desagradable, te hace sentir muy mal.

—Se llama frustración cielo, eres demasiado pequeña para sentirte así.

—¿Vas a ayudarme, Sarah? —demanda con los ojos vidriosos.

Me parte el corazón, me duele ver el dolor en su mirada.

—Te dije que lo pensaría.

—Ya, pero ahora me llamas mentirosa y yo no miento, al menos no en esto —se encoje de hombros.

—No debes mentir nunca Aina, eso está feo.

—Hay cosas peores, no me trates como a una niña —se queja.

—Eres una niña.

Pablo llama a la puerta y cierro para que Aina no oiga lo que tengo que decirle a su hermano.

—¿Dónde está? —demanda en cuanto abro la puerta.

Pablo está muy enfadado, nunca lo había visto así.

—Tranquilo, ella está bien —Pablo centra su extraña mirada en mí—. Tenemos que hablar.

—Te juro que yo no le he dicho que te siguiera ni nada así, yo no le he pedido que te cuente todas sus historias fantásticas. No sé porque ha ido a por ti, anoche le prohibí que volviera a acercarse a ti, pero ella va por libre. ¡Eso se acabó! Está descontrolada. Mi madre y yo tenemos que trabajar y creíamos que era lo suficiente madura para quedarse en casa sola, está claro que no, tendremos que buscar ayuda con ella.

—Relájate Pablo.

—¿Qué me relaje? —pregunta exasperado— No puede hacer lo que le dé la gana, puede pasarle algo. Con todas las cosas horribles que se ven en las noticias y mi hermana va por ahí, como si ella fuera indestructible, ¡sólo tiene diez años!

—Ella está bien, me ha seguido hasta casa, ven a la cocina y hablemos.

Le cojo de la mano, está temblando, parece colérico. Le ofrezco algo de beber, pero está claro que sólo quiere salir de aquí para decirle cuatro cosas a su hermana.

—Tu hermana cree que yo soy especial, cree que soy como ella.

Niega con la cabeza, centra su mirada en la mía y yo en la suya.

—Mi hermana tiene demasiada imaginación, no sé exactamente que te ha contado, pero no es cosa mía.

—Creo que lo entiendo —decido entrar en materia—. ¿Sabes que soy de Boira?

Eso le sorprende, es obvio que no lo sabía.

—Mi padre también es de allí, pero yo nunca he ido.

—¿Nunca?

—No, mi abuela se portó muy mal con mi madre, cuando mi abuelo se estaba muriendo mi padre fue y nunca volvió. Estoy seguro que mi abuela lo convenció para que nos dejara. Mi madre fue a buscarlo, mi abuelo ya había muerto, ella fue muy desagradable con mi madre, entonces yo no era mucho mayor que Aina. Mi madre no quiso decirme qué le había pasado, pero cuando volvió no dejaba de llorar y él nunca volvió.

—Cuando Aina apareció en mi vida pedí que la investigaran.

—¿Cómo dices?

—Ella me perseguía, sólo quería saber quién era —Pablo me mira como si fuera una extraña, en cierto modo lo soy, pero que me mire así me crea una molestia de lo más extraña y desagradable—. He recibido el informe, no sabía que tuvierais otra hermana.

—¿A qué viene esto? —me pregunta con desconfianza.

—Tu hermana dice que tu padre está muerto y, que le repite una y otra vez que su hija está viva.

—¿Y si mi padre está muerto cómo puede decirle esas cosas?

—Ya te he dicho que ella se cree especial.

—¡No debes creer en sus historias, Sarah! Es una niña con demasiada imaginación, tú eres una adulta.

Pablo está muy molesto, lo comprendo, se escuda en que Aina tiene demasiada imaginación, seguramente tenga razón pero eso no es lo que me dice mi intuición. Mi madre siempre dice que debo fiarme de ella.

—Hace un par de meses pasé por algo que hizo que cambiara mi forma de ver las cosas. Por eso al descubrir que era tu hermana pensé que se trataba de una broma. Aleix estaba conmigo cuando empezó.

—¿Qué ocurrió?

No he hablado sobre lo que ocurrió con nadie fuera de mi círculo más cercano, sólo Laura, Nayara y Eric por obligación. Bueno... Y mi madre, pero ella ya lo sabía.

—Hicieron una ouija, la persona con la que contactaron tenía un mensaje para mí, siguiendo las pistas que ese espíritu me dejaba encontramos su cadáver y a mí amiga de la infancia que llevaba ochos desaparecida. Si no le hubiera hecho caso, ella seguiría allí encerrada, salió en las noticias, Mariona Prat.

—¿Va en serio o aún crees que hemos intentado hacerte una broma y es tu manera de devolvérmela?

—¡Ojalá! —exclamo sonriendo, no pensé que podría contarle esto a nadie, pero Pablo me transmite mucha confianza, incluso demasiada. Con él siento que puedo hablar de todo— Nadie me creía, fue doloroso y frustrante, estaba aterrada, pasé más miedo del que pasaré en mi vida —sólo recordarlo me siento mal—. Sólo Eric me siguió sin dudarlo, claro que él era el hermano del espíritu y se manifestó en sus narices.

—Mi padre no está muerto, Sarah. Nos abandonó, a saber qué le ofreció la bruja de mi abuela.

—¿Cómo es que nunca has ido a visitar la tumba de tu hermana?

—Mis padres querían alejarme de la familia de mi padre, nunca me han llevado a Boira. No recuerdo cuándo me lo dijeron, pero yo siempre supe que ella había existido, mi padre ni siquiera pudo verla nunca.

—Cuéntame que pasó —le pido con humildad.

No puedo creerme lo que estoy haciendo, debería dejar que se llevara a su hermana y no le permitiera volver a acercarse a mí, pero recordar cómo me sentí me hace empatizar de nuevo con Aina. Esto no está bien, yo no estoy bien.

—Murió al poco de nacer, mi abuela se la llevó y la enterró en Boira.

—¿Aina conoce la existencia de esa hermana? —niega con la cabeza mirándome a los ojos— ¿Por qué?

—¿Por qué? Porque esto de hablar con los muertos no es algo nuevo, es una historia que arrastra de siempre, la hemos llevado a especialistas, le han hecho todo tipo de pruebas, la han medicado y nada sirve.

Entiendo por qué no lo han hecho, pero sea cierto o no que puede viajar al más allá, lo que está claro es que esa niña está sufriendo. Merece al menos saber la verdad.

—Tu hermana sufre Pablo, no deberías esconderle algo así.

—Lo hacemos lo mejor que podemos —contesta a la defensiva—. Mi madre está sola —suaviza el tono, sin dejar de mirarme—, yo me he responsabilizado de Aina como si fuera algo más que mi hermana. La quiero mucho y no quiero que sufra, pero tampoco sé cómo ayudarla, intenté comprenderla, pero sólo conseguí agravar las cosas —parece abatido—. No puedes imaginarte…

—¿Qué haces aquí? —Pablo se interrumpe al oír la voz de Eric.

Voy hacia la puerta de la cocina. Allí están Eric y en el suelo Aina, llorando. Tiene toda la cara llena de manchas, ha estado escuchando nuestra conversación, sin duda.

—Te pedí que esperaras en la habitación, cielo —me agacho junto a ella.

Me mira a través de sus bracitos. No puedo verla llorar así, me parte el alma, es una pobre niña perdida e incomprendida. Ella se abraza a mí y rompe a llorar más fuerte, la abrazo fuerte dándole mi calor y apoyo. Entiendo lo que es darse cuenta que llevan una vida mintiéndote a la cara, escondiéndote cosas. Aina y yo tenemos más cosas en común de las que ella imagina. Se pone en pie y empieza a gritar histérica.

—¡No te acerques a mí! —me giro y veo que Pablo se ha acercado a nosotros— Ya no eres mi hermano. ¡No te quiero! No quiero que me mientas más, creía que podía confiar en ti, pero no puedo confiar en nadie.

—Vamos princesa, sólo he intentado protegerte —intenta Pablo en vano razonar con ella.

Aina sale corriendo y se mete en mi habitación de juegos, Pablo va ir detrás de ella pero lo cojo de la mano antes de que la cague más. Es mejor que le dé un poco de tiempo para asimilar la información.

—¿Qué ocurre aquí? —pregunta Eric mirándonos a Pablo y a mí, después observa nuestras manos unidas.

10

Boira

Aina se niega a hablar con su hermano, intento convencerla de que debe irse con él, pero es muy cabezota para entrar en razón, para dejarse convencer. Le pido a Pablo que deje que se quede a dormir esta noche, le prometo que mañana haré que vuelva a casa. Finalmente Pablo cede a las exigencias de su hermana.

Cuando nos despedimos en el recibidor parece abatido, no me gusta verlo así.

—Hablaré con ella, es una niña muy madura, seguro que puedo hacerle entender que no le habéis dicho nada por su propio bien.

—Nunca la había visto tan enfadada.

—Se le pasará —le aseguro—, ya lo verás.

Abrazo a Pablo unos segundos intentando reconfortarlo, del mismo modo que lo he hecho antes con su hermana, como ella, se agarra a mí con fuerza, como si necesitara mi calor.

—Gracias por hacer esto, Sarah.

—Mañana será un día mejor, ya lo verás.

Se separa de mí, me sonríe y se marcha.

Eric, Aina y yo cenamos juntos en la sala. Eric no está molesto porque no le haya consultado que Aina se quedara. Juntos intentamos convencer a la niña de que su madre y Pablo, no le han dicho nada de su hermana porque quería proteger sus sentimientos, ella parece poco dispuesta a razonar.

Después de cenar, le enseño la habitación de invitados pero ella quiere dormir en la habitación de los juegos, mi habitación. Juntas preparamos la habitación, le dejo una camiseta para que pueda dormir.

—¿Quieres que te lea un cuento? —le pregunto en broma cuando está tumbada.

—Prefiero que me cuentes lo de tu amiga, lo del hermano de Eric.

—No deberías escuchar detrás de las puertas —la riño—, además, eso sólo te provocaría pesadillas.

—Eres igual que yo, te dije que lo eras —se emociona, es incansable—, ahora que sé la verdad no puedes seguir negándolo.

—Ya te dije que había tenido un episodio raro.

—No me contestaste lo que conseguiste con él.

Eso es verdad, sonrío mientras la miro. Pablo debe sentirse agradecido de tener una hermana tan lista, si fuera algo más tranquila y prudente ya sería la bomba, pero yo no puedo decir nada, carezco de ambas cosas.

—Mañana tienes que volver a casa Aina —me siento en el sofá junto a ella—, he dejado que te quedaras esta noche, pero tu hermano se ha ido hecho polvo. Seguro que tu madre se entristece mucho también, además de que se enfadará.

—Yo también estoy enfadada con ella.

—¿Por qué dejaste de hablarle a tu madre sobre las cosas que te pasaban? —pregunto, esperanzada de hacerla entender— Sobre los espíritus y tus viajes.

—Porque se asustaba y le hacía daño.

—¿Por qué crees que ella y Pablo no te han dicho lo de tu hermana? —se queda callada— No querían hacerte daño, como tú te callaste para no hacerle daño a tu madre, ellos han hecho lo mismo.

—No es lo mismo —dice con voz quejicosa revolviéndose.

—Mi padre también me mintió —le aparto un mechón ondulado de la cara—, lo hizo durante ocho años. Permitió que lo odiara, que lo culpara de todo. Si me hubiera dicho la verdad yo no me habría enfadado con él, pero sabía que la verdad me haría daño, así que dejó que me enfadara para que no sufriera al saber lo que me ocultaba. Quería protegerme, igual que tu madre y Pablo.

—¿Te enfadaste con él?

—¡Muchísimo! —sonrío— Pero al fin comprendí por qué lo había hecho. Lo hizo para protegerme, para cuidar de mí.

Frío y Calor

—Quiero que me cuentes esa historia.

Le sonrío y me levanto del sofá, enciendo la lamparita del escritorio y apago la luz. Me siento en el suelo junto a ella y le acaricio el pelo, mientras le explico la historia de mi madre. Obviamente me salto las partes más traumáticas, no quiero provocarle pesadillas. Aina me escucha con atención, con mucho interés.

—Hagamos un trato —le digo después de contarle todo—, el lunes voy a ir a Boira, le dan el alta a mi madre y pasaré allí un par de días. Si me prometes y no me mientes —le advierto—, que mañana volverás a casa y serás buena y comprensiva con tu madre y Pablo, buscaré la tumba de tu hermana.

—Ella está viva Sarah, es lo que mi padre me ha estado diciendo todo este tiempo, ella no está muerta.

Yo también he pensado lo mismo, pero es imposible, no quiero que se haga falsas ilusiones. Cuando esté en Boira, intentaré averiguar algo, pero no creo que saque mucho de ello.

—No deberías hacerte ilusiones cielo, ella murió hace muchos años, antes de que Pablo y tú nacierais.

—Sé que está viva —pone su manita sobre mi corazón—, lo siento aquí dentro. Siento a mi padre más tranquilo —miro a mi alrededor con aprensión, si de verdad está aquí espero que se marche y no haga notar su presencia—. La encontraremos —sentencia muy segura—, ella podría ser como yo, podría ayudarme como lo hacía Toñi, quizás sólo debía encontrarte para que me ayudaras a buscarla y después que ella me guie —Aina se está haciendo demasiadas ilusiones, esto no está bien—. Todo se solucionará Sarah, no pongas esa cara de espanto, todo irá bien.

Aina se ha montado una película a su medida, paso un buen rato intentando convencerla de que lo que cree es imposible, pero ella no flaquea en ningún momento. Al menos he hecho un trato con ella, mañana volverá a casa con su familia, ha prometido portarse bien y ser comprensiva con los suyos. Espero que cumpla su parte, a cambio, yo debo averiguar algo de su hermana, no tengo ni idea de cómo voy a hacerlo.

La dejo en la habitación y voy a la mía, esperaba encontrar a Eric durmiendo, pero está trabajando con el portátil en las piernas. Me pongo el pijama.

—El lunes cuando subamos a Boira tenemos que hacer de detectives, tu talento puede ayudarnos.

—¿Y eso?

—Aina cree que su hermana está viva.

119

—¿Qué piensas tú?

Suspiro y me meto en la cama, Eric cierra el portátil y me mira.

—Creo que podría tener razón, pero nunca se lo diría a ella. Es casi imposible, no quiero que se haga falsas ilusiones —afirma con la cabeza y deja el portátil sobre su mesita—. ¿Qué te ha parecido mi acosadora?

—Me gusta, su hermano en cambio no me gusta un pelo.

—Pablo es muy majo —digo contrariada.

—No me gusta cómo te mira, ni cómo te toca.

—¿Celoso? —pregunto escéptica.

—¿Debería? —contraataca enarcando una ceja.

—No —respondo con rotundidad.

Lo cierto es que no debe estar celoso, pero la idea me provoca regocijo, me gustaría que probara un poco de lo que él provoca en mí con Mariona. Obviamente no se lo digo, no quiero volver a discutir.

El domingo me levanto antes para llevar a Aina a su casa. Cuando vamos a desayunar a la cocina, me encuentro con una sorpresa. Eric tiene amigos, al menos tiene un amigo. Está en la cocina desayunando cuando me preparo para ir a trabajar. Se llama Alfredo y ha quedado con Eric para salir en moto esta mañana. Mientras desayunamos en presencia de Isabel, que no comprendo qué hace un domingo aquí en lugar de estar en casa descansando, me cuenta cosas de sus viajes en moto. Eso no me tranquiliza, todo lo contrario, no me gusta que Eric vaya a pasarse el día arriesgando su vida por un subidón de adrenalina. La idea me espanta, pero ese es su hobby y debo respetarlo.

Cuando dejo a Aina en casa, su madre tiene un aspecto horrible, pobre mujer, me sabe mal la mala noche que ha debido de pasar. Me da las gracias unas cien veces por cuidar de su hija.

Pablo y yo vamos juntos al trabajo. Por el camino le hablo de Aina, le explico lo que hablamos por la noche, le cuento que me pasó algo similar con mi familia y se lo he explicado a ella, que ha parecido entenderlo, y ha prometido que se portará bien y no les guardará rencor. Pablo me besa las mejillas encantado de lo que le cuento. Rodea mis hombros con el brazo mientras caminamos hacia el trabajo.

Al llegar al trabajo siento como algunas personas nos miran descaradamente, incluso veo como Yolanda cuchichea con Rebeca mientras lo hacen. Pablo parece ajeno a ello y consigue que pase de esas miraditas.

El día pasa volando, en el trabajo vamos a tope. Al llegar a casa Eric me cuenta como le ha ido el día, preparo mi equipaje para ir a Boira al día siguiente. Vamos a pasar allí dos días, a mi madre le dan el alta definitiva, quiero ir pronto y preparar alguna cosa para darle la bienvenida oficialmente. Eric me sorprende diciendo que antes de ir a Boira, debe pasar por la oficina, una reunión ineludible. Eso me molesta, esto es importante para mí, no quiero volver a pelear con él, así que le pido que no me falle y no discuto.

A la mañana siguiente mis peores temores se confirman, Eric se retrasa, lo llamo al móvil un millón de veces y no contesta, llamo a Estefanía y me dice que está reunido. Llegamos tarde, eso me cabrea mucho. Le exijo a Estefanía que lo interrumpa y se ponga al teléfono, discutimos durante minutos hasta que cede.

—Sarah, por favor, estoy trabajando.

—Hace dos horas que deberías estar aquí —digo tajante.

—Las cosas no están saliendo como yo esperaba, debería haber sido firmar y listo, pero hay problemas.

—Yo también tengo problemas, ya debería estar en Boira y aún estoy aquí esperando que mi novio, ¡por una vez! —grito enfada— Por una vez —enfatizo—, se digne a anteponer mis necesidades a sus negocios.

—Eso es injusto —se queja.

Siento que esa es la gota que colma el vaso, tengo demasiados reproches acumulados dentro.

—Injusto es que no me apoyes cada vez que te lo pido —se queda callado, no sé si porque hay alguien delante o porque sabe que tengo razón, su silencio me exaspera—. Lo peor es que te da igual —sigo yo muy enfadada—, yo no te importo o no te importo lo suficiente. ¡Estoy harta, Eric! Harta de sentir que no soy suficiente para ti, de ver que siempre estaré detrás de tu empresa o Mariona. Haría cualquier cosa que me pidieras, pero no es recíproco y eso duele, eso sin contar que tú nunca me necesitas para nada, me marginas.

—¿Por qué tienes que dramatizarlo todo? —demanda claramente enfadado.

—¿¡Yo dramatizo!? —grito al teléfono— Perdona por querer recibir lo que estoy dispuesta a dar, nunca te he pedido más de lo que yo haría por ti —se queda callado de nuevo—. No hace falta que vengas, es más, no quiero que vengas, cogeré tu coche y me iré sola. Ni se te ocurra aparecer cuando más te convenga, porque te juro que te echo a patadas de casa de mis padres.

—¡Joder, Sarah! —tiene la poca vergüenza de gritarme— Iré, sólo me retraso.

—¡No quiero que vengas! —le grito perdiendo los papeles.

—¿Lo dices en serio?

—Por supuesto —contesto intentando calmarme.

Ya no quiero que venga, no puedo contar con él para nada, ojalá no me importara pero su comportamiento me hace sentir insignificante. Puede que Eric tenga razón y tenga problemas de autoestima, pero tengo claro que es él quien los provoca.

—Haré que alguien te recoja.

—No hace falta.

—Esta mañana cogí el coche, pensando que esto sólo me llevaría quince minutos.

—¿Me estás diciendo que no sólo me dejas tirada de nuevo, sino que además te has largado con el coche?

—Sarah, no me toques los cojones, no hables de lo que no sabes.

—Eric, no me los toques tú a mí, no quiero que mandes a nadie, me buscaré la vida, soy autosuficiente.

—Vamos nena, dame sólo una hora más y estaré allí, te lo prometo.

Me dan igual sus promesas, no confío en Eric, me he cansado de esforzarme para nada.

—Esto no funciona Eric, estoy harta, no puedes imaginarte cuanto, no quiero que subas a Boira.

Le cuelgo el teléfono, pobre de él que se presente en Boira, porque como venga se va a liar la de Dios. Llamo a Nayara y ella me deja el coche, cuando voy a recogerlo la encuentro súper atareada con los preparativos de su fiesta de cumpleaños. Su cumpleaños es el miércoles y ni siquiera tengo regalo, es para matarme. En Boira no podré comprarle nada.

Este año quiere celebrarlo a lo grande, Mariona ha vuelto y es su primera fiesta, quiere que sea algo espectacular. Le pregunto si habló con ella respecto al médico del viernes que jodió mi cita, su contestación es que todo fue un malentendido. No me lo creo, pero no se lo digo, ya he discutido con Eric, no me apetece hacerlo también con Nay. Me desea suerte con mi madre y me marcho.

El trayecto a Boira me da mucho tiempo para pensar, demasiado. Mi enfado con Eric disminuye, se ve eclipsado por la tristeza y la nostalgia. Mi relación con Eric no funciona, es un hecho.

Haría cualquier cosa por él pero él no me necesita, nunca me pide nada y no parece dispuesto a anteponer mis necesidades, a su trabajo o incluso a Mariona. Me siento sola, decepcionada y triste. Confiaba en que vendría, no debí hacerlo. La culpa es mía, debería aceptar que para él nunca seré lo primero o dejarlo marchar, pero no puedo seguir así.

Cuando llego a casa mi padre parece histérico, le pido que se calme. Me ayuda a descargar el coche, colgamos una pancarta en la entrada con una calurosa bienvenida, no da tiempo a nada más.

Recogemos a mi madre de Lleida, para mi sorpresa mi madre parece muy tranquila, a diferencia de mí y mi padre, está súper relajada. Llegamos a casa sin problemas, cuando ve la pancarta la rodeo por los hombros y entramos juntas mientras mi padre descarga el coche.

—¿Dónde está? —me pregunta al cruzar la puerta de casa.

—¿El qué? —demando sin comprender.

—Tú no debías venir sola.

—Eric tenía mucho trabajo, ha hecho lo imposible por venir pero ha sido imposible —miento.

Mi madre afirma con la cabeza y se va a la cocina. La ayudo a hacer la comida en silencio, ella no me habla y yo no tengo nada positivo que explicar, así que me mantengo callada.

A media tarde alguien empieza a pitar desde el exterior, mi padre se levanta para ver quién es y mi madre me pide que vaya yo. Me levanto del sofá extrañada, cruzo los dedos para que no sea Eric, no me siento con energías suficientes para enfrentarme a él.

Al salir me doy cuenta que no es él, es un taxi, junto a él está Aina, al verme se acerca. ¿Qué hace aquí?

—¿Qué haces aquí, Aina? — la cojo del brazo cuando va a pasar por mi lado.

—Tienes que pagarle al taxista —dice pasando junto a mí con una mochila a los hombros.

La sigo con la mirada hasta que se pierde dentro de mi casa. No puedo creerme que haya vuelto a escaparse, su madre nunca ha traído a sus hijos a Boira, ha querido mantenerlos lejos. Ahora Aina está aquí, Pablo se va a enfadar de lo lindo. El taxista me pide más de ciento cincuenta euros. Pablo va a cabrearse muchísimo. Le pido a mi padre que le pague, yo no llevo ese dinero encima.

Cuando entro en el comedor mi madre y Aina están cuchicheando, eso no es bueno.

—Aina, me prometiste que te portarías bien. ¿Por qué has hecho esto? —le pregunto molesta.

123

—Te veo muy paradita, he decidido venir a ayudarte en nuestra investigación.

—¿Nuestra investigación, dices? —pregunto anonadada.

—Llama a mi hermano y dile que estoy contigo. Después iremos al cementerio, quiero ver si esa tumba existe. Mi hermana no está muerta, Sarah —dice muy segura de sí misma.

Niego con la cabeza, esta niña consigue exasperarme, hago lo que me ha ordenado y llamo a su hermano, como esperaba Pablo se enfada de lo lindo.

—¿Cómo has dejado que esto pasara? —me recrimina.

—¿Perdona? Es tu hermana, no mi responsabilidad, ha cogido un taxi y se ha presentado aquí. Me debes ciento cincuenta euros, por cierto.

—¿Y ahora qué se supone que voy a hacer? Mi madre está trabajando, no tengo coche para ir a buscarla, además cuando se entere no sé lo que hará, nunca nos ha querido cerca de la familia de mi padre o Boira.

—No se lo digas.

No puedo creer lo que acabo de decir. Aina necesita disciplina, no saber que puede hacer lo que le dé la gana. Me ha mentido, había prometido comportarse y sólo ha mantenido su promesa un día, pero acaba de descubrir que tiene una hermana muerta, que su familia lleva mintiéndole toda la vida. Entiendo que esté en este plan.

—¿Cómo no se lo voy a decir?

—Dile que está en mi casa, podemos mantenerlo en secreto.

—No puedo mentirle—se queja. Se queda callado y después resopla—. Está bien, le diré que está contigo, tú le gustas, espero que no pregunte. Quédatela hasta mañana, mañana llevaré a mi madre al trabajo y después iré a buscarla.

—De acuerdo.

—¿Te das cuenta que no deberíamos encubrirla no? Esto no está bien.

—Lo sé, pero ella no está bien, se siente traicionada, llevarle la contraria será peor.

—Gracias por estar con ella, Sarah, por entenderla y apoyarla, a mí esta situación me supera.

—No importa.

—¿Cuidarás de ella, verdad?

—No te preocupes, intentaré que no se meta en líos.

—Confío mucho en ti al dejarla contigo tan lejos, necesito que cuides de ella, eres una buena amiga, Sarah. Gracias por cuidar de mi hermana.

Cuando cuelgo el teléfono me quedo mirando por la ventana de mi habitación, pronto empezará a oscurecer. Reflexiono sobre lo que está pasando. Al menos Pablo me necesita y me valora. Soy consciente de que está más preocupado que enfadado con Aina, cuenta conmigo y no quiero decepcionarlo, pero también entiendo los motivos que han traído a Aina hasta aquí. No me queda otra que llevarla al cementerio y que vea la tumba de su hermana, eso deberá convencerla de que está muerta.

Bajo a la sala, mi madre y Aina están en la sala hablando, me apoyo en el marco de la puerta y las miro. Las dos personas más excéntricas que conozco, no puede salir nada bueno de su conversación.

—Aina —llamo su atención—, Pablo vendrá mañana a buscarte, si quieres ir a ver a tu hermana es mejor que vayamos ahora.

—¿Estaba muy enfadado? —pregunta con una mueca.

—No, está terriblemente preocupado y decepcionado contigo, se siente muy traicionado.

Aina agacha la cabeza, eso le ha dolido, pero es la verdad y ella debe empezar a ser consciente que sus actos tienen consecuencias. No hace mucho, yo aún era una niña como ella, castigarla y enfadarse no sirve de nada. Ella no quiere herir a su familia, prefiero que entienda que su comportamiento les hace daño.

—No te pongas triste, Aina —le dice mi madre contradiciéndome, eso es lo que yo quiero, que se sienta mal y no vuelva a hacer algo así—, tienes que ser fuerte, además Sarah te ayudará, ya te lo he dicho.

—¡Mama! —la interrumpo, ¿de qué va?— Eso no la ayuda, todo lo contrario.

—Sarah, sabes muy bien mi opinión de las cosas, si quieres te la recuerdo.

—¡No! No quiero —exclamo, no necesito que le dé más ideas locas a Aina, ya tiene demasiadas.

—Déjale a Aina una de tus viejas chaquetas y tú, llévate también algo de abrigo.

—Estamos en pleno mes de agosto, hace calor —me quejo.

—Se está levantando un aire frío, os hará falta —niego con la cabeza, ya empezamos con las cosas raras.

—Vamos Aina —le digo a la niña antes de que mi madre suelte una de sus bombas perturbadoras.

A pesar de que no quiero hacerle caso a mi madre lo hago, llevo a Aina a mi habitación y le doy una de mis viejas chaquetas. Ella se mete conmigo, como siempre, le digo que si sigue metiéndose con mi edad no se ganará mi afecto y mi comprensión. La muy descarada me contesta que ya tiene ambas cosas. Lo peor, es que tiene toda la razón.

Aina no quiere ir en coche, quiere que vayamos hasta el cementerio dando un paseo, que le cuente cosas de Boira, que le explique cómo era vivir aquí de niña. Insisto en que es tan rápido de contar que podemos ir en coche. Miro al cielo, pronto se hará de noche, no me apetece en absoluto ir al cementerio y menos ir de noche.

Como empieza a ser costumbre, Aina se sale con la suya y vamos caminando, pero lo hacemos a un ritmo ágil. Le cuento historias de mis amigas, le hablo de Nayara y de Mariona, de cómo matábamos el tiempo con lo poco que Boira nos ofrecía. Aina parece fascinada de mis anécdotas, ella no ha salido de Barcelona, una ciudad enorme que no tiene nada que ver con este pueblo, esto es otro mundo.

Mi madre tenía razón, hace mucho aire y es bastante frío, me paso el camino apartándome mechones de pelo de la cara. En la calle no hay ni un alma, las mujeres que normalmente hacen corrillos en las calles con sus sillas esperando que pase algo interesante, están en sus casas. Los hombres imagino que estarán en el interior del bar, como hacen en el crudo invierno.

Llegamos al cementerio, han reformado el exterior, la puerta es mucho más grande y la estatua de la virgen María está más arriba. Nunca me ha gustado este sitio. La verja custodiada por dos ángeles está cerrada. Sinceramente es un alivio, esta excursión no me apetecía especialmente, además no sé qué opinará Pablo de que me lleve a su hermana a un cementerio.

—Volveremos mañana.

Aina forcejea con la verja, está cerrada, no hay coches en el interior. Esto está muerto, *nunca mejor dicho.*

—Tu madre ha dicho que por detrás se podía entrar —dice desistiendo con la verja.

—¿Eso te ha dicho mi madre? —demando sorprendida, Aina afirma con la cabeza— Está cerrado, Aina —la cojo del brazo—, da igual si hay otra entrada, está cerrado al público y debemos respetarlo.

Tiro de ella, alejándonos del cementerio, maldiciendo que mi madre le haya dicho nada.

—Mi hermana no está ahí dentro, quiero entrar, ahora —dice con cabezonería intentando volver.

—Tu hermano me ha responsabilizado de ti, está cerrado, no podemos entrar ahora, volveremos mañana.

—¡Quiero entrar ahora! —me grita.

Se zafa de mi agarre y sale corriendo, mierda. Echo a correr detrás de ella y rodeamos el cementerio. Cuando estoy a punto de cogerla siento un frío repentino en mi tobillo y tropiezo cayendo de bruces al suelo. Aina ni siquiera vuelve la vista atrás, sigue corriendo. Me levanto del suelo, aparto el pelo que no deja de darme latigazos en la cara a causa del aire. Busco que es lo que me ha hecho tropezar, no hay nada.

Lo peor de todo es que he perdido de vista a Aina. Voy a matarla. Vuelvo a correr gritando su nombre, amenazándola de lo que pasará si no viene. No contesta. Aminoro el paso, exhausta de la carrera.

Rodeo todo el muro en obras del cementerio, en la parte de atrás están trabajando en él y hay una enorme brecha de unos quince metros. No hay rastro de Aina, ha entrado, ni siquiera me ha esperado.

Observo las vistas del cementerio con el cielo naranja y rojo, no veo a Aina por ninguna parte y está oscureciendo. Dentro de poco no se verá nada aquí dentro. El cementerio de Boira no tiene nada que ver con el de una ciudad, aquí no tienen nichos apiñados unos encima de otros, son todo tumbas bajo tierra.

A medida que oscurece siento una presión en la nuca, cada vez más intensa, como la de alguien que me observa. A pesar del miedo no dejo de girarme buscando a Aina, no me atrevo a gritar su nombre de nuevo. Temo que alguien nos descubra y llamen a la Policía, no deberíamos estar aquí, cuando la encuentre se va a enterar.

La busco entre las enormes lápidas y figuras cada vez más terroríficas, debo forzar la vista para ver por dónde voy en la oscuridad. Estoy aterrada, el aire lo mueve todo a mi alrededor, no dejo de escuchar sonidos extraños, la sensación de ser observada no me abandona y no encuentro a la niña.

Siento la necesidad de salir por donde he entrado y no volver hasta que salga el sol, pero no puedo hacerlo. Quizás Aina esté en algún rincón tan asustada como yo, saco el móvil del bolsillo y enciendo la linterna, no quería hacerlo por si alguien veía la luz y llamaba a la Policía, pero no veo por donde voy.

Acelero el paso buscándola, siento una respiración gélida en la oreja derecha, mi corazón se acelera en milésimas de segundo. Me fuerzo a girarme, un golpe de aire hace que el pelo me cubra la cara, no veo nada, lo aparto y busco a Aina pero ella no está. El fuerte aire mueve las ramas, produciendo sombras que con la luz de la linterna parece que estén en movimiento, en cada árbol, en cada lápida, detrás de todas ellas pienso que va a salir la persona que me oprime con la mirada. Me siento aterrada y acechada, si Aina tuviera más edad juro que la dejaba aquí, pero a pesar del miedo me obligo a seguir buscándola.

He buscado en todo el cementerio y aquí no está, me pregunto si se ha ido a casa. Así que decido llamar a mi padre, él me dice que allí no está pero que me llamará si aparece. No quiero colgarle, una voz conocida me tranquiliza, pero necesito la poca seguridad que me proporciona la linterna del móvil.

Sigo dando vueltas por el cementerio buscándola. Como mi madre ha dicho a pesar de ser verano el aire es frío, no deja de moverse a mi alrededor, escondo el pelo dentro de la chaqueta de punto que he cogido de mi casa pero éste se escapa una y otra vez.

Dicen que a causa de las películas y los juegos, estamos insensibilizados, pero nadie sabe más que yo de shooter y aun así estoy aterrada.

—¡Sarah! —oigo que me llama Aina.

Corro en dirección a donde me ha parecido que venía su voz, con el fuerte ruido del aire no es fácil saber de dónde venía y la linterna no es que alumbre a largas distancias. Vuelvo a adentrarme en la parte donde están los panteones familiares.

—Aina, ven aquí —muevo el móvil para que vea la luz—, ven hacia la luz.

No vuelve a decir nada más, sigo caminando y algo me coge de la mano. Grito. Lo que sea que me observaba me ha cogido, sólo deseo que esté vivo, me da igual que sea la policía, un guarda o un vecino alarmado porque alguien está merodeando en el cementerio de noche. Cualquier cosa mientras esté vivo.

—¿Por qué gritas? —pregunta Aina a mi espalda, mientras yo aún intento convencerme para girarme.

Me giro sin dudarlo, más enfadada de lo que esta niña me ha enfadado desde que la conozco.

—¿Dónde estabas? —la cojo de los brazos para que no se me escape de nuevo— Pensaba que te habías caído en alguna tumba vacía o algo así.

—La he encontrado, donde tu madre me dijo.

—¿Mi madre? —me descoloca de nuevo.

¿Qué más le ha dicho mi madre? Me pregunto. Le suelto los brazos y ella coge mi mano.

—Ven.

Niego con la cabeza. Quiero salir de aquí, aun así como una completa idiota la sigo de cerca, sin soltarla, no pienso perderla de vista de nuevo.

Para justo delante de los panteones familiares. Uno de los grandes. Aunque no el mayor, por supuesto. Ese es el de la familia de Nay, la familia más importante, rica e influyente del pueblo y de la comarca.

Éste tiene forma rectangular, la parte delantera está rodeada por una balaustrada de granito, cerrado con una verja de metal en el centro. A cada lado tiene unas columnas redondas, junto a ella una imagen de la virgen, en la otra la de un hombre con una oveja, la religión no es lo mío. Arriba una cruz que parece de metal. Delante de la verja, alejada queda una vidriera en forma de flecha, es imposible entrar por ella, hay unos escalones que bajan, puedo ver otra verja impidiendo el paso si bajamos por ellas, de todos modos no pensaba bajar y entrar, ni en cien años.

—Tienes que verlo, ven —sale corriendo de nuevo y la sigo poco dispuesta a perderla de vista.

Alumbro la parte trasera con el móvil, éste pita de nuevo, me estoy quedando sin batería, hay que irse.

Sin duda su familia es devota. Toda la parte trasera la domina un enorme Cristo en el momento de la crucifixión, tallado en el granito, que domina toda la pared. Arriba tiene dos rosetones sobre los brazos del Cristo. Cuando bajo la cabeza veo como Aina se mete por un agujero redondo, donde debía haber otro rosetón. Aunque ya no está.

Me tiro al suelo y la cojo de la mano antes de que caiga.

—Sube ahora mismo —le digo llena de cólera tirando de ella en vano.

—Me haces daño, Sarah —se queja—, suéltame ya he bajado antes, está aquí.

—No puedes bajar ahí, te harás daño.

El sonido de la melodía de mi iphone me da un susto de muerte, doy un respingo y Aina aprovecha para soltarse de mí. Miro la pantalla fastidiada, harta de que esta niña me toreé a su antojo, para colmo es Eric, la última persona con la que quiero hablar.

—¿Qué quieres? —contesto de mala gana.

Intento ver si Aina está bien pero no veo nada dentro de ese agujero, no entiendo cómo tiene el valor de bajar ahí abajo sola y a oscuras. Me pregunto si esta niña tiene miedo de algo.

—Veo que sigues enfadada.

—Sí, lo estoy.

La sensación de ser observada vuelve a asaltarme, me apoyo contra la pared y miro a mi alrededor, pero es imposible ver nada sin luz, el aire me está poniendo de los nervios, no deja de mover los helechos y parece que haya alguien caminando junto a mí, haciendo semicírculos alrededor de mí.

—He dejado pasar el día para que se te pasara el enfado, pero no he podido dejar de darle vueltas a lo que me has dicho esta mañana —suspira ruidosamente—. Tenías razón, he sido injusto contigo y prometo compensarte, haré que todo mejore —no puedo prestarle demasiada atención a Eric, le oigo pero no lo estoy escuchando, sólo puedo intentar adivinar si hay alguien escondido cerca de mí—. Lo siento Sarah, prometo compensarte —la línea se queda muda, miro el teléfono temiendo que se haya muerto, no es así—. ¿Me estás escuchando?

—Eric, éste no es un buen momento —le digo con voz entrecortada muerta de miedo.

—¿Qué te pasa, Sarah?

—Mi acosadora es una psicópata, me ha arrastrado a un cementerio y se ha metido dentro de una cripta.

Tengo ganas de llorar, no sé cómo voy a salir de ésta, mejor dicho no sé cómo voy a sacarla a ella de ahí.

—¡Te estoy oyendo! —me grita Aina desde abajo.

—Es que quiero que me oigas —le contesto—, eres una niñata, una imprudente y una psicópata.

—¿Aina está en Boira?

—¡Sí!

—¿Su hermano también?

—Vete a la mierda Eric —contesto sin poder creer que después de lo que acabo de decir le preocupe eso.

—Sarah, ya hablaras con tu novio, ahora baja, tienes que ayudarme.

—¡No, baja no! —me acerco más al agujero, al hacerlo me clavo los cristales— ¿Has roto la ventana?

—Tenía que bajar —contesta como si eso lo explicara todo.

Le voy a decir a Eric que no puedo hablar, pero no lo hago, estoy enfadada con él, que pruebe lo que es ser segundón. Cuelgo el teléfono y pongo la linterna, alumbro el interior y me asomo. Este sitio está lleno de polvo y suciedad, tan pulcro y majestuosos por fuera y así por dentro. Aina está en el centro, discuto con ella pero es inútil, amenazo con explicarle a su hermano lo que ha hecho, con dejarla aquí, pero no atiende a razones.

—Mete tu culo gordo en el agujero y baja de una vez.

—Aina —modulo el tono de voz—, creo que hay alguien aquí arriba, sube por favor, tenemos que irnos. Si subes ahora —intento sonar tranquila y sincera— te prometo que no le diré nada de esto a nadie, te lo juro.

—No voy a subir, si quieres baja a por mí.

Resoplo encolerizada y decido meterme por la abertura. Meto las piernas, ella es menuda y no estoy segura de que mi culo entre por esta ventana. Las caderas cuestan un poco pero finalmente entro y al bajar me caigo.

Aina se echa a reír, la alumbro con el móvil y le dedico una mirada asesina, se calla.

—Esto no te lo perdonaré en la vida —le advierto poniéndome en pie—, olvídate de mí después de esto, cuando mañana te vayas, no quiero verte nunca más, nunca.

Miro a mi alrededor, este sitio está sucio como si nadie hubiera entrado en años, el aire está viciado y enmohecido. Cuento cuatro tumbas, dos a cada lado, el vello se me pone de punta y me recorre un escalofrío, quiero salir de aquí, ya, ahora mismo. En una de las repisas un jarrón se mueve sólo, espero que sean ratas, si hay algo peor que las ratas es un fantasma. El jarrón cae al suelo y se hace añicos con un ruido ensordecedor, me agacho y me tapo los oídos.

—Es mi padre —aclara Aina, la miro temblando, esto me supera—, está enfadado porque no le escuchas.

—¿Qué no le escucho? —pregunto alumbrando a todas partes, buscándolo con los ojos muy abiertos.

—Sí, arriba te estaba diciendo que bajaras.

—No es un buen momento para bromas —le digo aterrada, me pongo en pie de nuevo, sólo quiero irme.

—Es la verdad — me contesta enfadada, encima la ofendida es ella, para flipar—, cuando algo no te gusta ya te piensas que es una broma. No oyes Sarah, tu don está atrofiado, tú estás atrofiada, debes practicar.

—No, no hace falta, me gusta mucho mi sordera espiritual —le aclaro para que no queden dudas.

—Eso sólo empeora las cosas, los espíritus sienten tu poder, pero como no les escuchas se enfadan.

—¿Tú de donde te sacas todas esas historias?

—Todo lo que sé me lo enseñó Toñi, ella sí era una buena compañera.

—Puedes seguir hablando con ella, seguirá siendo una compañera ideal para ti, a pesar de estar muerta.

Veo como sus ojos se inundan en lágrimas, el comentario no ha sido muy acertado, pero después del rato que me está haciendo pasar, no pienso disculparme. Soy demasiado blanda con ella y sin dudar se aprovecha.

—Tu madre me ha dicho que tengo que tener paciencia contigo, pero no tienes que ser cruel.

—Sí, soy muy mala —ignoro el hecho de todo lo que mi madre le ha contado—. ¿Podemos irnos ya?

Niega con la cabeza, se acerca a una escalera, no a la que da a la calle, sino a una que sube al piso superior, al que no se puede acceder desde fuera.

—Está arriba —empieza a subir los peldaños de piedra.

—No pienso subir ahí arriba —aclaro muy segura de mis palabras.

Una oleada de frío me traspasa, puedo sentir como la sangre se me hiela, el otro rosetón que está a ras del techo se rompe y se convierte en mil pedazos que caen en el suelo, provocándome taquicardia.

—Mi padre quiere que subas —dice Aina mirándome desde la escalera.

—Espérate.

Voy corriendo y la cojo de la mano, estoy temblando como una flor, fría, seguramente pálida de terror y ella está tan tranquila, su mano está caliente. Es imperturbable, Aina empieza a darme miedo.

Subimos juntas, de la mano. La parte de arriba está tan descuidada como la de abajo. Aquí se oye mejor como el aire silba en el exterior, en el techo se oyen ruidos, seguramente algún árbol golpea el sitio con sus ramas, al menos eso es lo que quiero pensar.

Alumbro con el móvil todo a mi alrededor, la sala está vacía. Aina tira de mí hasta un rincón, junto a las escaleras que acabamos de subir. En el suelo, a diferencia de las tumbas de abajo que estaban en alto, hay un pequeño sarcófago de madera. Tampoco tiene la calidad de las otras tumbas, esas no eran de madera. En la madera hay un ángel en relieve grabado, me arrodillo delante de él, leo la pequeña inscripción.

Alma Carbonell 18/08/88 – 20/08/88

En la muerte encontrarás la vida.

—Ayer fue su cumpleaños —dice Aina.

Me giro, está justo detrás de mí pegada a mi espalda, tiene la cara contenida, está intentado no llorar. Me parte el alma, mi miedo me ha hecho olvidar el motivo de venir hasta aquí. Aina ha perdido a una hermana que ni siquiera sabía que tenía.

—Ven aquí anda —tiro de su brazo y la abrazo con fuerza.

—Ella no está muerta, Sarah —llora encima de mí.

Tenía la esperanza de que no estuviera, de que ella tuviera razón y no hubiera tumba, pero la hay. Su hermana está muerta, no tengo palabras de consuelo que darle.

—Si ella hubiera vivido en Boira —la aparto de mí y le limpio las lágrimas de la cara —, hubiera ido a mi colegio, quizás habríamos sido amigas. Yo nací sólo diez días después que ella... Lo siento mucho cielo, sé que esto no es lo que esperabas, pero ya tienes la prueba de que es así, debes avanzar.

—Quiero despedirme de ella.

—¿Quieres que te deje sola?

—No —se pone de rodillas delante de mí—, cierra los ojos, concéntrate en mi hermana —frunzo el ceño, un gesto muy de Eric—, es mi manera de decirle adiós.

Hago lo que me pide, cierro los ojos y me concentro en su hermana, me la imagino como Aina será de mayor, tendría la misma edad que yo. Los niños no deberían morir, es muy injusto que eso pase. Aina me coge de las manos, las mías están heladas a diferencia de las suyas que están calientes.

Siento como el ambiente cambia, el frío me recorre de nuevo, un escalofrío detrás de otro cruza mi columna vertebral.

—¡Mi hija está viva!

Doy un grito y me pongo en pie de un salto, miro a mi alrededor aterrada. Esa voz no era la de Aina, era la voz de un hombre. *Mi hija está viva*, era la voz de su padre y no era un susurro, sino una voz fuerte y potente, nada que ver con los susurros de Carlos.

Aina recoge mi móvil del suelo y me alumbra con él, se lo quito de las manos y el móvil tiembla en las mías. Recorro la estancia con él, aquí no hay nadie.

—Puedes oír, sólo debes concentrarte —miro a Aina aterrada, ella sigue impertérrita—. ¿Me crees ahora?

133

Afirmo con la cabeza como una loca, vuelvo a mirar a mi alrededor, tengo miedo que en cualquier momento aparezca el fantasma de su padre, tengo miedo que me haga daño, tengo miedo de él sin más. Ella ha dicho que estaba enfadado conmigo porque no lo escuchaba, pero lo cierto es que no lo oía, nunca había oído una voz de otro mundo como acabo de hacerlo ahora.

Alumbro el pequeño sarcófago, me pregunto qué habrá dentro. *Mi hija está viva*, oigo de nuevo esa voz en mi cabeza entre escalofríos.

—Quiero que bajes abajo —le digo a Aina sin pensarlo demasiado—, quiero que te quedes ahí hasta que yo te lo diga, no subirás si no te lo pido.

—¿Por qué? —me cuestiona Aina, la alumbro con el móvil.

—¿Quieres que te ayude? —afirma con la cabeza— Entonces haz lo que te pido, ahora.

Aina me mira escéptica pero finalmente baja por las escaleras de piedra, me asomo y confirmo que realmente se ha marchado. Vuelvo junto al sarcófago y me arrodillo delante de él.

No puedo creer que vaya hacer esto, no puedo creer que sea capaz de abrir la tumba de un bebé, muerto hace justamente veinticinco años, es de locos, estoy perdiendo la cabeza. Aina es una influencia fatal para mi salud mental, mi madre también, a saber qué le ha dicho a Aina. ¿No podemos ser gente normal?

Los pensamientos inundan mi cabeza rápidamente mientras intento abrir el sarcófago. No consigo abrirlo, además me rompo una uña, estupendo. Cojo las llaves de casa de mis padres, como llavero hay una navaja suiza. Este llavero no es mío, pienso contrariada. Es cosa de mi madre, no me cabe duda, ella siempre se adelanta, no tengo ni idea de cómo sabe lo que va a pasar pero lo sabe. Ella me advirtió que Aina me buscaba, dijo que rondaba mis sueños, que había secretos que debían ser revelados, me pidió que la ayudara, que algún día sería yo quien necesitaría su ayuda, que éramos especiales y haríamos grandes cosas juntas.

Saco la navaja y hago palanca con ella hasta que los tornillos ceden uno detrás de otro, finalmente sólo debo levantar la tapa, pero la duda me asalta de nuevo, no soy capaz de hacer esto. No tengo ni idea de cómo debe ser un cuerpo descompuesto de veinticinco años, imagino que debe ser un esqueleto, el único cadáver que he visto fue el del alcalde de Boira, Jaume Montaner y su cuerpo ni siquiera se había enfriado.

Hago lo impensable para mí y levanto la tapa.

11

Tumbas

—¡Aina! —le grito asomándome por la escalera. La enfoco con el móvil, me mira desde abajo— Será mejor que subas.

Al momento está arriba, mira en dirección al sarcófago pero no se acerca.

—Lo has abierto —dice sorprendida.

—No tengo batería en el móvil —digo alumbrando el féretro—, deberías ver su interior antes de que se agote, debemos salir de aquí.

Le tiendo el móvil. Creo que por primera vez desde que la conozco tiene miedo, ni siquiera cuando me dijo que tenía miedo de su padre en el parque, el día que me explicó porque me seguía, tenía el semblante que tiene ahora.

Se acerca despacio, me apoyo en la pared y la observo. Después del mal rato que me ha hecho pasar, es hora de que pruebe un poco de su propia medicina. Cuando está delante suelta una exclamación silenciosa.

—¿Sorprendida? —pregunto muy ufana— Nos vamos.

Voy junto a ella y cojo el móvil de su mano.

—¿Entiendes lo que significa? —me pregunta aún mirando el interior del féretro, aunque dudo que pueda ver algo.

—Puede que tu hermana esté viva.

Enfoco de nuevo el interior, está vacío. En realidad creo que está viva, mi madre siempre me dice que me fie de mi intuición, éste me dice que su hermana está viva, pero no estoy segura, así que no puedo afirmarlo.

Antes de salir del cementerio mi móvil se queda sin batería, salimos de allí casi a la carrera, por las calles desérticas, al menos iluminadas de Boira seguimos corriendo, huyendo del aire, del frío, de los fantasmas.

Mis padres nos esperan para cenar, pero no soy capaz de probar bocado, sólo puedo mirar a mi madre, esto es de locos. No quiero empezar una nueva búsqueda, no me siento preparada para pasar de nuevo por esto y mi madre lo sabía, ella siempre lo sabe todo. ¿Por qué?

A pesar de que tenemos una habitación de invitados, no quiero dormir sola, no me siento capaz. Aina no va a ayudarme a dormir con sus historias, pero prefiero su rara compañía a estar sola. Se pone el pijama rosa de la Hello Kitty, el mismo con el que la veía en mis sueños.

Voy al baño a lavarme los dientes antes de meterme en la cama, enciendo la luz y la bombilla se funde con un zumbido, miro hacia arriba, esto me trae malos recuerdos que hace que mi bello se ponga en guardia. El frío me atraviesa, bajo la vista y con la luz que llega desde el pasillo puedo ver el espejo perfectamente.

Grito de terror al ver una sombra oscura detrás de mí en el espejo, quiero girarme y ver si realmente está aquí, pero no soy capaz de hacerlo. La figura diáfana empieza a tomar forma, quiero salir corriendo, quiero meterme en la cama y esconderme debajo de quinientas mantas, pero no me atrevo a darme la vuelta. El terror me tiene anclada en el suelo y no puedo moverme, sólo temblar.

El corazón me bombea a mil por hora de puro terror, estoy petrificada, aterrada, nunca podré llegar a acostumbrarme a estas cosas, no las quiero en mi vida. La figura de un hombre cada vez es más nítida en el espejo, el bello de la nuca se me eriza, el frío en esa zona es mayor y hormiguea.

—Busca donde mi padre —me susurra la figura espectral que tengo pegada a la nuca.

Niego con la cabeza y cierro los ojos con fuerza. Me coge de la muñeca y doy un grito. Instintivamente me giro y me lio a golpes sin abrir los ojos, no quiero que me toque, no quiero que se acerque a mí.

—Sarah, para, para, soy yo.

Abro los ojos y veo a mi padre, es él quien me coge de la muñeca, me tiro sobre él y lo abrazo con fuerza, nunca me he alegrado tanto de verlo. Mi padre me estrecha entre sus brazos.

—¿Qué ha pasado? —me habla al oído.

Me separo de él con el pulso aún acelerado, me giro señalando en el espejo, en él sólo estamos nosotros.

El ruido de un zumbido me despierta, mi móvil está vibrando, cuando lo cargué al llegar a casa Eric empezó a llamarme, después de enviarlo a la mierda y colgarle no me atrevía a cogérselo, así que lo puse en silencio.

Lo cojo somnolienta, es Pablo.

—Hola —contesto bostezando.

—Te ha costado, llevo media hora llamándote.

—¿Qué pasa? —contesto dándome la vuelta.

Mierda, Aina no está en la cama, me levanto de golpe.

—¿Tu casa es la de la pancarta de "Bienvenida a casa"?

—¿Ya estás aquí? —pregunto buscando a Aina por el pasillo.

—Sí.

—Deja que me vista y encuentre a tu hermana.

Cuelgo la llamada y bajo a la planta baja, mi padre está en la terraza trasera leyendo el periódico.

—¿Has visto a Aina?

—Buenos días, Sarah.

—Hola papa —contesto con una paciencia que no tengo para formalidades.

—Tu madre se fue con ella hace un rato, dijo que tenías que hacer algo con el hermano de la niña y era mejor que ella no os acompañara —niega con la cabeza—. La veo muy recuperada.

Genial, no quiero a Aina cerca de mi madre, ni a mi madre cerca de Aina, para ser sincera. Ambas son una mala influencia para la otra, no sabría decir cuál de las dos es más extraña.

Voy a la puerta de la calle y le abro a Pablo.

—Me visto y nos vamos, tengo que enseñarte una cosa.

—¿Dónde está Aina? —pregunta entrando en casa.

—Mi madre ha ido a dar un paseo con ella, para que podamos ir solos.

—¿A dónde, Sarah?

Lo empujo a la cocina y abro el mueble donde mis padres tienen el café.

—Hazme un café mientras me visto, haz el favor y tomate uno tú también, o no, mejor no.

Salgo corriendo escaleras arriba, me pongo algo cómodo, no puedo ir al cementerio con unos taconazos, puede que tenga que correr de nuevo. Cojo mi neceser y bajo al baño de la planta baja, el de arriba me provoca aprensión. De todas maneras antes de entrar me asomo comprobando que no hay nada raro dentro.

Me tomo dos cafés con azúcar como si fueran agua, ni siquiera los saboreo. Pablo me mira extrañado, le ofrezco algo de comer, como no quiere nada, le digo que demos un paseo.

Cogemos el coche de Nayara y vamos al cementerio, otra vez.

—Anoche tu hermana se pasó de la raya, te juro que la hubiera abofeteado.

—¿Qué hizo?

—Rompió un rosetón y se metió en tu panteón familiar, me obligó a entrar a buscarla, bajo tierra —enfatizo.

—¿Cómo lo permitiste? —me pregunta claramente molesto.

¿Cómo lo permití? Me pregunto, se lo dejo pasar, pero esa niña está descontrolada.

—Tenías razón, está descontrolada, quería ver la tumba de vuestra hermana y la llevé al cementerio, pero estaba cerrado, se coló por detrás y la perdí de vista, se hizo de noche y no la encontraba.

—¡Sarah, confié en ti al dejarla! —me reprocha— ¿Cómo se te ocurrió llevarla al cementerio de noche?

—Tu hermana puede ser muy tenaz —me defiendo molesta, él sabe mejor que yo como es su hermana—, te aseguro que nunca más permitiré que la dejes a mi cargo —dudo un momento, se lo que debo decir pero no estoy segura de cómo seguir—, y eso no es lo peor, pasaron cosas allí dentro —me muerdo el labio buscando las palabras adecuadas, pero éstas no vienen a mí—. Creo que ella tiene razón —le miro de reojo y él me mira sin pestañear—, tu padre está muerto.

Me muerdo el labio, ya lo he dicho, dejo de mirar la calle y le doy otra ojeada, Pablo me mira con la mandíbula desencajada y la duda se refleja en sus ojos, que en efecto con la luz del sol se ven verdosos.

No digo nada más esperando que haga algún comentario, pero no dice nada, sólo me mira, me incomoda.

Llegamos al cementerio, el nuevo celador iba conmigo al colegio, por lo visto el viejo que estaba aquí toda la vida murió, así que no anda demasiado lejos. Le presento a Pablo, le digo quien es y que quiere visitar el panteón familiar. Como suponía él tiene una copia de la llave, me lleva un rato convencerle para que nos la deje, pero finalmente logro convencerlo.

—¿Por qué dices que mi padre está muerto? —me pregunta mientras abro la primera verja.

—Me grito —abro la verja y lo miro.

Sigue mirándome con la misma cara de escepticismo, le sienta bien esa pose de incomprensión, es adorable. Pablo es muy guapo, es un surfero y tiene pinta justamente de eso, normalmente va con bermudas, aunque hoy las ha sustituido por un tejano oscuro y largo, lleva una camiseta blanca ajustada de pico, que realza su bronceado. Eric es muy atractivo, pero Pablo es guapo y un millón de veces más cercano, es un chico no un hombre inaccesible. No entiendo porque siempre los comparo, con Aleix, por ejemplo, nunca lo hago, pero a Pablo me resulta imposible no compararlo con Eric, no sé por qué.

Le miro a los ojos, ahora verdosos a plena luz del sol, hoy vuelve a hacer mucho calor. Como sus ojos, su pelo también se ve más claro con el sol, como siempre lleva la media melena suelta. Paso los mechones de pelo detrás de las orejas, me considero una persona cariñosa y sé que él también lo es, pero después de lo que acabo de decirle me da miedo que me rechace. No lo hace, sus ojos no se mueven de encima de los míos y vuelve a estar mudo. Le acaricio la cara, Pablo siempre va perfectamente afeitado a diferencia de Eric.

—Lo siento mucho Pablo —digo sin soltarle la cara—, tu hermana no tiene fantasías, no se inventa sus historias, es real —afirmo—. De alguna manera los espíritus se comunican con ella. Cuando estábamos ahí dentro —señalo hacia el lado— oí la voz fuerte y dura de un hombre enfadado. Era tu padre, dijo lo mismo que Aina me advirtió: Mi hija está viva.

Sigue callado mirándome, me está poniendo de los nervios, le conté mi experiencia debería entenderlo.

—Ahí dentro está la tumba de tu hermana, pero está vacía.

—¿Te has atrevido a profanar la tumba de mi hermana?

No es lo que esperaba escuchar, pero al menos vuelve a hablar.

—Tuve que hacerlo.

Sonríe una fracción de segundo, le suelto, no entiendo porque sonríe.

—Me estoy mareando —me advierte

Abro la verja y le cojo el brazo, nos sentamos en los escalones.

De día este sitio se ve muy diferente, arriba puede leerse: Carbonell y Brugueras. Junto a la verja de entrada hay cuatro lapidas supongo que los bisabuelos por las fechas de nacimiento y muerte, el abuelo y el hijo de éste, ósea el tío de Pablo y Aina, el hermano de su padre.

Pablo pasa la mano sobre mis piernas, se la estrecho y apoyo la cabeza sobre su hombro, imagino que necesita un tiempo para asimilar toda la información, no es para menos. Me quedo callada.

—Quiero entrar —dice al fin, pasado un largo rato de tranquilidad y cómodo silencio.

—De acuerdo.

Nos ponemos de pie y abro la otra verja. La puerta de detrás no está cerrada con llave, Pablo entra delante de mí, mira las tumbas, sobre cada una, hay una lápida con la persona en reposo.

—¿Dónde está?

—Arriba.

—Entrar aquí de noche no debió ser muy agradable —dice mientras sube las escaleras.

Suspiro, parece que vuelve en sí.

—No te haces una idea, quería matar a tu hermana por obligarme a entrar aquí.

Se agacha delante de la caja vacía donde deberían estar los restos de su hermana, sigue vacía por supuesto. Me arrodillo junto a él.

—¿Dónde está? —me pregunta, me encojo de hombros— ¿De verdad crees que podría está viva?

—Sí, tengo la sensación de que está más cerca de lo que pensamos. No se lo he dicho a Aina, claro.

—¿Qué te hace llegar a esa conclusión? —me mira y me giro para mirarle.

—No sé, es lo que me dice mi intuición, yo no soy adivina ni nada de eso, pero en parte si encontré a Mariona fue por fiarme de ella, con la ayuda de Eric por supuesto, sin él no lo hubiera conseguido.

Le sonrío y me pongo de pie, supongo que necesitará un momento a solas para ordenar sus ideas.

Bajo a la parte de abajo. Me siento observada, miro hacia arriba pero no puedo ver Pablo a desde aquí. El frío me atraviesa, las piernas empiezan a temblarme y el pulso se me acelera. Otra vez no pienso, debo salir de aquí, pero no puedo hacerlo, sé que a continuación va a pasar alguna cosa, algo se moverá solo, alguien me hablará o me tocará y eso me atemoriza. Aun así me quedo quieta, huir no servirá de nada. Aina dijo que su padre se enfadaba porque no le escuchaba, Carlos también me hizo pasar un infierno, puede que por el mismo motivo, pero nunca me hizo daño, al menos no físicamente.

Siento un nudo en la garganta y miro la escalera que da a la calle, los peldaños blancos están iluminados, en cinco pasos puedo estar fuera, al sol, alejarme de este sitio tétrico, pero sigo sin moverme, sólo quiero que esto acabe. Mi pecho sube y baja descontroladamente, estoy hiperventilando, me coge del brazo y grito.

—¿Qué pasa, Sarah? —me pregunta Pablo.

—Él está aquí, puedo sentir su presencia —contesto aterrada, cogiéndome a sus brazos.

Pablo mira a su alrededor.

—Estás temblando, Sarah —vuelve a mirarme—, aquí no hay nadie, relájate.

—Con mi padre —me susurran al oído.

Me abrazo a Pablo y él me rodea, poco a poco la sensación de ser acechada desaparece, mi malestar también se disipa, mi cuerpo deja de sentir frío y yo me relajo gradualmente en sus brazos.

—Con mi padre —repito las palabras que acabo de oír, levanto la cabeza y miro a Pablo— ¿Lo has oído?

—¿Oír qué? —demanda estupefacto.

—Anoche te juro que había alguien junto a mí en un espejo, era tu padre, me dijo que buscara donde su padre y ahora me ha dicho "con mi padre".

—¿Con mi padre? ¿Qué significa eso?

—Tu abuelo —llego a la conclusión.

—¿Mi abuelo qué?

—Tu abuelo está aquí enterrado —aclaro—, me dijiste que tu padre vino a Boira y nunca volvió. No salió de Boira, tu padre está aquí —señalo el suelo con énfasis—, está muerto y su cuerpo está aquí, con tu abuelo.

—¿Lo dices en serio?

Afirmo con la cabeza mirándolo. Tiene que ser así, más claro no puede decirlo, además mi madre no quería que Aina viniera con nosotros, por eso se la ha llevado, porque sabía lo que íbamos a encontrar.

Me separo de Pablo y busco la tumba del abuelo, murió en 2003 Antoni Carbonell, es ésta, es de piedra con grabados.

—Tendremos que abrirla para comprobar tu teoría —dice Pablo a mi espalda.

—No, no pienso abrirla.

—Ayer lo hiciste sola.

—Porque pensaba que estaba vacía, además habían pasado veinticinco años no diez, a saber lo que hay ahí dentro, no pienso abrirla.

—En cinco años sólo quedan los huevos, si no quieres abrirla llamemos a la policía.

—¿Y qué vamos a decirles?

—Abrámosla entonces.

—No puedo.

—Venga Sarah, necesito saber si mi padre nos abandonó o está muerto, necesito saberlo.

Entiendo su necesidad de saber que pasó, pero su padre está ahí dentro y yo no estoy lista para ver un cadáver. Me rasco la cabeza pensando en las opciones, antes de avisar a la policía debemos comprobarlo.

—Está bien —cedo—, la abriremos, pero yo no pienso mirar dentro.

—Necesitaremos una palanca.

Convenzo a mi compañero del colegio para que me deje una palanca, alegando que uno de los féretros está a punto de caerse. Mientras vuelvo con la palanca pienso en lo estúpida que soy, en como todo el mundo hace conmigo lo que le da la gana, en como eso me lleva a esta clase de situaciones, en las que de ninguna manera me gustaría verme envuelta.

Ayudo a Pablo a hacer palanca, en realidad tampoco puedo ayudar mucho él es mucho más fuerte que yo. Finalmente se abre, del interior sale un olor desagradable, no pensé que después de tantos años pudiera oler.

Se dispone a apartar la tapa y yo salgo literalmente corriendo, me quedo en la escalera, donde el sol me protege de lo que hay ahí dentro. Pablo me mira desde dentro y empuja la tapa, se tapa la boca y la nariz con la camiseta mirando el interior.

—¿Qué hay? —le pregunto desde el exterior.

—Llama a la policía.

—Mierda.

Busco el móvil en el bolso, con las prisas me lo he dejado en casa de mis padres, Pablo me da el suyo. De fondo de pantalla tiene una foto con su familia, una foto en la playa con su madre y Aina. Llamo a la policía y les informo de la situación, no sé cómo vamos a explicar el hecho de haber profanado dos tumbas, esto se va a poner feo.

Nos llevan a comisaría para prestar declaración. Como pasó cuando Eric y yo encontramos a Mariona, nos hacen preguntas repetitivas y tediosas que consiguen hacernos parecer culpables de algo. Nos interrogan por separado, primero a Pablo y después a mí y una tercera vez juntos.

Les decimos que Pablo, recibió una llamada anónima, de alguien que le dijo lo que encontraríamos dentro del panteón familiar. El agente al cargo dice que rastrearan la llamada, esto no acabará bien.

Cuando salimos de comisaria ya son las ocho de la tarde, llevamos todo el día sin probar bocado, mis padres deben estar muy preocupados por mí. Recogemos el coche de Nayara y volvemos a casa.

—¿Debería decírselo a mi hermana? — me pregunta al bajar del coche.

—No puedo decirte lo que es mejor Pablo —rodeo el coche y me pongo junto a él. Parece abatido, Pablo siempre tiene una sonrisa en los labios, no me gusta verlo así—. Creo que es mejor decírselo, no ocultarle nada más, pero por otro lado, hasta que no comprueben la identidad, quizás sea mejor no decírselo.

—Es él —sin mis tacones soy bastante más baja que él, agacha la cabeza y me mira—, tú lo sabías, sabías que estaba ahí. ¿Cómo lo sabías?

—Te aseguro que preferiría no saber esas cosas, me da mucho miedo que los espíritus se comuniquen conmigo —niego con la cabeza—, nunca podré acostumbrarme. Está claro que Aina lo tiene asumido, yo no.

Sus ojos brillan y aparta la mirada de mí, le cojo el mentón para que vuelva a mirarme.

—Es normal que estés afectado Pablo, no debes avergonzarte de tus sentimientos.

Una lágrima escapa de su ojo y me abraza, seguramente para que no le vea llorar. Su proximidad no me incomoda, con él me siento cómoda. A pesar del calor, de los nervios y lo que hemos sudado abriendo esa tapa que pesaba una tonelada, huela genial, huele diferente pero aun así huele a fresco.

—He pasado diez años odiándolo, hablando mal de él por habernos abandonado y no lo hizo, Sarah —se le rompe la voz—. Mi hermana me lo dijo y no la creí, debí apoyarla, debí creerla como has hecho tú, pero les he fallado a ambos.

—No le has fallado a nadie, tú no sabías lo que pasaba, Aina te quiere y estoy segura que lo entenderá.

—No lo merezco —contesta con voz contenida.

—Encontraremos a tu hermana, lo haremos juntos, le diremos quién es y volveremos a unir a tu familia.

No estoy segura de que sea capaz de cumplir lo que acabo de decir, pero me da igual. Pablo me gusta y su familia también. Haré todo lo que esté en mi mano para ayudarles, esto no va a ser fácil, pero no me importa.

Nos quedamos abrazados un largo minuto sin decir nada, mi respiración se acompasa con la suya, siento un momento de paz y tranquilidad que no he sentido en demasiados días, puede que semanas enteras.

De repente la atmosfera cambia a mí alrededor, todo pasa muy deprisa, en un momento tengo los brazos de Pablo alrededor y al siguiente, alguien me coge del hombro con demasiada fuerza y me aparta de él.

—¡No vuelvas a tocarla! —reconozco la voz congelada y firma de Eric, su tono autoritario y dominante.

Su enorme espalda cubre toda mi visión. ¿Qué hace Eric aquí?

—¿De qué vas tío? —oigo que le contesta Pablo— Me has roto la camiseta.

—Como vuelvas a tocar así a mi novia, te romperé otra cosa.

¿Cómo? ¿Está de coña? Lo esquivo y miro a ambos. Parecen dos machos cabríos a punto de liarse a cornadas, incluso Pablo parece dispuesto. Me pongo en medio de los dos, antes de que la sangre llegue al rio.

—¿De qué vas? —le pregunto a Eric, estoy anonadada por este comportamiento.

—¿De qué cojones vas tú? —me contesta con una mirada que me congela— ¿Por eso no querías que viniera? —me quedo callada procesando la información. ¿Está de coña? No está aquí, porque ha preferido estar en otro sitio— ¡Contéstame, Sarah! —me grita a un centímetro de la cara, poniéndose a mi altura.

—No le grites —le advierte Pablo.

No me lo pudo creer, esto no mejora las cosas especialmente. Conozco el carácter de Eric es pura dinamita pero no me haría daño, durante un tiempo pensé que sí, pero ahora le conozco y sé que no me tocaría.

—¿Tú quién mierda te crees que eres para decirme a mí lo que debo hacer?

—¡Ya está bien! —digo poniendo una mano en cada pecho, los empujo a ambos para que se separen antes de que se arreen. Ninguno de los dos se mueve un centímetro de donde están— Tú —le digo a Pablo—, entra en casa y ve a ver cómo está tu hermana —miro a Eric—, tenemos que hablar, sube al coche.

Ambos me ignoran, siguen retando al otro a dar el primer paso, quieren pelear como si fueran animales. Pablo es un chico fuerte, lo vi en los vestuarios y tiene un cuerpo cuidado y definido, no es un enclenque que digamos, pero Eric es enorme, le saca diez centímetros, he examinado su cuerpo en profundidad y es todo musculo. Además, Pablo puede tener ganas de desahogarse, pero Eric es pura rabia contenida, lo destrozaría.

—¡Estáis en casa de mis padres! —intento hacer que reaccionen— Deberías respetar eso al menos.

Los dos me miran, vale, he llamado su atención.

—Dame las llaves del coche —dice Eric.

Se las doy y rodea el coche por el lado opuesto a donde está Pablo. Voy a subirme al coche y Pablo me coge del brazo para que no lo haga.

—No deberías irte con él —me dice en un tono más calmado—, ese tío está enfermo, Sarah.

—Ve con tu hermana, no empeores las cosas, por favor.

Abro la puerta y le empujo para poder subir.

En cuanto estoy dentro, Eric arranca el coche y sale volando, me pongo el cinturón.

—Si no puedes conducir lo hago yo, el coche es de Nay, quiero devolvérselo de una pieza.

Sigue conduciendo como un loco, nos alejamos de Boira, sale por un caminito de tierra y se dirige hacia un solar desértico. Frena de golpe haciendo que el cinturón me sujete en el asiento con un latigazo.

—¿Qué hacías con ese tío, Sarah? —pregunta girando la cabeza para mirarme.

Sus manos están tensas sobre el volante, centro mi mirada en él y lo enfado todavía más, a posta.

—¿A ti que te parece? —contesto quintándome el cinturón, como si me resultara indiferente todo.

—No es buen momento para que me chulees, te lo advierto.

Eric está muy enfadado, hacía tiempo que no lo veía tan cabreado. Ni siquiera cuando me dejó tirada para ir al médico con Mariona, y volví a las tantas de casa de Pablo, estaba tan iracundo como ahora.

—Te lo tienes bien merecido —digo señalándolo—, sólo estaba consolando a un amigo, pero te mereces sentirte así de mal, porque así es como tú me haces sentir a mí, cada vez que me dejas en segundo lugar.

—No me marees con eso otra vez —resopla conteniendo su enfado. Se lleva el puño a la boca, veo que Natalia ha vuelto con las sesiones para controlar su ira—. ¿Ha pasado algo entre vosotros?

—¡Claro que no! —contesto indignada— ¿Pero tú quien te has creído que soy?

Me atraviesa con su mirada de hielo, el muy idiota cree que le miento. Me coge la de la nuca con fuerza, con demasiada agresividad, su mirada parece tan enfadada, que por un momento temo que me haga daño.

—No vuelvas a cabrearme así, Sarah.

Tira de mí y su lengua se mete dentro de mi boca haciendo un touchdown. No quiero corresponderle pero me resulta imposible no hacerlo. Estoy enfadada con él, me ha dejado tirada de nuevo. Me enfado conmigo misma por como mi cuerpo reacciona a él, porque con su beso deseo tenerlo entre las piernas y desahogarme de otra manera. Cuando nos separamos su mirada es puro fuego, el hielo se ha derretido por completo, conozco esa mirada. Tiene la indecencia de sonreírme, me vuelve loca su sonrisa, él lo sabe, siento como mi cara enrojece de pura rabia, su sonrisa se amplia y mi vena homicida crece. Deseo abofetearlo, levanto la mano para hacerlo y con un gesto brusco me coge de la muñeca, me da la vuelta y la deja a mi espalda.

—Nunca, jamás, intentes hacerme daño de nuevo, Sarah —me habla al oído.

Mete la lengua dentro de mi oreja y me mordisquea todo el cuello de un lado a otro, lo lame, lo chupa, lo muerde, hace lo que le da la gana conmigo y yo no puedo hacer nada porque ya estoy perdida en él.

Lo hacemos en el coche, como dos adolescentes salidos, desesperados por el otro. Ambos nos necesitamos por igual, dos días de discusiones, enfados y sentimientos dolorosos pasan factura, pero en quince minutos lo quemamos en un súper polvo, que hace que deje de tocar el suelo, que todo lo demás no exista, solo nosotros.

Suspiro, satisfecha, me apetece un cigarro y eso que yo no fumo.

—¿Por qué abrazabas a ese imbécil? —demanda Eric mientras nos vestimos.

No quiero seguir peleando con él. Se lo explico absolutamente todo, una tumba sin cuerpo y un cuerpo sin tumba, los encuentros con el padre,

146

el terror que todo esto me ha hecho pasar de nuevo, el interrogatorio interminable de la Policía, la incógnita de quién es su hermana y donde está, de que le pasó a su padre.

—Ha odiado a su padre media vida por abandonarlos y resulta, que estaba muerto, está abatido.

—Sigue sin gustarme.

—No tiene porque gustarte, es lo que hay —me muestro firme—. Esa familia me gusta y les ayudaré a encontrar a esa hermana perdida, tengo que hacerlo. Aina lleva tiempo buscándome para que la ayude y aunque me exasperé como nadie, no puedo darle la espalda. Cuando yo me sentía desesperada tú me ayudaste, ahora yo debo ayudarla.

—Hablaré con Torres para que te ayude.

—Gracias —sonrío satisfecha de que lo haya comprendido—, no tengo ni idea de por dónde empezar.

—Eres fuerte Sarah, sé que puedes con esto, pero por favor mantén las distancias con él, no me gusta.

Me muerdo la lengua, para no decirle que yo le pedí que hiciera lo mismo con Mariona, y se lo pasó por donde te dije.

—Lamento lo de ayer.

—Aunque no lo parezca aún estoy enfadada —le digo poniéndome más seria.

—Te dije que te compensaría y te he traído un regalo.

Del bolsillo del pantalón saca una llave con un lazo rosa, sí, el lazo es rosa, me la tiende pero no la cojo.

—¿Me has comprado un coche? —pregunto sin creerlo.

—Uno a tu medida, sólo para ti, era el regalo de tu cumpleaños, pero tengo una semana para buscar algo mejor para entonces.

A cualquier persona que le guste conducir tanto como a mí, le encantaría que le regalaran un coche, pero me cabrea que lo haya hecho, de hecho no lo quiero.

—No te enteras Eric —niego cabreada, poniéndome el cinturón—, no lo quiero. Llévame a mi casa —miro al frente, esperando que haga lo que le pido.

—¿Te compro un coche, para que no tengas que depender de nadie y no lo quieres? —pregunta enfadado.

—No, no lo quiero —vuelvo a mirarlo—. No quiero un estúpido

coche, ni quería una habitación. Lo que quiero es que me hagas caso, que estés por mí, conmigo, que cuando algo es importante para mí también lo sea para ti, que de alguna manera me permitas entrar en tu vida, que me demuestres que te importo, que soy importante para ti. No creo que sea tan difícil de entender. A mí no vas a comprarme, me quiero demasiado para venderme.

Miro por el parabrisas esperando a irnos, si yo tengo el don de cabrearlo como nadie podría decirse que a veces, él produce el mismo efecto en mí, a excepción de Aina claro, ella se lleva la palma en enfadarme.

Arranca el coche y nos vamos.

—Mi intención nunca ha sido comprarte Sarah, lamento que pienses eso de mí.

—Me da igual, no lo quiero —contesto con cabezonería.

—Eres una desagradecida —sigue él con hastío.

Le miro de reojo, en parte tiene razón soy una desagradecida, pero el hecho de que quiera algo tan simple como estar con él, y él no sea capaz de verlo e intente comprarme para tenerme contenta me pone rabiosa.

—Mañana no voy a ir al cumpleaños de tu amiga —me advierte cuando para enfrente de casa de mis padres.

—Mejor —lo peor es que lo digo de verdad—, más tranquilos estaremos todos.

Me bajo del coche y cierro de un portazo. Me meto en el interior de casa de mis padres, me quedo apoyada en la puerta. Tengo ganas de llorar, de derrumbarme, en mi garganta se forma un nudo. No me gusta discutir así con Eric, detesto estar mal con él, cuando estamos mal yo estoy mal.

Me arrepiento de muchas cosas de las que le he dicho, abro la puerta para pedirle disculpas e intentar hablar como personas adultas y civilizadas, pero ya no está y, para colmo se ha largado con el coche de Nay.

18

Todos contra Sarah

Voy directamente a la cocina, llevo todo el día con dos cafés, los nervios y todo el estrés emocional me tienen famélica. Me preparo un bocadillo mientras Eric da vueltas en mi cabeza. Me siento en la mesa de la cocina a comérmelo.

Soy una estúpida, debería llamarlo y pedirle que vuelva antes de que esté más lejos. Voy a levantarme cuando Aina entra por la puerta.

—¿Qué haces tú todavía aquí?

—¿Aún estás enfadada conmigo? —pregunta acercándose.

—Ayer te pasaste de la raya, Aina.

—¡Sarah! —agranda los ojos, mirándome preocupada— ¿Eric te ha pegado?

—¡No! —exclamo— ¿Eso te ha dicho Pablo?

—No, pero estás toda despeinada y tienes el cuello lleno de cardenales, como los que me salen a mi cuando me golpeo las piernas en el colegio.

Me cojo el cuello y voy corriendo al baño, cuando me veo en el espejo no me lo puedo creer.

—¡Será cabrón! —exclamo viendo mi cuello lleno de chupetones.

—¿Qué pasa? —viene mi padre al baño.

—¡Nada!

—Sarah —dice mi nombre como si fuera un reproche.

—¿Qué ocurre? —se acerca Pablo corriendo.

—¡Madre mía! —dice partiéndose de risa— Ese tío es imbécil, te ha marcado como si fueras una vaca.

—Le gusta marcar el territorio —comenta mi madre de camino a la cocina sin ni siquiera mirarme.

Los otros tres se quedan mirándome como si yo fuera un mono de circo, Aina me mira con preocupación, mi padre con reprobación y Pablo niega con la cabeza con incredulidad.

Salgo del baño huyendo de todos esos ojos sobre mi persona, ahora sí que no pienso llamarlo, esto es ensañamiento, no puedo trabajar con el cuello así. Me siento en la cocina enfadada a acabarme mi bocadillo. Mi padre se lleva a Pablo a la parte de atrás para enseñarle su huerto, mi madre no tengo ni idea de donde está y Aina se queda sentadita en la cocina, conmigo, esperando que acabe mi bocadillo para enseñarme algo.

En cuanto acabo de comérmelo se pone de pie.

—Tienes que ver el regalo de Eric, es el mejor regalo del mundo —me dice emocionada.

La miro de arriba abajo y temo lo peor. Va vestida con una falda floreada y un top rosa clarito, en la cabeza se ha colocado un sombrero con unas flores rosas y sus zapatos son unas botas fucsias. Siempre viste con algo rosa, es obvio que es su color favorito. El gusto de esta niña y el mío están en dos extremos opuestos, si ya detestaba el coche por lo que significa, sé que voy a detestarlo aún más al verlo.

Juntas vamos al garaje, Aina está eufórica, yo no y me siento peor cuando veo el coche. Es justo lo que me temía, un coche rosa, un mini para ser exactos, me siento abatida, este coche no es más que la confirmación de lo poco que Eric me conoce, de lo poco que le interesa ni siquiera conocerme. Detesto el color rosa, todo el que me conoce lo sabe, además me gustan los coches grandes y potentes.

Aina me explica todo lo que Eric le ha enseñado mientras me esperaba, por lo visto se ha pasado la tarde esperándome con Aina y mis padres. Mi madre se reúne con nosotras en el garaje.

—No estés triste Sareta —dice acariciándome la cara—, no es culpa de él, ha estado muy mal asesorado.

Me encojo de hombros, si me conociera mínimamente no habría necesitado que nadie lo asesorara. Tengo muchas ganas de llorar, pero como puedo me trago las lágrimas.

—¿Qué es eso, el coche de la Barbie? —dice Pablo— Es ideal para ti Aina, seguro que te gusta más que a Sarah, dile que te lo regale para cuando seas mayor.

Genial, hasta Pablo sabe que detesto el color rosa.

—Venga Aina, vamos arriba y ayúdame a preparar la cena, cielo — dice mi madre llevándose a Aina.

Aina ni siquiera replica, está claro que se entiende con mi madre. Pablo rodea el coche y mira los interiores. Yo me siento en la escalera, tengo ganas de irme a dormir.

—El coche no te pega nada, pero reconozco que se ha tenido que dejar una pasta en él.

—El dinero no tiene el mismo valor para nosotros que para él, así que da igual lo que cueste.

Pablo se sienta en la escalera a mi lado.

—¿Te das cuenta de que lo que te ha hecho en el cuello, lo ha hecho por mí, verdad?

—Claro.

—No te rayes, preciosa —me rodea con el brazo y me apoyo en su hombro—, no vale la pena.

Ojalá pudiera hacer lo que Pablo me pide, pero me resulta imposible, Eric me ha dejado tocada y hundida.

Aina quiere quedarse a dormir, le ofrezco a Pablo que él también se quede, ya que hay una habitación vacía. Le ha cambiado el día de fiesta a Aleix para que ayudara a Nay con los preparativos de la fiesta de mañana, así que tiene que trabajar. Me pide que me quede con Aina, para así él poder hablar con su madre y juntos decidir qué le cuentan a la niña, la idea no me hace especialmente feliz, pero accedo.

Después de cenar Pablo se marcha, mi madre le prepara un baño a Aina y después me ducho yo. Aina ya está en la habitación, me siento en el suelo a revisar mi móvil y ella me hace trenzas en el pelo para que mañana se me vea el pelo súper rizado y bonito, en su opinión. Me habla de Eric, pero lo que menos necesito es hablar de él o me derrumbaré, por muy madura que sea Aina sigue siendo una niña. Le pido que hablemos de algo más trivial, no sabe lo que significa esa palabra, hablar del significado de algunas palabras es un tema mucho más entretenido que hablar de Eric, su hermano o dónde hemos estado todo el día.

A la mañana siguiente volvemos a Barcelona con el coche de la Barbie, Pablo ya debe estar trabajando, así que Aina se queda conmigo.

Me acompaña a comprar el regalo de cumpleaños de Nayara, no tengo ni idea de qué comprarle, podría regalarle el coche de Eric, sería una bonita y desinteresada forma de deshacerme de él.

Vamos de tiendas, le compro un conjunto que me cuesta un ojo de la cara, pero mi padre ha saldado el préstamo que pedí para pagar la universidad y ahora trabajo cada día así que supongo que puedo permitírmelo.

—Mira Sarah —tira de mí Aina, para enseñarme un vestido—, con ese vestido estarás preciosa esta noche, fíjate, tiene un pañuelo a juego para tapar esas marcas del cuello. Si lo compras harás las paces con Eric, estarás guapísima y seréis muy felices.

Me río por los comentarios soñadores de Aina. El vestido es muy bonito, corto, con vuelo, pero es rosa. Pregunto a la dependienta si lo tiene en otro color, finalmente me lo quedo en rojo, quedará de muerte con mis Louboutin.

Comemos juntas en el restaurante en el que trabajo, nos sentamos en mi antigua zona, ahora la de Pablo. Me comenta que Aleix quiere que vaya a la fiesta, que se ha puesto muy pesado, así que se tomará una copa y se irá. Cuando le digo que yo iré sola, me ofrece ir juntos y quedarse a tomar dos copas.

Acompaño a Aina a casa y vuelvo a la mía. Paso un par de horas muertas delante de la tele y después me arreglo para la fiesta. Lo cierto es que no estoy de humor para fiestas, no me apetece ver a Mariona, desde lo del médico no hablo con ella y ella tampoco se ha dignado a llamarme.

Me pongo mi vestido rojo, que sinceramente, me queda genial. Los zapatos son lo más, con ellos siempre siento que puedo comerme el mundo, me hacen sentir poderosa y sexy. Me hago un semi-recogido, el pelo suelto me queda mejor y me anudo el pañuelo a juego con el vestido al cuello, una vez maquillada ya estoy lista.

Cuando salgo a buscar a Pablo al trabajo, Eric ni siquiera ha llegado a casa. Mejor, no tengo ganas de discutir con nadie.

Al llegar a la fiesta me doy cuenta de todos los preparativos de Nayara. El comedor parece una discoteca, está todo despejado y las luces se mueven al ritmo de la música, incluso hay un dj. Además, hay un par de camareros dando vueltas con chupitos y canapés, en la terraza hay una barra con otro camarero.

Buscamos a la cumpleañera entre toda la gente, cuando la veo me abrazo a ella con fuerza, felicitándola por su cuarto de siglo, ¡qué mayor!

—En una semana serás igual de mayor que yo —dice Nay soltándome.

—Ei tío —le da la mano Aleix a Pablo—, me alegro que hayas venido.

—Tenía miedo de que Rapunzel se perdiera por el camino.

—¿Rapunzel? —me echo a reír— ¿A caso soy rubia y tengo un pelo kilométrico?

—Es verdad —dice rodeándome con el brazo—, mejor seremos la Bella y la Bestia.

Le doy un codazo.

—Deja de ver películas de princesas con tu hermana, te fríen el cerebro. Seguro que ligas mucho con las chicas nombrando a las princesas Disney.

—Te sorprenderías, ellas piensan que soy sensible y culto.

Me echo a reír, Nayara y Aleix también lo hacen, miro a Pablo negando con la cabeza, incapaz de no sonreír, es la hostia.

—Si creen que eres culto por eso, deberías pedirles el DNI antes de meterles mano, Bestia.

—Yo no soy una buena Bestia, a tu novio le queda mejor el título —le miro preguntándome a dónde quiere ir a parar—. ¿Aleix, has visto lo que le ha hecho en el cuello?

—Mejor cállate.

No tengo ganas de que me tomen el pelo con eso.

—¿Qué ha pasado? —pregunta Nay preocupada mirándome el cuello.

—Su novio es idiota.

—Eso ya lo sabemos todos —contesta Aleix.

—Que os den a los dos.

Me voy al exterior y me pido una copa, voy a necesitarla para aguantar la noche.

—Hola Sarah.

Me giro y me encuentro a Carla, me resulta extraño que esté aquí, pensé que estaba enfadada con Nay por haberla echado de casa. También debería estarlo conmigo, ni siquiera la he llamado para ver cómo estaba.

—¿Cómo estás? —pregunto besándole la cara— Siento no haberte llamado, he estado muy liada, me he mudado a casa de Eric, he vuelto al trabajo, le han dado el alta a mi madre... Han sido dos semanas de locos.

—Al menos todo son cosas positivas —sonríe con esa sonrisa de niña que tiene.

Volteo los ojos y pienso para mí: *Si tú supieras.*

Me quedo fuera con ella bebiendo, bebiendo demasiado rápido, como siga a este ritmo voy a acabar por los suelos, o quizás lo olvide todo como la última vez que salí con Laura, no sé qué es peor.

—Bella, me voy a casa, mi madre estará a punto de llegar, y de todas maneras tampoco me haces caso.

—Podrías haberte guardado el comentario de mi cuello para ti, no hacía falta decírselo a Nay y Aleix.

—Sólo quería tomarte el pelo, preciosa —me besa la mejilla y deja su cara junto a mi oído—. Ha sido un placer verte así de guapa —me susurra—. Nos vemos mañana.

Niego con la cabeza siguiéndolo con la mirada, *ahí va un Don Juan, cuidado chicas*, pienso. Entonces veo como Mariona se acerca, va vestida con un vestido muy ligero rosa chicle, rosa... Me recuerda a mi coche y me acabo la copa de un trago. *Esto no puede acabar bien.*

Se acerca a mí sonriéndome como si se alegrara enormemente de verme, no se lo cree ni ella. Camina como si se deslizara por el suelo, ella todo lo hace bien, cada día le tengo más asco y ya ni siquiera me siento mal por ello. Tengo que dejar de beber.

—¡Hola Sarah! —me da dos besos y mira a su alrededor— ¿Dónde está Eric?

Lleva como una semana y media sin verme, si yo no la llamo ella no se molesta en descolgar el teléfono, a Eric se supone que lo ha visto esta mañana en el trabajo, pero aun así lo primero que hace es preguntarme por él. Si eso no es una provocación, no sé qué puede serlo.

Tengo ganas de decirle alguna ordinariez, algo muy desagradable que no le diría a nadie, algo que sonroje sus pálidas mejillas y la abochorne, algo como, por ejemplo, que lo tengo metido en el culo. En lugar de eso, le sonrío un segundo y me quito el pañuelo del cuello, el que me he puesto para cubrir los chupetones que ayer me hizo su jefe.

—No ha venido —le sonrío, cuando deja de mirarme el cuello y me mira a los ojos— ¿Decepcionada?

—Noto cierta hostilidad —me sonríe—. Supongo que estás enfadada porque Eric no fue a Boira a tiempo, lo siento, fue un error.

—¿De que estás hablando? —pregunto contrariada.

—Creía que te lo había dicho Eric —se ruboriza un poco.

—¿Decirme qué? —intento comprender qué es lo que no quiere decirme y obviamente se le ha escapado.

—Eric se enfadó tanto conmigo que pensé que te lo había dicho.

Mandé un email por error y a causa de eso no querían firmar, le llevó horas solucionarlo —me mira dubitativa—. ¿Estás enfadada conmigo?

Sólo tu presencia ya me molesta, pienso para mí. Fue culpa de ella que Eric no viniera a recogerme, fue culpa de ella que se cancelara nuestra cita. Cada vez tengo más claro que su objetivo es separarme de Eric.

—No cielo —le digo con todo el sarcasmo del mundo, le acaricio el brazo para enfatizar lo mucho que me agrada su compañía—. ¿Sabías que el bueno de tu jefe me ha regalado un coche? —*jódete* pienso.

—Sí, le acompañé a elegirlo —me sonríe, provocándome a que la coja del pelo y la arrastre por toda la fiesta—. ¿Te ha gustado? —me pregunta con el mismo sarcasmo que he utilizado yo.

No es culpa de él, ha estado muy mal asesorado, recuerdo las palabras de mi madre en la cabeza. *Puta*, pienso mirándola, maldita mosquita muerta, cada vez lo veo más claro, si tenía alguna duda esta conversación las está despejando todas. Ojalá alguien fuera capaz de ver lo que yo veo.

—Sabes que odio el color rosa —le contesto conteniendo la rabia que corre dentro de mí.

—¿A sí? —me pregunta inocentemente— ¿Desde cuándo?

—¡De toda la vida! —exclamo cada vez más cabreada— Tu y Nay os pasasteis mi infancia diciendo lo rarita que era por eso.

—Lo había olvidado —me miente a la cara.

—Mariona, cielo, te aconsejo que no me toques los cojones, porque justamente hoy no estoy de humor.

—¿Sarah? —exclama con cara de terror, su expresión ha cambiado completamente— ¿Por qué me dices eso? —sus ojos brillan como si estuviera a punto de echarse a llorar— ¿Por qué me odias tanto?

¿Qué? Creo que empiezo a comprender los problemas de personalidad de los que Natalia no podía hablarme, es bipolar, no hay otra explicación. Voy a decirle cuatro cositas, cuando Carla me coge del brazo.

—Tomate un chupito conmigo, Sarah.

No quiero un chupito, quiero cantarle las cuarenta a esta tía, pero me doy cuenta que Nayara está justo detrás de mí. No es bipolar, es una zorra manipuladora. *The Oscar go to: Mariona*, pienso con rabia.

—Casi me la juegas, guapa —le digo en voz baja a Mariona mientras me alejo de ella con Carla del brazo.

—¿Sal y limón? —me pregunta Carla, sorteando a la gente agrupada en la improvisada pista de baile.

—En cantidades industriales, por favor.

Vamos a la cocina y nos ponemos finas de tequila, las dos.

A trompicones vamos hasta mi antigua habitación, le enseño a Carla lo que Mariona ha hecho con ella, al final escogió un fucsia cantón que hace daño a la vista. Ha pegado unas pegatinas de mariposas azules, lo único que me gusta de la habitación. No queda nada de mí aquí. En el escritorio junto a un mac tiene la vieja máquina de escribir de su madre, escribo la palabra puta, sólo para comprobar que funciona, en efecto lo hace, le dejo la hoja a modo de regalo. Carla lo mira y las dos nos partimos de risa. Estamos borrachas.

—¿Qué estáis haciendo aquí? —pregunta Nayara claramente molesta.

—Carla, nos hemos metido en un lío —le digo a la susodicha—, mami nos ha pillado.

Las dos nos partimos de risa, como una idiota tropiezo con algo y caigo al suelo, me quedo ahí riéndome.

—¿Sarah, estás borracha? —me pregunta Aleix asombrado.

—¡Ha venido papi también! —exclamo feliz de la vida— No te sorprendas, creía que era una fiesta.

—Haz el favor y levántarte del suelo —Nayara tira de mi brazo hasta que me levanta del suelo—. ¿Qué pasa contigo? Ni se te ocurra beber más, bastante has hecho ya por una noche.

—¿Qué he hecho ahora? —pregunto apoyándome en Carla para no caerme, estar parada me marea.

—Has hecho llorar a Mariona y se ha ido, no la encuentro por ninguna parte y ya hace mucho rato que se ha marchado, tenemos que sacar el pastel y no me coge el móvil.

—Llama a mi novio, seguro que ha salido corriendo para contarle lo mala que soy.

Me siento en la cama y me dejo caer.

—Carla, Carla ven —cuando la tengo al lado, la cojo del brazo y tiro de él, cae en la cama conmigo—, mira —digo señalando al techo como una idiota—, son estrellas, ha puesto estrellas en el techo, de colores.

—Carla, no dejes que se mueva de aquí —le dice Nayara cerrando de un golpe.

—Nayara tiene razón, estamos borrachas —dice Carla.

—Tú, siempre le das razón, está *aducida* por Mariona, pasa de ti y de mí, sólo le hace caso a ella.

La cama empieza a temblar, me apoyo en los codos y me incorporo, preguntándome si es un terremoto. Todo lo demás está quieto, pero la cama se mueve, miro a Carla y está llorando, la he hecho llorar.

—No llores —me tiro encima de ella y todo parece moverse a cámara lenta—, no llores Carla, iré a buscar bebida y *enseguisa de* te pasa.

A duras penas puedo ponerme de pie, me quito los zapatos y salgo de la habitación. Estoy muy borracha y Carla también, no deberíamos seguir bebiendo, pero estamos tristes, ¿qué más da? Me apoyo en las paredes con las manos, porque el pasillo no deja de moverse, veo a Mariona, sale del recibidor, ¡la hija prodiga ha vuelto! Nayara estará feliz. No viene sola, me quedo parada y apoyo la cabeza en la pared, intentando que todo deje de moverse, no creo que sea cierto lo que estoy viendo, la muy zorra ha ido a buscar a Eric. La risa, euforia y tristeza se evaporizan, todo se va en un suspiro y sólo me queda rabia, mucha rabia contenida.

—¡*Mardita* zorra! —le grito en medio del pasillo.

Eric se acerca como un vendaval, me coge del brazo y me arrastra hasta el baño, literalmente mis pies se arrastran por el suelo inertes.

—Me das vergüenza —dice mientras tira de mí.

Me coge de la nuca y mete mi cabeza dentro de la ducha, cuando me voy cuenta el agua helada me salpica por todas partes. Cojo bocanada de aire, el idiota quiere ahogarme, empujo el teléfono de la ducha apartándolo de mi cara, le empujo a él.

—¡Tú también me das vergüenza! —le grito cuando deja de echarme agua— Te está toreando, te miente a la cara como a un gilipollas y tú te tragas todo.

—Eric será mejor que te la lleves —oigo la voz de Nayara.

Me giro hacia la puerta y están todos mirándonos, Aleix, Nayara y la buena de Mariona.

—¡Tú! —grito llena de rabia señalando a Mariona— Todo es por culpa tuya, bruja mala —voy a por ella, pero Eric me caza de la cintura y dejo de tocar el suelo—, eres una *manpuladora* mala. ¡Eric no es Carlos!

Mariona con toda la cara llena de manchas, de haber estado llorándole a Eric, empieza a llorar de nuevo y sale corriendo, de repente grita y todos van detrás de ella.

—Te has pasado de la raya —dice Eric saliendo del baño con los demás.

—¡Será posible! —grita Nayara.

Intento ver qué pasa en mi habitación, en cuanto la veo me corrijo mentalmente, *la habitación de Mariona*. Carla ha vomitado encima de su cama, huele a vómito y me da mucho asco, pero tengo que reírme.

—Por favor, Eric —dice Nayara—, llévatelas, llévatelas a las dos.

—Tú —señalo a Nayara—, eres tonta del culo, estás abducida por esa bruja mala, que lo único que quiere es separarme de Eric y *pisotea* a mí. ¡Yo soy tu amiga! —le reprocho— Ella es manipuladora mala, yo no.

—Una amiga mía jamás me hubiera hecho esto el día de mi cumpleaños, no quiero veros a ninguna de las dos.

—¡Es culpa de ella! —me defiendo— Es mala, quiere hacerme daño, todo lo que hace es para herirme.

—¡Se acabó, Sarah! — me grita Eric.

Le miro a punto de arremeter contra él de nuevo, hoy tengo para todo el mundo y él puede llevarse dos buenas raciones. Llevo demasiados días sintiéndome mal por su culpa, demasiado tiempo tragando y soy una bomba de relojería a punto de estallar, bueno, de estallar otra vez.

Me sube encima del hombro y entra a por Carla, a ella la arrastra por el brazo con la mano libre.

—Lamento su comportamiento, Nayara —le dice Eric en la puerta.

—La culpa es de la mala —balbuceo aún más mareada por estar boca abajo.

Eric me da un cachete en el culo, como si fuera una niña pequeña, aunque mucho más fuerte. A pesar de que me duele, me río, estoy borracha y por alguna razón que me humille de esta manera me parece cómico, insultante pero divertido.

—Le buscaré ayuda, esto no volverá a repetirse, intenta hablar con Mariona y pídele disculpas.

—No es culpa tuya Eric, mañana, cuando se le pase la borrachera, será ella quien deba disculparse.

—¿Ahora sois amiguitos, no? —digo indignada— Todos contra Sarah, que mala es Sarah y Mariona es una pobre víctima, andaros con ojo porque os la…

—¡Cállate de una vez, Sarah! —me interrumpe Nayara dándome otra cachetada fuerte en el culo.

—El que avisa no es traidor, necios de mierda —escupo con toda la rabia.

—Llévatela ya, por favor Eric —le pide Nayara abriendo la puerta de la calle.

Me fijo en el rostro de Nayara ahora que la tengo de frente, tiene la cara descompuesta, me siento fatal.

—Lo siento Nay —echo a llorar—, yo no quería esto, pero ella me ha obligado, es mala.

Nayara me cierra la puerta en la cara y Eric nos sube en el ascensor.

De camino a casa de Carla, ésta vomita otra vez en el coche de Eric. Abro las ventanas intentando que salga el olor o yo también vomitaré. Eric para en doble fila y la sube hasta su casa.

Cierro los ojos y el negro da vueltas y vueltas, un portazo me señala la vuelta de Eric, los abro.

—Mañana hablaré con Natalia, el viernes irás a verla, empezarás una terapia con ella y no volverás a beber. Estoy muy avergonzado de ti y de tu comportamiento.

—¿Estás de coña? —pregunto con la boca seca.

—No.

Giro la cabeza y le miro. Tiene la mandíbula muy tensa, habla muy en serio, por el rabillo del ojo veo la vomitona de Carla. Me giro hacia la ventana y saco la cabeza, como si fuera un perro en busca de aire fresco o al final yo también acabaré vomitando.

Cuando llegamos al parking y me bajo del coche, me doy cuenta que estoy descalza, me he dejado los zapatos en casa de Nayara.

—Mañana, me da igual si te ayuda Carla o no, me vas a limpiar el coche —dice Eric rodeándolo.

—Pagas a gente para esas cosas.

—Esto lo vas a hacer tú, a ver si así aprendes.

—No se me van a caer los anillos por limpiar un vómito —digo a la defensiva dejando de mirar mis pies.

—¿Quieres hacerlo ahora? —me reta Eric.

—No —niego con la cabeza—, ahora no.

Se acerca a mí y me coge la cintura, rodea mis piernas y me alza del suelo. Me lleva en volandas para que no tenga que andar descalza.

—He hecho daño a Nayara —digo aspirando su aroma.

La rabia ya ha pasado, como me pasa siempre que me enfado mucho, después me quedo triste, apática. Además aún estoy colocada, se me ha pasado un poco, pero estoy lejos de estar serena.

—No sólo a ella —me contesta Eric.

—¿Tú me quieres, Eric?

—Ahora mismo no mucho.

Toma hostia en toda la cara. Me abrazo a su cuello y me pongo a llorar.

—No llores Sarah, no vas a arreglarlo con cuatro lágrimas de cocodrilo, no vas a darme pena.

—No, claro que no, a ti sólo te da pena ella.

—No puedo creerme que vayas a empezar otra vez.

—Deberías haber visto como me ha hablado, como me ha provocado y vacilado y cuando Nayara ha aparecido, se ha puesto su careta de niña buena. Es muy buena actriz Eric, lo creas o no, todo lo que hace va en contra mía, quiere hacerme daño.

—Sarah, es tu amiga.

—Era mi amiga —digo con un nudo en la garganta—, ahora es una desconocida que hará cualquier cosa por separarnos. No dejes que lo consiga Eric —demando desesperada, levanto la cabeza y le miro—. Sé que ahora estás enfadado, pero no permitas que nos separe.

De mis labios sale un puchero y las lágrimas corren libres por mis mejillas, eso por supuesto no ablanda a Eric, ni siquiera un poquito. Sólo deseo poder acordarme de esto, ver las cosas con la misma claridad que las veo ahora mismo, a pesar del mareo que tengo, de que todo se mueve, en lo que a Mariona se refiere lo tengo más claro que nunca: Ha estado manipulándome, nos manipula a todos, pero conmigo no va a poder.

13

Policía

Isabel me despierta, llego tarde a trabajar y me siento fatal, siguiendo su consejo me doy una ducha, a pesar de que cuando llegué a casa me di una, para no escuchar las quejas de Eric por mi olor a destilería. La habitación sigue oliendo a alcohol y me revuelve el estómago.

Estoy muerta, no quiero ir a trabajar, siento como si mi estómago fuera un balón de fútbol que alguien se ha dedicado a patear toda la noche. Isabel me da un par de ibuprofenos que me tomo acompañados de un café y un croissant.

De camino al trabajo recuerdo lo acontecido anoche, ojalá no lo recordara, preferiría recordar la noche con Laura que esta noche. Debo llamar a Nayara y está muy enfadada conmigo, no sin razón, arme una buena. Dije lo que pensaba y sigo pensando igual, pero las formas no fueron las correctas, eso me hace perder credibilidad. Mariona sabe jugar sus cartas y yo estoy demasiado harta, eso me hace ser visceral.

Llego diez minutos tarde al trabajo, parece que todo lo hago a cámara lenta, tengo una resaca criminal y no puedo con mi alma. Todo el mundo está ya en su sitio, saludo con un débil hola al entrar y voy a cambiarme. Aleix a pesar de que no me habla, no ha tardado ni diez minutos en poner al día a su nuevo mejor amigo, que se pasa la mañana tomándome el pelo mientras yo bebo litros de agua, desesperada por acabar con esta sed infernal que parece que no vaya a saciarse nunca.

—¿Cómo fue anoche con Aina? —prefiero hablar de algo más interesante.

—Le dijimos lo que encontramos, ella está segura que es mi padre,

161

pero le he dicho que debemos esperar para saber si realmente es él. Se lo ha tomado muy bien, a diferencia de mí es algo que tiene asumido.

—¿Cómo lo llevas tú? —le pregunto.

—Mejor, no me siento bien, pero lo perdí hace muchos años... Si fuera él sabría que no nos abandonó, eso me haría sentir mejor respecto a él, aunque no respecto a mí. No puedo ganar esta partida, pase lo que pase voy a perder, no puedo cambiar el pasado.

—No debes sentirte mal —le aconsejo—, eso no cambiará las cosas.

—Lo sé —se tira el pelo para atrás—, pero no puedo evitarlo —sonríe, va a cambiar de tema, a Pablo no le gustan estos temas de conversación tan serios—. Aina está enfadada contigo porque no se lo dijiste.

—¿Y contigo no? —demando contrariada.

—Tú eres su nueva mejor amiga.

—Ja, ja.

—Me hubiera encantado ver el espectáculo de anoche, puede que hasta yo te hubiera dado una cachetada.

Le tiro un trapo a la cara, lleva toda la mañana con la misma cantinela.

—Déjalo ya, me duele la cabeza —me quejo.

A media tarde viene la policía, preguntan por Pablo, imagino que será en referencia al cadáver que encontramos en la tumba de su abuelo, el supuesto cadáver de su padre.

—Señorita —me llama uno de los policías, uno que va de paisano, me acerco a él—. ¿Usted es Sarah Ferrer?

—Sí.

Me fijo en el individuo, debe tener alrededor de unos cuarenta años, quizás más. Tiene el pelo cano y los ojos oscuros. Su cara está repleta de pequeñas cicatrices, él en sí es grande, de espalda ancha. Quizás antes de ser policía era boxeador y le han zurrado mucho, eso explicaría las cicatrices en su rostro y su nariz aplastada y torcida, como si se la hubieran roto repetidas veces.

—Me temo que también va a tener que acompañarnos, he leído su ficha policial y admito que tengo mucho interés en hacerle algunas preguntas.

—¿Hay algún problema? —demando contrariada.

—Ninguno, mera curiosidad.

Este hombre no me gusta, he notado cierta burla en su voz que no me hace ninguna gracia. Hoy no estoy para tonterías, me duele la cabeza y

162

tengo resaca. Después de la experiencia con la ineptitud de la Policía de La Llacuna, no respeto a la Policía como solía hacerlo, no voy a dejar que este hombre me vacile.

—¿Necesito un abogado?

—No vamos a acusarla de nada, el cadáver murió hace nueve años, no es sospechosa, de momento.

—Si no va a detenerme, tendrá que esperar a que acabe mi turno para saciar su curiosidad.

—No hay problema.

Se levanta de la barra y sale al exterior, se enciende un cigarro y se queda mirándome desde la puerta. Mi día mejora por momentos, me pregunto para qué me ha despertado Isabel.

Pablo sale vestido de calle, se acerca a la barra.

—Dani me ha dado permiso para salir antes, después te cuento.

—Espera, espera —rodeo la barra y me pongo junto a él—, ese de la puerta me ha dicho que también quiere hablar conmigo —le explico en tono confidente—, espérate a la hora de plegar y vamos juntos.

—Necesito saber la verdad Sarah, ven conmigo, pero tiene que ser ahora. No voy a esperar un minuto más para saber si es mi padre, necesito saber la verdad, saber qué pasó en realidad.

Comprendo a la perfección esa sensación de frustración, cuando en lugar de respuestas obtienes más preguntas, pero yo no me voy. Le he dicho con demasiada chulería al poli ese que tendría que esperar a que acabara mi turno como para recular ahora.

Cuando llega la hora de plegar me cambio con calma aunque no me siento para nada calmada, me pregunto qué es lo que quiere ese poli de mí. Tengo la esperanza de que no vuelva a buscarme, pero mi gozo en un pozo, cuando salgo está esperándome en la calle con su compañero.

Me llevan a la comisaria y me meten en una sala de interrogatorios, una sala espartana, una mesa rectangular de metal y algunas sillas. Esto cada vez tiene peor pinta, debería haber avisado a Eric.

El mismo agente que me ha vacilado en el trabajo entra en la sala, solo. Deja caer una carpeta sobre la mesa y se sienta delante de mí.

—¿Puedo ofrecerle algo señorita Ferrer?

—Sarah, llámame Sarah. Si es posible me gustaría tomar un café, no he dormido mucho esta noche.

Sale de la sala sin pronunciar palabra y vuelve con mi café, lo deja delante de mí con un sobre de azúcar.

—Soy el detective Ortiz, puede llamarme detective Ortiz.

Sonrío negando con la cabeza, el súper detective Ortiz va a tocarme la moral, lo veo venir.

—¿Qué quiere saber detective Ortiz?

—He leído su expediente, veo que es una experta en encontrar personas desaparecidas, quizás debería ser detective.

—¿Me está ofreciendo un trabajo?

—Quizás debería hacerlo, si no he entendido mal tiene usted un talento especial.

No entiendo a qué viene ese comentario, hago como si no me afectara. Me está analizando, es policía, se dedica a analizar la conducta de la gente. Aunque no me gusta, no parece el mismo tipo de policía de Boira o La Llacuna, tiene un aura poderosa, él se cree importante y poderoso y lo proyecta.

—Hágalo —le reto—, quizás le sorprenda —pongo el azúcar en el café y lo remuevo—, pero no sé de qué me está hablando, el talentoso es mi novio, no yo.

—¿Qué talento posee su novio?

—Sabe cuándo alguien le miente, algo que me iría muy bien en este momento para saber qué pretende.

—¿De verdad?

—Sí —no sé porque se lo he dicho.

—Veo que se rodea de gente extraordinaria, un novio que sabe cuándo le mienten, una amiga de diez años que viaja al mundo de los muertos y una madre que predice lo que va a pasar.

Me río, en realidad me río por no llorar, pero eso él no lo sabe. ¿Cómo sabe todo lo demás?

—¿Esto es una broma de cámara oculta? —finjo buscarla mirando a mi alrededor.

—No suelo bromear —dice en tono chulesco, abre lo que imagino que es un expediente sobre mí.

—Pues vaya al grano, tengo resaca y sólo quiero irme a la cama.

—El mes pasado usted, inexplicablemente, encontró a su amiga que llevaba ocho años secuestrada.

—¡Ella no estaba secuestrada! —le interrumpo, estoy cansada de tener que hacer esta rectificación.

—Eso dice en su expediente —dice haciendo ver que lo revisa—. ¿Acaso ha mentido a la Policía?

—En mi primera declaración eso fue lo que dije, pero despúes hablé con Willy.

—¿Willy? —pregunta perforándome con su mirada oscura.

—Guillermo Muela —aclaro—, él me explicó por qué hizo lo que hizo. Me consta que Mariona no estaba retenida contra su voluntad. Quizás él no lo hiciera todo lo bien que cabría esperar de una persona adulta, pero lo hizo lo mejor que pudo. Cuando estuve en el hospital, después de que Jaume Montaner, alcalde de Boira, matara a Guillermo delante de mio, para después atacarnos a Eric y a mí, dejé constancia de que no era un secuestrador, más bien un héroe que liberó a mi madre de las garras del Monstruo y cuidó de Mariona ocho años.

—¿A qué se debió ese cambio?

—Acabo de decírselo: me equivoqué al sacar mis propias conclusiones. Si quiere puede preguntar a la afectada; yo estuve en el entierro de Guillermo de la mano de Mariona, que no dejó de llorar llena de pena por su muerte. No creo que una persona retenida contra su voluntad, llorara en el funeral de su captor.

—¿Cómo sabía usted que ella estaba allí?

—¿A qué viene esto? —demando irritada— Si no me equivoco, delante de usted tiene mi declaración, léala. Pensaba que quería hablar sobre la ausencia de un cadáver en una tumba y que en otra hubiera dos.

—No se altere Sarah, sólo quería entrar en materia —pasa las páginas en el expediente, no me gusta la soberbia de este hombre, me está poniendo nerviosa, que es justo lo que quiere—. En Boira, usted y el señor Carbonell declararon que él recibió una llamada anónima, así supieron lo que había en el panteón familiar.

—Exacto —afirmo, procurando parecer lo más convincente posible.

—¿Puede ser que se haya precipitado en su conclusión y quiera rectificar su declaración?

Lo sabe, han buscado el registro de llamadas como dijeron que haría. Saben que Pablo nunca recibió esa llamada, lo que no entiendo es cómo sabe todo lo demás, lo de Aina y mi madre.

—No, no quiero rectificar, quiero que venga mi abogado.

—Mintió en su declaración, los dos lo hicieron, su abogado no cambiará ese hecho.

—Aun así quiero llamarle.

—Sólo quiero que me diga cómo lo supo, Sarah. Hemos comprobado las llamadas, esa llamada nunca se recibió. Si no me dice la verdad puedo acusarla de obstrucción a la justicia, entonces sí que necesitará a su abogado.

—¿Me está amenazando?

—No, quiero saber la verdad —del expediente saca cuatro fotos y las pone delante de mí, son huesos, restos humanos; las aparto, no quiero verlas—, un cadáver pertenece a Antoni Carbonell, dueño de la tumba, el otro es de Antoni Carbonell hijo. Cuando hemos ido a casa de la familia Carbonell esta tarde, he tenido el placer de hablar con una señorita llamada Aina Carbonell. Ella ya sabía que el otro cuerpo era el de su padre, me ha contado una historia francamente fascinante.

Me duele tanto la cabeza que lo mandaría a la mierda, me levantaría y me iría y lo haría encantada. No entiendo por qué Aina le ha contado todo esto a este hombre, por qué le ha hablado de mí y de mi madre.

—Es una niña, tiene mucha imaginación.

—Es posible, pero a pesar de lo fantástico de su historia, me ha resultado más creíble que la suya.

—¿No deberían dedicarse a investigar qué pasó, en lugar de acusarme a mí?

—El señor Antoni Carbonell murió asesinado pocos días antes de la muerte de su padre, por las fechas en las que su mujer denunció su desaparición.

Me llevo las manos a la boca ahogando una exclamación.

—¿Asesinado?

—Sí, lo apuñalaron.

—¿Pablo lo sabe?

—Sí.

Me dejo caer hacia atrás y me apoyo en la silla, vaya golpe. Pobrecillo, tiene que estar destrozado...

—¿Qué saben de la bebé?

—No hay cuerpo, debemos hablar con la señora Crespo para que nos aclare algunas cosas.

Me llevo la mano a la frente.

—No se lo merecen.

—¿Cómo dice?

—Pensaba en voz alta.

—He compartido información confidencial con usted, ¿quiere decirme ahora cómo lo supo?

—Eso no cambiará nada.

—Como le he dicho es mera curiosidad.

—¿Si le dijera que la historia de la niña es cierta, qué pensaría?

—Me parecería extraordinario.

—¿Puedo irme ya?

Me sonríe complacido.

—La acompaño a la salida.

Me deja ir sin más, no comprendo a qué ha venido todo esto, veo que cualquier día nos ponen una bolsa en la cabeza a cada uno para experimentar con nosotros, porque hacemos cosas que las personas normales no hacen, porque somos diferentes. Lo peor es que Aina también ha metido a mi madre en el mismo saco.

Tengo ganas de meterme en la cama, me encuentro mejor pero este pique con el agente Ortiz me ha dejado, francamente, agotada mentalmente.

Voy a casa de Pablo, necesito saber cómo está, creo que estaba bastante preparado para la noticia de que su padre estaba muerto, pero no para la forma en que murió. Alguien le apuñaló, me parece muy fuerte.

En cuanto llego a su casa nos vamos, deja a Aina en casa y me coge de la mano en silencio. Me lleva a la plaza Glòries Catalanes, muy cerquita de su casa. Empieza a anochecer, desde aquí puedo ver la Torre Agbar de color azul y rojo, nos sentamos en un banco en dirección a la Torre.

Miro a Pablo, tiene muy mala cara, no es para menos después de lo que me ha dicho el detective Ortiz.

—Lo asesinaron —dice mirando hacia la torre, me suelta la mano y apoya los codos en las piernas, se frota las manos—, alguien lo mató.

—Lo siento Pablo —busco su mirada pero él me esquiva.

—No lo entiendo, tú no conocías a mi padre; era cariñoso, una persona tranquila, un buen hombre.

Le aparto el pelo que tapa su rostro, observo su perfil sombrío y tiro de su brazo para que me mire. Sus ojos color avellana con destellos verdes se posan sobre los míos, en su mirada veo la derrota. No quiero que se sienta triste ni derrotado, quiero volver a ver esa bonita y gran sonrisa que predomina su personalidad, quiero que sea el chico que consigue hacerme sonreír, aunque sienta que no tengo motivos para hacerlo.

—¿Tienen alguna pista para encontrar quién lo hizo?

Niega con la cabeza mirándome, sé lo que está pensando, que no lo encontrarán, han pasado más de nueve años, yo también creo que es improbable que encuentren a su asesino. A pesar de que el detective Ortiz no me ha gustado un pelo, no parecía el tipo de persona dispuesta a abandonar con facilidad.

—Nunca sabremos qué pasó, cuando mi madre se entere va a romperle el corazón.

Me abrazo a él para darle mi apoyo, Pablo me rodea con los brazos y me besa la cabeza. A pesar de su carácter divertido, extrovertido y en ocasiones despreocupado, es un chico sensible, entregado y muy protector, se preocupa mucho de su madre y Aina.

—No te rindas tan pronto, Pablo. El detective Ortiz me ha parecido bastante tenaz, eficiente y muy seguro de sí mismo, desde luego. Quizás él sea capaz de averiguar qué pasó.

—¿Qué quería de ti?

Me incorporo, le miro y le explico lo que Aina le ha explicado de mí, de mi madre y de ella misma. Pablo no puede creer lo que le digo, no puede creer que su hermana le haya dicho a ese hombre que habla con espíritus, que yo también lo hago y por eso encontramos el cuerpo.

—Pienso que él la cree, no me ha dejado ir hasta que no he dado la versión de Aina por buena.

—Es imposible que lo crea, Sarah.

Yo no lo tengo tan claro, tengo la impresión de que ese hombre esconde algo, lo que es una soberana estupidez, no le conozco de nada para decir si esconde o no esconde algo.

Pablo me acompaña al metro y me marcho a casa. Eric aún está molesto por lo de ayer, que haya llegado tan tarde y no le haya avisado no mejora las cosas. Me dice que mañana a las nueve de la mañana tengo hora con Natalia, eso es genial, menudo madrugón...

Cenamos en un silencio incomodo, el ambiente está enrarecido, lleno de reproches cansados de ser dichos. En cuanto acabo de cenar me voy a la cama, poco tiempo después viene Eric pero ni siquiera volvemos a dirigirnos la palabra. Ambos estamos molestos, cada uno con sus propios motivos.

14

Una amiga

Voy con Eric a la consulta de Natalia, de camino le pregunto por qué siempre va con un chófer a trabajar, por qué no conduce él mismo, contesta que de esa manera puede revisar sus emails y hablar con Estefanía para que al llegar esté todo listo.

Me presenta a la secretaria de Natalia, una señora de unos cincuenta años.

—¿Qué tal, chicos? —pregunta Natalia cuando sale de su consulta.

—Aquí te la dejo, haz lo que puedas con ella —le contesta Eric.

Le miro anonadada, mis amigos tienen razón, es idiota, pero a pesar de ser idiota le quiero y a veces me pregunto por qué... Nuestras diferencias son incontables, nuestros caracteres son incompatibles, pero mi estúpido corazón le quiere. Hasta el momento que comprendí mis sentimientos por Eric, no entendía esa frase tan estereotipada de que el corazón entiende de razones, que la razón no entiende. Ahora le doy sentido.

—Como te dije ayer, no creo que Sarah necesite hacer terapia, será decisión de ella.

Le sonrío a Natalia, al menos hay alguien que se atreve a cuestionarlo.

—Quiero hacerlo.

—¿Estás segura, Sarah? —me cuestiona Natalia.

Afirmo con la cabeza y ella me indica que la siga. Miro a Eric, se inclina y me da un casto beso en los labios, es más de lo que he recibido en días, sienta bien. No me gusta esta situación, no me gusta que estemos tan enfadados como para no hablarlos, como para prácticamente ignorarnos. Necesito que las cosas mejoren entre nosotros, necesito que estemos bien, porque si no estoy bien con Eric nada puede ir bien.

Entro en la consulta de Natalia, tiene varias estanterías atestadas de libros y algunos diplomas colgando en las paredes. Se sienta en una silla y yo en un sofá.

—¿Por qué has accedido a la petición de Eric?

—No quería discutir con él otra vez. Además, Mariona me lleva ventaja. Tienes que ayudarme a controlarme, a no ser tan visceral, a que las cosas no me afecten de la manera que me afectan.

—¿Por qué dices que Mariona te lleva ventaja?

—Porque es verdad —digo con un quejido lleno de angustia—, quiere a Eric para ella, creo que se piensa que es Carlos o algo así... Cada vez que Eric y yo hemos tenido una movida gorda, está ella por medio. Se las ingenia para estropear todos nuestros planes, para meterse en medio de nosotros. Eric no se da cuenta y se enfada conmigo. El otro día, en el cumpleaños de Nayara, me quedó más claro que nunca —le explico—, parecía bipolar, cuando nadie la veía era de una manera, pero cuando estaba Nay, me dejaba a mí como si de alguna manera estuviera maltratándola, haciéndose la víctima. Se fue de la fiesta llorando en busca de Eric, a saber qué mentiras le contó —Natalia no dice nada, me mira y afirma con la cabeza, así que sigo hablando—. No es la primera vez que lo hace, antes ya me había acusado de tratarla mal, pero hasta ese día pensé que era demasiado dura con ella, que me estaba comportando de manera insensible. Por fin se me ha caído la venda de los ojos, ha estado manipulándome durante todo este tiempo, sigue haciéndolo con lo demás.

Natalia no me trata como si fuera una paranoica, me escucha atentamente y en ningún momento cuestiona una sola cosa de las que le cuento. Me pregunta qué pasó entonces y se lo cuento, me avergüenza mi propio comportamiento, la cosa se me fue de las manos, es verdad, pero mis razones son reales.

Acabamos la hora y le pido hacer dos sesiones a la semana. Hablar con Natalia es liberador, puedo ser sincera. Además ella no odia a Eric, le conoce mejor que nadie, seguramente. Puedo hablarle de él sin que le falten al respeto, como harían Nay, Pablo o Aleix. Echo de menos a Laura...

Cuando salgo de la consulta llamo a Nayara para disculparme, con la esperanza que después de un día, esté un poco más calmada. Sigue muy enfadada conmigo, dice que debo llamar a Mariona y pedirle disculpas, me niego rotundamente, me muerdo la lengua para no decirle lo que pienso sobre ella. Desahogarme con Natalia me permite hacerlo. No voy a disculparme con Mariona, ni en cien años.

En el trabajo me paso el turno cuchicheando con Pablo. Me cuenta que ha estado hablando con su madre, ella le ha enseñado todos los papeles de la defunción de su hermana, no se explica dónde está el cadáver o por qué su padre dice que su hija está viva. Un médico certificó su muerte, eso me descoloca, tenía la esperanza de que su hermana estuviera viva, no comprendo por qué alguien se llevó el cadáver.

Me explica algunas cosas que su madre le ha contado. La familia de su padre se enfadó con él a causa de su relación, por lo visto querían emparejarlo con alguien del pueblo, una alianza de conveniencia para la familia, él se negó y se fue a Barcelona con Macarena. Cuando se quedó embarazada no estaban casados, su padre empezó a trabajar más que nunca para poder sostener la familia, para poder darle una buena vida al bebé que venía. Cuando la niña murió dejaron de hablarse definitivamente. Por lo visto cuando nació, él estaba trabajando de transportista y hacía viajes largos, estaba en Alemania cuando Macarena se puso de parto y se vio sola. Hizo de tripas corazón y llamó a la madre de su pareja. Ella es de Andalucía y no tenía a nadie. La madre de Antoni fue desde Boira al hospital, no fue una visita agradable. Cuando la niña murió la abuela le dijo que era culpa del pecado tan grande que ella y su hijo habían cometido, que esa niña era una aberración del mal y de su pecado, que por eso había muerto. Cuando su padre volvió, se encontró con la noticia de que su hija había muerto. Macarena estaba destrozada por la pérdida, cuando le dijo lo que su madre le había dicho y cómo la había torturado con sus palabras, el padre se presentó en Boira y se peleó con la familia. Después de eso no se volvieron a ver, hasta que un día, su padre recibió una llamada del hermano, su padre se moría. Quiso despedirse de él, así que fue a Boira. Y nunca más volvieron a verlo.

Dani llama la atención a Pablo por tener una mesa desatendida, por estar hablando conmigo.

—¿Ya no estás con tu novio, Sarah? —me pregunta Rebeca mientras preparo una bebidas.

—Claro que sí —le contesto confundida—. ¿Por qué lo dices?

—Por nada, no estaba segura.

Miro como se aleja con la bandeja. Rebeca es muy chafardera, siempre quiere saberlo todo. No debería sorprenderme que me pregunte por Eric, pero me sorprende que lo haya hecho.

Cuando acaba la jornada voy a cambiarme para ir a casa, Pablo revolotea alrededor de mí, quiere algo pero parece que no se atreve a decírmelo.

—¿Qué te ocurre? —pregunto desconcertada.

—Quería pedirte una cosa, desde que hablé con mi madre no puedo dejar de darle vueltas a la cabeza.

En ese momento entra Rebeca al vestuario, Pablo me coge del codo y me aparta a un rincón. Quedo de espaldas a la pared y él se pone delante de mí, comiéndose todo mi espacio, apoya una mano en la pared y acerca su boca a mi oído.

—Aina dice que ella está viva, que mi padre siempre dice que su hija está viva —me susurra para que sólo yo pueda oírlo.

—Sí, a mí también me lo dijo —le contesto mirando hacia delante.

—No sé cómo pedirte esto…

Se queda callado, yo sorprendida de este silencio. Por lo general Pablo es una persona directa, me pregunto qué es lo que quiere pedirme. Giro la cabeza para mirarlo, nuestras caras quedan muy cerca, las narices casi se rozan, estoy tan cerca que puedo ver las motas verdes de sus ojos, sin necesidad del sol. Sus ojos se mueven por mi rostro un segundo, hasta mi boca, vuelve a mis ojos y yo le miro intentado descifrar qué le ocurre.

—Sarah —la voz de Aleix me devuelve a la realidad. Pablo se separa de mí y miro a Aleix, que está en la puerta del vestuario—, Eric está fuera esperándote.

—¿Eric está aquí? —sonrío sorprendida.

Miro a Pablo, fuerza una sonrisa para mí, conozco su sonrisa muy bien, eso no es ni un garabato.

—Vete con él, mañana hablamos.

Me fijo en Rebeca, ella también me está mirando, paso junto a ella y voy a cambiarme.

—¿Qué haces aquí? —le pregunto a Eric cuando estoy fuera.

—Había pensado que podríamos tener esa cita —me tiende una flor.

No puedo creerlo, le sonrío feliz, muy feliz. No lleva uno de sus caros trajes, en lugar de eso va vestido con un tejano oscuro y un polo de marca a juego con sus ojos azul oscuro, él también me sonríe. Éste es el Eric del que me enamoré, el que se preocupa por mí, el que tiene detalles y sonríe despreocupado.

Cojo la flor que me ofrece, se inclina y me besa, le devuelvo el beso y nos vamos de la mano.

Paseamos por el centro de Barcelona hasta la hora de cenar, mientras lo hacemos me pregunta cómo me ha ido con Natalia. Le explico que sólo hemos hablado, confieso lo liberador que ha sido hablar con ella, Natalia conoce a los tres implicados y es imparcial. Eric me recomienda que yo también la escuche a ella, que puede ayudarme.

Pasamos una noche estupenda, sin peleas, sin reproches, tranquilos y relajados.

El sábado también viene a recogerme, pero está muy serio, le pregunto en varias ocasiones qué le preocupa pero no quiere decírmelo, se encierra en sí mismo. Cuando el domingo llega la hora de salir espero que esté ahí de nuevo, pero no aparece. Lo cierto es que no habíamos quedado en que me recogería, pero dado que no trabaja tenía la esperanza de que lo hiciera.

—¿Hoy no viene Eric? —me pregunta Pablo en la puerta.

—Al parecer no —me encojo de hombros—, tampoco habíamos quedado.

—Te acompaño al metro.

Ayer Pablo no me dijo qué quería pedirme por más que insistí, creo que no quería hacerlo en el trabajo, por si alguien nos oía hablar. Aprovecho ahora que estamos solos para volver a abordarlo.

—¿Piensas decirme algún día que es lo qué quieres de mí?

—Lo quiero todo, preciosa.

Le miro flipada, él me sonríe, siempre que Pablo me sonríe, tengo la impresión de que me alegra un poco el día. Se ha convertido en alguien muy especial con quien me encanta pasar el tiempo, es divertido y simpático, pero también sensible y protector.

—¿Eso suele funcionarte?

—Te sorprendería —dice pasando un brazo por mis hombros, le cojo la mano que pasa sobre ellos.

—¿Por qué no dejas las evasivas y me dices qué te preocupa? —digo mirándolo mientras caminamos.

Pablo me mira dubitativo, serio. Le sonrío intentando darle ánimos, ya muerta de curiosidad.

—Aina dice que ella es una especie de conductor —me crispo temiendo lo peor, miro hacia delante, esquivando su mirada—, que tú eres un receptor. Ella dice que si conectáis e invocáis a mi padre y eres lo suficientemente fuerte, podríamos oírlo como lo haces tú, podríamos incluso hablar con él. No está segura, pero cree que quizás podríamos hasta llegar a verlo.

Dice el refrán que la curiosidad mató al gato, así me siento yo, muerta, no quiero hacer esto, no puedo.

—No sé qué decirte Pablo.

Me obliga a parar y se pone delante de mí.

—Sé que no quieres hacerlo, tienes miedo, por eso no quería pedírtelo, pero no sé qué más hacer. La Policía vino a ver a mi madre, le tomaron declaración sobre lo ocurrido en el hospital pero no nos han dado ninguna esperanza de que esté viva, dicen que alguien debió llevarse el cadáver. Necesito saber la verdad, si hubiera otra manera no te lo pediría Sarah, no quiero hacértelo pasar mal, pero no sé qué más puedo hacer.

Entiendo lo que Pablo me dice, entiendo lo que me pide y sé que si hubiera otra manera no me lo habría pedido. Quiero ayudarlo a él y a su familia, pero no estoy segura de tener el valor para hacerlo.

—No quiero abusar de tu confianza. Has ayudado mucho a Aina, me has ayudado a mí, no quiero abusar de ti, Sarah. No querría pedirte más, pero me gustaría que al menos lo pensaras, no quiero que te sientas obligada, nunca te obligaría a hacerlo, pero al menos piénsalo.

—Lo pensaré.

Me sonríe, vuelve a pasar el brazo por mi hombro y seguimos caminando.

—Si decides no hacerlo lo entenderé Sarah, esto no cambiará nada entre nosotros.

Nos despedimos en la boca del metro, cuando llego a casa, Eric sigue abstraído en sí mismo, ya somos dos.

El lunes por la mañana tengo sesión con Natalia, cuando llego a su consulta dice que vayamos a tomar un café por ahí, me sorprende mucho ese gesto, pero no se lo hago saber.

—¿Qué te preocupa, Sarah?

Le hablo de Pablo, de Aina y sus historias fantásticas. No estoy segura de si Eric llegó a explicarle la intervención de Carlos en todo el asunto de Mariona. Lo hizo.

—¿Crees que estoy loca? —sonrío, Natalia podría hacer que me encerraran de por vida.

—Soy bastante escéptica, la verdad, pero la encontrasteis.

—Sí, la encontramos —estoy de acuerdo, aunque eso no responde a mi pregunta.

—¿En algún momento te has arrepentido de haberla buscado? —me pregunta sorprendiéndome.

—No, pero temo hacerlo algún día. Ya no me compadezco de ella, no después de ver su maldad en el cumpleaños de Nayara, pero aun así no quiero llegar a arrepentirme, tendría que hacer algo muy gordo.

—Ayudarás a esa familia Sarah, los aprecias y lo harás. Esa niña parece saber mucho, podéis ayudaros mutuamente, puede que esa experiencia te ayude a crecer, a conocerte mejor a ti misma.

—Quiero hacerlo, pero tengo miedo.

—El valiente no es el que no tiene miedo, sino el que a pesar de tenerlo lo afronta.

Le dedico una sonrisa abierta a Natalia.

—Eso me dijo una vez mi madre.

—Tu madre es una mujer muy sabia.

Sonrío mirando a Natalia, me gusta, con ella me siento muy cómoda, para mí no es mi terapeuta, es mucho más que eso. He descubierto en ella una amiga, una confidente, alguien con quien puede hablar de cualquier cosa. Laura no está, Nayara me ha dejado en un tercer plano, entre Mariona y Aleix no parece que haya sitio para mí. La echo de menos, antes siempre estaba encima de mí, preocupándose, apoyándome cuando lo necesitaba, echándome bronca cuando lo merecía, diciéndome las cosas a la cara aunque dolieran, como haría una hermana y ahora nada.

Cuando me despido de Natalia casi dos horas después, voy a comprar la bollería favorita de Nay y me presento en su casa para disculparme. Mariona está trabajando, así que es el momento perfecto para hacerlo.

Todavía está enfadada conmigo, pero sé que se le pasará pronto, me quiere y me perdonará como yo lo haría. Cuando menciona a Mariona cambio de tema, no quiero que ella se meta en medio de las dos, no quiero saber nada de ella. He tomado la decisión de ignorarla, si no hablo con ella ni la veo, no le daré ninguna excusa para que vuelva a decir que la maltrato.

Torres me llama cuando estoy acabando de comer con Nayara, le pido que se reúna conmigo y Pablo en el trabajo, media hora antes de empezar nuestro turno. Ahora nos toca dos semanas de noche. Siempre he preferido las noches, soy una persona nocturna, me daba la oportunidad de jugar hasta tarde y levantarme aún más tarde, pero ahora que estoy con Eric, no sé cuándo voy a pasar tiempo con él.

Le pido disculpas a Nayara y llamo a Pablo para que se reúna con nosotros, le pido que traiga todo lo relacionado con su hermana, para facilitarle el trabajo a Torres lo máximo posible.

Nayara me pregunta de qué va eso de Torres y su hermana, le explico que en Boira encontramos la tumba de su hermana vacía, Nayara no da crédito a mis palabras, pienso en contarle lo del padre pero no lo hago.

—Pablo me cayó muy bien, es muy cercano, tuve la impresión de que ya lo conocía, imagino que por todo lo que Aleix me cuenta de él.

—Es encantador —afirmo sonriendo, me encanta Pablo.

—Aleix dice que no tiene novia, he pensado que Mariona y él podrían tener una cita, ya va siendo hora que salga con alguien nuevo, que empiece a relacionarse.

La miro sin creer lo que acaba de decir, la sonrisa se me borra de la cara al comprender lo que dice. No pienso dejar que los tentáculos de Mariona lleguen hasta Pablo. ¡Ni de coña! La idea me resulta nauseabunda, incluso insultante. Me molesta muchísimo, genera una rabia que me nace desde el estómago. Pablo se ha convertido en un muy buen amigo, no voy a dejar que ella lo manche.

—Ni soñarlo, no vas a intentar emparejar a Pablo con Mariona —digo a la defensiva.

—¿Por qué no? —pregunta con una sonrisa chupando la cucharilla del postre.

—¡Porque no! —contesto molesta.

—¡No me lo puedo creer! —exclama ampliando su sonrisa— Pablo te gusta —sentencia.

—¡No me gusta! —me defiendo— Me gusta como persona —rectifico—, pero estoy con Eric por si lo has olvidado.

—Eric no te llenará nunca —sentencia ella—. Eres cariñosa, divertida y alocada, él es serio, reservado y frío, sois polos opuestos, Sarah. Música clásica contra pop, cine contra teatro, trasnochar contra madrugar. Sabes que no estáis hechos para estar juntos, supéralo y déjalo, no pierdas el tiempo.

Me remuevo en la silla intentando ocultar mi mal estar, las palabras de Nay duelen, duelen porque tiene razón, pero no estoy dispuesta a admitirlo, menos aún delante de ella, que parece que lo está deseando desde que empezamos juntos. Eric nunca le ha gustado, a Eric tampoco le gusta ella. Conozco a la perfección mis diferencias con Eric, pero ambos decidimos que lucharíamos por lo nuestro, lo haremos y lo superaremos.

—Nos va muy bien —miento como una bellaca.

—Sí claro, estupendamente bien, ya vi cómo te pusiste con Mariona sólo porque lo trajo a la fiesta.

177

—No tienes ni idea de lo que estás hablando, además ya te he dicho que no quiero hablar de ella.

No quiero hablar de Mariona y menos con Nayara que la defenderá a capa y espada.

—Te he visto con uno y con otro, cuando estás con Eric cambias, no eres tú, pero con Pablo… Con él se te veía a gusto, relajada, tranquila, eras tú misma. Es obvio para cualquiera que os vea que conectáis, sinceramente parecíais pareja —no entiendo de qué está hablando—. La manera de tocaros, de hablaros, de miraros, incluso de tontear…

—Yo no tonteo —digo a la defensiva.

—Lo haces, Sarah —afirma. No es cierto, yo no tonteo con Pablo, simplemente somos amigos y entre nosotros hay cierta complicidad, nos entendemos y puede que desde fuera parezca algo que no es, pero nosotros sabemos muy bien lo que tenemos—. Cuando Aleix me contó los rumores que circulaban por el trabajo, le dije que era imposible —¿Cómo?—, que no eran más que un bulo. Estás encaprichada de Eric, no pensé que fueras capaz de engañarlo con otro, después de tanto insistir en que querías estar con él, pero cuando te vi con Pablo en mi cumpleaños, comprendí por qué lo dicen.

—¿Qué rumores, Nayara? —pregunto desconcertada.

—La gente del trabajo dice que estáis liados —dice quitándole importancia—, pensaba que te lo había dicho Aleix.

—¿Qué? —demando irritada, no puedo creerlo.

—Pensaba que te lo había dicho —se encoje de hombros—, me consta que Pablo lo sabe. ¿No lo sabías?

—¿Tengo pinta de saberlo? —pregunto sintiéndome traicionada por todos.

—Él me gusta para ti —sigue ella con lo suyo—, es simpático, atento y se nota que se preocupa por ti. Cuando nos dejaste en la fiesta me di cuenta de cómo te buscaba con la mirada, cómo hablaba de ti, a ese chico le importas, creo que le gustas. Parece que es muy afín a ti, como ya te he dicho me gustó verte con él.

—Me da igual que te guste, estoy con Eric y nunca lo traicionaría por nadie, ni por Pablo ni por nadie —sentencio muy molesta.

No puedo creer que la gente vaya diciendo eso, está claro que no puedes tener amigos del género opuesto, eso significa que ya estáis liados. Lo peor de todo es que Aleix y Pablo se han enterado de esos rumores. No comprendo por qué no me lo han dicho, no me cabe en la cabeza que Pablo se haya callado algo así.

178

15

Padre

Cuando llego al trabajo aún estoy molesta, Pablo ya está allí. Me saluda y me besa la mejilla.

—¿Por qué me besas? —pregunto a la defensiva mirando a todos lados, por si alguien nos observa.

—Siempre te saludo así —dice contrariado.

—A las demás compañeras no las besas —le reprocho.

—Tú no eres una compañera más, eres mi amiga. ¿Qué te ocurre? —me mira extrañado.

—Pues deja de hacerlo, ya me he enterado de lo que la gente va diciendo por ahí. No puedo creer que lo supieras y no me lo dijeras.

—La gente se aburre, me da igual lo que digan —dice indiferente.

—¡A mí no me da igual! —exclamo molesta mirándolo a los ojos— No sé si te has olvidado que tengo novio, ya tengo bastantes problemas con Eric para añadirle uno nuevo. ¿Quién lo ha empezado?

—¿Qué más te da lo que la gente diga?

—¡Me importa!

Pablo no lo comprende. Entiendo cómo funciona un rumor, cuanto más crece peor es, quiero saber quién lo empezó y cortarle las alas lo antes posible. Ahora entiendo por qué Rebeca me preguntó por Eric.

En ese momento llega Torres, decido dejar el tema de los rumores para más tarde, me molesta enormemente que la gente hablé de mí a mis espaldas. Nos sentamos en una mesa y Pablo le entrega todos los papeles que le he pedido para Torres.

—He estudiado lo que tenía después de investigar a Aina —dice Torres.

—¿A investigado a mi hermana? —pregunta Pablo claramente molesto.

—Yo se lo pedí —digo cogiéndolo de la mano para que se tranquilice, al momento se la suelto, paranoica de que alguien nos esté mirando y los rumores se expandan al otro turno—, te lo dije. Aina no me dejaba tranquila, no sabía que era tu hermana, fue así como me enteré de que tenías otra hermana, Aina no lo sabía.

—No lo recordaba —dice mirándome—, no me gustó y sigue sin gustarme.

—Si no lo hubiera hecho, tu hermana no me hubiera seguido hasta Boira y no habría abierto la tumba, nunca habríamos sabido que estaba vacía.

—El señor Capdevila me lo dijo—interviene Torres—, no podía creer que hubiera sido capaz de hacerlo.

Yo tampoco lo creo, creo que es lo más valiente que he hecho en mi vida.

—¿Quién es el señor Capdevila?

—Eric —le aclaro a Pablo, vuelvo a mirar a Torres—. ¿Cree que podría estar viva?

—Sí —contesta francamente y me impresiona que se atreva a hacerlo—, mi opinión es que podría estarlo. Desde hace años han salido muchos casos de niños robados, niños que a las familias se les decía que habían muerto y después se descubrió que no era así. Aquí en Barcelona hubo varios casos en La Lactancia de Barcelona, ella nació allí en el año 88, he encontrado casos denunciados de los años 60 y 80 en ese mismo hospital, debo ahondar más en el caso, pero me parece más que probable. En la mayoría de los casos las madres eran personas jóvenes y solteras, como es el caso que nos ocupa. Ella tenía pareja pero entonces aún no estaban casados. Ahora mismo no puedo decirles nada con seguridad, usted me ha pedido mi opinión y yo se la he dado, no quiero que se hagan falsas ilusiones, repito que es mi humilde opinión.

Miro a Torres sin comprender, no conozco el termino de niños robados, me pregunto por qué alguien robaría un bebé, a más de uno por lo visto.

—¿Qué fue de los niños? —pregunto desconcertada.

—Se vendieron a familias pudientes

—¿Se vendieron? —pregunta Pablo tan desconcertado como yo— ¿Como un negocio?

—Exactamente, como un negocio. Es pronto para concluir que fue lo que pasó con su hermana, pero hay indicios claros que me llevan a pensar eso. Aun así, por supuesto estudiaré el caso de su hermana a fondo, veré qué puedo investigar a fin de descubrir la verdad, de momento tan sólo es una hipótesis.

Pablo y yo nos miramos sin acabar de entender la gravedad del asunto, estoy descolocada, él parece que está igual que yo.

—¿Ha tenido algún otro caso similar? —pregunto.

—No, pero sé de alguien que sí lo ha hecho, hablaré con él para ver si es posible.

—¿Él encontró al niño? —pregunta Pablo, claramente desencajado.

—No —responde Torres.

Siento esa palabra como un aguijón que me perfora.

—No lo comprendo —digo con sinceridad—, si era un negocio en alguna parte debe haber un registro, una factura, algo que nos lleve a confirmar que es una niña robada, algo que nos indique quién es ahora.

—Eran ventas ilegales, el propio término lo dice: niños robados — deja de mirarme y se centra de nuevo en Pablo—. Le sugiero que entre en internet, encontrarán muchos grupos de apoyo, foros, lugares en los que exponer su caso y esperar que alguien conteste, no sería el primer caso de alguien que sabe que es adoptado y busca a su familia biológica.

—¿Hay familias que se han reencontrado? —pregunto esperanzada, Torres afirma con la cabeza.

—Hablaré con mi madre —comenta Pablo.

—Por supuesto veré qué puedo averiguar con la documentación que me han entregado.

La Policía no le dijo nada de esto a la madre de Pablo, cuando le tomaron declaración no le dieron ninguna esperanza de encontrar a la niña con vida. La niña, pienso... La niña tiene mi edad, nacimos sólo con una semana y media de diferencia. Lleva veinticinco años perdida, con una familia que no es la suya, una familia que la compró como quien compra un cachorro en una tienda de animales.

Me pregunto si ella lo sabrá, cómo se sentirá al respecto, cómo serán las personas que la han criado y educado, cómo será ella después de vivir con alguien capaz de robar un bebé, dejando a una madre rota de dolor por la pérdida de su hija, creyendo que ha muerto. Esa chica se ha criado con verdaderos monstruos, personas capaces de todo. Debo encontrarla, estoy más decidida que nunca a hacerlo.

Sé lo que debo hacer, el padre de Aina lleva años intentando decir que su hija mayor está viva, ha llegado el momento de escuchar, de ver qué tiene que decir. Sin la ayuda de Carlos nunca hubiera encontrado a Mariona. Me aterroriza meterme de nuevo en la boca del lobo, me da miedo meter a otro espíritu en mi vida pero lo superaré, lo hice una vez y puedo volver a hacerlo.

Torres se marcha dejándonos a Pablo y a mí con mil ideas en la cabeza, ni siquiera estoy de humor para buscar a la persona que me está calumniando, lo haré, por supuesto que lo haré, pero ahora tengo algo mucho más preocupante rondando mi cabeza.

Pablo se pasa todo el turno tan abstraído como yo, no se acerca a la barra más que para lo indispensable. Cuando lo hace no bromea como siempre, intento hablar sobre lo que nos ha dicho Torres, pero ni siquiera de eso quiere hablar. Yo también estoy muy afectada por lo acontecido, no quiero imaginar cómo se debe sentir él, así que le dejo espacio.

En un par de ocasiones Aleix pregunta qué nos pasa, le digo que ya lo pillaré por banda, se la tengo jurada. Somos amigos desde hace cuatro años, no puedo creer que circulen rumores y no me lo haya dicho.

Lo peor del turno de noche es que nunca sabes a qué hora vas a salir,. Cuando al fin recogemos todo nos cambiamos para marcharnos a casa, sólo quedamos Pablo, Domingo y yo en el vestuario.

—No te preocupes —le digo a Pablo cuando sale del compartimento con la ropa de calle.

—Eso es fácil decirlo —dice abatido guardando la ropa sucia en la bolsa de deporte con brusquedad.

Me acerco a él y le cojo del brazo.

—Déjame Sarah —dice apartándose—, no vayan a vernos juntos y dañes tu reputación.

—¿Por eso estás así? —pregunto con incredulidad.

—No estoy de ninguna manera, tú por tu lado y yo por el mío —parece que quiere dejarlo ahí, sin embargo niega y sigue hablando—. Pensaba que éramos amigos, que valorabas más nuestra amistad, ahora veo que no, que es más importante lo que digan cuatro soplapollas que yo.

A Aina puedo reñirla, puedo intentar corregir su lenguaje, pero Pablo es adulto, me saca diez centímetros y no puedo decirle como debe hablar.

—Venga Pablo, sabes que eso no es verdad.

—No quiero hablar, Sarah.

Coge su bolsa dispuesto a irse, le cojo del brazo para que no lo haga. Agacha la cabeza y me mira con gesto enfadado, sus labios se fruncen de la misma manera que lo hacen los de Aina, cuando algo no le gusta.

—Mañana me pasaré por tu casa a media mañana, intentaremos lo que me sugeriste con Aina.

Sus ojos se agrandan al comprender a qué me refiero, tira la maleta al suelo y me abraza, no un abrazo cualquiera, lo hace con fuerza hasta el punto de casi ahogarme.

—Gracias, gracias por hacer esto Sarah —repite una y otra vez sin soltarme.

Cuando Domingo sale del compartimento aún estamos abrazados, su mirada sobre nosotros no pasa inadvertida para mí, pero Pablo no parece dispuesto a soltarme. Cuando al fin lo hace estamos solos, yo soy una de las más antiguas así que me toca cerrar.

—¿Por qué has cambiado de opinión?

—Te dije que lo pensaría.

—Eso dijiste, pero no querías hacerlo.

—Quiero ayudar, quiero que tu familia pueda reunirse.

Vuelve a abrazarme otra vez y le devuelvo el abrazo, más relajada ahora que sé que estamos solos. Pablo es así, efusivo, no se guarda nada para él, no se avergüenza de sus sentimientos, no le importa mostrarlos.

No tengo ganas de esperar el nit bus, además tengo miedo de la decisión que he tomado, me apetece caminar, meditar. Pablo decide acompañarme a casa, nos despedimos en el portal y se marcha en bici.

Me despierto pronto, no he pasado una buena noche, los nervios por la decisión de intentar contactar con el padre de Pablo y Aina no me han dejado descansar. Me levanto intranquila, nerviosa, excitada. Ayer no vi a Eric en todo el día, así que decido pasarme por su trabajo antes de ir a casa de Pablo.

Entro por las grandes puertas de cristal, un hombre de seguridad me da el alto, le digo que vengo a ver a Eric Capdevila, me mira de arriba abajo desconcertado. No entiendo qué es lo que mira, creo que voy monísima. He elegido un ajustado vestido blanco que realza el tono moreno de mi piel, con unos de mis tacones favoritos. Me pregunta si tengo cita, revisando una lista que tiene en una carpeta.

—Llame a Estefanía, su asistente personal. Dígale que Sarah está aquí —digo con impaciencia.

El hombre con desgana hace lo que pido, no sé qué le dice Estefanía pero su actitud cambia al instante. Me da un pase con nerviosismo y me acompaña, me ayuda a pasar todos los controles de seguridad como si fuera idiota, incluso me pulsa la planta más alta en el ascensor.

Las instalaciones son impresionantes, el edificio es enorme y está lleno de gente trajeada que corre de un sitio a otro. Esto sólo es la sede central, después están todos los otros negocios de Eric, de los que no tengo ni idea.

Cuando las puertas del ascensor se abren Estefanía está esperándome. Me dedica una sonrisa y me abraza levemente, Estefanía no es de abrazos. Va vestida de negro como siempre que la he visto, parece la clase de mujer que hace que los hombres se arrodillen ante a ella para lamer sus zapatos de marca. Se la ve una persona dura y firme. Imagino que es justo lo que Eric necesita a su lado para los negocios, alguien con carácter, que no se amedrente a la primera de cambio, que no se eche a llorar a la primera mala contestación.

—El señor Capdevila no me ha dicho que venías.

—Me he levantado pronto y como apenas lo veo, había pensado en hacerle una visita —digo algo insegura de haber metido la pata—. ¿Es un mal momento?

—Claro que no —pasa un brazo por mi espalda—, acompáñame.

Voy con ella, pasa su tarjeta por tres lectores diferentes hasta llegar a su despacho, me parece exagerado.

Al entrar en su amplio despacho, en lo primero que me fijo es que delante de la que imagino debe ser su mesa está Mariona, con su propia mesa.

Eric me aseguró que a pesar de trabajar con él no estaría cerca, insistió en la cantidad de gente que trabaja para él. Pero ahí está de nuevo, es como un chicle que pisas y es imposible deshacerse de él.

Me siento colérica, no estoy segura de qué me molesta más, que Eric me haya mentido de nuevo o su descaro.

—Sarah —exclama Mariona como si se alegrara de verme.

No comprendo cómo puede ser tan falsa, se pone de pie para venir a saludarme. Lleva un vaporoso vestido azul cielo que aumenta su aspecto de niña buena, pero a mí ya no me la pega, la he calado. No quiero ni que me toque o puede que se lie una buena, entonces si que podrá llorarle a Eric que le he hecho daño.

—Hola —digo secamente, me giro hacía Estefanía para no enzarzarme con Mariona. No puedo ni verla—. Si no es un buen momento será mejor que me vaya —le digo a Estefanía controlando mi humor.

—No, estaba haciendo una videoconferencia con Alemania pero enseguida te atiende, ya sabe que estás aquí.

—¿Ya se te ha pasado la borrachera del cumpleaños de Nayara? —se acerca Mariona.

¿Será posible? Me giro para mirarla, lleva el pelo recogido en una coleta larga y alta, apenas lleva maquillaje, sólo un poco de sombra verde que ilumina su mirada del mismo color. Si quiere que coja su cola de caballo y la arrastre por todo el edificio, lo acabará consiguiendo. Haga lo que haga yo seré la mala y ella la víctima, mejor darle un motivo. Así podré sacar toda la rabia que fluye dentro de mí.

—Sí, Mariona —le contesto cansina—, ya se me ha pasado. Hace casi una semana de eso —le recuerdo—. La embriaguez es algo que se pasa, no como los problemas de personalidad o conducta, no es tan fácil deshacerse de eso —estrecha los ojos, no le ha gustado mi comentario, me alegro—. ¿Ya has buscado un nuevo psiquiatra?

—Todavía no —se acerca y me habla más bajo—, pero Eric me ha dicho que tú has empezado a ver una.

—Sí, Natalia me está ayudando mucho para controlarme y no partir tu cara de mosquita muerta.

Su expresión cambia en medio segundo, deja de poner su pose de soberbia y vuelve a ser la víctima.

—¡Sarah! —exclama Eric detrás de mí. ¡Mierda!

Me giro, miro a Estefanía que está mirando su pantalla, ni siquiera nos prestaba atención. Me centro en Eric que está en la puerta de su despacho con cara de pocos amigos. ¡Genial! Mariona me la ha colado de nuevo.

—¿Quieres que desayunemos juntos? —escupo molesta.

Debería sonar como un ofrecimiento, pero ha sonado como un reto. Ya me he calentado al ver a Mariona, que encima tenga que aguantar que me vacile no lo llevo demasiado bien, tengo que contarle esto a Natalia.

—Pasa a mi despacho, quiero hablar contigo.

Eric pasa dentro de su despacho, no me molesto en volver a mirar a Mariona, juro que como sonría sabiéndose victoriosa al final le doy. No soy agresiva, nunca lo he sido, pero ella desde luego saca lo peor de mí, lleva mi carácter, mi rabia y mi ira a otro nivel.

Entro dentro del despacho y cierro de un portazo.

—¿Yo te importo mínimamente, Eric? —ataco antes de que lo haga él.

—Estoy cansado de tu comportamiento.

—Yo también del tuyo —respondo antes de que pueda decirme algo más.

Rodea el escritorio y se sienta en la silla detrás de él, apoya los codos en el escritorio y se lleva las manos a la boca. Ese gesto significa que a pesar de su apariencia tranquila, por dentro es un volcán a punto de entrar en eruopción. No me mira a mí, en lugar de eso mira en dirección a la cristalera, donde tiene unas maravillosas vistas de toda Barcelona.

—No has contestado a mi pregunta.

Gira la cabeza y me mira, el hielo me atraviesa. Mariona puede provocarme tanto como quiera, pero si Eric no le siguiera el juego no habría juego, es más culpa de él que de ella. Eric sabe cómo me siento respecto a ella, dejé mi casa y mi espacio para poner distancia entre ellos, ahora están más unidos que nunca.

—Si no me importaras te habría dado una patada en el culo a la primera insolencia.

Me echo a reír con ironía, estoy harta de esto.

—Yo no te importo Eric, ella te importa más que yo. Me exigiste sinceridad, que no te mintiera y tú has vuelto a hacerlo, me dijiste que ella no estaba cerca de ti en el trabajo, y mira qué me encuentro.

—No tengo por qué darte explicaciones de lo que hago en el trabajo, quizás tú sí debas dármelas.

Le miro interrogante, dudando sobre si los rumores han llegado tan lejos pero descarto la idea, es imposible.

—Creo que te he dado más de lo que he recibido, no quiero empezar a discutir y darle el gusto a tu amiga, mejor me voy.

Eric no dice nada, sólo me mira me doy media vuelta dispuesta a marcharme.

—¿Por qué tienes que complicar las cosas así, Sarah?

—¿Por qué tienes que mentirme?

—No quiero discutir.

—Yo tampoco.

Abro la puerta y me marcho, me despido de Estefanía, Mariona tiene su careta predilecta, la ignoro y me voy.

Me parece increíble que prefiera ir a casa de Pablo a intentar hacer una sesión de espiritismo, antes que estar cerca de Eric, pero así es.

Nayara tenía razón, esa idea provoca desazón en mí, Eric y yo no estamos hechos para estar juntos, somos agua y aceite, nunca nos entenderemos por más que yo me esfuerce. Somos personas no solo opuestas, sino que además somos incompatibles, personas que se repelen la una a la otra. Debería dejar de esforzarme en luchar por algo que no tiene futuro.

Al llegar a casa de Pablo me siento completamente derrotada. Aina me abre la puerta, se lía a golpes con la puerta de la habitación de su hermano gritándole que ya he llegado.

—¿Qué te pasa, Sarah? —me pregunta de camino al comedor.

—Hoy va a ser un mal día —es una manera de resumir todo mi malestar.

—No tengas miedo —se pone delante de mí y me coge de la mano—, mi padre nunca nos haría daño.

Supongo que no, pero eso no significa que deba gustarme o que pueda sentirme cómoda con la situación.

—¿Por qué hablaste con ese policía? —le reprocho recordándolo.

—Tu madre me dijo que lo hiciera.

Eso es justamente lo que menos esperaba escuchar. Por los antecedentes de mi madre, sé que nada de lo que diga debe tomarse a la ligera, pero no pudo decirle eso, puede que ella lo malinterpretara.

—¿Estás segura que dijo eso?

—Sí, me dijo que él vendría a casa cuando estuviera sola, que hablara con él con total confianza, que le dijera la verdad.

—¿Por qué? —pregunto desconcertada, Aina se encoje de hombros como respuesta— ¿Qué te pareció él?

—Demasiado creyente. Cuando hablo de estas cosas con los adultos, lo primero que hacen es negarlo. Él no lo hizo, en lugar de eso siguió preguntándome cosas y yo le contesté con la verdad.

Pablo aparece por el pasillo en bermudas y chanclas, viene bostezando y poniéndose la camiseta.

—Buenos días, preciosa —me besa la mejilla y me llega el olor a dentífrico, se agacha y besa a su hermana—. Buenos días princesa, se buena y prepárale un cola-cao a tu hermano —le da un cachete en el culo y Aina se va a la cocina.

—¿Saliste anoche? Pareces muy cansado.

—Me piqué con el GTA —vuelve a bostezar y mira la hora—, es muy pronto para ti.

Cabrón, que envidia me da, no llega a imaginárselo. Haber probado el juego y no poder volver a jugar es una tortura para cualquier gamer como yo.

—No podía dormir, he ido a ver a Eric y hemos discutido, así que he venido para aquí.

—¿Tu novio y tú hacéis algo aparte de discutir? —en realidad no, pero no se lo digo, supongo que la respuesta puede leerse en mi cara— El próximo día ven directamente aquí y así evitas discutir. Bueno, excepto con la pesada de Aina, claro, con mi hermana es imposible no discutir por algo.

—Pablo —se queja Aina desde la cocina—, te estoy oyendo, escupiré en tu cola-cao —le advierte.

Me echo a reír, relajada por primera vez en el día de hoy.

Aina trae cola-cao para todos, además de magdalenas, croissants y todo tipo de bollería. Nos sentamos a desayunar, yo miro como comen mientras me bebo mi cola-cao en silencio. Tengo el estómago cerrado sabiendo lo que viene a continuación. A medida que pasa el tiempo, mis nervios crecen en el estómago.

Cuando acaban de desayunar, Aina dice que es mejor hacerlo en la habitación de sus padres, es más grande y la habitación, según ella, está cargada de la esencia de su padre a pesar de los años.

Ni Pablo ni yo discutimos con ella, la seguimos a la habitación. No puedo creerme que vaya a hacer esto, me recuerdo por qué lo hago a fin de no perder el valor, pero a medida que me acerco a la habitación, mi estómago se contrae con los nervios.

Me quedo en la puerta. Puede que Aina tenga razón y la gente deje su esencia en los sitios, a pesar de no atreverme a entrar por lo que pueda pasar ahí dentro, es una habitación cálida, modesta pero bonita. Pablo me mira desde dentro se acerca a mí y me coge la mano.

—Estás fría —dice tocándome la mano—. Aún puedes echarte atrás, Sarah —dice compasivo.

—No, quiero hacerlo, sólo tengo un poco de miedo.

—Yo no permitiría que os pasara algo a ti o a Aina —me besa la mano y me la suelta.

Me mira a los ojos, Pablo siempre mira a los ojos, sé lo importante que es esto para él, a pesar de ello está dispuesto a renunciar por mí, porque le preocupo. Le sonrío, Pablo me aporta todo lo que tanto anhelo de Eric; es atento, se preocupa por mí y si algo me hiciera daño, como esto, renunciaría a ello, por más importante que sea para él.

Aina baja la persiana de la habitación, prende unas velas grandes de jazmín que su madre tiene en la habitación y se sienta encima de la cama con las piernas cruzadas. La habitación queda prácticamente a oscuras, me acerco a la cama, Pablo lo hace detrás de mí.

—¿Dónde está la tabla? —pregunto mirando la cama.

—Tú y yo no necesitamos tablas absurdas, eso es para aficionados sin talento —contesta Aina.

Subo a la cama y me arrodillo delante de ella, no estoy segura de qué debo hacer, qué espera Aina de mí. Lo que si tengo claro, es que esta mañana no debí ponerme un vestido, al menos no un vestido tan corto y ceñido, estaría más cómoda cruzada de piernas como ella.

—Sarah, estás muy tensa —me advierte—, ponte cómoda, relájate, tienes que relajarte.

Suspiro expulsando el aire contenido en mi pecho, dejo los zapatos en el suelo y me cruzo de piernas, procurando que no se vea nada. Pablo se apoya sobre el armario mirando hacia nosotras. Aina me coge de las manos y cierra los ojos, le doy una ojeada a Pablo e imito a Aina.

Intento hacer caso a Aina y relajarme, dejar la mente en blanco, pero es un imposible para mí, está demostrado. Recuerdo cuando no encontraba a Mariona, me concentro en cómo intentaba abrirme para que Carlos se comunicara conmigo, cómo eliminaba mi alrededor concentrándome en él, intento hacer lo mismo.

La habitación se enfría, en cuanto siento el frescor mi corazón empieza a bombear más deprisa.

—Pablo, tú lo conocías, concéntrate en ese recuerdo, no queremos que venga nadie más.

Ese comentario me alarma, ni siquiera quiero que venga él, como para que venga otro espíritu atormentado. A pesar de ello mantengo los ojos cerrados.

Mi hija está viva. Susurros en la oscuridad, ya he vivido esto, no debería estar aquí. *Mi hija está viva*, cada vez puedo oírlo más alto y a medida que eso pasa siento que el corazón se me sube a la garganta.

—¿Dónde está? —pregunta Aina.

—Muy cerca —oigo claramente la voz de su padre.

Los escalofríos me recorren y empiezo a temblar, mi cuerpo se mueve sólo, el corazón bombea tan fuerte que parece que quiera salir del pecho, huyendo de esta situación como yo no soy capaz de hacer. Los ojos quieren abrirse, los aprieto con fuerza, Pablo dijo que era posible que pudiéramos verlo, yo no quiero verlo, si lo veo creo que no podré volver a dormir.

—¿Muy cerca, dónde? —pregunta Aina con su habitual impaciencia, no necesito verla para saber la mueca que está haciendo con los labios.

—Sarah —susurra demasiado cerca de mí.

El bello se me pone de punta, el corazón late más deprisa, loco por salir de aquí. Me siento observada, todos me miran a mí, los tres me están mirando. Su padre me observa y en mi interior siento una enorme pena y tormento. Los sentimientos son tan fuertes que empiezo a respirar con dificultad. Un nudo se cierra en mi garganta y noto como las lágrimas se amontonan en mis ojos cerrados, sólo debo pestañear y saldrán libres. No puedo hacerlo, me niego a abrir los ojos, si al hacerlo está con nosotros en la habitación, creo que mi corazón colapsará.

—¿Conoces a Sarah? —pregunta Aina.

—Ella me encontró.

Cada vez puedo oírlo más claramente, creo que voy a infartar, a mí que me deje tranquila, además no fui yo, fue Pablo.

—¿Cómo vamos a encontrarla papá? —insiste Aina.

La atmósfera a nuestro alrededor cambia, puedo sentirlo con total claridad, siento una enorme bondad. Me siento sacudida por el amor y la ternura, por un amor generoso que sólo un padre podría transmitir.

—Estoy orgulloso de vosotros. Decirle a vuestra madre que no se culpe por nada, tú tampoco lo hagas Pablo, te has convertido en un gran hombre, tienes el corazón de tu madre, vas a hacerla muy feliz. Aina, lucha por tus sueños, no dejes de ayudar a los demás, de darte como te das. Tienes la felicidad al alcance de la mano, pero en tus viajes debes tener cuidado, no todas las experiencias son buenas —la habitación se queda en completo silencio, contemplo la idea de abrir los ojos, cuando vuelve a hablar—. Cuando mis hijos estén unidos seré libre para marcharme, entonces estaré en paz y siempre os querré, sois parte de mí y yo vuestra, cuidaré de vosotros allí donde esté.

No vuelvo a oír nada más, siento el peso de alguien sobre la cama, eso me lleva directamente al recuerdo de Carlos. La paz desaparece y tengo ganas de salir corriendo, me cogen de los hombros y grito.

—Sarah —la voz de Pablo—, estás temblando.

Abro los ojos poco a poco, me giro y lo veo sentado junto a mí, me cojo a su cintura y lo abrazo sin poder dejar de temblar, mis dientes castañean. Absorbo su aroma, el conocido olor de Pablo consigue tranquilizarme, Aina me mira negando con la cabeza. Pablo me rodea con los brazos y me besa la cabeza.

—Gracias por hacer esto por mí Sarah, nunca lo olvidaré.

Procura no olvidarlo porque no va a repetirse, tengo ganas de contestarle. Alzo la cabeza y veo sus ojos brillantes, ha llorado, aún está emocionado y soy incapaz de decir lo que pienso. Vuelvo a agachar la cabeza abrazada a él.

Aina sube la persiana de la habitación, tiene los ojos llenos de lágrimas, me pregunto si habrá sido capaz de verlo. Poco a poco la temperatura vuelve a subir, *se acabó, Sarah*, me recuerdo a mí misma.

No sé qué esperaban ellos alcanzar con esta experiencia, pero yo esperaba que el padre nos diera al menos la pista de dónde empezar a buscar, o de quién lo mató. Es algo que no comprendo, si alguien me asesinara lo primero que haría, sería decir quién lo hizo, sin embargo tanto él como Carlos no lo han dicho, me pregunto si eso va en contra de alguna ley cósmica que yo desconozco.

Cuando consigo relajarme me doy cuenta que no ha sido tan terrible. He pasado mucho miedo, por supuesto, pero pensándolo fríamente no ha sido tan horrible. El sentimiento de amor de su padre a logrado traspasarme. Pienso en lo que les ha dicho a sus hijos, todos mensajes positivos, me pregunto a quién hará feliz Pablo, nunca me ha hablado de ninguna chica, quizás se refiriera a su madre pero no lo creo. A Aina le ha dicho que luche por sus sueños y que siga dándose a los demás, no creo que ese consejo sea lo más adecuado para una niña tan extraña y terca.

16

Cumpleaños

Me quedo a comer en casa de Pablo, paso el día con él y su familia hasta la hora de ir al trabajo.

Macarena, su madre, es una mujer muy dulce y agradable, es tan cariñosa como sus hijos, a pesar del mal momento que está pasando no pierde la sonrisa, aunque sus ojos delatan su malestar.

Cuando acabamos de comer, Pablo coge su portátil y nos sentamos alrededor de él, Aina se sienta encima de mí, Pablo le cuenta a su madre lo que ayer hablamos con Torres. Ella ya conocía de la existencia de los llamados niños robados, eso me sorprende. Confiesa que nunca se habría imaginado que ella podría ser una víctima. Igual que yo se indigna de que la Policía no le hablara de esa probabilidad, de la posibilidad que su hija esté viva.

En el trabajo me paso la noche siguiendo la pista de los rumores, lo más sorprendente es que algunas personas se lo dijo alguien del otro turno, eso me confunde. Rebeca, que era una de mis principales sospechosas dado su carácter chafardero, me cuenta que le habían dicho que nos lo hemos montado en los vestuarios, esto es el colmo. Nadie sabe o no quieren decirme quién lo ha empezado, con cada persona lo desmiento una y otra vez, algunos parecen creerme, otros obviamente no.

—¿Te liaste con Yolanda? —le pregunto a Pablo en el vestuario cuando ya nos estamos cambiando para irnos.

—No, de momento no me he enrollado con nadie del trabajo.

¿De momento? A pesar del mal día que llevo, tengo que reírme por la

192

arrogancia de Pablo.

—Rebeca me lo dijo el día que volví al trabajo.

—Ni caso, Yolanda no me gusta, no es mi tipo. Sarah, cuanta más importancia le des al rumor más crecerá, esto funciona así. Ignóralo y la gente se olvidará, pero si no dejas de hablar de ello sólo conseguirás que la gente hable más.

—Supongo que sí —digo con desánimo—, pero me molesta que la gente hable a mis espaldas, todavía me molesta más que inventen cosas. ¿Por qué alguien inventaría esas cosas? He oído de todo.

—Todos saben lo unidos que estamos, hablan entre ellos y la pelota cada vez se hace más grande, cada uno pone su granito de arena, hasta que hacen una enorme mentira, un rumor funciona así, ignóralo, olvídalo y ellos también lo harán.

Sé que tiene razón pero me resulta imposible ignorar que la gente hable de mí a mis espaldas.

Pablo coge las cosas de su taquilla, abre la bolsa y saca el GTA, me lo tiende.

—Feliz cumpleaños, preciosa —me besa la mejilla.

Sonrío cogiendo el juego, el primer regalo y la primera persona que me felicita. Pasa una hora de la media noche, es mi cumpleaños, lo había olvidado por completo. Tengo tantas cosas en la cabeza que el hecho de cumplir veinticinco años no es más que una nimiedad, un día más, no cambia nada.

—¿Es un regalo? —pregunto impresionada.

—Sé que estás deseando tenerlo, cuando salga a la venta ya compraré otro, tengo otra cosa para ti.

Me tiende una cajita de madera clara, la miro sin comprender por qué se ha molestado en comprarme nada, sólo con el juego es mucho más de lo que esperaba recibir para mi cumpleaños. Abro la cajita, dentro de ella hay una pulsera de plata, una pulsera fina y rígida preciosa, tiene unos adornos de color azul alternados con la plata de la pulsera, es muy bonita.

—Es un regalo de Aina y mío —vuelvo a mirarlo y le sonrío agradecida—, Aina quería una de cuarzo rosa que sabía me tirarías a la cabeza —sonríe afablemente—, así que buscamos una de otro color que fuera más contigo. La piedra es lapislázuli, Aina la eligió porque dice que protege de los malos espíritus.

—Muchas gracias Pablo —digo sonriendo—, no podría ser más perfecta.

—Gracias a ti por lo que has hecho hoy por Aina y por mí, no te imaginas lo mucho que ha significado para nosotros, sobre todo para mí.

Nos abrazamos.

—¿Cómo quieres que la gente no piense que estáis liados? —me separo de Pablo y miro hacia la puerta, Nayara entra dentro del vestuario y me abraza— Muchas felicidades, Sarah.

Voy a preguntarle qué hace ella aquí cuando interviene Aleix.

—Así están todo el día, con abracitos y carantoñas, no sé de qué se sorprende, hasta yo he dudado.

—Eso no es justo Aleix —digo separándome de Nayara sin soltarla—. ¿Dirías que estoy liada con Nay porque la abrazo?

—Pablo es un tío y tiene el cartel de ligón colgado del cuello, además conozco los gustos de mi novia mejor que nadie, no eres su tipo —me besa la mejilla—, feliz cumpleaños.

—¿Por eso has venido? —le pregunto a Nayara.

—Es tu cumpleaños, no querías celebrarlo, si Mahoma no va a la montaña, la montaña va a Mahoma —me enseña una botella de cava—. He traído esto para que brindemos.

Me río y vuelvo a abrazarla. Estoy feliz de que Nayara esté aquí, que se preocupe por mí, que haya dejado a Mariona aparcada en casa para venir, a estas horas y para ser la primera en felicitarme, aunque Pablo se le haya adelantado.

Salimos del vestuario y descorchamos la botella de cava, un par de compañeros se quedan a brindar con nosotros. Aleix saca un pequeño pastel de cumpleaños, después de que me canten el cumpleaños feliz, soplo las velas entre risas. Mi deseo es que todo se solucione, quizás es demasiado ambicioso.

Salimos todos juntos riéndonos, estoy completamente relajada, lo único que echo de menos es a Laura, nadie es más de celebraciones que Laura. Si ella estuviera aquí acabaríamos en algún antro bailando y riendo hasta la madrugada, después desayunaríamos por ahí y haría la noche inolvidable.

Al salir veo que hay alguien en la calle observándonos, cuando me doy cuenta que es Eric el corazón me da un vuelco. No sé qué hace él aquí en la calle, le doy las llaves a Pablo para que cierre y me acerco a él.

—¿Qué haces aquí? —pregunto mientras me acerco.

—Lo mismo que ellos —contesta separándose de la barandilla en la que está apoyado.

Quedamos cara a cara, a pesar de mis taconazos de diez centímetros la diferencia de altura es notoria. Estoy enfadada con él, me da igual que se haya tomado la molestia de venir en plena noche a por mí, me da igual que esté irresistiblemente guapo y su mirada esté relajada, eso no cambia que me haya mentido.

—¿Hace mucho que esperas?

—Sí —contesta con esa voz rasgada que hace que mi interior se revuelva inquieto.

—¿Por qué no has entrado?

—Te he observado desde aquí fuera —me coge la mano y se la lleva a la cara—, no sé hacerte feliz y lo siento de veras, Sarah. No debí mentirte, no volverá a suceder.

—Sólo lo dices porque te he pillado —intento no bajar la guardia, aunque me cueste.

—No volveré a mentirte, tú eres sincera conmigo y yo lo seré contigo, te lo prometo.

No sé si debo creerlo o no, pero quiero hacerlo, quiero confiar en Eric, me besa el interior de la mano.

—Sarah —dejo de mirar a Eric y me giro, Pablo me devuelve las llaves—, que pases un feliz día, cariño.

—Gracias, nos vemos mañana.

Me despido de Nayara y Aleix, les doy las gracias por este momento que me han regalado y el regalo de cumpleaños, Nayara me abraza y se van.

—Quiero enseñarte algo —dice Eric tirando de mi mano.

Me lleva a un parking en pleno Paseo de Gracia, entramos y bajamos a la segunda planta inferior.

—Espero haber acertado esta vez.

Las puertas del ascensor se abren y me cubre los ojos con las manos. No es una buena idea, si a veces ya me cuesta no caerme con los cinco sentidos en marcha, privarme de visión es una idea pésima. Estoy a punto de caer en un par de ocasiones, pero Eric no deja que eso ocurra.

Cuando deja de cubrirme los ojos delante de mí queda un coche, un todoterreno color azul eléctrico precioso.

—La plaza de parking es tuya, no me gusta que vuelvas a casa tan tarde en bus o caminando.

195

Me giro y lo miro, es exagerado hasta el exceso, pero el coche no podría gustarme más, que me lo haya regalado porque se preocupa por mí, me gusta más que el coche.

—No era necesario.

—Yo me sentiré más tranquilo —me coge de la cintura y me acerca a su cuerpo—. Te sienta muy bien el cuarto de siglo... Me ha gustado verte sonreír con tus amigos, me encantaría ser capaz de hacerte sentir tan feliz y relajada como ellos. Quiero hacerte feliz Sarah, no hay nada que pueda desear más, pero no sé cómo hacerlo.

Le miro llena de anhelo y amor, Eric se ha quitado la coraza y así es como más me gusta. Quiero que me muestre lo que siente, que me ayude a comprenderle mejor, que me necesite como yo le necesito a él. Es cierto, no sabe hacerme feliz, pero siendo justa tampoco yo sé cómo hacerlo feliz a él.

—Sabíamos que no sería fácil. Yo estoy decidida a hacerlo si tú lo estás, pero no tolero que me mientas, que te encierres en ti mismo y no me digas qué es lo que te preocupa, que me apartes me duele, Eric. Sólo quiero que cuentes conmigo, que sepas que estoy aquí para ti, si no confías en mí, esto no va a funcionar.

Le miro llena de congoja, quiero estar con él, le quiero, a otro no le hubiera aguantado ni la mitad.

—No es fácil, Sarah. Soy independiente, siempre voy por libre, sé que estás ahí pero me cuesta llegar hasta ti. Intento demostrarte mis sentimientos pero no se me da muy bien.

Aparta la mirada de mis ojos y sonríe, le cojo el mentón y le obligo a mirarme. Su rostro está relajado, pero su mirada no lo está. Me acaricia la cara con devoción, adoro cómo me toca, cómo a pesar de ser de carácter duro y palabras parcas, después es capaz de demostrarme tanto al tocarme. Por momentos consigue hacerme sentir querida, casi venerada, se inclina y me besa.

Mis pies dejan de tocar el suelo, me siento en una nube, a pesar de nuestros mutuos enfados lo he echado mucho de menos, lo he extrañado muchísimo.

Me subo a mi coche nuevo, le ha puesto a las llaves un llavero con mi nombre, es adorable.

Eric puede hacerme tocar el cielo, ya lo ha hecho en alguna ocasión, pero también es capaz de hacer que mis pies toquen el infierno, parece que con él no hay término medio, estoy muy arriba o muy abajo, no hay punto intermedio. Cuando estamos llegando a casa hace el comentario perfecto para joder la atmosfera.

—Hoy te has pasado con Mariona, parecías una choni de barrio, me he sentido avergonzado.

Frío y calor, así es Eric, pienso mientras lo miro... Consigue hacerme arder, pero puede congelarme con unas pocas palabras que atraviesan mi corazón. Repito, con Eric no hay término medio.

—Estoy cansada de que te sientas avergonzado de mí —contesto molesta.

Si Eric no tuviera cuerdas bocales sería perfecto, es atractivo, guapo, muestra más con lo que hace que con lo que dice, pero es inoportuno. No entiendo por qué tiene que hablar de Mariona, por qué tiene que estar pensando en ella ahora, en lugar de estar aquí conmigo.

—¿Intentarás ser amable con ella?

—No —respondo con sinceridad e indiferencia—, no quiero ser amable con ella, no quiero verla, no quiero hablar de ella. La quiero lejos de mi alcance, porque a la próxima provocación puede liarse una buena. *Matem* el tema —concluyo dando la conversación por zanjada.

Eric resopla a mi lado pero se queda callado, al subir a casa decido dejarlo todo fuera, aquí dentro sólo estamos nosotros dos, ni Mariona, ni espíritus, ni tumbas, ni nada, sólo Eric y yo.

Me despierta el aroma a café, me desperezo, Eric está sentado a mi lado en la cama, miro la hora desorientada.

—Feliz cumpleaños, Sarah —dice besándome los labios.

—¿Hoy no trabajas? —pregunto confundida.

Desde que me vine a su casa he despertado sola todos los días, sin excepción, si él no trabaja al despertar, está en su despacho o está haciendo ejercicio o desayunando, pero nunca en la cama conmigo.

—Sí, iré por la tarde. Había pensado que hoy podríamos hacer algo juntos y por la noche ir a recogerte al trabajo y salir a celebrarlo, ir a bailar si es lo que a ti te gusta, aunque yo no voy a bailar, eso seguro.

Suspiro pletórica, creo que la conversación de ayer por la noche sirvió de algo, o quizás lo que no se dijo al llegar a casa. Estar bien con Eric llena mi corazón de esperanza, parece que el sol brilla más de cómo lo hacía ayer o antes de ayer, o todos estos días que hemos estado enfadados el uno con el otro.

Hoy me voy a comer el mundo, pienso al levantarme de la cama de un salto, me doy una ducha rápida llena de energía y alegría, antes de salir quemamos parte de esa energía en la cama. Estos días de abstinencia no han sido nada fáciles teniendo a semejante hombre en la cama, por más enfadada que estuviera con él.

Eric se viste con uno de sus trajes negros, pero prescinde de la corbata, deja los primeros botones de la camisa blanca abiertos, la barba incipiente le da a su rostro un toque sexy por el que me deshago. Me visto con un vestido estrecho blanco y negro a juego con su ropa y me calzo mis Louboutin.

Desayunamos en la cocina en compañía de Isabel, incluso ella parece más alegre de lo normal, o quizás sea yo, que hoy lo veo todo con mucha más luz.

Vamos al parking de la mano, entro en mi coche nuevo, adoro su olor a cuero y a nuevo.

—¿Dónde quieres ir? —le pregunto a Eric lista para conducir— ¿Quieres que vayamos a ver a mis padres? No es un planazo, pero sé que les hará ilusión verme el día de mi cumpleaños.

—Primero tenemos que ir a otro sitio, tengo que darte tu regalo.

Eric consulta en el móvil, teclea una dirección en el navegador de mi coche.

—¿De qué estás hablando? —cojo el volante emocionada por salir— El coche es mi regalo.

Deja de mirar el navegador y me mira de nuevo, me sonríe y siento que el corazón da un salto. Me siento como una niña la mañana de reyes, no por los regalos, sino por la emoción y la ilusión, por lo mágico, por ver a Eric tranquilo y relajado, porque me está sonriendo y eso hace que mi corazón se hinche feliz.

—No, el coche es uno de tus regalos pero tengo otra sorpresa, que espero que te guste más que el coche.

Le miro dubitativa, Eric me coge de la nuca, me acaricia la cara con esa devoción que me desarma. Me besa con dulzura los labios, una tenue caricia que hace que las mariposas revoloteen en mi estómago. Me acerco a él intensificando el beso, no me permite profundizar mucho, se separa de mí.

—Arranca el coche y vámonos Sarah, sino no dará tiempo a todo.

Le enseño la lengua y salimos con el coche, mientras conduzco siguiendo las indicaciones del navegador, Eric me cuenta los extras que tiene el coche. Por lo visto tiene internet, la bomba. Me explica que ha hecho instalar algunos de los programas que tengo en el móvil, me enseña cómo funciona con el control de voz, para que no tenga que distraerme en la carretera con esas cosas.

Mi padre me llama al móvil y Eric lo coge, le dice que estoy conduciendo pero que pasaremos por Boira para comer. Después vincula el móvil con el coche para que cuando lo use salte el manos libres del coche.

En la radio suena la canción que creo debió ser la canción del verano, Eric sabe que me gusta, me enseña cómo funciona el Shazam, el programa la reconoce y previo pago por sí solo, la compra y la guarda en una lista de reproducciones. ¡Me encanta mi coche! Excesivo sí, pero perfecto.

Cuando llegamos a nuestro destino aparcamos en una de las plazas para personal.

—¿Qué es este sitio? —pregunto saliendo del coche.

—Una protectora de animales.

Me coge de la mano y me lleva al interior, no estoy segura de por qué Eric me ha traído aquí.

Al entrar este sitio no me encaja como tal, he estado en varias protectoras, he sido voluntaria en muchas ocasiones, pero este sitio no parece una protectora, todo está nuevo y reluciente, incluso huele a pintura.

—Este sitio no parece una protectora —comento observando lo que me rodea.

—No es exactamente una protectora, mi multinacional lo patrocina, quiero que tú lo dirijas.

Dejo de caminar y tiro de su mano para que se vuelva.

—¿Estás de broma? —demando cuando lo hace.

—Éste es mi regalo de cumpleaños para ti, Sarah —me acaricia la cara—. Has estado estudiando cinco años para ser veterinaria, he visto tus notas y son muy buenas, estás desaprovechando tu potencial en ese trabajo que no te aporta nada. Aquí podrás hacer lo que quieras, he contratado a un par de veterinarios experimentados, ellos pueden ayudarte y enseñarte mucho, nena. Aquí ayudarás a animales que viven en la calle y a familias que no puedan costear un veterinario decente... Te gusta ayudar Sarah, aquí podrás hacerlo.

No puedo creer lo que estoy oyendo, desde luego es una gran oportunidad, pero yo no puedo dirigir este sitio, no estoy cualificada para ello, pero sí podría trabajar aquí, aprender, experimentarme. Éste es el trabajo con el que soñé toda mi carrera, no es un negocio, es una forma de ayudar a los más desfavorecidos.

Si vengo aquí a trabajar no veré a Pablo, la idea de separarme de él me entristece. No quiero perderlo, me siento confusa por el sentimiento de pena que me embarga, al saber que cuando trabaje aquí no lo veré a diario, no podré pasar el día bromeando con él.

—¿Qué piensas, Sarah?

No puedo decirle lo que pienso, pero tampoco puedo mentirle, a Eric no se le puede mentir, aún no acabo de comprender cómo lo hace para saber cuándo alguien le miente, pero Mariona ha aprendido a hacerlo. Si fuera mi amiga podría preguntarle cómo lo hace, pero no lo es. Quizás Eric a ella le permite mentirle.

—Yo no puedo dirigir este sitio.

—No tienes por qué hacerlo ahora, si lo prefieres, empieza desde abajo y ve subiendo a tu ritmo, pero este sitio es para ti, es tuyo, tiene tu nombre, deseo que algún día te hagas cargo de él. Lo he hecho por y para ti, nena —afirmo escuchándolo, obviamente lo ha hecho para mí—. Vamos, te presentaré a los demás.

De camino a Boira voy callada, dándole vueltas a la cabeza sin poder detener mis pensamientos y sentimientos.

Eric es muy generoso, eso no es nada nuevo, es una de sus mayores cualidades, todo lo hace a lo grande y le gusta compartir, pero no le gusta compartirme a mí. Me pregunto si esto tiene relación con Pablo, no debería ser así, pero aún recuerdo como me dejó el cuello porque vio que nos abrazábamos, no sé qué pensar. Por otro lado la idea de no ver a Pablo también me provoca desazón, podré seguir viéndolo, pero no volveré a trabajar con alguien que me aporte tanto como él.

Pablo se ha convertido en alguien muy especial, no sólo por todo el misterio de su padre y su hermana o de Aina, sino por él mismo. Porque cuando me sonríe y bromeamos consigue alegrarme el día, tiene esa cualidad que adoro de él, con él puedo ser yo misma, sin barreras, sin escudos, sin guardarme nada para mí.

La radio se para sacándome de mis cavilaciones, se oye la melodía de mi móvil, lo descuelgo y es la persona que menos esperaba oír.

—¡Cumpleaños feliz, cumpleaños feliz, te deseo Sarah, cumpleaños feliz! —canturrea Laura a pleno pulmón dejándonos sordos a Eric y a mí. Sonrío pensando en la energía que tiene—. Abuela, que te haces mayor.

—Cuánto tiempo —le reprocho—, pensé que no te acordarías.

—¿Estás tonta? ¿Cómo no iba a acordarme?

—No sé, quizás porque te has olvidado de mí completamente.

—Pienso mucho en ti, he estado preocupada por ti, pero esto es tan interesante y fascinante que no puedo dejarlo, tanta información es una droga. Estoy tan entusiasmada que no salgo a la calle, hoy he salido para llamarte pero desde la semana pasada que no me daba el sol en la cara, deberías verme, estoy pálida.

No puedo evitar reírme, adoro a Laura, me encanta hablar con ella y la estoy echando muchísimo de menos, con todo lo que está pasando tengo mucho en lo que pensar, pero sigo acordándome de ella.

—¿Aún más pálida?

—Buah Sarah, ni te lo imaginas... Bueno, cuéntame cómo van las cosas cumpleañera.

—Como siempre —miento descaradamente y Eric me mira, yo no aparto la mirada de la carretera.

—¿Sigue molestándote Mariona?

—Enormemente —digo riéndome a pesar de todo.

—¿Has conocido a alguien nuevo, Sarah?

—¿Qué clase de pregunta es esa? —demando sin comprender.

La idea fugaz, de que cuando habló con Nayara por su cumpleaños ésta le hablara de Pablo, cruza mi cabeza. Eric ha dejado claro que Pablo no le agrada en absoluto, no quiero que piense cosas raras, a saber qué ha podido decirle Nayara a Laura.

—¿Alguien especial?

—Una niña, deberías conocerla, te encantaría, es tan descarada como tú y tan cabezota como yo.

—Me gusta la mezcla. ¿Qué haces con ella?

—Es complicado.

—Cuéntamelo.

—Ella me ha pedido ayuda, es una niña muy especial —digo con cariño—, es diferente. Dice que separa su cuerpo de su alma y eso le permite hablar con los muertos —sonrío al escucharme hablar—, sé que suena a locura, pero te juro que hace cosas. Tiene la idea metida en la cabeza de que ella es un conductor y yo un receptor, una cosa de lo más extraña, me mete de un lío en otro, con ella no me aburro.

—¿Qué clase de líos?

No comprendo por qué no me pregunta por el don de Aina, contesto a su pregunta algo desorientada.

—Primero me perseguía en sueños y luego en la vida real. Después no quería irse de casa, me siguió hasta Boira, me obligó a ir al cementerio,

¡abrí una tumba por ella! —exclamo— Bueno, dos en realidad… Ayer mismo hice una especie de sesión de espiritismo con ella, contactamos con su padre que lleva nueve años muerto mientras su familia pensaba que los había abandonado. Mi vida es una película de terror y de las malas, además.

Sé que Laura se echará a reír pensando que le tomo el pelo, espero que lo haga.

—¿Así que la estás ayudando, no?

¿Cómo?

—¿No te parece una locura? —pregunto sorprendida.

—Como me dijiste la noche que salimos, me he vuelto muy mística —hace una pausa—. ¿Has recordado aquella noche?

—No he vuelto a pensar en ello, entre Aina, Eric y Mariona no me queda tiempo para pensar en otra cosa.

Eric suelta el aire por la nariz, le miro y él me está mirando con una sonrisa de incredulidad, al hablar de Aina había olvidado su presencia.

—Quería hablarte sobre esa noche, no pensaba hacerlo pero será lo mejor.

—¿Y eso? —pregunto desconcertada.

—¿Cómo te va con Eric?

—Está en el coche conmigo.

—¿Puede oírme?

—Hola Laura —la saluda Eric.

—Hola guapo —contesta Laura alegremente con su energía—. Espero que te estés portando bien con Sarah, sino cuando vuelva te canearé.

Eric se echa a reír, Laura le gusta y a ella le gusta Eric, es la única persona a la que Eric le gusta para mí.

—Tendrás que ponerte a la cola, Nayara amenazó con matarme si le hacía daño.

—Entonces pórtate bien, además tienes competencia.

—¿Pero qué dices? —exclamo incrédula.

Quiero cruzar los dedos para que no meta la pata, está siendo un día ideal. Ese comentario despeja la duda de si Nayara le ha hablado de Pablo, a saber qué le ha dicho, no quiero que lo mencione y me estropee el día.

—Venga Sarah, eres guapa y en cuanto los chicos saben que te gusta jugar a todo tipo de juegos con la play caen a tus pies. Si Eric no te trata bien, podría lanzarte a los brazos de alguien que sí lo haga.

Suspiro tranquila de que no haya mencionado a Pablo, quizás Nayara no le haya dicho nada y esté paranoica, pero Laura sabe algo, sino no me hubiera preguntado.

—No te preocupes Laura, no permitiré que eso pase —le contesta Eric.

—Esa es la actitud y ándate con ojo con las lagartas.

—¿Cómo dices? —pregunta Eric poniéndose serio.

—Cosas mías.

Seguimos hablando un buen rato más, cuando le pregunto qué iba a decirme sobre la noche que salimos me da largas y cambia de tema, al final no me dice lo que iba a decirme, supongo que lo hace por Eric. Cuando cuelgo el teléfono, Eric me pregunta por la sesión de espiritismo de ayer, le cuento lo que pasó, le hablo de lo que Torres nos dijo el día anterior y también le hablo de la madre de Aina. Macarena me cae genial, es muy cariñosa y me trata como si nos conociéramos de toda la vida. La pobre mujer lo está pasando fatal por todo lo acontecido, aún así intenta mantener una sonrisa. En todo momento evito mencionar a Pablo, no sé por qué lo hago, pero tengo la impresión de que es mejor dejarlo al margen.

Al llegar a casa de mis padres, encuentro a mi madre en la cocina decorando un bizcocho, no le ha dado tiempo en prepararlo en el tiempo de venir hasta aquí, no para que se enfriara lo suficiente para decorarlo. Ella ya sabía que veníamos, ella sabe más de lo que debería y sigue descolocándome.

La comida es muy amena, comemos en el patio trasero, mi madre habla mucho y aún no puedo creer lo bien que está. Cuando le dieron el alta ya se veía que estaba recuperada, pero aun así tengo miedo de haberlo imaginado. Después de verla durante tantos años en ese estado prácticamente vegetativo, es extraño que esté de vuelta y que esté tan bien, pero ese es el mejor regalo que la vida me dará nunca.

De vuelta a Barcelona Eric no se despega del teléfono móvil, de hecho no lo ha hecho en todo el día. Al venir se ha pasado el camino con él en la mano, y en casa de mis padres he tenido que llamarle la atención.

Mi móvil tampoco deja de sonar, hay mucha gente felicitándome, sobre todo vía Facebook. Cuando estamos llegando a casa me llama Pablo, preferiría que lo hubiera hecho diez minutos más tarde.

—Hola —contesto con el manos libres.

—¡Feliz cumpleaños, Sarah! —exclama Aina.

—Muchas gracias, guapa —suspiro tranquila de que sea ella.

—¿Qué haces?

—Estoy llegando a casa.

—¿Por qué no te pasas un rato antes de ir al trabajo? Mi madre y yo queremos tirarte de las orejas.

Miro a Eric, no estoy segura qué planes tiene él, esta mañana ha dicho que iría a trabajar por la tarde.

—Luego te llamo y te lo confirmo.

—Vale, pero llámame a mi móvil.

—De acuerdo —sonrío.

Al llegar a casa, Eric me dice que debe ir al trabajo, quedamos en que me recogerá en el trabajo para salir por la noche. Eric va a hacer algo por mí que no le gusta, sólo por darme el gusto. No lo torturaré mucho, un par de copas y para casa a acabar el día por todo lo alto.

Nada podrá estropearme mi día.

17

Bomba

Cuando Eric se va al trabajo, sin pensármelo dos veces voy a casa de Pablo y Aina, donde los tres me esperan con otra tarta. Entre todos van a hacer que me suba el azúcar, con tanto pastel de cumpleaños.

A pesar de las circunstancias por las que está pasando la familia, me tratan como una más y me hacen pasar un rato divertido. Aina saca un álbum de fotos y me enseña las fotos de sus cumpleaños, no puedo dejar de reír viendo la época adolescente de Pablo, parece una seta con ese corte de pelo y gordito como estaba, amenaza con matarme si le cuento a alguien lo que he visto.

Cuando nos vamos le enseño a Pablo el coche, Aina está desencantada de que no me quedara con el de la Barbie.

La noche en el trabajo es movidita, lo que es perfecto, tengo ganas de que pase rápido e ir por ahí con Eric. Cuando Dani se marcha me felicita por mi cumpleaños, mi jefe no se ha olvidado ni un año.

No quiero irme de aquí, me gusta trabajar aquí, sé que pronto llegará octubre y Dani me reducirá la jornada como cada año, pero creo que si le pidiera quedarme a jornada completa como lo hago en verano lo estudiaría. Eric me ha ofrecido una oportunidad única, una oportunidad que ni en mis mejores sueños me hubiera imaginado, algo irrechazable, no debería tener ninguna duda, ya que es la oportunidad de mi vida.

Aunque quiero hacerlo no me siento dispuesta a renunciar a lo que tengo aquí, intento convencerme que es por lo cómodo, por lo cotidiano, por la seguridad que te da lo conocido, pero en el fondo sé que es por Pablo. Si él no estuviera aquí, si no me aportara todo lo que me aporta ni

205

lo pensaría, le daría tiempo a Dani a buscar a alguien que me remplazara, Dani se ha portado muy bien conmigo estos cinco años que he trabajado para él, no podría dejarle tirado, eso no va conmigo. Cuando encontrara a alguien me marcharía, pero ahora no me siento capaz ni de plantearle a Dani que quiero irme, no quiero hacerlo, Pablo no me lo permite.

Cuando llega la hora de plegar recojo a toda máquina, soy la primera en cambiarme, retoco mi maquillaje después de todo el día y cuando Pablo entra en el vestuario le pido el favor de que cierre por mí. Le doy las llaves y me marcho dispuesta a que este día inolvidable no acabe nunca.

Eric no está fuera.

Con desánimo miro la hora, ya debería estar aquí, imagino que después de lo tarde que salimos ayer vendrá más tarde. Los compañeros van saliendo, y yo sigo aquí fuera plantada como una idiota. La idea de que me falle en mi cumpleaños me hace sentir fatal, así que decido ni planteármelo.

—¿Qué haces aún aquí fuera, Sarah? —me pregunta Pablo al salir.

—Eric ya debería estar aquí —vuelvo a mirar la hora.

—Anda entra y tomate un chupito conmigo mientras lo esperas.

Entro dentro del local vacío, encendemos la luz de la cocina para que llegue hasta la barra y nos ponemos a beber chupitos de tequila, con sal y limón.

Pasada más de media hora decido llamar a Eric para ver qué pasa, esto no es normal, Eric es muy puntual. Lo llamo en dos ocasiones y en ambas me salta el contestador, lo tiene apagado.

Me había prometido que celebraríamos mi cumpleaños a mi manera, que lo haría por mí. He renunciado a pasarlo con Nay por él y ahora no viene. Cada vez que planeamos algo me da plantón, toda la felicidad se ve aplastada por la desazón, no puedo creer que me haya plantado en mi cumpleaños, como Mariona tenga algo que ver se va a liar una guapa.

—Sarah —dejo de mirar la puerta por la que no aparece Eric y miro a Pablo—, no me gusta verte con la mirada perdida. ¿Qué estás pensando?

—No va a venir —le digo con desánimo.

—Sí no viene, él se lo pierde Sarah, no merece que te rayes por él.

—Iba a ser un día diez y él lo ha estropeado todo.

—Será una noche once, no seas tonta —sirve otros dos chupitos y guarda la botella—, nos bebemos esto y nos vamos. Como te dije una vez, su pérdida es mi ganancia —le sonrío con desánimo y me coge la

206

muñeca—. Chupa —dice poniéndome la mano en la boca, lo hago y me pone sal—, unos amigos tocan en un garito, les dije que me pasaría por allí, ven conmigo —le miro dubitativa, se lame la mano y se pone sal—. No voy a permitir con lo guapa que estás que te encierres en casa para discutir con el idiota de tu novio, y menos el día de tu cumpleaños. ¡Un cuarto de siglo! Hay que celebrarlo.

Me tiende una rodaja de limón que cojo, levanta el vaso de chupito y yo le imito.

—Por ti, preciosa.

Choco mi chupito con el suyo.

—Por ti —digo mirándole a los ojos, agradecida de que esté aquí conmigo—, por estar conmigo.

—Siempre que me quieras a tu lado.

Chupamos la sal haciéndonos salivar, bebemos la intolerable bebida y chupamos el limón, a fin de no sentir ese quemazón que siento como baja por mi cuello abrasándome.

—Vámonos— dice Pablo decidido.

El sitio al que me lleva es lo que yo considero un garito en toda regla, está oscuro, huele a tabaco a pesar de la ley antitabaco en los lugares públicos, y la gente es de lo más variada, con mi body y mi falda con tutú no paso especialmente desapercibida.

Pablo me coge de la mano y me lleva con sus amigos, me los presenta y son muy majos conmigo. Piden un par de rondas de chupitos, me siento taciturna por el plantón de Eric, así que lo mejor que puedo hacer es beber y olvidar.

Varias rondas después sus amigos tocan en el escenario y la gente se vuelve loca, son buenos y además son muy cañeros. Como normalmente ocurre en un concierto, la gente no se agrupa a los pies del escenario, sino que van por libre disfrutando de la música rock.

A las tres, cuando mejor me lo estoy pasando, nos echan. Se me ha pasado volando.

Pero la noche no acaba ahí, algunos de los amigos de Pablo van a ir a otro antro similar, Pablo me ofrece ir y no lo dudo ni por un momento.

La música, bailar, el buen rollo de la gente, la compañía de Pablo que no deja de hacerme reír, el alcohol, todo hace una mezcla que me sube a una cresta de fiesta y diversión. Me olvido de todo, no me permito pensar en nada que me baje el buen humor. Lo estoy pasando genial, estoy segura de que con Eric no me lo habría pasado igual de bien. Pablo baila, salta y canta conmigo a pleno pulmón. Suena (I Can't Get No) Satisfaction, Pablo imita a Vincent, el personaje de Pull Fiction que interpreta John Travolta, conozco la película y el baile, me deslizo cerca de él moviendo la cabeza al puro estilo Uma Thurman, cantando la canción, no puedo dejar de reírme ni un solo momento con sus movimientos, me deslizo por el suelo como Uma lo hace en la película. Cuando la canción acaba Pablo va a la barra y me deja con sus amigos.

Uno de ellos habla conmigo, le explico que Pablo y yo trabajamos juntos, una amiga de él también se acerca a hablarme aunque es bastante hostil, imagino que debe estar colada por él y me ve como una amenaza, o puede que se enrollaran, no lo sé. Se mete con mi ropa y yo la miro con incredulidad de arriba abajo, con un gesto en la cara que dice a las claras: *¿Tú te has visto?* Tiene un look muy oscuro, muy gótico, con los labios morados y su ropa negra no creo que deba darme a mí clases de cómo debo vestir.

Ni siquiera me molesto con ella, me lo estoy pasando bien, si he podido olvidar el plantón de Eric, puedo ignorar a la hija de Satán.

Pablo vuelve y me tiende una copa, me la bebo casi de un trago. Hace mucho calor y no hemos parado de movernos, estoy sedienta y sudada, necesito reponer líquidos.

—No es agua, Sarah —me dice al oído, le sonrío—, he pedido un tema para bailar contigo.

Me sonríe con soberbia, me parto de risa, aunque debería preocuparme qué ha planeado su mente perversa.

—¿Será nuestra canción? —pregunto tocándome el pelo.

—¿Te gustaría que tuviéramos una canción? —me sonríe— ¿Una que fuera nuestra?

Sonrío mirándolo, con una mirada demasiado coqueta. Él me devuelve la mirada, acaricia mi rostro, me coge el mentón y con ganas me besa la mejilla, para después cogerme de la mano y llevarme a la pista de baile.

Dos canciones después suena el tema de Pull Fiction, no me lo puedo creer, lo más surrealista es que el dj tenga el tema. Por un momento pienso en quitarme los zapatos como en la película, pero cuando veo el suelo descarto la idea. Pablo me reta con su extraña mirada, no lo dudo ni un segundo. Empiezo a deslizar los pies por la pista, moviendo las manos de esa forma ridícula que me hace no poder parar de reír. Sus amigos nos miran y por momentos me siento algo ridícula, eso no consigue que deje de moverme, retándole a él a detenerse. Cuando me doy cuenta no sólo nos miran sus amigos, sino que alrededor nuestro se ha formado un círculo de gente, debo estar más bebida de lo que me parece porque no me importa que la gente me mire. Sigo bailando como si nada, si quiere detenerse que lo haga él, yo sólo disfruto e intento no caerme con los movimientos bruscos de cabeza.

Cuando la canción acaba nos abrazamos muertos de risa, vamos juntos a la barra y brindamos con otro chupito de tequila. A medida que pasa el tiempo el local se va vaciando, pero hasta que no enciendan las luces no nos vamos. No quiero irme a casa, quiero seguir la fiesta.

Busco las llaves del coche en mi bolso, Pablo me las enseña.

—Ni sueñes que vas a conducir en tu estado.

—Puedo hacerlo —le contesto muy segura de mí misma.

—No, no puedes, yo conduciré.

—Tú también has bebido —digo intentando quitarle las llaves del coche.

—Al principio de la noche —dice alargando el brazo fuera de mi alcance—, después sólo he tomado un chupito. Yo conduciré, Sarah.

Pongo los ojos en blanco y rodeo el coche, sólo entonces lo abre y entramos.

Iniciamos la marcha de camino a casa, pongo música, mi canción del verano, subo el volumen y me pongo a bailar.

Tengo este sentimiento en el día de verano cuando te fuiste, estrellé mi coche en el puente. Observé, lo deje quemarse. Tiré tu mierda dentro de una bolsa y la empujé por las escaleras. Estrellé mi coche en el puente. No me importa, me encanta, no me importa, me encanta, me encanta. Estás en un camino diferente, estoy en la Vía Láctea, tú quieres bajar en la tierra, pero estoy en el espacio. Eres tan difícil de complacer, tenemos que detener esto. Tú eres de los años 70's, pero yo soy de los 90's (perra). ¡Me encanta! ¡Me encanta! No me importa, me encanta.

Cuando la canción acaba vuelvo a ponerla.

—Eso debería hacer yo —digo señalando la radio.

—¿El qué? —pregunta Pablo sin entender, baja el volumen.

—Estampar el coche contra un puente y ver como arde —digo sonriendo como un psicópata.

Me encantaría hacerlo, lo juro. Creo que sería la manera perfecta de acabar la noche, un final redondo.

—Creía que éste te gustaba —dice mirándome de reojo.

—La persona que me lo ha regalado no, odio que me haga sentir mal, que no pueda ser capaz de cumplir con su palabra una sola vez, ni siquiera por mi cumpleaños —me quejo—. Para él soy algo secundario y eso duele.

—Debes aprender a olvidar a las personas que se olvidan de ti, mereces mucho más que eso, Sarah.

—Ojalá no lo quisiera —tengo ganas de llorar—, pero le quiero. ¿Qué puedo hacer contra eso?

Pablo niega con la cabeza y yo le miro deseando que tenga la respuesta, necesito que me diga qué hacer.

—Deja que se explique, seguro que tiene una explicación.

Resoplo mirando hacia la carretera, no hay tráfico a estas horas de la madrugada, la ciudad aún no se ha despertado. Pablo es demasiado benévolo, estoy cansada de que Eric me hiera, de que pueda hacerlo.

—Me ha dejado tirada y ha apagado el móvil Pablo, no hay excusa para eso.

Busco mi móvil en el bolso, vale, treinta y dos llamadas perdidas y varios mensajes, todo de Eric, vuelvo a guardarlo.

A pesar de lo mucho que insisto para que se lleve el coche se niega, son las seis y media de la mañana y dice que cogerá el metro. Me acompaña hasta la puerta de casa, le doy las gracias por celebrar mi cumpleaños conmigo, me abraza y se marcha.

Subo a casa y cierro de un portazo, no tengo ganas de ser discreta, si despierto a Eric que se fastidie, estoy deseando saber qué es más importante que yo en esta ocasión.

En una ida de olla, cojo la botella de vodka del bar, no debería beber más pero ya estoy borracha, así que me da igual. Busco el exprimidor y me pongo a exprimir naranjas, esperando que si el portazo no lo ha despertado, el exprimidor lo haga.

Me sirvo un vaso de zumo y le añado vodka, lo ideal para acabar la noche o el día, me da igual.

Eric no tarda en hacer aparición en la cocina, parece que estaba haciendo deporte por su pantalón corto, la camiseta de tirante ancho y su escultural y perfecto cuerpo sudado. Me mira de arriba abajo, parece enfurecido, cuando se enfada está odiosamente sexy. Lo detesto pero me encanta, me calienta pero me congela.

—¿Dónde cojones estabas? —pregunta acercándose a mí.

—Baja los humos, guapo —le advierto—. Yo debería estar cabreada, no tú.

—¿Has visto la hora que es? —pregunta, me encojo de hombros y le doy un trago a mi zumo especial, está de muerte.

—Me la pela —digo con indiferencia—, he ido a celebrar mi cumpleaños. ¿Dónde cojones estabas tú mientras yo te esperaba en la calle como una pardilla?

Mira la botella de vodka y suelta el aire por la nariz, imagino que intentando controlar su mal carácter. No hace falta que lo controle, ya lo conozco, veo el frío de su mirada y sé que está furioso, yo también lo estoy. ¡Sorpresa!

—¿Otra vez estás borracha? —pregunta quitándome el vaso de la mano, lo huele y lo tira por el desagüe.

—No lo digas como si fuera culpa mía, si me hubieras venido a buscar habríamos ido a tomar una copa, quizás dos, habríamos vuelto a casa y hecho el amor. Pero tú —digo clavando un dedo acusatorio en su pecho—, has preferido dejarme tirada. ¿Por qué?

Se separa de mí, coge la botella de vodka y se va de la cocina.

—Date una ducha, apestas a tabaco y alcohol —dice con desprecio al salir.

—¡Ni lo sueñes! —voy detrás de él hasta el comedor— ¿Qué era más importante que yo en esta ocasión?

Estoy muy enfadada, su silencio aún me enrabieta más. Quiero saber por qué lo ha hecho, que era más importante que yo en esta ocasión. ¿Cómo ha podido dejarme tirada el día de mi cumpleaños?

—¿Con quién has estado? —contraataca sin responderme— ¿Con tu amiguito Pablo, quizás?

—¡Al menos a él le importo, más que a ti, eso seguro! —grito llena de rabia.

Deja la botella en el bar y se gira para mirarme, está controlándose pero sus ojos de hielo me dicen lo cabreado que está. Me parece increíble que encima el enfadado sea él, yo soy la damnificada, soy yo la que se siente como una mierda por su culpa, es él quien consigue hacerme sentir insignificante.

—Si Pablo es tan bueno deberías irte con él —escupe mirándome a la cara.

Le miro sin creer que haya dicho eso, sus ojos de hielo me miran con desprecio y duele, pero no voy a dejar que ese dolor domine la discusión. Él no tiene derecho a recriminarme nada, ha sido él quien ha decidido fallarme, no yo, es él quien siempre me deja en segundo, tercer y cuarto lugar.

—Quizás debería hacerlo —contesto llena de rabia.

—¿Eso es lo que quieres, Sarah? —*no, claro que no*, pienso confusa. Me coge de los brazos y me zarandea— Venga chica dura, ten cojones y dímelo, miénteme a la cara, una vez más.

—Eres tonto del culo—niego con la cabeza.

Me siento asqueada de la situación, asqueada de que él siempre quiera quedar por encima.

—Dímelo, Sarah. ¿Quieres estar con él?

—¡No!

Ladea la cabeza como si intentara descifrar si le miento o no.

—¿Qué pasa, ya no confías en tu súper poder de saber cuándo alguien te miente? —le vacilo.

—Cierra la boca de una puta vez, date una ducha y métete en la cama. Cuando se te pase la borrachera, tú y yo tenemos que hablar.

Vuelve a darme la espalda y se aleja de mí, siento como la cólera me recorre por completo, oleadas de una rabia homicida que me lanzan a ir tras él y empujarlo. Quiero pegarle, darle de hostias para que me preste atención. Me siento iracunda, loca, lo empujo por la espalda, vuelvo a empujarlo y se gira.

—¡¿Dónde has estado?! —le grito.

Le golpeo el brazo con toda la rabia y el puño cerrado, pero él ni se inmuta, eso me enrabia todavía más, voy a darle otro golpe y me coge las muñecas con fuerzas para que no vuelva a golpearlo.

—¿Cuándo no he ido a buscarte, no se te ha ocurrido que podría haber pasado algo? —dice con la cara contraída por la rabia— ¿No se te ha pasado por la cabeza, que era mejor venir a casa? —me quedo callada— No, claro que no, porque eres una inmadura descerebrada que sólo se preocupa por sí misma.

—Eso es mentira —le digo llena de rabia, intentado en vano zafarme de su agarre.

—Es la verdad, encanto —me escupe a la cara como un insulto, sus ojos me miran de forma asesina—. Eres una egoísta, una niñata que sólo se preocupa de sí misma, una inmadura que lo único que quiere es beber, salir y jugar a la consola como si tuviera quince años. ¡Madura de una puta vez Sarah, que ya no eres una niña!

Sus palabras me duelen, yo no soy así, me gusta hacer todo lo que ha dicho, pero eso no me convierte en una niñata o una inmadura. Me preocupo por los demás mucho más de lo que él nunca se ha preocupado por mí, me doy a los demás en todo lo que hago, pero él es tan obtuso y cerrado que no se da cuenta de nada. No me conoce, ni se molesta en conocerme, esa es la verdad. Duele, duele más que cualquiera de los insultos que pueda decirme. Odio la sensación de que siempre le doy más de lo que después voy a recibir.

—Tú no me conoces para nada si piensas eso de mí.

—Es lo que me demuestras —dice cogiéndome con más fuerza y poniéndose a mi altura—, lo que cuentan no son las palabras, sino los actos —niego con la cabeza frunciendo los labios llena de rabia.

—¡Lo mismo te digo!

Eric ignora mi comentario y sigue hablando como si no me hubiera oído.

—Si fueras una persona adulta, al ver que no iba a buscarte habrías vuelto a casa, te habrías preocupado por mí, te hubiera preocupado saber qué había pasado, pero no.

—Estoy demasiado acostumbrada a no importante lo suficiente para pensar eso —le interrumpo.

—Y sigues.

—Vale —digo poniéndome de puntillas—, explícame qué ha pasado, dímelo.

—No te importa, es tu cumpleaños y tú eres la única que importa, así que te has ido a emborracharte, otra vez, y encima con Pablo —dice con hastío—, siempre con él. No soy tonto Sarah, no voy a dejar que me tomes el pelo como a un niñato de instituto. Soy un hombre adulto y lo que necesito es una mujer con dos dedos de frente.

—Deja de menospreciarme de una puta vez —le digo ardiendo de rabia.

—Tú sola lo haces, encanto —me dice con chulería, seguimos mirándonos a los ojos como si los dos quisiéramos golpear al otro—. Te he ofrecido una oportunidad única, ser tu propia jefa, hacer lo que te gusta, cobrar lo que quieras, trabajar como y cuando quieras y tú tienes que pensarlo. ¡Es increíble! —me muerdo la lengua sin saber cómo contraatacar, en eso tiene razón y no sé cómo defenderme— ¿Te piensas que soy idiota? ¿Qué no sé por qué es?

—Tú no sabes nada —contesto con hastío—, ni me quieres, ni te importo, ni siquiera te has molestado en conocerme —con un gesto brusco me suelto de él—. Dices que me quieres, pero tus actos dicen otra cosa, me demuestran lo transparente que soy para ti.

Me doy la vuelta con la intención de marcharme, como sigamos discutiendo esto va a acabar muy mal porque ya estoy harta, he tragado y he aguantado mucho, siento que ya no puedo más.

Viene detrás de mí y me impide seguir avanzando, tira de mi brazo y me pone delante de él.

—No me vengas con eso otra vez, venga Sarah —me dice en tono desafiante—, ten cojones, dímelo, dime que quieres seguir en ese antro desaprovechando tu potencial, dime que es por él. ¡Dilo!

—¿Por él? —pregunto sin comprender temiéndome lo peor.

—Tu amiguito —aclara—, por Pablo.

Eric está celoso, Eric está celoso de Pablo ¡es para flipar! No tiene motivos para estar celoso, es cierto que lo tengo que pensar por Pablo, porque Pablo le quita estrés a mi vida, porque ahora mismo es el único que me hace sonreír de forma sincera. Con él puedo ser yo misma y eso es algo que Eric no me permite hacer. Me aterra cambiar, tengo miedo de perderlo todo por Eric y que eso no sirva para nada, que todos mis esfuerzos caigan en saco roto, perderme a mí misma por una utopía, un sueño imposible.

—¿Estás celoso? —pregunto con incredulidad.

—Creo que tengo motivos de sobra.

—¿De verdad? —se queda callado mirándome con esa rabia contenida, parece que quiera abofetearme, que se atreva, yo también le daría una buena bofetada a él— Eres imbécil Eric, lo único que haces es alejarme de ti, te escondes detrás de ese escudo y no eres capaz de mantener tu palabra. Ahora no me vengas con celos estúpidos, no intentes girar las tornas porque estoy harta. ¿Dónde has estado esta noche?

—No vuelvas a faltarme al respeto, porque yo, también estoy muy harto… Date una ducha, mañana, cuando estés lucida y dejes de decir gilipolleces, podremos hablar.

—Tú eres el único que dice gilipolleces —aprieta la mandíbula hasta el punto que temo que se pueda romper algún diente—. ¿Por qué me has dejado tirada de nuevo?

—No voy a seguir perdiendo el tiempo contigo.

Se da media vuelta y se dirige al gimnasio, le miro miestras se aleja. Eric siempre va en dirección contraria a mí, nuestros caminos pueden cruzarse pero nunca irán unidos. Esa idea me perfora, siento un nudo en la garganta, los ojos empiezan a escocerme, me dejo caer en el suelo y lloro, no puedo evitar sollozar y él da un portazo para no escucharme llorar.

No le importa que esté llorando, no le importa mi dolor o aflicción. Si fuera Mariona la que estuviera llorando estaría a su lado, pero soy yo y entonces lo comprendo. ¡Ha sido ella! Tiene algo que ver con ella y por eso no quiere decírmelo, no ha venido por estar con ella.

Al comprenderlo me pongo de pie y me limpio las lágrimas de la cara con una rabia renovada; prefiero sentirme colérica que dolida.

Entro dentro del gimnasio, Eric me mira desde su máquina de pesas y niega con la cabeza, me pongo a sus pies y me cruzo de brazos.

—¿Ha sido por Mariona, verdad? —se sienta en el banco y yo aprieto los puños con fuerza— ¿No has venido por estar con ella, no es cierto?

Echa el aire por la nariz, se lleva el puño a la boca y mira en otra dirección.

Es cierto, tengo razón, ella es el motivo, ¡como siempre! Mariona siempre está por encima de mí y no puedo aguantarlo un segundo más.

—¡Dímelo! —le grito con un temblor que recorre todo mi cuerpo mientras mi corazón bombea a toda máquina dentro de mi caja torácica. Me mira aún con el puño en la boca— ¡Contesta!

—Tu amiga ha tenido un ataque —dice con gesto de renuncia pero con la misma frialdad en la mirada. Frialdad que siempre guarda para mí— y he tenido que llevarla al hospital.

—No quiero saber nada más —le hago un gesto con las manos para que se calle—, tendría que haberlo sabido desde el principio, ella siempre está por encima de mí.

Dejo de mirarlo y me voy, me siento dolida, rota, ajada, desesperada, agotada de sentirme mal por culpa de ellos, ¡harta! Creo que he tocado fondo y ya no puedo más.

Cierro la puerta con cuidado, al momento él vuelve a abrirla.

—¿Has oído lo que he dicho? —dice detrás de mí— Le ha dado un ataque, no he estado de fiesta por ahí, no he ido a emborracharme y a saber qué más habrás hecho tú —me giro incrédula de que siga insultándome—. Hemos estado en el hospital y no tenía batería para avisarte. Cuando la han estabilizado la he llevado a casa y he venido corriendo, pensando que estarías preocupada, esperando que estuvieras aquí.

A pesar de lo mal que me siento solo puedo echarme a reír, estúpido enano mental. Es que lo sabía, sabía que Mariona estaba por medio, cada vez que hacemos planes ella tiene que estropearlo, siempre encuentra la manera de fastidiarme, estoy harta de ella y también de él, los odio a los dos.

—¿De qué cojones te ríes? —pregunta todavía más molesto.

—De ti —contesto con gesto indiferente señalándolo, a pesar de que mi corazón está a punto de romperse por las palabras que no puedo seguir conteniendo en la boca—. Me río de ti, porque eres un jodido títere entre sus manos. He pasado el último mes pendiente de ti, queriéndote, esperando recibir lo mismo de ti. Sólo te he pedido una cosa, una única cosa —alzo el dedo índice—, que no permitieras que ella nos separara —bajo el brazo vencida—. Puedes felicitarla de mi parte, lo ha conseguido. Espero que os vaya muy bien juntos, porque yo ya no quiero saber nada de ninguno de los dos, podéis iros los dos a la mierda.

Eric me mira como si no creyera lo que acabo de decir, espero que diga algo, que luche por mí, por lo nuestro, pero en lugar de eso sigue mirándome con el mismo desprecio. Al final se da la vuelta y entra en el gimnasio, yo sigo mi camino y me encierro en mi habitación de los juegos, donde me abrazo a un cojín sin poder parar de llorar.

18

Huida

Me despierto con un dolor de cabeza horrible, tengo el estómago del revés.

Me pongo boca arriba y miro mi alrededor. Estoy en la habitación de los juegos, recuerdo lo sucedido ayer con Eric, la discusión, los reproches, me pasé de la raya pero estaba bebida, él no y fue tan o más duro que yo.

Las lágrimas escapan de mis ojos, sé que no puedo seguir así, me niego.

Voy a la cocina, le pregunto a Isabel donde está Eric. Se ha ido a trabajar. Me parece increíble que se haya ido sin más. A Eric no le importo, le da igual cómo me sienta después de lo sucedido anoche.

Decidida voy a la habitación y abro una de las maletas sobre la cama, empiezo a llenarla con mi ropa entre lágrimas. Se acabó.

—¿Qué haces, Sarah? —me sorprende Isabel.

—Me marcho —contesto sin mirarla—, me llevaré lo imprescindible, cuando puedas empaqueta lo demás, ya vendré a buscarlo cuando encuentre un sitio en el que instalarme.

Vuelvo al vestidor recogiendo mi ropa, Isabel me obliga a parar.

—No sé qué ha pasado Sarah, Eric tiene muy mal carácter pero si te marchas le harás mucho daño.

Me cubro la cara con las manos y rompo a llorar, Isabel me abraza sin dudarlo.

—No, a Eric no le importa en absoluto lo que haga. No puedo aguantar esta situación, me siento superada.

Isabel deja que llore encima de ella, deja que me desahogue. Entre sus brazos encuentro el mejor sitio para hacerlo, no tengo ni idea de qué voy a hacer, me duele mucho la cabeza para pensar con claridad. Me siento sola y abandonada, no sé a quién puedo acudir, no puedo volver a casa de Nayara, allí está Mariona y no voy a darle el gusto de verme vencida, no podría soportarlo.

—No te vayas Sarah, espera a hablar con él, cuando se está enfadada o triste no se pueden tomar decisiones importantes —me separa de ella y me limpia las lágrimas—. Hazme caso, soy más vieja y sabia que tú, no tomes una decisión precipitada de la que luego puedas arrepentirte.

Vuelvo a abrazarme a ella, no puedo hacer lo que me pide. Ayer el alcohol me daba fuerza para ser valiente, pero hoy me siento derrotada, superada y triste. No seré capaz de enfrentarlo de nuevo, no puedo volver a aguantar su rabia, siento que ya no me queda nada, quiero marcharme y curar mis heridas.

—No puedo quedarme Isabel, gracias por cuidar de mí el tiempo que he estado aquí —me separo de ella y la miro a los ojos—, has sido muy buena conmigo, gracias.

Los ojos de Isabel se empañan en lágrimas, vuelvo a abrazarla.

Acabo de preparar la maleta mientras Isabel insiste en que no lo haga, pero es una decisión que ya está tomada. Dejo la llave del coche en la mesita de noche de Eric, me despido de Isabel y me marcho sin saber a dónde ir.

A pesar de haber insistido en que no avisara a Eric, puede que Isabel lo haga de todas formas, así que necesito alejarme lo antes posible de su casa. Cojo el metro como lo haría si hoy trabajara y me dirijo al trabajo.

En cuanto Pablo me ve viene corriendo hacia a mí.

—¿Qué te pasa Sarah? —pregunta preocupado.

Le abrazo y vuelvo a ponerme a llorar, no quiero llorar en el trabajo, pero esa pregunta abre un agujero en mi pecho que no deja que detenga la congoja. Lloro entre sus brazos como lo haría un niño y Pablo me abraza dándome palabras de aliento, cuando consigo tranquilizarme, le digo que tengo que hablar con Aleix.

—¿Qué es esa maleta?

—Me he ido de casa de Eric.

—¿Tan malo fue?

—Peor, no voy a volver.

Aleix se acerca a nosotros, me pregunta qué me pasa y le digo que lo mío con Eric se ha acabado, le pregunto si puedo quedarme unos días en su casa hasta que encuentre un piso para alquilar.

—No puedes quedarte en mi casa.

—Si hubiera otra opción no te lo pediría, Aleix —digo desesperada—, por favor.

—No puedo, Sarah. Me va genial con Nayara, si te vienes a mi casa tendremos movida y no quiero —me acaricia la mejilla y aparto la cara refugiada entre los brazos de Pablo—. Llámala y vuelve a su casa, ella no quería que te fueras, estoy seguro que te esperará con los brazos abiertos.

—No voy a volver a casa de Nay.

—Vente a mi casa, preciosa —interviene Pablo, levanto la cabeza mirándolo, ¿está loco?—, nosotros cuidaremos de ti, mi madre te adora y Aina estará encantada. Puedes quedarte el tiempo que necesites, Sarah.

—No puede irse a tu casa —interviene a Aleix como si tuviera voz y voto en mi vida, después de darme la espalda—, tiene que volver a su casa, que es la de Nayara.

—Ya te he dicho que no voy a volver a casa de Nay, no mientras esté Mariona allí.

—Mira Sarah, no sé qué problema tienes con Mariona, pero te aseguro que ella te quiere mucho. Siempre me pregunta por ti, por cómo te van las cosas, no entiende por qué la rechazas y desprecias de esa manera.

—¡Ni la menciones! —estallo— Ella tiene la culpa de que haya roto con Eric, así que más vale que cierres el pico.

—Vete a mi casa —insiste Pablo—, llamaré a mi madre para decirle que vas para allí.

Levanto la cabeza y le miro a los ojos. Pablo se preocupa por mí, con todos los rumores que circulan sobre nosotros no es una buena idea, pero él cuidará de mí como cuida de su familia y Aina no me permitirá pensar en Eric. Es lo mejor que puedo hacer.

Me dirijo a casa de Pablo y mientras voy de camino al metro Nayara me llama, Aleix no ha perdido ni un minuto en irle con el cuento de que me quedo en casa de Pablo en lugar de volver a la suya.

Me siento en un banco para poder cogerle el teléfono, discutimos durante algunos minutos, pero por más que insista no voy a ir a su casa mientras Mariona siga allí. Cuando cuelgo el teléfono asqueada, me doy cuenta de lo mala idea que es irme a casa de Pablo, Nayara tiene razón, pero no puedo volver a su casa.

Miro las notificaciones de Facebook, mucha gente me ha escrito para felicitarme, entre todas está la de Carla.

Podría ir a casa de Carla una semana o dos, hasta que encuentre un piso barato o una habitación decente.

La llamo y le explico que he discutido con Eric, me pide que vaya a su casa, ni siquiera tengo que pedírselo. Ella se ofrece, dice que está sola y podremos hacernos compañía mutuamente.

Al llegar a casa de Carla, me abraza y yo vuelvo a derrumbarme. Ella vio el comportamiento de Mariona en el cumpleaños de Nayara, así que se lo explico todo, me desahogo como solo me permito hacerlo con Natalia. Al hacerlo descubro que ella odia a Mariona tanto como yo. Desde mi punto de vista, su odio está injustificado, fue Nayara quien la echó de casa, no Mariona, pero me da igual. Disfruto oyendo como alguien más que yo la crítica, estoy harta de que todo el mundo le coloque el San Benito de pobre niña traumatizada. ¡Es una víbora!

Me enseña cuál será mi habitación, al decirle que sólo serán unos días insiste en que me quede indefinidamente. Me meto en la cama sin probar bocado en todo el día y no me levanto hasta la mañana del viernes para ir a la sesión que tengo programada con Natalia.

De camino a la consulta no puedo dejar de torturarme porque Eric no me ha llamado, porque le importa tan poco que me haya marchado, que ni siquiera se ha tomado la molestia de llamarme.

Debo tener un aspecto desastroso, porque Natalia se da cuenta de que pasa algo en cuanto me ve entrar. Vuelvo a ponerme a llorar explicándole lo que ha pasado. Le pide a Vicky, su secretaria-recepcionista, que anule su siguiente cita. Juntas vamos a la cafetería que hay debajo de su consulta, me obliga a comer algo, tengo el estómago cerrado del disgusto que llevo encima.

—Ni siquiera me ha llamado —digo con desánimo volviendo a mirar el móvil.

—Lo hará —asegura Natalia—, debes tener paciencia, Sarah. Marchándote de casa lo has desafiado, Eric responderá. Cuando lo haga procura mantener la calma por los dos, háblale con tranquilidad, debes hacerle entender cómo te hace sentir, te aseguro que él no lo entiende, cuando lo haga podréis solucionarlo.

—No creo que esto tenga solución —digo rota, porque es cierto, porque se ha acabado.

—Creo que eres una luchadora, si él realmente te importa lo harás, ahora es todo muy reciente, estás muy dolida, pero cuando la cosa se enfríe tú también te darás cuenta de tus errores, entonces podréis hablar.

Quiero creer a Natalia, no quiero perder la esperanza de que las cosas puedan llegar a solucionarse, pero nos dijimos cosas muy graves. Dejé salir todo lo que me había guardado durante un mes, si no hubiera aguantado tanto no habría estallado de esa manera.

Al llegar al trabajo Aleix y yo volvemos a estar de morros, me ha demostrado que no es mi amigo, una vez más.

Pablo me abraza preguntándome como estoy, está preocupado por mí.

—Qué bonita escena.

Conozco esa voz a la perfección, el corazón se acelera. Me separo de Pablo y miro en dirección a la puerta, junto a la barra está Eric, imponente, enfadado y tan atractivo a pesar de todo. Me acerco a él.

—Estoy trabajando, Eric —le advierto cuando lo tengo delante.

A pesar de mi enfado y de que no me haya llamado, quiero abrazarme a él y arreglar las cosas. Siempre he defendido que cuando te enamoras de alguien, no tienes ningún derecho a intentar cambiar a esa persona. Eric y yo le hemos exigido al otro que fuera diferente de como es. Nunca debimos hacerlo.

—¿Cómo has podido hacerme esto? —dice cogiéndome de los brazos.

En sus ojos veo tormento, creo que está más dolido que enfadado y eso me retuerce el estómago.

—Si quieres que hablemos llámame, pero ahora estoy trabajando Eric, por favor.

Le hablo con calma, como Natalia me ha aconsejado, a pesar de mis nervios sólo por estar enfrente de él. Desearía poder ponerme de puntillas y besarlo, calmarlo, decirle que todo irá bien, decirle que le quiero, arreglar las cosas. Le amo y duele mucho.

—A pesar de todo, yo confiaba en ti Sarah... —aprieta la mandíbula— No puedes ni imaginar lo que sentí ayer al llegar a casa y ver que no estabas, que ni siquiera habías dejado una triste nota, una llamada, nada.

—Me hiciste mucho daño.

—¿¡Tú a mí no!? —exclama— Que yo no llore como lo haces tú, no significa que no sienta nada.

—No sé lo que sientes porque nunca me lo demuestras ni me lo dices. No dejas que me acerque a ti, tienes una coraza que no me permite ver nada, que no me deja acercarme a ti.

Nos miramos a los ojos, alternando la mirada de un ojo al otro. Me siento observada, sé que todos mis compañeros están pendiente de ver qué ocurre, y algunos clientes también.

—Debiste ser sincera conmigo.

—¡Lo he sido! —exclamo— Pero lo que tenía que decir no te gustaba, así que has preferido no escuchar.

Miro alrededor, como me temía todos nos miran. No puedo empezar una nueva discusión con Eric, mucho menos en el trabajo, delante de todo el mundo, dándole más motivos a mis súper compañeros para seguir hablando de mí.

—¿Lo has sido? —me acerca a él de los brazos que mantiene cogidos, pone su cara a la altura de la mía— ¡No has sido sincera conmigo! —alza el tono de voz a un palmo de mi cara.

Siento como los ojos empiezan a escocerme, Eric me odia, no creo que tenga motivos para hacerlo.

—Vete por favor Eric, estoy trabajando y estamos dando el espectáculo.

Intento soltarme de su agarre pero me coge con más fuerza hasta el punto de hacerme daño.

—Has tardado poco en irte a casa de ese—señala con la cabeza detrás de mí y deja la mirada ahí, me giro y veo como Pablo se acerca, no quiero que vuelvan a discutir como lo hicieron en casa de mis padres.

—¡Basta Eric! —exclamo para que me preste atención, vuelve a mirarme y sus ojos ahora sí son fríos, más que el hielo— Tienes que irte.

—Tú te vienes conmigo.

Me suelta un brazo pero mantiene el otro cogido, tira de él y me arrastra.

—Suéltala.

Eric se gira y sonríe con chulería, mirando por encima de mi cabeza.

—Pablo no te metas —le advierto girándome para mirarlo.

—No, deja que se meta —dice Eric con todo su desprecio y prepotencia, mirándome—, tu caballero de brillante armadura viene a tu rescate —vuelve a mirar a Pablo—. A ver qué tiene que decir el chaval.

—No voy a permitir que la trates así, suéltala y lárgate, ya te ha dicho que está trabajando.

—Si no quieres que te de la hostia que te debo, apártate de mi vista.

Miro a Eric incrédula, parece un depredador preparándose para lanzarse sobre su presa, esperando el momento para hacerlo.

—Tócame si te atreves —contesta Pablo en tono chulesco.

Eric le sonríe con esa arrogancia suya que puede llenar una sala vacía, me suelta y se quita la americana.

—¡Ya está bien! —exclamo temiéndome lo peor.

Ellos me ignoran y se acercan el uno al otro, cojo a Eric del brazo para que no se peleen, tiro de él.

Todo pasa muy deprisa, Eric me empuja detrás de él, tropiezo con el taburete y me caigo al suelo. Cuando levanto la cabeza, Pablo intenta darle un puñetazo a Eric, éste lo esquiva con el antebrazo izquierdo y le da un derechazo en toda la cara. Pablo cae sobre la mesa más cercana, los clientes se levantan asustados. La gente empieza a gritar y a correr de un lado a otro, miro con horror como Pablo se levanta de la mesa, tocándose la cara y le devuelve el golpe. Eric le golpea en el abdomen, Pablo las costillas, Eric vuelve a golpearle la cara.

Estoy aterrada y horrorizada por esto, me duele ver como dos personas a las que quiero tanto se hacen daño entre ellas. No pierdo un solo segundo y me levanto del suelo, intento coger a Eric que es el que tengo más cerca, cuando va a darle otro puñetazo a Pablo levanta el brazo y me da a mí con el codo, eso no me detiene, les grito para que lo dejen. Cojo a Eric de la cintura y lo atraigo hacia mí, se suelta de mí como si fuera una niña de cinco años, y le da otro derechazo a Pablo. Intento ponerme en medio de los dos, Aleix me hace un placaje en toda regla y los dos caemos encima de Eric.

Eric me mira una fracción de segundo que parece minutos completos, siento una congoja enorme al ver como su labio sangra, me mira con ira, con frialdad y mucho odio. Me rompe el corazón que Eric me mire de esa manera.

—¿Qué está pasando aquí? —dice Dani a mi espalda.

Me giro y veo a mi jefe, Pablo tiene la cara llena de manchas rojas de los golpes de Eric, entre un cliente y un compañero lo sujetan para que no siga peleando.

Eric me coge del brazo y me obliga a levantarme con él. Aleix también se levanta interponiéndose entre nosotros y Pablo.

—¿Sarah? —pregunta Dani.

Le miro sin saber qué decir.

—Nos vamos —dice Eric tirando de mi brazo.

Me giro volviendo a centrar mi atención en Eric y niego con la cabeza.

No puedo irme con él, no puedo creer lo que ha hecho, lo que los dos han hecho.

—Yo no me voy.

—Si no vienes ahora conmigo, no quiero volver a verte.

Trago saliva mirándolo. Eric está lleno de rabia y cólera, me siento petrificada, esto es el verdadero final. Me convierto en una pequeña e insignificante tacita de porcelana, siento como caigo desde varios pisos de altura, para caer al suelo y romperme en un millón de pedazos. Rota. Insignificante. Marchita.

—¡Sarah! —exclama Dani a mis espaldas, no me giro para mírarlo, sigo mirando el odio en los ojos de Eric sin pestañear, puede que por última vez. Esa idea aprieta mi corazón como si lo pisaran— A mi despacho ahora mismo, tu novio a la calle o llamo a la Policía. Que alguien le cure la cara a Pablo.

—¿Vienes o te quedas? —me pregunta Eric.

—Mi sitio está aquí —me suelta el brazo, quiero cogerle de la muñeca para que no se vaya, pero no puedo hacerlo, esto ha ido demasiado lejos—. No puedo creer que hayas echo esto.

—Todo esto es culpa tuya, encanto —me contesta con desprecio y chulería.

Esas palabras son una bofetada, se da media vuelta y se va, doy dos pasos en su dirección con la intención de seguirlo, alguien me coge del brazo impidiéndome sin mucho esfuerzo dar un tercer paso, giro la cabeza y miro a Aleix.

—Se acabó, Sarah.

—Sí —contesto con un hilo de voz.

Vuelvo a mirar en dirección a la puerta, *para siempre*. Siento cómo mi garganta se cierra.

—Aleix ves al vestuario con Pablo, si necesita ir al hospital llévalo, a mi despacho Sarah, ahora mismo.

Me giro para mirar a Dani, veo la americana de Eric sobre el taburete, la cojo y me voy al despacho de Dani.

Me siento delante de su mesa y rompo a llorar abrazando la americana. Natalia tenía razón, Eric iba a reaccionar, nunca pensé que la cosa pudiera acabar tan mal, no voy a volver a verlo, eso me destroza.

Oigo la puerta cerrarse y dejo la americana sobre mis piernas, me seco las lágrimas de la cara.

—Vaya veranito me estás dando, Sarah.

Dani se sienta sobre la mesa delante de mí.

—Lo siento —digo limpiándome las lágrimas que no dejan de correrme por la cara.

—¿Qué ha pasado?

—No lo sé, Eric estaba enfadado conmigo, Pablo se ha metido por medio y se han peleado.

—Podría despedirte por esto, éste es mi restaurante, tenemos una reputación y no puedo permitir que algo así se repita.

—Lo entiendo.

—A partir de ahora quiero que dejes todo eso fuera cuando entres a trabajar. No quiero oír nada más sobre ti y Pablo.

Niego con la cabeza incrédula, no puedo creer que los rumores hayan llegado tan lejos.

—¿Por quién me tomas? —pregunto a la defensiva— Llevo trabajando para ti cinco años, desde que me instalé en Barcelona estoy trabajando aquí, tú me conoces. ¿De verdad crees que soy la clase de persona, que hace lo que la gente va diciendo por ahí de mí?

—No, algunas de las cosas no me las creo, por eso no te he llamado la atención, y eso que algunas eran muy fuertes, sin embargo otras puedo verlas. El numerito que tu novio, tú y Pablo habéis montado en mi negocio, no puede repetirse o me dará igual conocerte, estarás en la calle al día siguiente.

Me pongo de pie asqueada de todo.

—¿Puedo irme a casa?

—No, serénate y vuelve a tu puesto de trabajo.

Me doy la vuelta y me voy al vestuario. Allí encuentro a Aleix y Pablo, la cara de Pablo es un mapa de manchas rojas.

—¿Estás bien? —le pregunto.

—¿Tú eres tonta? —esa no es la respuesta que esperaba— ¿Cómo se te ocurre meterte en medio de los dos? Podríamos haberte hecho mucho daño, nunca más vuelvas a meterte en medio de una pelea.

Hago un puchero aguantando las ganas de llorar, Pablo aparta la mano de Aleix que le cura un pequeño corte en el pómulo, se pone de pie y me abraza.

225

19

Caos

Los días se suceden, uno detrás de otro a pesar de todo.

Han pasado casi dos semanas desde mi cumpleaños, sigo yendo a ver a Natalia, la única que en realidad sabe lo que me está pasando y como me siento. Sólo hablo con ella y Pablo, Natalia me ha aconsejado que me centre en otras cosas, que deje pasar el tiempo, que deje que todo se enfríe. Me pregunto si a Eric le habrá dicho lo mismo. Siempre que la veo le pregunto por él, dice que no lo está pasando bien, pero se niega a decirme nada más.

Así que siguiendo el consejo de Natalia, en mis ratos libres paso el tiempo con la familia de Pablo, en una búsqueda inútil por internet, en busca de una hermana de la que sólo sabemos la fecha de nacimiento. Cuando me reuní con Torres, me dijo que no había podido averiguar nada, me aconsejó que no dejara la búsqueda por internet, en ello estamos, pero ya hace días que perdí la esperanza de hayarla.

A principio de semana, una Isabel preocupada me llamó para decirme que mis cosas estaban listas para llevármelas, con la ayuda de su hijo, Nayara y Aleix lo llevamos todo a casa de Carla. Tenía la esperanza de coincidir con Eric, aunque en realidad la idea me provocaba nerviosismo y pavor. No hubo encuentro.

No puedo dormir bien, la cama es demasiado grande y fría sin Eric a mi lado, paso las noches reviviendo el tiempo que pasé con él, recordando una y otra vez cada momento feliz que vivimos juntos, a veces inventando momentos que nunca llegarán.

La certeza de que no volveré a verle es un dolor agudo y penetrante que no deja de machacar los pedazos de mi corazón sangrante y maltrecho, pero es cierto y tengo que vivir con eso. Es imposible que nuestros caminos vuelvan a cruzarse, a no ser que uno de los dos provoque ese encuentro, pero él no lo hará, yo no le importo lo suficiente. Y yo, yo no puedo hacerlo, aunque sienta que me falta el aire porque él no está cerca para dármelo, aunque desde que no estoy con él he perdido el gusto por la vida. Siento que no podría soportar que volviera a hacerme daño, no creo que pudiera aguantar la frialdad de su mirada y su odio hacia mí.

Algunas noches me abrazo a la americana que se olvidó en el trabajo la última vez que lo vi, la guardé como un tesoro y nunca me desharé de ella, es lo único que me queda de Eric. Con ella, me pongo los cascos y escucho a Bruno Mars, La Oreja de Van Gogh y sobre todo a Keane, pongo la canción *Somewhere only we know* en modo repetición. Esa canción me recuerda a él más que ninguna otra, la escuchamos la primera vez que Eric se quitó la coraza, después cuando pensaba que lo nuestro se acababa y decidimos vivir juntos. Me abrazo a la prenda y lloro, me desahogo esperando que el dolor pase y a la vez deseando que no lo haga, pues es cuanto me queda de él. Aunque debería intentar superarlo no quiero hacerlo, sigo enamorada de él, prefiero sentirme mal que no sentir nada.

Me torturo con el recuerdo del sabor de sus besos, el olor de su piel pegada a la mía, sus manos acariciándome, su mirada ardiente recorriendo mi cuerpo y siento que me pierdo. Me siento perdida en un desierto de deseo y desesperación por no poder cambiar las cosas, por no haberlo hecho mejor, por no haber sido mejor, por haber permitido que acabara, por no haber luchado por lo que quiero, que es Eric. Sin embargo me recuerdo que él tampoco lo hizo, y le odio, pero incluso odiándolo sigo amándolo y es desesperante.

Algunas noches, cuando siento que no puedo más, cuando no puedo soportar mi soledad, me quedo en el comedor viendo la tele con Carla. Ahora le ha dado por el CSI y toda clase de series policiacas que no van nada con ella, siempre ha sido más de Anatomía de Grey o Sin tetas no hay paraíso, pero ahora le ha dado por esto y lo prefiero, no quiero ver amor.

De día la cosa mejora, aunque no demasiado. La gente se mueve, hablan, ríen a mi alrededor, pero la falta de sueño no me permite concentrarme en nada durante mucho tiempo, mi cabeza no deja de evocar a Eric, no puedo dejar de pensar en él por más que quiero, estoy cansada de llorar, de compadecerme por algo que yo misma sabía que no iba a funcionar, pero aun así no puedo dejar de preguntarme qué hubiera pasado si hubiera echo tal cosa de otra manera, con centenares de variables diferentes, que no cambian que las cosas son como son.

"Prefiero pasar los días peleando contigo que lejos de ti". Las palabras de Eric se repiten en mi cabeza una y otra vez, recuerdo el momento exacto en que las dijo y la pena me inunda.

Como dice el maestro Sabina: La vida siguió, como siguen las cosas que no tienen mucho sentido.

Ahora Nayara está más encima de mí, ya no está enfadada conmigo porque me he venido a casa de Carla en lugar de ir a la suya. No estoy segura de que lo entienda, pero hace días que dejó de insistir con eso.

Ya no puedo seguir culpando a Mariona de lo sucedido con Eric, tuvo su gran aportación y no voy a olvidarlo, pero he decido afrontar mi responsabilidad en la sucedido. Sigo sin querer verla, cada vez que pienso que ella puede seguir viéndolo cada día, mientras yo estoy hecha polvo, me enciendo. Así que mi estado de ánimo, se alterna entre la tristeza, el letargo infinito y la rabia, no me queda nada más, si me quitas eso soy un cascaron vacío.

El viernes Nayara, Carla, Aleix y Pablo me obligan a salir, el resultado fue nefasto.

El domingo cuando llego al trabajo oigo como Pablo le dice a Aleix que no deje que yo vea algo.

—¿Qué es lo que no debo ver? —pregunto acercándome a ellos.

—Nada —contestan al unísono.

—¿En serio? —enarco una ceja mirándolos, Pablo esconde algo en la espalda— Dame lo que sea, Pablo.

—No sé de qué estás hablando.

Rodeo la barra de malhumor y le quito el dominical social de las manos, les miro poniendo los ojos en blanco y me fijo en lo que están mirando, la sangre se me sube a la cabeza. Eric y Mariona salen en él, leo el pie de foto, *el carismático empresario Eric Capdevila en compañía de Mariona Prat,* por lo visto fueron juntos a una gala benéfica. Leo la noticia enfadándome cada vez más, vuelvo a poner a Mariona como la pobre víctima de un secuestro, además dicen que están juntos, no tengo ni idea de si es cierto o no.

La vida de Eric sigue, la mía también debería hacerlo.

—¡Esta noche salimos, estoy harta de esta mierda! — tiro el dominical al suelo con toda la furia que me recorre.

En efecto esta noche salimos, Nayara, Aleix, Pablo y yo.

Cada vez que pienso en Eric bebo, así que acabo con una borrachera importante, pero me da igual, me desahogo bailando, intentando disfrutar de la noche y olvidarme de Eric. A diferencia de la última vez que salí, no acabo llorando por los rincones, me niego a seguir así, ver la foto de Eric y Mariona en el dominical a accionado algo en mí. Quiero olvidarlo, pasar página como ha hecho él y haré lo que haga falta.

Bailo y disfruto de la noche, por primera vez desde mi cumpleaños vuelvo a sonreír de verdad. Bailo con un par de chicos, con Nayara y con Pablo, un par de tíos me entran, lo que hace que me suba la autoestima. Nayara y Pablo se comportan como si fueran mis padres, pero sé lo que hago. No me voy a enrollar con nadie por despecho, no es mi estilo.

Al salir de la discoteca todo cambia, prácticamente en la puerta, dentro de su coche veo a Torres. ¿Será posible? Me pregunto acercándome a él.

—¿Nuevo trabajo? —pregunto apoyándome en la ventana.

—Es lo mío —contesta secamente Torres.

—Quiero que hagas una bonita foto para el señor Capdevila —Torres sonríe y saca la cámara, le dedico una sonrisa enseñándole mi dedo corazón y él hace la foto, el flash me ciega por un momento—, si te vuelvo a ver siguiéndome, juro que te denunciaré por acoso, así que tú mismo.

Estoy rabiosa ante la idea de que Eric y Mariona estén juntos, colérica y a la vez subida porque algo debo importarle aún al idiota de Eric, para que haya mandado a Torres seguirme.

—¿Te has vuelto una chica dura, Sarah? —me pregunta, y por primera vez me habla de tú.

Me echo a reír, si se piensa que me va a vacilar se ha equivocado de noche, me siento muy subida.

—Ese es un buen titular para que le des a tu jefe. Puedes decirle de mi parte, que cuando sea famosa, conocida o influyente y salga en los dominicales, ya sabrá lo que es de mi vida, mientras tanto, a no ser que tenga cojones, (tanto que le gusta la palabra) para llamarme, que me deje tranquila o también lo denunciaré a él. Será un paquete, tengo una carpeta con documentación confidencial de una menor que puede haceros mucho daño a los dos.

—Ese trabajo era para ti —contesta Torres mirándome con incredulidad.

—¿De verdad? —digo con fingida ingenuidad— ¿Tienes forma de demostrarlo? —enarco las cejas, conocedora de la respuesta— Imagino que a él tuviste que hacerle algún tipo de factura, sin embargo, mi nombre no consta en ningún sitio, así que cuidadito conmigo, porque como tú has dicho: ahora soy una chica dura.

—Entendido.

—Buenas noches.

—Adiós.

Me separo del coche, me cojo del brazo de Nayara realmente crecida, le he plantado cara no sólo a Torres, él me da igual, le he plantado cara a Eric. Cuando reciba mi mensaje se pondrá furioso, es una pena que tenga que perdérmelo. ¡Que le den!

Lo poco que queda de noche lo duermo de un tirón, cuando salgo de trabajar tengo consulta con Natalia, en lugar de hacer consulta vamos a dar un paseo. Me presenta a su hijo, un niño tímido pero encantador, vamos a un parque infantil y mientras él juega, le explico lo sucedido la noche anterior a Natalia. A Eric de alguna manera le importo, si hace que Torres me siga es porque quiere saber de mí, Natalia cree que estoy loca por haberlo dudado en algún momento.

Cuando llego a casa, ceno y vuelvo a meterme en la cama, duermo trece horas sin interrupción.

A la mañana siguiente me siento con energías, de buen humor después de haber podido dormir, todo me parece menos oscuro, menos taciturno. En el trabajo soy capaz de bromear como lo hacía antes. Al salir me voy a casa de Pablo que ha tenido fiesta, su madre está trabajando. En lugar de quedarnos en casa encerrados delante del ordenador, decido que es hora de salir, los tres nos vamos a dar un paseo por las Ramblas, vamos hasta Colón, paseamos por las calles de Barcelona. Aina está encantada de verme más animada, no me había dado cuenta que hasta ella estaba preocupada por mí.

Esa noche Pablo y yo salimos, a pesar de que a la mañana siguiente trabajamos los dos.

Yo decido el sitio, más de mi estilo, no del suyo o el de Nay. Estoy empezando a ser yo misma de nuevo, me gusta estar de vuelta. Pablo es el mejor para sacarme de dentro de este caparazón de tristeza y auto-compasión en el que estoy metida. Eric por supuesto sigue presente en mi cabeza, pero no voy a obsesionarme, estoy cansada de sentirlo como la hoja afilada de un cuchillo del que no puedo deshacerme, y sigue da-ñándome y dañándome. No voy a seguir haciéndome daño a mí misma con su recuerdo. Se acabó.

Bailamos durante un buen rato, reímos y lo pasamos bien, al fin después de dos semanas consigo alejar a Eric de verdad. Sonrío sincera-mente y aunque no me siento feliz, al menos me siento alegre.

—¿Sabes qué me dijo ayer Yolanda? —me pregunta Pablo mientras bebo de mi copa en la barra, niego con la cabeza— Que Domingo está coladito por Rebeca.

—¡Qué va! —exclamo sonriendo incrédula— Eso son rumores sin fundamento, como todo lo que han dicho de nosotros. ¡Como se aburren! Domingo se casó el año pasado, es imposible que le guste Rebeca.

—Ya sé que es mentira, pero lo importante es que han empezado a rumorear sobre otros, así que imagino que nuestro índice de popularidad está bajando.

Me río por su comentario. Todos esos rumores me han hecho mucho daño, después de la pelea sé que los rumores crecieron, pero opté por ignorarlos, por no dejar que me afectaran, hacer oídos sordos y pasar.

—¿Así que ya no estamos de actualidad? —pregunto levantando mi copa.

—No, nuestro momento de gloria ha pasado —dice Pablo brindando conmigo.

—Me alegro.

—Yo me alegro de verte sonreír de nuevo. Estás preciosa, empezaba a estar preocupado —suspira—, incluso hablé con Nayara para que me pasara el número de Natalia, a ver qué debíamos hacer contigo.

Pablo cuida de mí, ha estado preocupado por mí, lo sé, pero eso se acabó, me siento mejor y se nota. Él ha contribuido en gran medida a esa mejoría. A pesar de mi humor se ha mantenido a mi lado, intentando hacerme sonreír, intentando hacer que me sintiera mejor.

Hoy está muy guapo, tan sonriente como siempre, lleva una camiseta negra ajustada que muestra lo que se esconde debajo. Soy una afortunada de haber visto la mercancía, trabajo con él y lo he visto sin camiseta, sé que tiene un cuerpo bonito y cuidado.

—Tienes la sonrisa de tu madre —comento mirándole.

—Y los ojos de mi padre, el resto es todo tuyo.

Me echo a reír, es tan descarado que es imposible no deshacerse por él.

—Al estilo Indiana Jones —digo sin dejar de reír.

—Chica lista.

—Más bien chica friki —me giro hacia la sala y apoyo mis codos en la barra, giro la cabeza mirándolo—, pero dime: ¿No es tu fama de ligón, Don Juan, rompecorazones algo desmerecido?

—No creas —dice con gesto indiferente.

—Venga ya, Pablo —le empujo del hombro—, me paso el día pegada a ti y todavía no te he visto ligar ni una sola vez. Ahora mismo, he visto a un par de chicas que no dejan de mirarnos, seguramente intentando descifrar si estamos juntos o no para atacar, pero tú te muestras indiferente.

Deja de mirarme y se pone serio, mira hacia delante y me contesta:

—Quizás haya alguien especial y por eso no puedo mirar a otras chicas.

—Eso es aún menos creíble —le cojo del brazo sonriendo para que me mire, lo hace—, no hay nadie, repito: me paso el día contigo, no te he visto interesando en ninguna chica.

—Lo creas o no, lo estoy. Puedo ser muy discreto si me lo propongo —vuelve a sonreírme—. Soy de los que no pierde el tiempo —coge un mechón de mi pelo y lo acaricia mirándome a los ojos—. Cojo lo que quiero por si mañana ya no está. Siempre procuro disfrutar el momento y no preocuparme por las consecuencias, pero en esta ocasión es diferente. Ella es especial y me importa demasiado para que me dé igual lo que pasará después.

Me siento fatal, Pablo conoce mi relación con Eric muy bien, no tanto como Natalia, pero mejor que muchas de mis otras amistades más cercanas, se ha convertido en mi mejor amigo.

—¿Por qué nunca me has hablado de ella? —le pregunto sin comprender como he podido ser tan egoísta.

—Es complicado —dice poniéndose serio.

—¿Por qué?

Me pongo tan seria como él, no parece que esté de broma, miro sus ojos rasgados color caramelo, intentando descifrar si me dice la verdad o se está quedando conmigo. Él sigue mirándome, recorriendo mi cara con los ojos, mientras sus dedos rozan mi mandíbula al acariciar el mechón de mi pelo.

La atmósfera entre nosotros cambia, puedo sentirlo claramente, puedo percibirlo. Su dedo índice suelta el mechón de pelo y recorre mi cara, hasta morir en mi labio inferior. Me coge la barbilla con muchísima suavidad, como si temiera romperme, se inclina, su boca queda a escasos centímetros de la mía. Me está dando una tregua para apartarlo, para rechazarlo, pero soy incapaz de hacerlo, soy incapaz de hacer nada, estoy completamente petrificada. Sus labios frescos se posan sobre los míos, los acaricia y me besa.

Pablo me está besando, pienso con horror, pero cuando va a apartarse, tiro de su camiseta para que no lo haga, se siente demasiado bien para renunciar a ello.

Sus labios son finos y suaves, humedece los míos y siento que se entrega por completo, a mí y al beso.

Me besa como si fuera el último día de su boca, transmitiéndome con él mucho más que un beso, haciéndome sentir querida, amada. Mi respuesta se vuelve ansiosa, las sutilezas desaparecen, ambos intensificamos el beso de manera desesperada y primitiva. No puedo pensar en lo que estoy haciendo, sólo dejo que la sensación de bienestar me recorra, como un bálsamo que cura mi alma herida.

No pienso, sólo actúo, me dejo llevar como un ser irracional, sin pensamiento ni conciencia, alguien que se guía por sensaciones y sentimientos. Pablo siempre me hace sentir bien, sin excepción, es un bálsamo para mis heridas, le quita estrés a mi vida y me hace sentir especial.

Nos separamos y sigo mirando sus ojos pardos con manchas verdes.

—Quería decirte…

Pongo el dedo índice sobre su boca para que no diga nada, no quiero analizar lo que acaba de pasar, no quiero pensar. Le cojo las mejillas con una mano y vuelvo a besarle los labios.

—Vamos a bailar.

Le cojo de la mano y lo llevo a la pista de baile, donde en este momento está sonando Lady Gaga.

La noche pasa volando, no hablamos, sólo bebemos, bailamos y nos besamos. Me acompaña a casa.

De camino a casa seguimos besándonos, hasta llegar al portal.

—Sube conmigo —digo sobre su boca mirando su ojos cerrados.

Abre los ojos y se separa de mí.

—Nada me gustaría más que subir contigo, Sarah. Nada, te lo juro.

Sonrío satisfecha, quiero que suba conmigo, quiero que me toque, que me llene, quiero pasar la noche con él.

—Entonces hazlo —paso las manos por su pelo, tirándole su media melena ondulada y rebelde hacia atrás. Acerco mi cuerpo al de él, le beso el lóbulo de la oreja y le susurro—, sube conmigo, quiero sentirme viva.

—No puedo, preciosa.

—¿Por qué? —pregunto dubitativa volviendo a mirarlo a los ojos.

Me coge de la cintura y me separa de él, un gesto de rechazo que no llego a comprender. No entiendo por qué hace esto, nos hemos pasado toda la noche calentándonos el uno al otro, no puedo creer que vaya a rechazarme.

233

—He pensado cien veces en esto, Sarah, deseo muchas cosas de ti, pero no así.

Me acaricia la mejilla y yo la aparto ofendida, sin comprender nada.

—¿Así como? —pregunto a la defensiva.

—No te cabrees, Sarah.

—¿Así como? —repito alzando la voz.

—Por despecho o porque estás bebida —su mirada se vuelve suplicante—. No voy a aprovecharme de ti, con cualquier otra chica no lo duraría un segundo, pero tú, eres tú, eso lo cambia todo. Dejémoslo así y mañana hablamos.

No puedo creer que me rechace, no quiero hablar, no quiero pensar sólo quiero sentir, sentirme bien, sentirme entera, no pedazos de mi misma, que es como me siento desde hace demasiados días.

Pablo siempre me hace sentir bien, pero ahora mismo me siento estúpida y humillada, me siento rechazada y horrible.

Le empujo del hombro para que se aparte de mí.

—Vamos, Sarah —se queja mientras busco las llaves en el bolso—, no te cabrees, preciosa.

Intenta cogerme y ahora soy yo la que se aparta y le rechaza.

—Que te den.

—Venga Sarah, no puedes cabrearte porque te respeto, me encantaría subir, pero no quiero que mañana te arrepientas.

Abro la puerta del portal y lo dejo ahí, no le dedico ni siquiera una última mirada. Me siento fatal y para sentirme mal ya tengo a Eric, no necesito a nadie más.

80

Regresión

Me despierto lentamente, empiezo a recordar la noche anterior, el sentimiento de culpa me embarga y no puedo ver nada más.

—¡Joder! —exclamo recordando lo ocurrido— ¿Qué he hecho? —me pregunto.

Me levanto de la cama exaltada.

—¿A dónde vas, Sarah? —me grita Carla desde el comedor— Anoche te oí llegar. ¿Has dormido algo?

—No mucho —contesto de camino al baño.

Me doy una ducha rápida, me maquillo y me visto, voy al comedor como una bala preparando mis cosas para poder pasar por la consulta de Natalia antes de ir al trabajo. Necesito hablar con ella, contarle lo ocurrido anoche, no entiendo en qué estaba pesando para liarme con Pablo, es mi mejor amigo ¡por Dios!

—Es pronto para ir a trabajar —dice Carla mirando la hora.

—Lo sé, tengo que ir a ver a Natalia.

—¿Natalia? —me pregunta entreteniéndome.

—Sí, la psiquiatra de Eric.

—¿Esa es la misma que trata a Mariona, no?

—Ya no.

—¿Y eso?

235

—Yo que sé, Carla —contesto de mal humor, no quiero que me entretenga más.

—¿Qué te pasa?

—Lo siento —digo aligerando el tono de voz—, tengo mucha prisa, nos vemos por la noche.

Salgo casi a la carrera de casa y voy directamente a la consulta de Natalia. Espero que no esté con ningún paciente, necesito hablar con ella y contarle lo sucedido. No tengo ni idea de cómo enfrentar lo sucedido.

Saludo a Vicky, le pregunto si está con alguien y la avisa para que salga.

—¿Qué ocurre, Sarah? —me pregunta Natalia en cuanto sale.

La miro casi histérica, va con su estilo clásico habitual, traje chaqueta azul marino y una camiseta blanca debajo. No sé qué decirle, no me reconozco a mí misma, no sé en qué estaba pensado anoche para hacer lo que hice. Natalia es la única que puede ayudarme, es mi amiga y sé que no me juzgará, eso espero... Nunca lo ha hecho, pero claro, es posible que me merezca que me juzguen después de mi comportamiento.

—Se me ha ido la olla, me he vuelto loca y la he liado de verdad —digo atropelladamente.

—Venga Sarah, tranquilízate —me dice Natalia—, pasa y hablamos.

Entro dentro de su consulta hecha un mar de dudas y nervios. Cuando pienso en lo sucedido anoche un miedo extraño se mueve por mi estómago. Me siento en el sillón y me tapo la cara con un cojín.

—¿Qué ha pasado?

—Anoche me enrollé con Pablo —digo a bocajarro.

Asomo la cabeza por encima del cojín mirándola, pone cara de circunstancia y se quita las gafas de pasta, se aparta el flequillo moreno de los ojos.

—¿Por qué lo hiciste, Sarah? —pregunta con gesto de incomprensión.

—No lo sé —me quejo tapándome de nuevo con el cojín como una niña.

—¿Cómo te sientes?

—¡Mal! —exclamo tumbándome sobre el sofá sin dejar de cubrirme la cara.

—¿Qué es lo que te hace sentir mal?

—No debí hacerlo, salimos, bebimos... Pero eso no es excusa, no bebí tanto, pero me sentía de buen humor, después de tantos días sintiéndome como una mierda… Me dejé llevar y me besó.

—¿Cómo te hizo sentir eso?

Ladeo la cabeza pensando en ello, lo cierto es que me sentí bien, fue algo natural, algo que tarde o temprano tenía que pasar. Me atrae, no me había dado cuenta hasta anoche pero es cierto. Pablo me gusta, me gusta mucho y no sólo como persona.

—Demasiado bien —digo en un quejido.

—Mírame, Sarah —hago lo que me pide sin incorporarme—. ¿Pablo te gusta?

¿Cómo no me va a gustar? Me ha gustado desde la primera vez que hablé con él. Tiene unos ojos sinceros y bonitos y con sólo sonreír puede alegrarme el día. Es alto, guapo, delgado pero a la vez fibrado, le gusta hacer deporte y se nota. Su piel bronceada y el pelo en media melena, le da ese aire de surfero despreocupado, de rompecorazones que atrae a cualquier chica, pero cuando lo conoces, te das cuenta que por dentro es incluso mejor.

Se ha convertido en mi mejor amigo en un tiempo récord, en un mes y medio me ha aportado más, que personas con las que he compartido años. Su sonrisa me relaja, su carácter me hace sentir querida y comprendida, nunca me ha fallado, ni una sola vez. Siempre está pendiente de mí, facilitándome las cosas, proporcionándome lo que necesito, a veces incluso antes de darme cuenta de lo que necesito.

Otra vez siento la necesidad de compararlo con Eric, es todo lo que he anhelado de él, aunque obviamente no es Eric. Con Eric normalmente me siento a la espera de saber qué pasará, con Pablo me siento relajada y tranquila, nosotros fluimos juntos. Tenemos muchas cosas en común, compartimos gustos, por eso nos llevamos tan bien. Desde el primer momento conectamos y mi confianza por él ha crecido a pasos agigantados.

—Me gusta como persona.

—Eso no es lo que te he preguntado, Sarah, me has hablado mucho de él, de su familia. ¿Él te atrae?

—Es encantador, guapo, atento, protector, considerado, simpático, divertido, cariñoso, entregado… —contesto angustiada.

—¿Esas son cualidades que buscas en un hombre?

Yo no busco nada en un hombre, nunca me lo he planteado, no tengo un prototipo de hombre.

—No lo sé —contesto con sinceridad.

—¿Qué es lo que te hace sentir mal, Sarah?

—No debí hacerlo —contesto afligida—, lo he estropeado todo y he traicionado a Eric.

Natalia niega con la cabeza y se pone de nuevo las gafas.

—No has traicionado a nadie —asegura—, porque en este momento no tienes ningún compromiso, eso no debe preocuparte, Sarah.

—¿Se lo dirás a Eric? —pregunto preocupada por primera vez respecto a qué pasará si Eric se enterará.

—No, claro que no —me asegura, miro sus ojos verdes y la creo.

—A Eric nunca le ha gustado Pablo —digo sentándome como una persona adulta, en lugar de seguir comportándome como una niña asustada.

—Lo sé, Eric me lo dijo.

—¿Qué más te dijo?

—Ya sabes que no puedo hablar de ello —me dice con una sonrisa cómplice.

—Ya…

Es lo justo, si no quiero que le hable a Eric de mí, lo normal es que a mí tampoco me hablé de él.

—Deberías hablar con Pablo, sois muy amigos, te aconsejo que no tires eso por la borda por cuatro besos.

Natalia como siempre tiene razón, no sé qué haría sin ella.

Paso un buen rato en su consulta hasta la hora de ir al trabajo, al final consigue sonsacarme que en efecto Pablo me gusta, me atrae, siento cierto interés romántico por él. Pablo es todo lo que he anhelado de Eric el tiempo que pasamos juntos, pero eso no cambia la desazón que siento por Eric. Una cosa no quita la otra y me siento muy confusa.

Cuando llego al trabajo Pablo está en el vestuario, me siento tentada a dar media vuelta y marcharme.

—¿Vas a salir corriendo, Sarah? —pregunta mirándome desde el banco donde se está acabando de vestir.

—No, claro que no —contesto entrando, a pesar que salir corriendo es lo que más me apetece.

—¿Cómo está tu cabeza?

—¿Mi cabeza? —pregunto sin mirarlo, *echa un lío gracias a ti* pienso.

Voy a mi taquilla, casi meto mi cabeza dentro para no mirarlo. Me siento abochornada, no puedo creer que le pidiera que subiera a mi casa, que le besara como lo hice, *qué vergüenza, pensará que soy una buscona.*

—¿Resaca?

—No mucha —contesto suspirando, deseando que se vaya a trabajar y me deje cambiarme tranquila.

Abre la taquilla de par en par, sacándome de mi escondite provisional, tendré que buscar uno mejor para el resto del día. Ni siquiera puedo mirarlo a la cara, lo he echado todo a perder, no sé qué haré sin su apoyo.

Se acerca a mi cara aún con la portezuela de la taquilla en la mano, doy un paso atrás temerosa de que intente besarme o algo así.

—Sólo quería desearte buenos días —se acerca y me besa la mejilla como cada mañana, yo me ruborizo, avergonzada por pensar que iba a besarme—. ¿Hablamos al salir? —pregunta con media sonrisa arrogante.

—Mejor —digo apartando la mirada de nuevo.

Se da media vuelta y se va. No tenemos mucho trabajo y el turno se vuelve tedioso, incómodo e interminable. Durante todo el turno se acerca a la barra con cualquier excusa, como haría un día normal, pero para mí no tiene nada de normal. No entiendo cómo puede actuar con esa naturalidad, como si no hubiera pasado nada, yo no soy capaz de mantenerle la mirada más de tres segundos seguidos.

Cuando llega la hora de plegar lo que menos me apetece es hablar con Pablo. Quiero irme a casa, no hay nada que hablar, es mejor olvidarlo, fingir que no ha pasado y seguir como si nada. Me cambio la primera, dispuesta a irme lo antes posible, pero en cuanto me ve salir con la ropa de calle me pide que le espere. Le digo que Carla me necesita para montar una estantería, la primera mentira que se me ocurre e insiste en que espere, así que lo hago o es capaz de presentarse en casa de Carla, lo conozco demasiado bien.

Vamos al parque que hay cerca del trabajo, nos sentamos en uno de los bancos a pleno sol, los buenos ya están cogidos.

—¿Qué piensas de lo que pasó anoche?

Demasiado directo. Me remuevo en el banco incómoda, el sol me calienta la cabeza y empiezo a sudar, hace mucha calor y hoy no corre nada de aire. Estamos casi a mediados de Septiembre, debería notarse un poco de frescor, pero nada, hace un bochorno de la ostia, como si fuese a llover. Ojalá cayera un diluvio para aplazar esta conversación, pero el cielo despejado se revela en mi contra.

—Se me fue la cabeza, lo siento.

—Yo no lo siento, Sarah.

—Deberías —contesto mirando a unos niños que juegan en el parque.

¿Dónde está Aina? ¿Por qué no está revoloteando a nuestro alrededor como hace siempre? Hoy la necesito más que nunca.

—¿Podrías mirarme a la cara? —suspiro, hago lo que me pide, esto es estúpido— ¿Por qué debería sentirlo?

Intento mirarle a los ojos, veo como las manchas verdes bailan por el caramelo, mi estómago se remueve, nunca había sentido este nerviosismo con Pablo, ni siquiera cuando no lo conocía y no sabía por dónde me iba a salir la siguiente vez.

Debo tranquilizarme, solo fueron cuatro besos como ha dicho Natalia, bueno fue más que eso, pero debo convencerme de que no me afecta, debo comportarme como una persona adulta, afrontar mis actos y dejarlo correr. No quiero estropear mi amistad con Pablo, le quiero y me importa mucho.

Ni siquiera puedo mantenerle la mirada, estoy incómoda con él.

—Porque lo va a estropear todo —digo mirando al frente de nuevo.

—No tiene por qué, Sarah —me coge el mentón y me obliga a mirarlo—, sabes que me importas, anoche te dije que había una chica especial y no te mentí —le miro temiendo lo peor, no me decepciona—, estoy colgado de ti desde el día que me sonreíste por primera vez. Estabas detrás de la barra y me mostraste tus preciosos hoyuelos, sentí que algo se revolvía en mí.

—No —niego con la cabeza y me coge más fuerte para que no deje de mirarle.

No puedo creer que Pablo se esté declarando, no puedo creer que esté colgado de mí. En todo momento ha sido cariñoso y extrovertido, nunca ha hecho nada que me diera a pensar que tuviera sentimientos por mí hasta anoche, ni siquiera anoche me lo tomé como tal.

—Es cierto Sarah, te dije que no me metía en relaciones, por eso me mantuve al margen. Tu forma de ser me ha ido ganando poco a poco, ver como tratas a mi hermana, lo que hiciste por mí en Boira… Me has dado mucho y he intentado no sentir lo que sentía, porque sabía que tú solo querías mi amistad, pero cada vez que me hablabas de Eric, sentía que me ponía enfermo… Me ponía enfermo que fuera tan desconsiderado contigo, cuando yo te daría mi vida… Aun así me callé, sólo lo hice por ti, todo lo que hago es por ti.

¿Que daría la vida por mí? ¿Está de broma? Eso es mucho más que estar colgado de alguien, eso son palabras mayores. No quiero que me

240

afecte, sus palabras me espantan, pero de algún modo también provocan calidez en mí.

—Dime que estás de broma y olvidemos lo que pasó anoche, no debió pasar, no significó nada.

—Para mí significó todo —dice molesto—, he soñado con ello mucho tiempo, Sarah —aligera el tono.

Me levanto del banco incapaz de seguir con esto, no estoy segura de lo que siento por él, no esperaba que se declarara, es lo que menos esperaba. Mis sentimientos por Pablo ya eran confusos al levantarme esta mañana, aún más después de hablar con Natalia, pero esto me supera.

Pablo viene detrás de mí y me coge del brazo con suavidad, me obliga a parar y se pone delante de mí.

—Sé que no es un buen momento, no te pido nada, Sarah. Reconozco que anoche no debí besarte, pero llevaba tanto tiempo deseándolo... No pude contenerme y aunque no lo creas, a duras penas puedo hacerlo ahora, a pesar de saber que me rechazarías porque piensas en él.

—Déjalo ya, Pablo —le suplico al borde de la lágrima.

—Hay dos cosas que odio, los peces de colores y a la gente comedida que no se deja llevar. Tú no eres así Sarah, anoche te vi desinhibida, despreocupada de todo y por eso sé que sientes algo por mí. Te dejaste llevar y pasó lo que llevaba tiempo esperando que pasara.

—Eres mi mejor amigo —digo en un quejido.

—¿Nada más que eso? —afirmo con la cabeza— Mientes, crees que estás enamorada de Eric y por eso no te dejas ir, pero tarde o temprano te darás cuenta que para ti, yo soy mejor que él.

Siento ganas de llorar porque sé que tiene razón, porque por alguna estúpida razón estoy enamorada de Eric, ni siquiera sé por qué le quiero, no tiene sentido amar a alguien que te hace tanto daño. Eric nunca estará tan en sintonía como lo estoy con Pablo, pero eso no es suficiente, no quiero hacerle daño, no soportaría herir a Pablo, no sé cómo voy a salir de ésta.

—Deja que me vaya, por favor.

Me suelta el brazo y camino a paso ligero por el parque. Cuando salgo a la calle si no me pongo a correr es porque no quiero caerme con los zapatos, pero es lo que más me apetece.

En lugar de ir a casa voy a la consulta de Natalia, por desgracia no está, detesto ser una persona dependiente, no debería recurrir a ella en cada bache, pero necesito contarle lo que ha pasado, necesito encontrarle sentido a lo que Pablo me ha dicho, y sobre todo a mis propios sentimientos. Vicky me cambia la cita del viernes para mañana jueves, que además no trabajo, lo que es perfecto, necesito distancia para aclarar mis sentimientos.

Paso lo que queda de tarde con Carla, me siento tentada a explicarle lo sucedido con Pablo pero no lo hago. Tengo confianza con Carla, pero no es comparable a la que tengo con Laura o Nayara. A Nayara no puedo explicarle lo que ha pasado, ella se dio cuenta de que Pablo sentía algo por mí, me lo dijo pero no quise escucharla, también se dio cuenta de lo cómoda que yo estaba con él inconscientemente. Dirá que me olvide de Eric y lo intente con Pablo, pero la idea de olvidar a Eric se me antoja a imposible a pesar de todo.

Me voy a dormir pensando en Laura, ojalá ella estuviera aquí, ella es lista y sería imparcial, sabría aconsejarme sin tomar una decisión que no le concierne.

Sueño con Laura, salimos de fiesta, lo pasamos bien, pero al salir del local estamos en una casa encantada, llena de humo, oscuridad y ruidos extraños, destellos de luz nos muestran el camino. La cojo de la mano acobardada, seguimos por un largo pasillo lleno de telarañas y plantas de plástico, al final del pasillo hay una señora con una mesa de esas plegables, delante de ella dos sillas vacías. Cuando llegamos hasta ella nos sonríe, nos muestra una sonrisa picada y desagradable. Laura se sienta en una silla, pero yo quiero irme a casa, me siento incómoda, intranquila, siento que alguien me observa. Miro a mi alrededor pero sólo estamos nosotras, el pasillo por el que hemos llegado ya no está, miro a la señora y ella me mira.

—Todo lo que te he dicho es cierto, recuerda que debes protegerte, estás en peligro. Reacciona, Sarah.

La miro horrorizada y despierto respirando con dificultad, estoy exaltada. Un escalofrío me recorre por completo, no estoy sola, hay alguien o algo en la habitación conmigo, esa certeza envía nuevos escalofríos que me ponen el bello de punta. Me incorporo en la cama y miro a mi alrededor, me da miedo encender la luz y ver que hay alguien conmigo, me da puro pánico que haya alguien aquí.

Miro hacia la puerta que está abierta, sé que he cerrado esa puerta. Cuando me he ido a acostar, Carla tenía el volumen de la tele muy alto, no podía dormir y me he levantado para cerrarla, pero ahora está abierta. Gracias a ella entra luz del pasillo, no sé si Carla sigue en el comedor o es luz de la calle, no se oye nada.

Me acostumbro a la falta de luz y miro a mi alrededor, pero lo único que me permite ver, es que en la habitación no hay nada más que rincones oscuros, donde podría esconderse un psicópata o un espíritu, no sé qué me da más miedo. Acaricio la pulsera que Pablo y Aina me regalaron en mi cumpleaños, se supone que ahuyenta a los malos espíritus.

La sensación de sentirme observada desaparece. Vuelvo a tumbarme en la cama nerviosa y oigo unos pasos en el pasillo, me incorporo de nuevo. Son pasos fuertes, no parecen los pasos de bailarina de Carla.

—¿Carla? —pregunto con un hilo de voz tembloroso.

Nadie contesta y el corazón empieza a bombear deprisa asustada como estoy, me encojo y tiemblo aterrada. Creía que esto se había acabado, no puedo volver a pasar otra vez por esto.

Algo rasca la pared del pasillo mientras los pasos se acercan, cada vez más fuertes, más cerca, confundiéndose por el latir de mi corazón que me bombea en los oídos. Cojo la almohada y me abrazo a ella. Vuelvo a mirar a la puerta y hay un hombre, un hombre de verdad, tan real como yo o como tú, solo que él está muerto. No es la primera vez que lo veo, aunque nunca así de corpóreo.

Se gira para mirarme, quiero gritar pero mi cerebro no envía la orden a mis cuerdas bocales, no consigo emitir ninguna palabra, ningún sonido. El hombre se gira y me mira, otro escalofrío me recorre y creo que me voy a mear encima de la impresión, estoy aterrada, abro la boca dispuesta a gritar pero soy incapaz. No puedo verle los ojos, pero mira en mi dirección y me siento inconfundiblemente observada, siento cómo me mira.

—Llévala a Boira —me dice una voz de otro mundo, la voz del padre de Pablo, es inconfundible.

Se queda allí quieto mirándome y el pavor no desaparece, se ve aplacado por la pena que desprende el ser que hay en la puerta de mi habitación. Hago girar la pulsera en mi muñeca, intentando infundirme un valor que me ha abandonado. Vuelve a mirar al frente, hacia al pasillo, y se marcha.

Me quedo mucho rato mirando la puerta horrorizada, espero que dejen de temblarme las piernas, para levantarme y tener el valor de cerrarla, pero el coraje no viene a mí, me ha abandonado, soy una cobarde.

—Buenos días, Sarah —me saluda Carla.

—Buenos días —le contesto.

Ni muerta le cuento a Carla lo que me pasó anoche, es capaz de echarme a la calle y después de lo que me dijo ayer Pablo, ahora sí que no tengo a donde ir.

—¿Cómo que te has levantado tan pronto? Creía que hoy no trabajabas.

—Tengo consulta con Natalia.

—Te acompaño si quieres, tengo que salir, así me cuentas que te preocupa por el camino.

—No es necesario, Carla.

—Estoy preocupada por ti Sarah, así hablamos.

La miro dubitativa, Carla tiene muchas virtudes, pero en general es bastante egoísta, aunque también es muy compasiva, puede que sí que esté preocupada por mí, no quiero preocupar a nadie más.

—No tienes que preocuparte, todo va bien, además voy a salir ya, sino llegaré tarde.

—Pues vamos —me contesta.

La miro de arriba abajo, Carla es la persona más fashion que conozco, nunca sale a la calle si no va como un pincel. Las pintas de estar por casa con las que quiere salir no van con ella, incluso lleva su larguísima melena rubia, recogida con un lápiz en lo alto de la cabeza.

—¿Vas a salir así a la calle? —pregunto incrédula.

—Sólo será un momento —me sonríen sus ojos pequeños y marrones.

—Como quieras.

Carla me acompaña a la consulta y después nos despedimos, Vicky me ofrece un café, pero mi cerebro va demasiado deprisa para añadirle cafeína. Me siento a esperar que llegue Natalia.

Cuando llega me ofrece que bajemos a la cafetería a desayunar, pero debo hablarle de cosas que no estoy dispuesta a hablar en un lugar público, así que nos quedamos en la consulta. Le cuento todo lo acontecido el día anterior, que no es poco. Empiezo por Pablo, por la conversación que tuve en el parque, cuando suena mi móvil.

Miro la pantalla fastidiada, es Aina, lo pongo en silencio y lo dejo sobre la mesa de cristal.

—¿No lo sospechabas? —me pregunta Natalia.

—Claro que no —me quejo—, de hecho aún espero que me diga que es una broma.

—Cuando algo no te gusta siempre quieres pensar que es una broma —dice con una franca sonrisa.

—Lo sé —me masajeo las cervicales cargadas—, Aina dice lo mismo.

Mi móvil empieza a vibrar sobre la mesa, es otra vez Aina, me pregunto qué querrá, como Pablo le haya dicho algo, lo mato.

—Por la noche tuve un sueño muy extraño —sigo con mi horrible día—, algo siniestro y poco alentador, puedo recordarlo a la perfección... Tengo la impresión de que es un recuerdo, o parte de uno.

—¿Tienes la impresión? —pregunta Natalia sin comprender.

Me encojo de hombros, era un sueño pero puedo recordarlo tan claramente como si fuera un recuerdo real. Esa mujer no me gustó y su mensaje menos: *Todo lo que te he dicho es cierto, recuerda que debes protegerte, estás en peligro. Reacciona.* Aunque antes de eso no dijo nada más, así que no lo entiendo.

—Creo que sí, aunque no estoy segura, no recuerdo nada de la noche en cuestión... Estoy hecha un lío —digo tirando el pelo hacia atrás y dejando las manos sobre mi cabeza—, su mensaje no era nada positivo, por supuesto... Y ahora viene lo peor —alzo la cabeza y vuelvo a mirarla, cualquier día hará que me encierren—, cuando desperté, sentí que había alguien en mi habitación, después empecé a sentir pasos en el pasillo, creía que era Carla, bueno quería pensar que lo era —me corrijo—, pero era el padre de Pablo, pude verlo como te veo a ti ahora, Natalia —digo con aprensión—. Mirándome desde la puerta de la habitación —un escalofrío me recorre al recordarlo, al recordar esa imagen en la puerta de mi habitación, sin ojos y mirándome—, no eran palabras susurradas en la oscuridad, no era esa impresión de ser observada, ni esos sentimientos que a veces me inundan de tal manera que me queda claro que no son míos, sino que me los transmite otro ser. Fue más que todo eso, él estaba allí en la puerta, mirándome... ¡Fue terrorífico!

—¿Nunca habías visto a nadie, no?

—No, eso aún me da más miedo, las sensaciones que me provocan esos fantasmas, espíritus, seres o lo que sean, ya me supera, verlo fue demasiado. Aina cree que debo potenciar mi don, tengo miedo de estar haciéndolo sin querer. Yo no quiero esto en mi vida, no lo pedí y no lo quiero, quiero ser normal.

—Quizás aún estabas dormida, Sarah —intenta tranquilizarme Natalia.

—Estaba despierta, lo sé, la puerta debía estar cerrada y estaba abierta, cuando me he despertado esta mañana seguía abierta. Él estuvo en la habitación conmigo, la abrió y después salió al pasillo, lo sé.

—¿Te dijo qué quería?

Afirmo con la cabeza, el recuerdo de ese ser aparentemente de carne y hueso, me hiela la sangre. Es el padre de Pablo y Aina, era un buen hombre y no creo que quiera hacerme daño o herirme, pero está muerto.

—Dijo que debía llevarla a Boira —digo desesperada—. Quería

gritar, pero no podía emitir ningún sonido, estaba aterrada, yo no estoy hecha para esto —me quejo.

—¿Qué es lo debes llevar a Boira?

—A saber… Puede que a su hija, pero aún no la hemos encontrado, es desesperante. Torres nos dijo que no dejáramos la búsqueda por internet pero no hay nada, la Policía tampoco tiene nada, y todavía no saben nada del asesinato, no tienen ni una pista. ¿Qué posibilidades hay de descubrirlo después de tanto tiempo?

Me siento desesperada y muy perdida. La situación con Pablo no sé cómo afrontarla, aunque al menos me ayuda a no comerme la cabeza con Eric, consigue alejarlo de mi mente por momentos, aunque eso no me consuela, no estoy segura de cómo me siento ni de cómo debería sentirme. Todo lo relacionado con personas difuntas me aterra, Aina dice que no debo ser tan miedosa, que ni me han hecho ni me harán daño, pero aun así siento puro terror en cada episodio, y luego está el sueño con Laura, no sé qué pensar sobre eso. Estoy hecha un completo lio.

El teléfono vuelve a vibrar sobre la mesa, miro la pantalla, es Aina de nuevo, *que pesada es* pienso, tirándolo sobre la mesa con hastío.

—Si quieres cógelo, Sarah.

—Es Aina, la semana que viene empieza el cole, su madre le ha recargado la tarjeta y sólo querrá hablar, no es nada urgente.

—Estás muy agobiada, Sarah.

—Muchísimo —estoy de acuerdo con Natalia, estoy superada.

—Te pedí que te centraras en algo que te ayudara a no pensar en Eric, pero claro, la búsqueda de una niña desaparecida hace veinticinco años, no es un tema muy ligero.

—Lo sé, estoy decidida a ayudarlos a encontrarla, pero no sé qué más hacer. Ellos saben que encontré a Mariona y tienen fe ciega en mí, pero a pesar de ser igual de frustrante, es completamente diferente. Entonces tenía a Eric, a Carlos para guiarme, pero ahora no hay nadie que nos indique el camino.

—Llevas demasiado peso encima, Sarah, debes descargar algo o al final explotarás.

—¿Cómo lo hago? —pregunto desesperada— Me gustaría sacármelo todo de encima, aclarar mis sentimientos por Pablo, dejar de pensar en Eric, dejar de extrañarlo, olvidarme de todo el tema de la hermana desaparecida, del padre asesinado —niego con la cabeza—. ¡Asesinado, Natalia! No es que muriera, alguien lo mató. Después del sueño de esta noche tengo miedo por mí, por mi seguridad, pero no puedo darles la espalda y la presión me está venciendo, te lo juro, me siento superada.

—¿Qué pasaba en el sueño?

—Una mujer me decía que estaba en peligro, que debía protegerme, que todo lo que me había dicho era cierto. Pero no me había dicho nada, no lo entiendo, es un sueño, quiero pensar que sólo es eso. Estaba pensando en Laura cuando me fui a dormir y por eso soñé con ella, pero siento que fue más que un sueño.

Es para encerrarme, nada de lo que digo tiene ningún sentido, si yo fuera Natalia me recetaría alguna droga para mi salud mental. Natalia deja la libreta donde anota cosas en algunas sesiones sobre la mesa, se apoya en los codos y me mira a través de la las gafas de pasta, su mirada verde se centra en la mía.

—Descubramos si es un sueño o un recuerdo, eso al menos te ayudaría a aclarar esa parte.

—¿Cómo? —pregunto sin comprender cómo podría hacerlo.

—¿Qué te parece si hacemos una regresión?

—¿Qué es eso? —pregunto escéptica.

—Es similar a la sesión de hipnosis que llevamos a cabo en la habitación de Eric. Aquella mañana me di cuenta de la mente tan fuerte que tienes, escondes un gran potencial dentro de ti. No nos costará llegar a ese recuerdo que aunque permanezca oculto está ahí. Puedo hacerte volver a la noche que olvidaste, de esa manera podrás saber si era un sueño o un recuerdo. Necesitas aligerar la carga emocional que estás soportando Sarah, estoy preocupada, cada vez que nos vemos estás más angustiada, intentemos aliviar ese peso.

Suspiro, de todas las dudas que bailan un zapateado machacando mi cerebro, lo que menos me preocupa es eso, pero ciertamente me inquieta. Ojalá fuera un mensaje positivo, pero no, tenía que ser algo malo.

Accedo a hacerlo, me tumbo en el sofá y Natalia me pide que me acomode, pone un péndulo, cierro los ojos e intento relajarme. Ella me da instrucciones y yo las sigo, según va hablando mis nervios se relajan, cada vez me siento más tranquila y a gusto, somnolienta y relajada al fin, el sonido del péndulo cada vez es más lejano.

—Estás en una biblioteca —oigo la lejana voz de Natalia. Delante de mí se enciende una luz que ilumina una estantería llena de libros, a su alrededor todo está oscuro—. Estás completamente relajada, sabes que aquí no puede pasarte nada malo, te sientes muy segura —es cierto, estoy muy cómoda, ya no me siento angustiada—. En esos libros está toda tu vida, ahí está el recuerdo que estamos buscando, Sarah.

Cojo uno de los primeros libros, es un libro antiguo y poco pesado, en la portada hay una imagen de mi infancia, recuerdo a la perfección ese día, mi padre me enseñó a nadar en la casa del lago, cojo el siguiente, mi madre me hace trenzas para mi disfraz de vikingo en el colegio. Algunos libros más adelante encuentro uno con la portada de Nayara, Mariona y yo, estamos en el tejado de casa de Nayara mirando las estrellas. Otro del primer chico que me besó. Cojo uno que pesa muchísimo, la portada es una imagen de mi madre enferma, eso me hiere, aun así abro el libro y éste se convierte en una pantalla, en ella se me muestra lo que pasó, su mirada vuelve a estar vacía, en la escena que se proyecta le hablo pero no reacciona. La presión en mi pecho crece, no quiero recordar esto, ahora ella está bien, cierro el libro con decisión y lo dejo en su sitio.

Busco en los estantes de más abajo, entonces lo veo a él, a todo color en portada, acaricio su imagen en la tapa del libro y lo abro. Es el momento exacto en que vi a Eric por primera vez, dejo que las imagines se sucedan, ahora no me mira a mí, lo veo como una espectadora. Las lágrimas escapan de mis ojos, *por favor, qué estúpido y arisco puede ser*, pienso con tristeza, miro la pantalla con una sonrisa llena de nostalgia y remordimiento. Lo echo de menos, a pesar de mi cacao mental, Eric está en mí, inquebrantable como es él. Con pena lo cierro y lo pongo en su sitio.

Sigo buscando hasta encontrar el libro con la portada que me interesa, no ha sido un sueño, ha sido un recuerdo, ahora lo tengo claro. En el centro de la portada está la señora de la dentadura picada mirándome directamente, delante de ella estamos Laura y yo de espaldas, las tres alrededor de una mesa donde tiene unas cartas esparcidas en ella.

Abro el libro temerosa de lo que vaya a encontrar, me veo a mí misma con Laura vistiéndonos para salir, estoy de mal humor porque Mariona aún no ha vuelto de la comida con Eric.

—Sarah —oigo la voz de Natalia a lo lejos, dejo de mirar la pantalla y la busco, no puedo verla en la oscuridad que me rodea—, puedes hacer que las imágenes se muevan más deprisa, pararlas, tirarlas hacia atrás, como si fuera un video, si te concentras lo suficiente podrás entrar y verlo como si estuvieras allí.

Toco la pantalla y aparecen los signos para hacer lo que Natalia me ha dicho, tiro la noche hacia delante, madre mía, no dejé de beber en toda la noche. Vamos en coche con unos amigos de Laura, estamos en una feria, entramos en la casa del terror, me da mucha aprensión y hago que vaya más deprisa. Cuando veo a la mujer hablando con Laura lo pongo en pause, me concentro en el momento que estoy viendo, la oscuridad empieza a temblar, a iluminarse y desdibujarse, estoy dentro.

Observo mi alrededor, es una especie de caseta, con inciensos quemando que no cubren el olor a alcohol. La mujer me dice que soy especial y mi cara es un poema, me pregunto si siempre pongo esa cara de pánfila o es a causa de lo que he bebido. Le habla a mi otro yo sobre Eric, un hombre moreno y una mujer que se mete en medio de nuestra relación, dice que no seré feliz, que esa mujer va a hacerme mucho daño.

Vuelvo a mirarme intentando descifrar mi cara, pensando si quizás toda mi animadversión por Mariona empezó en este recuerdo bloqueado. Ahora sé que habla de ella, ha sido como un cáncer en mi relación con Eric, ojalá hubiera recordado las palabras de esta mujer.

Nunca me he prestado para algo como que me tiren las cartas, pero desde luego de momento está acertando, seguro que fue idea de Laura entrar aquí. Habla sobre un nuevo hombre a mi círculo habitual, miro a la mujer que le sonríe a la otra Sarah, dice que si me olvido de Eric él podría hacerme feliz. Pablo, está hablando de Pablo, dice que es mi alma gemela y eso no estoy segura de poder creerlo. Y entonces la mujer hace el pleno, dice que alguien pequeño me está buscando, que me necesita y que tiene un don similar al mío, alaba su capacidad. Sin duda habla de Aina.

Tengo ganas de darme de cabezazos contra la mesa, esta mujer me advirtió de todo lo que iba a pasar y lo había olvidado. Toda esta información podría haberme ayudado mucho, podría haber mantenido la distancia con Pablo, haber sido más inteligente con Mariona, intentar ser tan astuta como ella, en lugar de tan visceral.

—Lo siento bonita —deja de mirar las cartas y mira a la otra Sarah—. Veo la muerte de una mujer.

—¿De quién? —pregunto con aprensión sin dudarlo, un escalofrío me recorre.

—¿Cómo? —pregunta mi otro yo mirando a la mujer de ojos oscuros como la noche.

Espero para ver qué le contesta la mujer, lo que ha dicho hasta ahora ha pasado, pero no ha muerto nadie, puede que esté a tiempo de hacer algo para impedirlo, me pregunto quién puede ser. La pitonisa le dice que es algo inesperado y repentino. Mi otro yo pregunta quién va a morir, pero entonces la mujer se asusta al mirar las cartas, las recoge y nos pide que nos vayamos. Le planto cara y ella dice que no hay nada más, le devuelve el dinero a Laura, discuten unos segundos pero la mujer no suelta prenda.

—Vamos Laura, esto es una tomadura de pelo, sólo quiere sacarte más dinero.

Me giro mirándome a mí misma.

—No, ella tiene razón —me pongo delante de mi otro yo, haciéndole señas para que me escuche—, ella tiene razón, insiste, tienes que insistir Sarah —le digo desesperada.

—Estás muy equivocada bonita —dice la pitonisa poniéndose en pie también, la otra Sarah y Laura se giran para mirarla—. Puedes creer lo que quieras, pero en breve descubrirás que todo lo que te he dicho es cierto, porque todo pasará en un corto periodo de tiempo. Yo que tú, ayudaría a quien te pida ayuda, por el camino puede que te ayudes a ti misma, pero debes tener cuidado. Cuando todas estas cosas ocurran, recuerda que debes protegerte, estás en peligro, no confíes en nadie.

Me quedo mirando a la mujer, eso es lo que me dijo en el sueño, ella me mira unos segundos, me mira directamente, como si esto no fuera un recuerdo, como si realmente estuviera aquí y pudiera verme.

—¿Qué puedo hacer para que no muera nadie? —le pregunto desesperada.

Vuelve a mirarlas a ellas, Laura le habla a la otra Sarah, la coge la mano y se van.

—¿Quién es ella? —vuelvo a preguntarle mirándola de nuevo.

Vuelve a mirarme, pero no pronuncia palabra, todo empieza a temblar, voy a salir, cierro los ojos concentrándome para seguir aquí, cuando los abro estoy delante de la estantería con el libro cerrado entre mis manos.

Me dejo caer al suelo, se forma un nudo en mi garganta que hace que me cueste respirar. Ahora sé que era un recuerdo, si ella tiene razón y ha acertado con todo lo demás, alguien va a morir, alguien a quien conozco, una mujer. ¿Cómo pude olvidar todo esto?

La certeza que no estoy sola me golpea como lo hizo anoche. Alguien se mueve en la oscuridad, siento como los pasos se acercan a mí, se está acercando, esto no debería estar pasando. Ya no estoy dentro de mis recuerdos, aquí no debería haber nadie, ya no me siento tranquila ni cómoda, todo lo contrario. Cerco la oscuridad con la mirada, pero no veo nada más allá de la poca luz que ilumina la estantería desde arriba.

—Sarah relájate, voy a despertarte —oigo la lejana voz de Natalia, puedo sentir como me coge de la mano.

—Habla con Aina.

Empiezo a temblar apoyándome en la estantería, mirando a lo loco en todas direcciones, buscando a su padre que está en esta sala conmigo. Lo veo, está rodeado de sombras, si da otro paso adelante estará iluminado, quedará en el círculo de luz como lo estoy yo.

—¿Tú sabes quién va a morir? —pregunto con aprensión.

—No.

Da un paso atrás hacia la oscuridad y se marcha, oigo como Natalia hace una cuenta atrás y despierto.

Doy un salto en el sofá, el corazón me va deprisa y la aprensión no desaparece.

—Sarah, relájate —dice Natalia tirando de mi mano para que la mire, lo hago—, no pensé que pasaría esto, sino no te lo hubiera ofrecido.

—No te vas a creer lo que he visto —digo agrandado los ojos y tragando saliva.

—Lo sé, me has ido explicando cada cosa que veías o sentías, no entiendo nada, la verdad.

—Yo tampoco —contesto confundida.

—¿Estás bien, Sarah?

Niego con la cabeza, esa mujer ha acertado en todo, todo lo que ha dicho se ha cumplido, alguien va a morir y debo protegerme, ¿de quién? ¿Quién va a morir? ¿Cómo? ¿Cuándo? Las preguntas se amontonan en mi cabeza, no sé si voy a poder con esto.

Mi teléfono móvil vuelve a vibrar sobre la mesa, lo cojo, es Aina otra vez.

—Tengo que cogerlo —le digo a Natalia, afirma con la cabeza y sale de la habitación—. ¿Qué pasa, Aina? —pregunto al descolgar el teléfono.

—¿Dónde estás?

—Con una amiga. ¿Ha pasado algo?

El corazón se me acelera al pensar en su madre, puede que le haya pasado algo y por eso me ha estado llamando, puede que sea ella.

—Tienes que venir a buscarme, ayer mi padre volvió a hablarme, dice que debemos ir a Boira.

31

Revelación

Natalia vuelve con una tila.

—Este no es el resultado que esperaba —me tiende la tila y la cojo con manos temblorosas.

—¿Cómo lo hago para ponerme en estas situaciones?

Natalia se sienta a mi lado en el sillón, en lugar de sentarse en su silla habitual.

—No te obsesiones, debes intentar salir de la espiral en la que estás, sé que es difícil pero tienes que intentar ser positiva, poco a poco todo se desenmarañará.

—¿De verdad lo crees? —demando poco convencida.

—No hay mal que dure cien años.

—Ni cuerpo que lo aguante —digo con desánimo.

—Vamos, Sarah —me rodea con el brazo—, eres fuerte, podrás con ello. Lo superarás y resurgirás, está en tu carácter luchar —me encojo de hombros deseando que tenga razón—. ¿Qué harás ahora?

—Iré a Boira, Aina dice que su padre quiere que vayamos, me dijo que la llevara, se refería a ella —suspiro cansada, mirándola—, así que lo haré, a ver qué pasa después.

—¿Quieres ir?

—Necesito respuestas —me encojo de hombros—, podría pasar a ver a mis padres, mi madre siempre se adelanta a los acontecimientos, puede

252

que ella me diga quién se supone que va a morir y pueda hacer algo, no lo sé. ¿De locos, no?

—No te creas.

Le sonrío con desánimo y ella me abraza. Ahora mismo, Natalia es la única que puede aportar luz a mi oscura vida, la única con la que no tengo ningún tipo de secreto. Con Pablo tampoco tengo secretos, pero dudo que nuestra relación vuelva a ser la misma.

Me acabo la tila y me voy, he entretenido a Natalia media mañana, no puedo permitirme depender así de ella, en realidad ni de ella ni de nadie. Nunca he sido una persona dependiente, pero últimamente me siento superada, las cosas escapan a mi entendimiento y a la razón. Necesito un ancla que mantenga mis pies en la tierra y en este momento siento que sólo tengo a Natalia.

Cuando salgo de la consulta el día está oscuro como mi humor. Miro al cielo, está encapotado, es posible que acabe lloviendo, desde luego hace bochorno como si fuera a caer una buena.

Voy a casa de Nayara a pedirle el coche, me pide que coma con ella y le explique cómo me van las cosas. No me apetece hablar, pero como tampoco me entusiasma la idea de ir a Boira, me quedo a comer con ella.

Nayara sigue preocupada por mí, no tiene ni idea de cuáles son mis demonios, cree que estoy así por Eric, pero Eric sólo es la punta del iceberg, lo que se ve a simple vista, debajo se esconde mucho más que eso.

Recojo a Aina en casa, ni siquiera le pregunto qué espera de esta visita a Boira, no quiero ni saberlo o soy capaz de no ir, prefiero estar entretenida que en casa comiéndome la cabeza. Tengo la esperanza de que no tenga muchas ganas de hablar, pero Aina es muy lista, aprovecha que es la primera vez que nos vemos sin Pablo en muchos días y no duda en atacar.

—¿Qué pasó para que Eric le diera una paliza a mi hermano?

—Eric no le dio una paliza a tu hermano, fue una pelea justa, donde los dos salieron heridos.

—Algún día los chicos también se pelearán por mí —dice con soberbia.

Me echo a reír, es inútil no reírse con ella por poco que te apetezca hacerlo.

—Puede parecer muy guay, pero en realidad es una mierda ver como dos personas a las que quieres, se hacen daño entre ellas.

—Es súper emocionante, así lo hacen algunos animales.

La miro de reojo y sonrío.

—En eso estoy de acuerdo, son dos animales.

—¿Quién ganó?

—No era un concurso Aina, las cosas no se arreglan así.

—Era una competición y tú, eras el premio.

—Por Dios —digo volteando los ojos sin creer que haya dicho eso.

—Al final el ganador se quedará con tu amor. ¿Quién será, Sarah?

Apoyo el brazo en la ventanilla y la cabeza en la mano, no sé de dónde saca Aina estas ideas, espero que Pablo no se haya ido de la lengua. *¿Quién será el ganador, Sarah?* Me formulo yo misma la pregunta. No lo sé, Pablo me encanta, me gusta su forma de ser, como me trata, como me hace sentir, sólo tiene un inconveniente, aunque me guste, me atraiga y lo quiera, no es Eric. El problema de Eric a parte que pasa de mí, algo que es muy importante, es que no tiene muchas de las cualidades que tanto me gustan de Pablo, además está Mariona de por medio. Odio que la crea a ella en lugar de a mí, pensarlo es clavar agujas ardiendo en una herida abierta. Me pregunto si como dijo esa mujer esa noche, Pablo es mi alma gemela, si algún día podré dejar de pensar en Eric constantemente, hasta el punto de olvidarlo. Ahora mismo se me antoja a imposible, su ignorancia me duele, puede que al final el dolor se trasforme solo en odio, no lo sé.

—Mi amor no es un premio Aina, yo no soy un premio.

—Para mí lo eres, Sarah —la miro un segundo apartando la vista de la carretera—, gracias por ayudarme.

Le sonrío agradecida por ese comentario, cuando quiere puede ser un cielo, pero sólo cuando ella quiere. Es una niña consentida, descarada, contestona y camorrista, pero además es madura y cariñosa, la adoro.

—¿Le has dicho a tu madre que venías a Boira?

—No, no me hubiera dejado venir, pero tengo el permiso de mi padre.

Sí, de su padre muerto. Como tengamos un accidente o se meta en algún lío de los suyos, a ver cómo voy a explicar que me la he llevado de casa por las buenas, para llevarla a Boira sin el consentimiento de su madre.

—Tu madre puede enfadarse conmigo por esto.

—Mi madre te adora, le gustas más que Pablo o yo, le diré que te he obligado y ella me creerá, porque soy capaz de hacerlo, siempre me salgo con la mía.

—Algún día eso se acabará, no puedes salirte siempre con la tuya, cuando te des cuenta te vas a dar una buena hostia, así que es mejor que te vayas haciendo a la idea.

—Algún día, pero de momento no.

Le pregunto por el colegio, la semana que viene tiene que volver. Pablo me contó que él creía en lo que su hermana podía hacer, pero sus rarezas empezaban a pasar factura. Sus compañeros la daban de lado en el colegio, algunos le tenían miedo y algunos padres se habían quejado de ella a los profesores. Ese fue el motivo por el que decidió dejar de escuchar o intentar entenderla, quería que se olvidara de eso e intentara ser una niña normal. La miro de reojo, no hay nada de normal en Aina y eso la hace tan especial.

—¿Por qué crees que tienen miedo de ti los otros niños?

—Porque soy superior a ellos.

Me giro para mirarla, esa contestación no me gusta un pelo, esa prepotencia no es propia de ella.

—Tú no eres mejor que nadie, Aina.

—Lo soy, hemos evolucionado, tú y yo somos el siguiente escalón en la escala evolutiva, ellos están atascados.

—¿Eso significa que te crees mejor que tu madre o Pablo?

—Tampoco es eso, Sarah —se queja después de pensarlo.

—No subestimes a la gente Aina, aún menos a la gente que te quiere.

—Creo que nuestros dones salen de Boira.

—¿Qué te hace pensar eso? —pregunto con incredulidad.

—Tu madre es de Boira y es especial, por eso tú lo eres, mi padre era de Boira, así que quizás mi abuela también lo sea. Él dijo que teníamos que tener cuidado con nuestros pensamientos, que debíamos ser fuertes.

—¿Qué quiere decir eso?

—¿Sabes quién más es de Boira? —la miro y niego con la cabeza— El detective Ortiz.

—¿Estás segura de eso? —pregunto sorprendida.

—Sí, él me lo dijo.

—Creo que te mintió, no puede ser de Boira —es imposible—. ¿Qué te parece él?

—Diferente.

—¿En qué sentido?

—Creo que es como nosotras.

—¿De verdad lo crees? A este paso lo normal será hacer cosas de bicho raro.

—Me creyó y es de Boira, además nosotros no somos bichos raros.

—Conozco a mucha gente de Boira, conozco a todo el mundo en realidad —me corrijo—, es un pueblucho aburrido y diminuto, como norma general la gente no hace cosas raras.

—¿A caso tú les has dicho a ellos lo que puedes hacer?

En eso tiene razón, pero aun así está equivocada.

—Tengo muy buenas amigas de Boira, son gente completamente normal, no frikis como nosotras.

—Toñi decía que estas cosas normalmente se heredan, mi madre no tiene ninguna capacidad especial, así que puede venir por parte de mi padre, que es Boira. Cuando encontremos a mi hermana, nos reuniremos todos y seremos como los vengadores.

Me pongo a reír, es inútil.

—No deberías leer cómics, ya tienes demasiada imaginación.

—Tiempo al tiempo, aunque quizás seamos mejor como los X-Men, yo seré Mística.

—Estupendo, en ese caso yo seré Pícara, así podré quitaros los poderes cuando me cabreéis.

Le hago cosquillas y ella se parte de risa.

—Que friki eres.

Me pongo a reír, mi vida es un desastre, un caos en todos los aspectos, pero al menos tengo a Aina que a pesar de todo alguna sonrisa me arranca.

Cuando ya estamos llegando a Boira se pone a llover, ya sabía yo que este calor era demasiado sofocante. Empieza con una llovizna suave, pero pronto empieza a llover más fuerte, reduzco la velocidad. No llueve suficiente como para no ver bien, hacer aquaplaning o tener un accidente, pero Aina está bajo mi responsabilidad y toda precaución es poca.

—¿A dónde vamos? —digo al cruzar la entrada del pueblo.

—A casa de mi abuela.

—No puedo llevarte allí, eso sería traicionar la confianza de tu madre, si quieres que vaya yo a hablar con ella lo haré, pero tú te quedas en casa de mis padres.

—No —contesta con tozudez—, voy contigo.

—Aina, te he traído hasta aquí sólo porque me lo has pedido, ahora haz lo que yo te pido.

—Ella sabe quién es, quiero estar ahí por si mi padre tiene algo que decir, tú eres capaz de cagarte de miedo e irte corriendo, voy a entrar contigo.

Paro al lado del bordillo, apago el motor del coche, las escobillas no dejan de barrer el parabrisas. No sé por qué me quejo de cómo me van las cosas, yo misma me meto en estas situaciones de las que después no sé cómo salir. Aina tiene razón, como aparezca su padre soy capaz de salir corriendo, pero llevársela a su abuela es traicionar a su madre. Macarena nunca ha querido a la familia de su marido cerca de sus hijos, le debo respeto a esa mujer.

Le explico a Aina la visita de su padre de anoche, como lo vi corpóreamente como nunca antes lo había visto, como nunca llegué a ver a Carlos. No parece para nada sorprendía, al contrario, está entusiasmada, como me temía cree que mi don se vuelve más poderoso, justo lo que menos quiero yo.

Después de discutir como una hora con ella, cedo de nuevo, es incansable, puedo pasarme diez horas intentando hacerla entrar en razón y el resultado será nulo, es cabezota a más no poder.

Arranco el coche, me dirijo a la casa de su familia. Como le he explicado a ella, su familia no tiene muy buena reputación en el pueblo, quizás en otros tiempos fuera una familia respetada en la comunidad, pero el carácter de su abuela se ha ganado la antipatía de las siguientes generaciones.

Aparco en frente de la casa, debería decir mansión. No la recordaba tan grande, hacía años que no venía a esta parte del pueblo. Está apartada del resto, se alza como una casa poderosa. En lo alto de una pequeña colina, me parece más oscura de lo habitual. Ahora los niños juegan a ver quién se atreve a acercarse hasta la puerta y llamar al timbre, como si ahí dentro viviera una bruja, y yo soy tan insensata de traer a Aina.

Nos bajamos del coche y corremos hasta el porche para no mojarnos, el jardín está descuidado, lleno de maleza y hierbas altas. Suspiro intentando prepararme para lo que sea que tenga que pasar y llamo al timbre.

Mis nervios están de punta, cada vez llueve más fuerte y este sitio ya de por sí no me gusta.

Nadie abre la puerta, así que Aina vuelve a llamar, segundos después vuelve a hacerlo insistentemente. Le cojo la muñeca y le aparto su dedito del botón del timbre, la mantengo cogida para que no vuelva a llamar.

Momentos después la puerta se abre, un hombre de unos cincuenta años nos mira desde el interior. Este hombre no me gusta, si tuviera que imaginar cómo es un psicópata, él es mi perfil ideal: una expresión feroz y molesta en su cara huesuda, los ojos hundidos, a pesar de ser de color verde son oscuros y opacos, como si quedara poca vida en ellos o estuvieran cansados de la vida. Parece que tiene alguna dolencia, pues está como encorvado. Su ropa se ve raída y vieja.

Instintivamente pongo a Aina detrás de mí, no me gusta este hombre.

—¿Qué quiere? —pregunta con cierto desdén, menospreciándome con la mirada.

—Venimos a hablar con la señora Mercè —contesto.

—¿Quién es usted?

Del interior de la casa emana un olor nauseabundo, nada agradable. Quiero taparme la nariz, pero no lo hago por respeto. Él no parece oler mucho mejor, además tiene los dientes amarillos y me está dando mucho asco todo.

—Soy una vecina del pueblo.

—Mi madre no se encuentra bien, ya ha pasado por aquí la Policía y la prensa local, no tenemos nada que añadir, menos a otra vecina cotilla.

—Insisto, necesitamos hablar con ella —no parece que vaya a dar su brazo a torcer, así que juego mi mejor baza antes de utilizar a Aina como tal, después de todo querrá conocer a su nieta, supongo—. Fui yo quien encontró el cuerpo de Antoni Carbonell.

Me cierra la puerta en la cara.

—¿Será posible? —dice Aina saliendo de detrás de mí, con intención de tocar al timbre de nuevo.

Le cojo la mano para que no lo haga. Quizás sea mejor así, lo cierto es que quiero saber lo que esa mujer tiene que decir, pero la presencia de Aina me incomoda, esto es una mala idea desde el principio.

—Será mejor que nos vayamos, Aina.

—No, hemos venido hasta aquí para hablar con ella —dice con tozudez.

—Ya has oído a tu tío, ella no se encuentra bien.

—Ese no es mi tío —dice con una mueca, arrugando la nariz y los labios.

Lo que tú quieras pienso, es el hermano de su padre así que es su tío. A mí tampoco me gustaría tener a Fétido Adams versión esqueleto en la familia, pero la familia no se puede elegir.

—Vámonos, podemos probar otro día.

—Otro día no vas a traerme —tira de mi brazo para que la mire, tiene razón, otro día no la traigo aquí ni muerta—, si vuelves lo harás con mi hermano y mi padre quería que viniéramos juntas. No podemos rendirnos a la primera de cambio, tenemos que ser implacables.

Ella de eso sabe un rato, yo tampoco quiero irme sin saber lo que esta mujer tenga que decir, Antoni nos ha hecho venir aquí por algo. Carlos me ayudó a encontrar a Mariona y tenía la esperanza de que Antoni también nos ayudará a encontrar a su hija. Por otra parte es mejor así, no quiero que Aina entre en esta casa, a saber qué hay ahí dentro para que huela de esa manera. ¡Qué asco! Podemos coger alguna infección.

Aina va a volver a llamar al timbre, la cojo de nuevo para que no lo haga, tiro de ella hacia el coche.

—Nos vamos.

Un rayo ilumina todo el cielo, doy un paso atrás, no me gustan las tormentas, siempre me han dado miedo. Me encojo mirando hacia el cielo, esperando oír el trueno, aún está lejos, espero que en el tiempo de pasar por casa de mis padres y hablar con mi madre, se disipe para volver a Barcelona.

La puerta detrás de nosotras se abre.

—Pasen —dice Fétido versión reducida.

Miro a Aina, no estoy segura de querer entrar ahí dentro, sólo la idea ya me da náuseas. Aina me mira a mí y tuerce la cabeza, en un gesto que dice a las claras: *lo sé, es lo que hay.*

—Gracias —contesto por educación volviendo a mirar al hombre.

Cojo aire puro de la calle antes de entrar, espero que sea una visita rápida.

Entramos al interior de la casa, está tan descuidada y sucia como el jardín, además el hedor es insoportable.

Seguimos a Fétido, sólo le falta llevar un candelabro en la mano para convertirse en el mayordomo de la casa del terror, desde luego el escenario es perfecto y a él el papel le iría de muerte. Como me parecía, camina torcido, la pierna derecha la arrastra un poco, incluso tiene chepa, es grotesco.

259

Cruzando un enorme salón, todo está a oscuras, la sala la domina una escalera, la escalera de una mansión que se divide en dos alas. Frente a ella, hay una enorme cristalera, que es la única que nos proporciona luz a través de los cristales sucios, pero entre la suciedad y el día encapotado, todo queda en penumbra. Deseo salir de aquí.

En otro tiempo quizás este sitio fuera bonito, cuesta de imaginarlo ahora, con todo lleno de suciedad. No es que la casa tenga motitas de polvo o pelusa, en los rincones se amontonan hojas secas, el suelo está cubierto de suciedad y polvo, incluso me parece que las cositas negras del suelo son excrementos de rata. Vivir en este sitio es antihigiénico, esta gente podría morir de una infección de un momento a otro.

Cuanto más avanzamos en la casa el aire más viciado está, el olor a podredura se intensifica y me escuecen los ojos, al final voy a vomitar.

Fétido Adams para de golpe, estoy mirando a mi alrededor y no me doy cuenta. Choco con él, él huele peor que la casa, tiene el mismo olor a rancio, moho y podredura, pero además huele a sudor rancio. La boca empieza a salivarme y me aparto antes de vomitar.

—No altere a mi madre o la echo a la calle —me advierte, abre unas puertas correderas—, espere aquí, voy a buscarla. No toquen nada.

Aina y yo entramos con recelo en la salita, él vuelve a cerrar la puerta y se marcha. Aina sigue cogiéndome de la mano, parece que no está muy segura. Es extraño que algo le dé miedo a Aina, es la persona más valiente que conozco, no parece que nada la acobarde y sólo es una niña.

—¿Estás bien? —pregunto agachando la cabeza para mirarla.

—No me gusta esta casa, huele muy mal —dice mirando a su alrededor sin mirarme.

—A mí tampoco me gusta, en las vacaciones de navidad podrías venir a echarle algunas horas a este sitio —digo en un intento vano de sacarle un poco de hierro al asunto.

—No tiene gracia, Sarah —dice mirándome.

—Es verdad, acabemos rápido y vayámonos.

Observo la habitación, no es una sala pequeña, pero está abarrotada a más no poder de libros, papeles, suciedad y polvo, estoy segura que si metes aquí a una persona alérgica al polvo, *palma* en un minuto. Me fijo en un tapiz que tiene en la pared, es un árbol genealógico y es un árbol enorme, generaciones y generaciones. Intento soltar a Aina para acercarme a él, pero Aina me aprieta con más fuerza para que no la suelte.

—Si quieres podemos irnos, Aina —digo mirándola a ella de nuevo. Además de asqueada parece asustada.

—No —contesta con decisión—, ella sabe que mi hermana está viva, ella fue la única que la vio muerta, la encargada del entierro, puede que sepa quién es ahora.

—Es posible.

Reflexiono sobre las suposiciones de Aina, lo cierto es que no me parecen nada descabellas. Rebusco en mi bolso en busca de unas muestras de colonia que siempre llevo para emergencias. Este hedor es insoportable, aquí tienen que haber algún animal grande descomponiéndose, no es normal. Le ofrezco a Aina colonia y se echa hasta en la cara, parece tan asqueada como yo, yo también me embadurno de los pies a la cabeza.

El único sonido que se oye es el de la lluvia golpeando contra la casa, cada vez llueve más fuerte. De vez en cuando se oye algún trueno, no me gustan las tormentas, me dan miedo y me ponen nerviosa.

Las puertas correderas se abren, el tío de Aina abre ambas como si fuera a anunciar a alguien de la realeza. Se aparta de las puertas y se pone detrás de una silla de ruedas, que empuja con esfuerzo. Sobre ella está la abuela de Aina y Pablo, ya la había visto alguna vez hace muchos años, pero no la recordaba demasiado bien. Por el pueblo circulan todo tipo de rumores sobre esta mujer, todos negativos.

La señora Mercè es casi una anciana, una mujer robusta con el pelo recogido en un moño apretado, va cargada de joyas, joyas viejas y ostentosas, su aspecto no es el que me esperaba después de ver a su hijo. Va bien vestida, maquillada y arreglada.

—Podéis sentaros en el sofá —nos ofrece en un tono que más que una invitación suena a orden.

Miro el sofá asqueada. Está muy sucio, no quiero sentarme ahí, voy a manchar mi ropa. Menos mal que esta mañana me puse un pitillo en lugar de una falda o un vestido. Cojo unos papeles que hay sobre el sofá y los dejo en la mesita de té, que hay delante de él, sobre otro montón de papeles. Me siento en la punta, intentando tocarlo lo menos posible.

Aina es más lista que nadie, en lugar de sentarse sobre el sofá, se pone entre mis piernas y se sienta encima de una, pasando el brazo por detrás de mi cuello.

Fétido acerca a su madre hasta ponerla justo delante de nosotras. Ella nos mira con una mirada astuta color avellana. Nos analiza a ambas, primero a Aina y después me repasa a mí sin ningún pudor.

—¿Queréis tomar algo? —pregunta.

—No —contestamos Aina y yo al unísono.

Si el salón principal y la salita están en estas lamentables condiciones,

261

no quiero ni imaginar cómo estará la cocina. Me sorprende la apariencia de ella, dado como huele su hijo y el aspecto que tiene todo, parece demasiado limpia y arreglada para este sitio.

—Retírate Félix —le dice a su hijo volviendo a mirar a Aina.

—¿Madre, no prefiere que me quede con usted? Esta mañana tenía la tensión alta, no creo que esta visita sea apropiada.

—¿Tengo que repetírtelo? —pregunta mordazmente.

Félix no lo duda, sale de la sala y cierra las puertas.

—Eres la viva imagen de tu padre —le dice a Aina aligerando el tono de voz—. ¿No saludas a tu abuela?

Le tiende una mano pero Aina no se mueve, en todo caso hace lo contrario, se sienta mejor sobre mí alejándose de ella.

—Mi hijo me ha dicho que has sido tú quien se coló en mi panteón —me mira—, has causado unos desperfectos que espero hayas venido a rembolsar —dice bajando la mano que su nieta ha rechazado.

¿Está de coña? No puedo creerlo, gracias a esos daños encontramos el cuerpo sin vida de su hijo, ¿y a ella le preocupan los desperfectos?

—¿Eso es lo que le preocupa? —pregunto con incredulidad.

—¿Si no es ese, cual es el motivo de vuestra visita? Mi nieta no parece que se alegre demasiado de verme —vuelve a mirar a Aina—, veo que tu madre no te cría como es debido, hueles a fulana.

Se me desencaja la mandíbula de incredulidad al escuchar eso, me quedo en estado de shock por dos motivos: el comentario tan desafortunado y que tenga olfato, y aun así sea capaz de vivir en esta pocilga.

Aina reacciona antes de que pueda decirle que cierre ese buzón que tiene por boca. Como norma general soy muy educada con la gente mayor, creo que merecen el respeto de los jóvenes, pero esta mujer es una déspota y una mal educada. Además sé las cosas horribles que le dijo a Macarena cuando su hija supuestamente había muerto, fue muy cruel, no debí traer aquí a Aina.

—Mi madre me cría estupendamente, es la mejor madre del mundo y huelo mejor que tu casa.

Buena respuesta, yo no podría haberlo dicho más claramente.

—Ya veo la educación que te ha dado, hablarle así a tu abuela.

Voy a decirle que cierre la boca de una vez, pero Aina se me adelanta de nuevo, es muy rápida.

—¿Dónde está mi hermana? —demanda Aina a las claras, tiene tantas ganas de irse como yo.

Creo que si Pablo llega a estar aquí y oye a esta mujer, por mucho que sea su abuela, diciéndole eso a Aina y hablando así de su madre, se la come.

—Tu hermana está muerta.

—Miente —intervengo yo—, la tumba estaba vacía, yo misma lo comprobé.

—Tú tienes la misma educación que mi nieta, decir que miento...

No voy a permitir que me lleve a un debate sobre quién tiene menos educación, quiero que me diga lo que he venido a buscar y largarme de aquí con Aina lo antes posible.

—Tengo mucha educación señora, pero no hemos venido para que nos toree como hizo con la Policía. Usted se llevó a la niña supuestamente muerta del hospital, pero nunca llegó aquí y hemos venido a que nos diga qué hizo con ella.

—La niña estaba muerta, hay papeles que lo demuestran.

No pienso entrar al trapo, empieza a dolerme la cabeza. Tengo demasiadas cosas en ella para perder el tiempo con las mentiras de esta mujer. Tengo que hablar con mi madre, ella puede decirme quién va a morir.

—Papeles que pudieron ser fácilmente falsificados, nos hemos documentado, ya ha pasado otra veces en ese hospital. Usted estaba en medio de todo el lio, sabe más de lo que dice.

—Si la tumba está vacía alguien se habrá llevado el cadáver.

—Ella está viva —contraataca Aina.

—¿Cómo lo sabes? —demanda prestando toda su atención a su nieta.

—Mi padre me lo ha dicho.

Bum, no podía quedarse callada, no, Aina tiene que airear a los cuatro vientos lo especial que es.

—Tu padre está muerto, murió cuando tú ni hablabas.

—Después de venir a visitarla a usted —contrataco para acallar a Aina.

En los ojos de la anciana brilla el interés, no hemos venido aquí para esto, hemos venido en busca de respuestas.

—¿Insinúas algo? —pregunta centrando su mirada en mí por un instante.

—Que usted sabe mucho más de lo que dice, creo que lo sabe todo, pero se mantiene callada porque le conviene hacerlo.

Me pregunto si lo hizo ella, Antoni viene de visita y ya no vuelve a casa, después está en el ataúd de su padre, el lugar perfecto para esconder un cuerpo. Eso sucedió hace nueve años, no parece que esté ágil para hacerlo, ni siquiera hace nueve años, pero pudo decirle a alguien que lo hiciera, alguien como un hijo que no le discute nada. Un hijo sumiso que la trate como si ella fuera superior a todo, alguien como Félix. ¿Pero por qué iba a querer matar a su propio hijo? Me pregunto mirándola, una madre no podría hacer algo así.

—Aina —me ignora, llamando la atención de la niña—. ¿Haces dilocaciones?

—¿Qué es eso? —pregunta Aina claramente interesada.

—¿Separas tu espíritu de tu cuerpo?

—¿Cómo lo sabes? —pregunta Aina con voz temblorosa.

En sus ojos apagados y severos, brilla la emoción, la ilusión, incluso parece que la felicidad.

—¡Lo sabía! —sonríe por primera vez— Fíjate, no eres más que una mocosa y ya puedes utilizarlo, te envidio —en su voz puedo oír admiración, creo que es sincera, que realmente la envidia.

—¿De qué va esto? —pregunto desconcertada.

La señora Mercè me ignora y vuelve a tenderle la mano a Aina.

—Serás poderosa, ojalá te quedaras, yo te ayudaría, te enseñaría a potenciar tu don al máximo. El ambiente que te rodea no es el adecuado, yo puedo aportarte mucho más que eso, todo puede ser tuyo.

Aina alarga la mano para coger la de su abuela y yo la intercepto.

—¿Vas a darle la mano? —le recrimino a Aina sin poder creerlo— ¿Has olvidado el daño que le hizo a tu madre? —demando severamente, Aina me mira avergonzada— Ya has oído como ha hablado de ella. Podría ser la responsable de la desaparición de tu hermana, no dejes que te manipule con promesas vacías.

Aina agacha la cabeza avergonzada, sus ansias de poder me dejan asombrada.

—No deberías meterte o te vas a ir de aquí muy mal —me amenaza la señora Mercè.

—¿Me está amenazando? —pregunto con incredulidad, no me lo puedo creer— Nos vamos Aina.

Me levanto y la obligo a ponerse en pie, esta señora se ha pasado de la raya. No voy a perder un minuto más aquí, no voy a permitir que le coma la cabeza a Aina. Puede parecer muy madura pero sigue siendo una niña, la culpa es mía por traerla aquí, con esta encantadora de serpientes.

—Tú ganas, Sarah —finge darse por vencida.

Me la quedo mirando, yo no le he dicho mi nombre a esta bruja. En Boira todo el mundo se conoce, pero eso no significa que sepas el nombre de cada una de las personas, yo nunca había hablado con esta mujer.

—Sentaros por favor.

Quiero irme pero algo me impide hacerlo. No sé qué debo hacer, cada vez me duele más la cabeza, es como si alguien estuviera hurgando en ella, miro a Aina.

—Sarah, hemos venido hasta aquí —me dice con voz lastimera.

—Si vuelve a mentirnos nos vamos —le advierto.

La señora Mercè afirma con la cabeza y volvemos a sentarnos. Deseo salir de aquí de una maldita vez, tengo muchas cosas en las que pensar para perder el tiempo con esta bruja mentirosa.

—¿La niña está viva? —demando.

Ahora ella dirá que no y podremos marcharnos, lo estoy deseando.

—Sí —contesta.

—¿Cómo? —pregunto sin creer que haya dicho que sí. Nos miramos a los ojos mutuamente, ella sabe quién es— ¿Quién es?

—Está más cerca de lo que parece, aunque ya no es una niña, es toda una mujer.

—¡Sí! —exclama Aina emocionada encima de mí— Mi padre nos dijo que ella estaba cerca. ¿Quién es?

—Cuando tu padre vino a vernos —dice mirando a Aina—, me trajo esto —saca una foto arrugada y se la tiende a Aina que la coge, la miro con ella—, entonces era una foto actual.

—Éste es Pablo —dice Aina mirando la foto.

Lo es, el día de mi cumpleaños, Aina me estuvo enseñando un viejo álbum de fotos y el niño de mofletes gorditos que sale en ésta es su hermano, sin ninguna duda.

—Pablo y tú tenéis los mismos ojos, la misma mirada que vuestro padre —me mira a mí—, tú tienes la mirada pecaminosa de tu madre.

Por ahí sí que no paso, no voy a permitirle a esta mujer, faltarle al respeto a mi madre también.

—¡Mi madre es una mujer excepcional! Envidia debería tener usted de ella, no voy a permitir que diga una sola cosa negativa de ella. Si no quiere decirnos qué hizo con la niña, no lo haga —me pongo de pie y cojo a Aina de la mano—, me da igual, volveré con la Policía para que les diga a ellos que la niña está viva y qué hizo con ella.

Tiro de Aina para que venga conmigo, pasamos al lado de la mujer de camino a la puerta.

—¡Hablaba de tu otra madre! —dice a nuestras espaldas.

—¿Está de broma? —demando incrédula, paro delante de las puertas y me giro para mirarla— ¿Insinúa que la niña soy yo?

—Creía que eras más lista —dice girando su silla de ruedas para encararme.

—¿De verdad piensa que me voy a creer una mentira como esa? —pregunto escéptica.

—Piénsalo —me reta—, no tienes hermanos, nacisteis por las mismas fechas —la miro sin poder creer lo que está diciendo, es imposible— ¿Acaso no tenéis Aina y tú demasiados parecidos? ¿No hacéis las dos cosas que las demás personas no hacen?

¿Cómo sabe ella que nacimos con días de diferencia? ¿Cómo sabe mi fecha de nacimiento? ¿Cómo sabe que las dos hacemos cosas raras? ¿Cómo sabe todo eso? No entiendo nada, el dolor de cabeza se intensifica.

—Miente.

Me giro hacia la puerta dispuesta a irme.

—Quédate y te contaré por qué lo hice.

No la creo, es imposible, Aina tira de mí. Agacho la cabeza y la miro.

—Es verdad Sarah, cuando estás en casa eres como una más, no eres una visita. Además las dos nos comunicamos con los muertos —los ojos empiezan a brillarle de emoción—. Eres tú, siempre has sido tú.

Aina da un salto y me abraza, me siento estática, no puedo reaccionar, ni siquiera respondo a su abrazo.

Esa señora sigue mirándome con una sonrisa en los labios.

¿Es posible? Repaso mi vida, intentando buscar la respuesta, mis padres me han querido muchísimo, nunca me han negado nada, al menos hasta que mi madre se puso enferma y la cosa se torció.

—Te he dicho que si seguís preguntando saldrías de aquí muy mal. No

266

quería herirte, pero tú has seguido, así que ahora ya lo sabes.

—No la creo —atino a decir.

—Sí, en el fondo sabes que es cierto —Aina deja de abrazarme—, ella se parece a ti cuando eras niña —dice señalando a Aina. La miro horrorizada, recuerdo que la primera vez que soñé con Aina pensaba que era yo de niña, después vi el pijama rosa y lo descarté—. Mi hijo no quiso hacerme caso y se fue de Boira con esa mujer, yo no quería que mi nieta viviera en ese entorno, quería que ella viviera en Boira, cerca de mí, donde yo pudiera observarla a la espera. Sabía que serías especial como lo soy yo y quería tenerte cerca.

—Usted no se ha acercado a mí en la vida —vuelvo a mirarla.

—No, pero te he vigilado desde lejos, tuve la oportunidad de darte una vida mejor y lo hice, con una pareja casada y sana, una familia cristiana.

—Mi madre es atea —contesto llena de rabia.

—No lo era cuando te entregué —dice segura—. Me consta que a pesar de tenerte a ti, seguía queriendo ser madre. Ella era ginecóloga, seguir todos esos embarazos —sigue condescendiente—, tener delante lo que más deseaba y no poder tenerlo —niega con la cabeza—, imagino que puede llevarte a perder la fe.

—No es cierto —digo cada vez menos convencida—, es imposible.

—En el fondo sabes que lo es.

Abro las puertas y tiro del brazo de Aina hacia el exterior. Cruzamos el gran comedor y Félix se acerca.

—Ni se te ocurra acercarte a nosotras —le advierto con una mirada llena de rabia.

Para donde está y salimos al exterior, lleno mis pulmones de aire limpio y puro. Está cayendo una tromba de agua. Subimos al coche y pongo el contacto. Aina me coge la mano antes de que arranque, se crea un nudo en mi garganta y la miro.

—Ella miente Aina, no puede ser, cielo.

—Es verdad Sarah, ella tenía razón en todo lo que ha dicho.

Niego con la cabeza, estoy segura que a ella le encantaría ser mi hermana, a mí también me gustaría que lo fuera. A pesar de lo mucho que la critico se ha ganado mi corazón, pero eso no cambia que su abuela haya mentido, no ha hecho otra cosa que mentirnos.

Me golpeo la cabeza con el volante, repetidamente, intentando sacarme la idea de la cabeza. Cada vez lo veo más claro, en realidad es posible, no tengo hermanos, Aina y yo nos parecemos, tenemos las mismas rarezas, en su casa me siento en casa, me encanta su madre, me gusta como huele, eso es algo muy de madre e hija.

Arranco el coche, sólo hay dos personas que pueden aclarar mis dudas.

22

Consecuencias

Salgo de la mansión a todo gas, intento tranquilizarme pero soy incapaz de hacerlo.

No quiero creerla, pero lo cierto es que todo encaja, la idea cada vez se solidifica más en mi cabeza.

Paro delante de la casa de mis padres, apago el motor y las escobillas no dejan de barrer la fuerte lluvía.

—¿Sarah, que vas a hacer?

—Cállate Aina —le pido de mala manera, suspiro y la miro—. Lo siento —la abrazo, no he debido hablarle así, ella también debe estar tan impactada como yo—, necesito pensar un momento, solo cállate.

Me separo de ella y le acaricio la mejilla, y en este momento, justo en este momento en que la miro a ella, pensando la gran chica que algún día será, es cuando el peso del mundo cae encima de mí.

Pablo, Pablo es mi hermano. Todo mi caos mental se eleva al cubo, siento que el corazón se me desgarra. Quiero a Pablo, me gusta estar con él, cuando nos besamos consiguió que me olvidara de todo, él logró apartarlo todo de mi mente, consiguió que mi cuaderno estuviera en blanco, aunque sólo fuera por una noche. Mis sentimientos por él me desgarran, me ahogo dentro del coche.

Sin dudarlo bajo del coche y voy a la puerta de casa de mis padres. Llamo a la puerta, en segundos mi padre aparece detrás de ella.

—¡Sarah! —intenta cogerme la mano y yo me aparto— Te estás empapando, entra.

—No —niego con la cabeza—, sal, tenemos que hablar.

—¿Qué ocurre?

—Sal.

Me doy media vuelta y me alejo de la puerta, del coche. El agua corre por mi cara, las gotas se amontonan en mis párpados y no me deja ver, el pelo se pega a mi cara empapado, pero ni siquiera este agua puede exorcizar mis demonios. Mi padre se acerca a mí con un paraguas y me rodea el brazo cubriéndome con él.

Siento un rechazo inmenso en mi interior, lo empujo por el pecho y lo aparto de mí.

—¿Es verdad? —le grito.

Me pongo la mano sobre los ojos a modo de visera, con el fin de poder verle bien. La cara de mi padre está descompuesta. Es verdad, me compraron como una mascota, como a un cachorro que ha crecido.

—¿Qué ocurre, Sarah?

—¡Dímelo! Dime si es verdad.

—¿Si es verdad el qué, Sarah?

Miro a mi padre y otra vez me parece un extraño, nuestra relación nunca acabó de cicatrizar, aunque sí de sangrar. Ya no le guardo ningún rencor, pero eso no cambia que nuestra relación aún no es la misma que antes de que mi madre enfermara. Si es que es mi madre, mi cabeza es una coctelera de ideas que se mueven de un lado a otro, sin llegar a mezclarse correctamente.

—¿Soy tu hija?

—¡Claro que eres mi hija!

—¡Mientes! Tu siempre me mientes —me acerco a él, *estúpido cobarde*, pienso llena de rabia, vuelvo a empujarlo del pecho—, deja de mentir ¡dímelo! —apenas puedo ver pero sé que no reacciona y le empujo otra vez—. ¿Me comprasteis? —pregunto escupiendo agua— ¿Me privasteis de mi verdadera familia?

Las palabras son puños golpeando mi corazón, me aparto el pelo empapado de la cara y mi padre me mira como miraría a una extraña, no dice nada.

—¿Ella está en casa? —digo apartándome en dirección a la casa.

Puede que mi padre no me diga la verdad, pero mi madre sí lo hará, ella no será capaz de mentirme a la cara, como tantas veces ha hecho él. No puedo fiarme de él, su palabra vale menos que nada.

Me coge del antebrazo y tira de mí.

—¿Has tomado algo, Sarah? —me zafo de su agarre no quiero ni que me toque, la cólera corre por mi cuerpo y me siento loca de rabia.

—Ella me dirá la verdad.

Aprieto la mandíbula con fuerza, tengo ganas de golpear algo, necesito desahogar toda la rabia que recorre mi cuerpo, tengo impulsos homicidas, la ira me corroe por completo.

Me giro de nuevo hacia la casa y vuelve a cogerme.

—No voy a permitir que alteres a tu madre.

—¡No es mi madre! —grito llena de dolor.

Me suelto de su agarre y vuelvo a empujarlo por el pecho, me coge la muñeca y tira de mí, el paraguas sale volando y me abraza. Toda la rabia se convierte en desesperación, pena y congoja. Empiezo a sollozar rota de dolor, superada por la pena, pisoteada ante la idea de que no sé quién soy, de que toda mi vida es una mentira tras otra. Una enorme y machacante mentira que me aplasta hasta convertirme en nada.

Me dejo caer al suelo rota pero mi padre no me suelta y se deja caer conmigo en medio de la calle, en plena tormenta. Las lágrimas se mezclan con la lluvia, todo mi cuerpo tiembla y él me abraza como lo haría un padre.

La congoja no me deja pronunciar palabra, de poder hacerlo tampoco sabría qué decir, supongo que preguntaría por qué, pero eso ya lo sé, así que preguntaría si tiene idea del dolor que ha provocado en una familia al arrancarme de los brazos de mi verdadera madre, al decirle que estaba muerta. Si tiene idea de la gran familia de la que me ha privado.

Le golpeo el pecho rota de dolor y sigo sollozando, de todas las veces que pensaba que estaba al filo del abismo ésta es la peor. He caído de cabeza, no sé quién soy y yo era lo único seguro en mi vida. Nada es más seguro que uno mismo, ni amigos, ni novios, ni familia, sino tú, tú eres la constante y yo no sé quién soy.

Me levanto del suelo y corro hasta el coche, me subo a él y pongo el seguro, por supuesto mi padre me sigue, pero yo soy más ágil, joven y rápida. Pongo el contacto, mi padre golpea el cristal con suavidad.

Empieza a hablar pero con el repiqueo de la lluvia no oigo nada, bajo el cristal un dedo, nada más que eso, con la esperanza de que al menos por una vez sea sincero conmigo.

—Sarah, no sé quién te ha dicho lo contrario, pero tu madre y yo somos tus padres —sigo sollozando y Aina me acaricia el brazo—, baja y hablemos, no conduzcas así Sarah, por favor, puedes tener un accidente. Entra y hablamos —sus palabras suenan desesperadas y atropelladas—, si no lo haces por ti, hazlo por Aina, no pongas en riesgo vuestras vidas —le miro a través del cristal, pone la mano abierta sobre él—. Mi vida, por favor, te juro que no te miento, no volveré a mentirte nunca más, te lo juro, no te vayas.

Pongo mi mano sobre la de él, con el cristal por medio, como símbolo de lo cerca y lo lejos que en realidad estamos el uno del otro. Le miro a los ojos, su expresión es tan desesperada como sus palabras.

—No te creo —digo mirándole a los ojos, con un hilo de voz que dudo que él pueda oír.

Miro hacia delante y enciendo el motor del coche. Golpea el cristal con fuerza, con intención de romperlo, vuelvo a mirarlo por última vez, no voy a permitirle que lo haga.

Arranco y me marcho.

Él tiene razón, no puedo conducir así, si no por mí al menos tengo que hacerlo por Aina. Conduzco sin rumbo fijo, pero sin ir a la carretera que me llevará a la autopista dirección Barcelona.

Paro en el descampado donde una vez follé con Eric, porque aquello no fue hacer el amor, aquello fue sexo, loco, duro, desesperado... Inolvidable. Mi móvil suena, corto la llamada, es mi padre, lo pongo en silencio. Me abrazo al volante llorando, ojalá Eric estuviera aquí, él nunca hubiera permitido esto, no mientras aún le importaba, al menos, quizás ahora le importaría tan poco como yo. En el pasado no hubiera dejado que nadie me hiriera con sus mentiras, podrían herirme con la verdad, pero nunca con una mentira y él estaría conmigo, sólo con su presencia, a pesar de todo, no me sentiría tan mal. Quizás me abrazaría y me prometería una protección que seguramente después no cumpliría, pero estoy segura que me tranquilizaría.

Los nervios y el frío me hacen temblar, pero no hago nada al respecto, sólo lloro y sollozo hasta quedarme extinta de lágrimas, que no de pena, de incomprensión o lamento. Pierdo la noción del tiempo.

—Sarah —oigo la lejana voz de Aina, me giro y la miro, había olvidado por completo que no estaba sola—, es Nayara —dice tendiéndome el móvil.

Además de una desconocida, soy despreciable. Derrumbarme de esta manera delante de una niña, cuando yo soy la adulta y debo mostrar entereza para que ella pueda sentirse segura.

—Siento muchísimo esto, Aina —digo cogiendo el móvil de su manita.

—No pasa nada, necesitas desahogarte, lo entiendo.

Le sonrío con pocas ganas, la madurez de Aina es impresionante. Siempre le digo las cosas malas, pero nunca alabo ninguna de sus virtudes, que también las tiene. Eso es muy injusto.

—Siempre te critico, no creas que lo hago con mala fe, sé que eres una pequeña gran persona.

—Sé que lo haces para que sea mejor, no porque quieras hacerme daño —dice mirándome con pena.

La abrazo, no puedo creer que la esté haciendo pasar por esto, y que ella sea tan madura de mostrar esa entereza al verme así.

—Tu padre tenía razón —digo separándome de ella para poder mirarla a la cara—, tienes la felicidad al alcance de la mano —le acaricio la mejilla—, eres muy madura y eso me hace sentirme muy orgullosa de ti.

Se le llenan los ojos de lágrimas y vuelve a abrazarme con fuerza.

Quisiera detener el tiempo en este momento, es un momento triste pero teniéndola a ella entre los brazos siento algún tipo de calidez. No tengo ni idea de cómo voy a superar esto, no quiero saber qué me espera al llegar a Barcelona, no quiero ni imaginar el día de mañana, ni los siguientes.

Estoy más perdida y desubicada de lo que he estado nunca, además me siento sucia, ruin, cada vez que pienso en Pablo tengo ganas de vomitar, pensando en que le besé, recordando lo mucho que me gustó, lo bien que me sentí con él al hacerlo, es mi hermano. ¿Puede haber algo peor?

El teléfono vibra en mi mano, me separo de Aina y miro la pantalla, es Nayara otra vez. Miro la hora en el salpicadero, madre mía, son las nueve de la noche. Con el cielo cubierto es difícil saber qué hora es. Seguramente se preguntará dónde estoy, puede que necesite el coche.

—Hola Nay.

—¿Qué ha pasado? —suena preocupada— ¿Dónde estás, Sarah?

—Estoy en Boira todavía, pero ya salgo para casa.

—¿Qué ha pasado? —pregunta atropelladamente— Tu padre me ha llamado, está muy preocupado por ti.

—¿Qué te ha dicho?

—Que te has presentado allí a media tarde como una loca, que le parecía que estabas drogada y que te has largado con el coche —me explica—, que Aina iba contigo. Estaba preocupado de que hubieras tenido un accidente, lleva horas llamándote y pensó que ya deberíais haber llegado, quería asegurarse que estabas bien.

—Estoy bien —miento.

—¿Qué ha pasado, Sarah? Porque eso de que te has drogado sé que no es cierto, se lo he dicho a él.

—Es una historia demasiado larga, tengo que llevar a Aina a casa, ya te contaré. ¿Te importa si te llevo el coche mañana?

Si voy esta noche a llevárselo me encontraré a Mariona, ahora no me siento capaz de enfrentarme a ella.

—El coche me da igual, quiero saber que estás bien, tu padre me ha asustado.

—Bah, no te rayes —intento quitarle importancia para que no se preocupe—, llámalo y dile que estoy bien, no quiero que siga agobiándote.

—¿Seguro que estás bien?

Siento un nudo en la garganta, no quiero empezar a llorar de nuevo.

—Sí —miento para que no se preocupe—, no tengo batería, se va a cortar, mañana hablamos.

Cuelgo el teléfono voy a apagarlo cuando llama Pablo, madre mía, no puedo hablar con él.

—Es tu hermano —le digo a Aina, *nuestro hermano*—, no le digas nada, dile que ahora te llevo a casa, pero por favor Aina —le suplico desesperada—, no le digas que hemos visto a tu abuela.

Le tiendo el móvil y ella lo coge, arranco el coche y me dirijo de vuelta a Barcelona. Aina hace lo que le he pedido, le dice a Pablo que estamos saliendo de Boira y que ya vamos para casa, hablan durante un tiempo, más bien discuten. Pablo quiere que me ponga al teléfono y le cuente qué pasa, desde mi asiento oigo sus voces pero Aina se mantiene en que estoy conduciendo y no puedo ponerme.

Cuando me lo devuelve lo apago, no quiero hablar con nadie, no quiero que nadie me hable.

Para mi sorpresa, Aina no me habla en todo el camino, no dice ni pio. No puedo creer que sea capaz de estar callada tanto tiempo, pero como no tengo ganas de hablar, ni nada que decir, no le digo nada y volvemos a Barcelona con calma y en silencio, sumidas en nuestros pensamientos.

La tormenta se ha disipado pero no deja de llover en todo el camino.

Al entrar en Barcelona le pido que no se lo diga a Pablo, que deje que yo busque las palabras para hablar con él mañana. Tengo que hablar con Natalia, ella es la única que puede ayudarme, ahora sí que necesito un psiquiatra, pero todavía más una amiga. Ella es la única que conoce toda la historia, hasta el detalle más humillante, la única que lo sabe todo, con ella no tengo ningún secreto. Es la única que puede ayudarme y espero que sepa qué hacer, que pueda ofrecerme un poco de paz mental, un poco de luz, porque sino no sé qué voy a hacer.

Paro enfrente de casa de Aina con la intención de acompañarla hasta la puerta y largarme, no quiero subir, no quiero ver a su madre y mucho menos a Pablo. Si nuestra relación ya estaba enrarecida esto va a ser una bomba nuclear.

Bajo del coche y lo rodeo para acompañar a Aina hasta el portal, aquí también está lloviendo aunque no tan fuerte como en Boira, aun así ella me da la mano y vamos deprisa para no mojarnos, aunque yo aún tengo la ropa mojada, al menos el pelo ya se me ha secado. No quiero mojarme de los pies a la cabeza de nuevo. Me acerco y entonces veo a Pablo de pie, apoyado en la puerta, esperándonos.

¡Madre mía, quiero morirme! Está enfadado, tiene un gesto enfadado que no le pega nada, sin embargo le sienta bien, está muy guapo, quiero darme una patada mental por ese pensamiento. Le suelto la mano a Aina y paro a medio camino, sin saber si darme la vuelta y largarme o qué hacer, Aina se para también.

—Por favor Aina, no se lo digas, sube, mañana vendré —digo mirando a Pablo que hace el amago de acercase a nosotras.

Aina vuelve los dos pasos que me ha adelantado y me abraza, me agacho para ponerme a su altura y la estrecho con fuerza.

—Te quiero —me susurra en el oído—, cuando estés mejor, verás que esto es lo mejor que podía pasarnos —me besa la mejilla y sale corriendo, huyendo de la lluvia.

Sin pensarlo dos veces doy media vuelta dispuesta a marcharme sin decirle ni media palabra a Pablo, si ayer no podía mirarlo a la cara, ahora sí que no puedo, es que no puedo.

—¡Tú! —oigo que me grita, pero eso no me detiene.

Voy hacia el coche corriendo, pero es una mala combinación, yo, correr, zapatos, suelo, lluvia…Me caigo de bruces antes de llegar a la carretera, donde está el coche de Nayara en doble fila.

Voy a levantarme, sabiendo que si Pablo viene a por mí se lo acabo de poner en bandeja, he perdido mi ventaja. Me coge de las axilas y me levanta del suelo, me obliga a girarme.

—¿Te has hecho daño? —me pregunta, sólo puedo negar con la cabeza.

Me acaricia la cara y la analiza, yo le miro, no puedo creer que Pablo sea mi hermano, mi intuición me dice que no lo es, que esto es una locura, una de verdad, pero mi cabeza dice que no me engañe a mí misma. Busco la verdad en su cara, no sé qué debe ver él en la mía pero su gesto se suaviza notoriamente.

—Entra en casa y hablemos, estás empapada, Sarah.

—No, no quiero ir a tu casa.

Me rodea los hombros y me empuja en dirección a su casa, pero no me muevo.

—Vamos al portal al menos, nos estamos mojando —se queja.

Pongo la mano en su pecho y me separo de él. Pablo está desconcertado, me mira lleno de duda y preocupación. El agua gotea de las puntas de su pelo, corre por su rostro, frunce los labios y después lame las gotas que mueren en su boca.

—Vete —le pido—, mañana hablamos, necesito tiempo para aclararme.

Coge la mano que tengo sobre su pecho con las dos manos, la mantiene ahí, puedo notar la cadencia de su corazón, bombea muy fuerte.

La lluvia sigue cayendo sobre nosotros, bañándonos, pero no me importa, no llueve tan fuerte como en Boira y no tengo problemas para mirarlo. Pensé que no podría mirarlo a la cara, lo único que quiero hacer es justamente eso, mirarlo, observar cómo me mira, cuando sepa la verdad nunca volverá a mirarme como lo hace ahora. No puedo creer que sienta inclinaciones románticas por mi hermano, estoy enferma.

—¿Qué ha pasado? Dímelo por favor, dime qué te pasa, preciosa.

¿Qué te pasa? La pregunta del millón. La última pregunta que necesitas oír cuando estás destrozado. Mi garganta se cierra, los ojos empiezan a escocer de nuevo, se supone que había dejado todas las lágrimas en Boira, pero éstas purgan por salir.

—Déjalo, por favor, Pablo —imploro al borde de empezar a llorar.

—Joder Sarah, dime qué te pasa por favor, dímelo.

Me mira suplicante, no puedo más, mi corazón desgarrado se rompe en un millón de trozos. Cojo su camiseta y lo acerco a mí, me acurruco en su pecho y él no duda un solo segundo en abrazarme. Me pongo a llorar como una niña pequeña, sollozo sobre su pecho, las lágrimas se mezclan con el agua de la lluvia sobre su camiseta. Se agacha y me coge las piernas, me coge en volandas, me tapo la cara con las manos y lloro sobre su pecho entre hipidos, inconsolable y rota.

La lluvia deja de bañarnos pero el frío está dentro de mí, no sólo por estar mojada, mi alma está helada.

Sorbo por la nariz y miro a mi alrededor, estamos dentro del portal. Paso la mano por la nuca de Pablo, de sus cabellos caen gotas de agua que cae sobre ella, me apoyo en su pecho, entre hipidos oigo la fuerte cadencia de su corazón, suena muy fuerte, como si quisiera escapar de su pecho.

Se apoya en la pared y se desliza por ella, hasta que los dos quedamos en el suelo abrazados, lloro encima suyo, rodeada por él, intentando impregnarme del calor que desprende su cuerpo, intentando que ese calor se filtre hasta mi interior.

—Ya está, cariño —dice besándome la cabeza—, sea lo que sea, no merece que estés así, Sarah.

Me habla con dulzura, con una dulzura que es un bálsamo, poco a poco me tranquilizo y la luz de la escalera se apaga, quedamos a oscuras. Cierro los ojos y me centro en el repique de su corazón, en su olor.

—Necesito saber qué te pasa Sarah, verte así me desgarra.

Saca el brazo de debajo de mis piernas, su mano va hasta mi cabeza, la pasa por el pelo y vuelve a besarme la cabeza de manera protectora. Me acaricia la cara y levanto la cabeza, solo veo su perfil.

—Ahora no puedo hablar, solo quiero que nos quedemos así un poco más, solo un poco.

Los dos nos quedamos en silencio, poco a poco me tranquilizo, la desesperación sigue dentro de mí pero ya no me siento tan mal. Pablo calienta mi alma helada, con su dulzura y protección me siento mejor y no quiero pensar en nada más que no sea en la sensación de bienestar que me proporciona.

La luz de la escalera se enciende. Levanto la cabeza y observo su rostro. Le aparto un mechón de pelo que tiene pegado a la cara, le echo el pelo mojado hacia atrás, observo cada rasgo de su cara como si lo viera por primera vez, las cejas rectas y castañas, sus ojos del color del caramelo líquido con manchas verdes alrededor de la pupila. Su mirada se ve inquieta, está preocupado, muy preocupado. La nariz chata, igual que la de Aina, su cara es cuadrada, Aina la tiene algo más redonda, pero se parecen mucho entre ellos.

—Dime qué ha pasado, Sarah. Necesito que me des una explicación, me he pasado toda la tarde llamándote, cuando he llegado del trabajo me he encontrado una nota de Aina que decía: Sarah y yo nos vamos de misión, deséanos suerte. Y ahora apareces así, rota, quiero ayudarte preciosa, dime qué te pasa, sea lo que sea yo lo arreglaré.

A pesar de que sus palabras son exigentes, el tono en que las dice no lo es, suena implorante. Mientras me habla observo sus labios, tiene unos labios muy perfilados, observo el movimiento, los incisivos centrales que sobresalen más que los demás dientes, ojalá sonriera, pero está preocupado y no lo hace.

Le dedico una triste sonrisa y le acaricio la mejilla. Deseo alargar el cuello y besarlo, volver a sentir el calor que sus besos me proporcionaron una vez. Le miro a los ojos y me recorre una sensación agradable, un cosquilleo se remueve por mi estómago, observo sus labios, anhelo besarlo, tan cerca como está. Como si leyera mi mente se inclina, su aliento me roza y cuando nuestros labios se rozan, me aparto azorada y le tapo la boca con la mano.

—¿Por qué, Sarah? —aparta mi mano de su boca y la mantiene cogida— Lo deseas, sé que lo deseas.

—¡No! —exclamo soltándome de su mano.

Estoy loca, no sé que tengo en la cabeza, sabiendo lo que sé, no debería mirar así a Pablo, no debería desear besarlo, me siento sucia. Estoy enferma.

Me levanto de encima de él con intención de marcharme, se levanta conmigo y me coge de la muñeca.

—¿Por qué no? —tira de mí para que me ponga enfrente de él— Estoy enamorado de ti Sarah, ya te lo dije, me colgué de ti el día que te vi y tu forma de ser me ha ido ganando día a día, hasta el punto de no poder pensar en otra cosa que no seas tú, daría cualquier cosa por ti Sarah, lo daría todo.

—Cállate Pablo, por favor, cállate —digo dándole la espalda.

Se pega a mi espalda, me coge de los hombros, sus manos me acarician los brazos.

—Sé que aún sientes algo por él —habla pegado a mi oreja, miro hacia la calle—, pero me da igual, conseguiré que lo olvides, puedo hacerlo, Sarah. He visto lo mal que te lo ha hecho pasar, yo nunca te haría eso —quiero que se calle de una vez, pero me mantengo quieta y muda—. Quizás nunca pueda darte todo lo que él puede ofrecerte, pero te dedicaré todo mi tiempo y mi amor, para mí eres lo primero, Sarah. Nunca antepondré nada a ti, nunca, te lo juro.

—No digas eso, por favor, cállate ya Pablo —imploro.

Me rodea y se pone delante de mí, no puedo mirarlo, me coge de las mejillas con ambas manos y me obliga a mirarlo.

—Es la verdad, Sarah.

—¡No! No lo es, crees que sientes eso por mí, pero no es verdad.

Esto es enfermizo, cuando Pablo sepa la verdad se le va a venir todo encima, tiene que callarse.

—Yo sé lo que siento —dice molesto—, ni te atrevas a menospreciar mis sentimientos.

Se inclina para besarme y yo me aparto como puedo, me suelto de su agarre y lo empujo con todas mis fuerzas.

—Déjame tranquila, me haces daño —siento como la congoja vuelve a atravesarme—. Mañana cuando salgamos de trabajar, vendré y hablaré con vosotros, con los tres —me mira herido, aligero el tono de voz al ver su rostro, me duele herirlo, me duele mucho—. No presiones a Aina por favor, esto es mío, le he pedido que no diga nada, no la presiones, le harás daño —le advierto—, dame tiempo y espacio.

Paso al lado de él en dirección a la puerta, la salida, me coge de la muñeca otra vez.

—¡Que no me toques, joder, Pablo! —exclamo asqueada de la situación.

Al momento me suelta y salgo corriendo, viene detrás de mí, impetuoso como su hermana.

—No vas a conducir así —dice en la puerta del coche.

¡Otro! Que amargura.... ¡Que me dejen tranquila! Me gusta conducir, me relaja.

—Déjame tranquila.

—Dame la llave, te llevaré a casa y no te diré nada más, pero no voy a dejar que te vayas así.

—No quiero ir contigo, quiero irme sola. ¡No quiero estar contigo, hostia!

Me mira como si le hubiera clavado un puñal.

—Me da igual lo que quieras, o me das las llaves o te vas en metro, pero así no conduces y punto.

Nos retamos con la mirada, cada uno enfadado con el otro. Le doy las llaves y rodeo el coche, me paso el camino mirando por ventanilla sin abrir la boca, él tampoco lo hace. Aparca el coche y nos bajamos, me da las llaves poniendo especial cuidado en no tocarme, un gesto que agradezco, bastante confundidas están las cosas ya.

—Espero que tengas una explicación para esto, Sarah, porque yo no soy un perro para que me trates así, hasta a un perro lo tratarías mejor que como me has tratado a mí, cuando lo único que quiero es ayudarte.

No le contesto, se da la vuelta y se marcha, yo también lo hago.

Al llegar a casa me doy cuenta que no hay nadie, son las doce de la noche, me extraña que Carla no esté en casa.

Me quito la ropa empapada y me doy una ducha caliente, intentando entrar en calor, esperando que me reconforte, pero no lo hace. Me pongo un pijama de entretiempo a pesar del calor que hacía ayer, hoy me siento helada. Me analizo frente al espejo y observo mi propio rostro como si fuera el de una desconocida. Mis ojos son marrones como los de la Macarena, pero muchísima gente tiene los ojos marrones, Pablo y Aina tienen la nariz chata, yo la tengo pequeña y fina, el pelo los tres lo tenemos ondulado, el de Pablo es más claro, pero Aina y yo lo tenemos de la misma tonalidad de castaño. Miro mis labios y el recuerdo de los labios de Pablo retuerce mis nervios, golpeo el espejo con la palma de la mano, tapando mi propio reflejo.

Me meto en la cama y doy vueltas sin poder dejar de pensar en todo lo acontecido. Cuando Carla llega a casa abre la puerta de mi habitación, me hago la dormida y en silencio la cierra. Me paso la noche dando vueltas sin llegar a conciliar el sueño.

33

Natalia

Me levanto aburrida de dar vueltas y comerme la cabeza. Paso un par de horas decidiendo qué voy a ponerme, se supone que debo hablar con mi nueva familia y decirles que soy yo, que la niña que hemos buscado tanto tiempo soy yo, qué locura. Al final opto por un pantalón pitillo, una camisa fina y los louboutin de tiras. Me maquillo con pocas ganas, no hay mucho que hacer con esta cara, se me ve la cara descompuesta, que es como me siento.

Cuando me voy de casa Carla ni se ha levantado. Al llegar a la consulta de Natalia no hay nadie, me quedo en la puerta, como un perro abandonado.

Espero que Natalia pueda ayudarme, porque sino no sé qué voy a hacer con mi vida.

Veo que Vicky, su ayudante, se acerca, cuando me ve mira la hora, debe pensar que soy una pesada.

—Hola, Vicky —la saludo cuando llega hasta a mí.

—Buenos días Sarah, has madrugado.

—¿Crees que Natalia tendrá un momento libre para que hablemos?

Abre la puerta de la portería y me indica que pase, entro dentro.

—No seas tonta Sarah, Natalia siempre tiene un momento libre para ti —llama al ascensor—, no creo que tarde en llegar.

Subimos a la segunda planta, que es donde Natalia y un colega de la profesión al que no he visto nunca, tienen consulta.

—Siento presentarme así otra vez —digo avergonzada—, pero hoy necesito hablar con ella de verdad.

—Ella te aprecia, no eres una paciente cualquiera, eres más bien como una amiga, no pensarás que se lleva a todas sus pacientes a tomar café y a comer, en lugar de hacer la consulta.

Eso es justo lo que necesitaba oír, nada puede reconfortarme en este momento, me siento mal, me siento sucia, me siento más perdida y a la deriva de lo que recuerdo.

—Yo también la aprecio mucho a ella.

Abre la puerta y vamos a su despacho, que es la sala de espera, junto a la consulta.

—Tienes mala cara —dice con gesto preocupado dejando sus cosas sobre el escritorio—, espérala en su despacho, iré a buscarte un café, tienes cara de necesitarlo.

—Muchas gracias.

Vicky va a buscar ese café, me quedo pensando si debo entrar o es mejor que la espere aquí fuera. Finalmente decido entrar, Vicky me ha dicho que lo haga, así que no creo que moleste a Natalia.

Abro la puerta del despacho y doy un grito, un grito de puro terror e incomprensión.

En el suelo está Natalia, pálida como un fantasma, sus labios están secos y morados, tiene los ojos inertes abiertos, he visto una mirada igual de vacía antes, sus ojos verdes no tienen brillo, no tienen vida. Me tiro al suelo, me pongo junto a ella, mi mano tiembla como lo haría un árbol en medio de un huracán, le toco el cuello, intentando buscarle el pulso, esta fría, muy fría

Me quedo en shock, completamente fuera de la realidad, *veo la muerte de una mujer*. No, no puede ser. Oigo un estallido, algo se rompe, creo que es mi corazón al darme cuenta que Natalia está muerta, que ya no está, que no podrá casarse, que no podrá ver crecer a su hijo, que no volveré a hablar con ella, que no podrá ayudar a nadie más como tanto me ha ayudado a mí. Me siento vacía, sola, desesperada, esto no puede ser, no puede ser, me repito una y otra vez.

—¿Sarah?

Aparto la mano de ella y la cierro en un puño, un puño tembloroso que me llevo al pecho, duele. Siento una fuerte presión en el pecho, como si me aplastara una apisonadora. En mi garganta se forma un nudo que no me deja respirar, mi pulso se acelera y todo a mi alrededor empieza desdibujarse, me concentro en seguir aquí. Miro la mirada inerte de Natalia e intento seguir respirando pero no puedo hacerlo, cojo grandes bocanadas de aire pero éste no llega a mis pulmones y siento que mi pecho va a estallar.

—¿Está muerta, Sarah?

Los oídos me zumban, apenas puedo escuchar lo que Vicky me pregunta, sigo intentado respirar pero no puedo. La ansiedad va a matarme, el pecho me duele muchísimo, creo que me está dando un infarto, voy a morir, Natalia está muerta, no puede ser.

Intento apartarme, ponerme en pie pero las piernas me flaquean y dejo de mirar a Natalia. Me apoyo en el suelo y aparto la vista de ella, no consigo respirar, no puedo centrar mi visión, veo los zapatos de Vicky, una taza junto a sus pies rota, el líquido marrón derramado. Intento centrar mi mirada en ese punto pero todo se desdibuja, se vuelve borroso, el mundo se detiene en este preciso segundo y veo unos puntos luminosos, después caigo en un enorme pozo negro y pierdo la conciencia.

Los oídos me zumban, oigo voces, alguien me está hablando, me llevo la mano al pecho dolorido e intento abrir los ojos, cojo aire con ganas, me ahogo, toso y alguien me pone de lado. Abro los ojos pero no consigo centrar mi mirada en nada, todo está borroso, estoy ida, un chico con el pelo a un lado y mirada bondadosa me habla. Puedo ver como mueve los labios pero no le oigo, no le entiendo. Me pone boca arriba y me toca la frente, hace luces con una linterna a un lado y a otro pero no puedo seguir la luz, va demasiado deprisa.

—Sarah, escúcheme.

¿Quién es? ¿Qué me pasa? *Natalia*, ese pensamiento me asalta, ella, ella está muerta, no, no puede ser, Natalia está muerta. Mi cuerpo empieza a temblar y se forma un nudo en mi garganta que no me deja respirar.

—Sarah, tranquilícese.

Niego con la cabeza, Natalia está muerta, voy a vomitar. Intento decírselo al chico pero no puedo hablar, no tengo aire en los pulmones. La presión sobre mi pecho crece, muevo la cabeza buscando aire, todo se mueve a trompicones, el aire sigue sin llegar a mis pulmones por muy fuerte que inspire.

El chico coge mi cara a ambos lados y hace que me centre en él, le miro atemorizada respirando rápido y entrecortadamente, no me llega el oxígeno.

—Intente respirar, Sarah —le miro y hago lo que me pide pero no puedo hacerlo, me ahogo—, hágalo conmigo, puede hacerlo —no puedo—, escúcheme —afirmo con la cabeza aterrada—, tranquilícese y trate de respirar despacio, poco a poco.

283

El recuerdo de Eric me aborda. Una vez hice esto con él, él me ayudó a respirar, miro al chico, pero lo que veo es la mirada azul de Eric preocupado por mí, entonces yo le importaba. *Respira nena*, oigo su voz rasgada en mi cabeza, *poco a poco, vamos Sarah, hazlo conmigo*. Puedo ver sus labios, entonces su aliento me acariciaba la cara, me concentro en ese recuerdo y mi garganta se dilata, el aire entra de nuevo, pero Eric ya no está y ahora Natalia tampoco.

No sé qué voy a hacer sin ella. Ella era mi ancla, era mi amiga, mi consejera, mi confidente, la única que me entendía y no me juzgaba. La presión en el pecho vuelve, veo una fugaz sonrisa de Eric, las pequeñas arrugas en las comisuras de sus pecaminosos y perfectos labios. *Tranquilízate preciosa*, Eric nunca me llamaba preciosa, es Pablo quien siempre me llamaba así.

—Muy bien, lo está haciendo muy bien.

Vuelvo a la realidad y miro al chico que me coge de la cara, mi boca empieza a salivar, me lamo los labios secos.

—Voy a vomitar —digo en un hilo de voz apenas audible.

El chico se separa un momento de mí, intento ponerme en pie pero las extremidades no me funcionan. Se pone detrás de mí y me ayuda a incorporarme, me apoyo en su pecho y con manos temblorosas cojo la bolsa que me tiende, me la pongo en la boca. Doy arcadas dentro de la bolsa, mi estómago se contrae dolorosamente, la acidez de la bilis sube por mi estómago, hasta mi garganta, para acabar dentro de la bolsa en espasmos dolorosos, saco todo lo que tengo dentro y un poquito más.

El chico detrás de mí me tiende una botella de agua, me enjuago la boca con ella y la escupo dentro de la bolsa, dejo la botella en el suelo y me tiende un pañuelo. Mientras me limpio la boca, me fijo en lo que está pasando a mi alrededor. Estoy en la sala de espera de la consulta de Natalia, la Policía no deja de pasar a un lado y otro delante de mí, miro en dirección al despacho de Natalia. Su cuerpo sigue allí, pero ahora está cubierto.

—Debería acompañarnos para que le hagamos una revisión, si no se ve capaz de caminar podemos llevarla en camilla.

—¿Está muerta?

—Sí.

Quiero ponerme en pie pero no puedo, gateo hasta el escritorio de Vicky y me apoyo en él. No quiero ver el despacho de Natalia, no lo entiendo, Natalia era tan vital, estaba tan llena de vida, no lo entiendo.

—¿Cree que podrá caminar, Sarah? —me sigue el chico.

—¿Qué ha pasado?

—Ha sufrido un sincope, se ha desmayado, seguramente debido a un ataque de pánico al encontrar el cuerpo de la Doctora.

Intento procesar la información en mi cabeza, mi cerebro está embotado, me cuesta asimilar tantas palabras, me siento medio ida.

—No, no me ha entendido —ahora ya puedo centrar mi mirada en un punto, miro sus ojos—. ¿De qué ha muerto?

—Tiene un fuerte traumatismo en la cabeza, se desangró.

Afirmo con la cabeza procesando la información, no lo comprendo.

—No lo entiendo —digo con simplicidad.

—Sarah, acompáñeme al hospital. Podemos avisar a alguien para que esté con usted —me ofrece—, mientras le hacemos algunas pruebas, para comprobar que está bien.

¿Avisar a alguien? ¿A quién? Tapada con una sábana está la única persona con la que podía hablar, la única con la que no tenía ningún secreto, mi amiga y confidente. Mis padres son unos padres falsos, Eric me odia, Pablo es mi hermano y nos hemos besado, él incluso cree estar enamorado de mí, Nayara estará con Mariona, ya no tengo amigos, ojalá pudiera llamar a Laura, ojalá ella estuviera aquí. No me queda nada.

—No quiero ir al hospital, quiero que me explique qué le ha pasado a Natalia, no lo entiendo. Ella estaba bien, ayer por la mañana estuve ahí dentro con ella —señalo el despacho— y estaba perfectamente.

—Alguien la golpeó, parece que ha habido un forcejeo.

Eso sí que no lo entiendo.

—¿Me está diciendo que alguien la ha matado?

—Sí, al parecer así es.

Las manos empiezan a temblarme de nuevo y la presión del pecho se hace más pesada.

—¿Por qué? —pregunto sin comprender.

—Sarah, la Policía quiere hablar con usted, pero insisto en que primero me acompañe al hospital.

—¡No! —exclamo— No voy a ir a ninguna parte.

—Como quiera, ahora vendrá un policía a tomarle declaración, estaremos por aquí, si se siente mal dígaselo a él y la atenderemos.

Afirmo con la cabeza y el muchacho se va. Paso las manos temblorosas por la cara y me aparto el pelo. Mil preguntas se amontonan en mi cabeza mientras intento buscarle sentido a lo que está ocurriendo.

Esta mañana iba a ser una mañana de mierda, como ya empieza a ser habitual... Pero esto, con esto no puedo, no puedo creer que Natalia ya no esté, que esté muerta. Esa información no soy capaz de procesarla... ¡La han matado! No entiendo por qué alguien iba a querer matarla, ella ayudaba a la gente, me ayudaba a mí.

Un hombre se pone en cuclillas delante de mí.

—¿Se encuentra bien, Sarah?

Niego con la cabeza, me fijo en el policía; va vestido de calle, de unos cuarenta años, tiene varias cicatrices pequeñas en la cara, ya había visto antes a este hombre y no me gustó.

—Le conozco.

—Sí, soy el detective Ortiz, hablamos hace algunas semanas, cuando encontró el cadáver del padre de su amigo en tan extrañas circunstancias.

—Sí, ahora le recuerdo, usted no fue muy amable conmigo.

Me sonríe, pero el gesto no le llega a los ojos. Este hombre está atormentado y puedo entender el motivo, con tanta muerte a su alrededor.

—Tiene mala cara, Sarah.

—¿Qué le ha pasado a Natalia? —ignoro su comentario.

—Alguien la ha atacado, tiene un traumatismo en la parte posterior del cráneo.

—¿Por qué?

—Todavía no lo sé, pero le aseguro que lo descubriré.

—Ella era una buena mujer, ayudaba a la gente, no comprendo cómo alguien puede hacer algo así.

—¿Por qué estaba usted aquí esta mañana? La recepcionista nos ha dicho que no tenía visita.

—No —miro en otra dirección buscando el motivo, buscando las palabras—, yo no debí venir esta mañana. Ayer sucedió algo que me impacto enormemente, ahora me parece una nimiedad, pero no he podido dormir pensando en ello, estaba desesperada, necesitaba hablar con ella. Natalia siempre me escucha, me aconseja y no me juzga. Ella era mi amiga y ahora no está —vuelvo a mirarlo a los ojos—. ¿Sabe una cosa, Detective Ortiz? No lo entiendo —niego con la cabeza—, no puedo creerlo, sólo quiero despertar.

Frío y Calor

—No va a despertar, Sarah.

—Quisiera hacerlo, desearía que esto fuera otra pesadilla de fantasmas.

—¿De fantasmas, eh?

No me fio de este hombre, él sabe mi secreto, Aina habló más de la cuenta con él.

—No lo entiendo —vuelvo a repetir, puede que lo repita un millón de veces, pero nunca lo entenderé.

—Deberá acompañarme a comisaria.

—De acuerdo.

Se pone de pie, pero no estoy segura de poder hacer lo mismo.

—¿Podría ayudarme, por favor? —demando tendiéndole una mano algo temblorosa.

Me ayuda a levantarme y al hacerlo siento vértigo, con la mano libre me cojo a la mesa para no caer de nuevo. El detective Ortiz me coge de la cintura.

—Debería ir al hospital antes de venir a comisaría.

—No, prefiero irme con usted, ya me encuentro mejor.

El detective Ortiz obviamente se compadece de mí, no me trata con la chulería ni la soberbia de nuestro primer encuentro. En realidad me da igual, sólo quiero que me ayude a comprender por qué Natalia está muerta. No soy capaz de comprenderlo, no podré hacerlo nunca, incluso aunque tuviera al asesino delante y me diera una explicación seguiría sin entenderlo.

En comisaria me pregunta por mi relación con Natalia, le explico todo, que la conocí cuando tenía pesadillas, que ella me ayudo con hipnosis a pasar por ese proceso, que después trató a Mariona, que por ello nuestra relación se estrechó.

Antes de ser su paciente ya nos conocíamos, aún no éramos amigas, pero ella trataba a Eric desde hacía años y pensaba que yo era buena para él. Así que alguna vez habíamos quedado para comer o tomar un café y hablar sobre él.

Le explico lo mucho que me reconfortaba hablar con ella, que ella conocía a Eric mejor que yo, mejor que nadie seguramente. Le explico el incidente en el cumpleaños de Nayara y cómo después de eso, Eric me instó en hacer terapia.

Natalia no quería tratarme, decía que yo no lo necesitaba, aun así yo acudía cada viernes a su consulta y a principio de semana hacíamos algo

287

juntas, ir a comer, a tomar café, de tiendas... Como esta misma mañana me ha dicho Vicky, yo no era una paciente en regla, entre nosotras existía cierta amistad, no era una relación estricta doctor-paciente. Yo le contaba mis cosas pero ella también me hablaba de las suyas, como estoy segura que no hablaba con sus otros pacientes; incluso en una ocasión estuve con ella y su hijo.

—¿Por qué fue esta mañana a verla?

—Pablo.

—¿El hijo de Antoni Carbonell?

—Sí, Aina y yo fuimos a ver a su abuela, ella me dijo que era la niña desaparecida, supongo que comprende por qué no he podido dormir, por qué me sentía tan desesperada por hablar con Natalia. Ella es mi ancla, necesitaba su consejo, pero ya no está.

—No se preocupe, encontraremos al culpable.

—Eso no la hará volver. ¿Han avisado a su pareja? Tiene un hijo pequeño, un hijo que se ha quedado huérfano.

—Su marido ayer por la noche denunció su desaparición, ha hablado con un compañero. Vaya a casa y descanse, si surge alguna cosa tengo su número y dirección.

—No es su marido, estaba esperando la anualidad eclesiástica para casarse.

—Entiendo.

—Detective Ortiz —paso la mano por la mesa y cojo la suya—, manténgame informada, por favor, necesito entenderlo.

—Lo haré —dice palmeándome la mano.

Afirmo con la cabeza, parece un hombre diferente que con el que hablé el otro día.

Salgo de la sala de interrogatorio y me quedo sentada en una de las sillas de plástico que tienen en la entrada.

Estoy abatida, perdida, rota. La gente se mueve a mi alrededor, el mundo sigue funcionando a pesar de que yo sienta que se ha detenido. Saco el móvil del bolso y lo acaricio pensando en si debo llamar a Eric o no.

Me quedo allí sentada acariciando mi móvil por tiempo indefinido.

—Sarah —me saca alguien del trance, alzo la cabeza y es Ortiz—. ¿Qué hace todavía aquí?

Miro el reloj, son las tres del mediodía, no sé cuánto hace que hemos acabado el interrogatorio, pero han pasado horas.

—No estoy segura de hacia dónde debo ir.

—Vamos, la llevaré a casa, lo que debe hacer es descansar.

Me pongo en pie pero las piernas me tiemblan y vuelvo a sentarme, las tengo dormidas de no moverlas, éstas envían calambrazos de lo más desagradables y dolorosos.

—Quizás sea mejor que la lleve al hospital.

—No, no es necesario que me lleve a ninguna parte, llamaré un taxi.

Me coge del brazo y me ayuda a levantarme, me dejo arrastrar por él. Cuando me mete en el coche le pido que me lleve a casa, no quiero ir al hospital, ellos no pueden solucionar lo que me pasa.

Me deja en el portal de Eric, entro dentro sabiendo que él no estará en casa.

—Hola, señorita Sarah —me saluda cordialmente Pau, como siempre—. ¿Se encuentra bien?

—¿Sabes si Isabel está en casa de Eric?

—Sí, está arriba.

—Avísala que estoy subiendo, por favor.

Sigo mi camino hasta el ascensor, subo a casa de Eric y mi aspecto debe ser horrible porque Isabel se pone histérica en cuanto me ve.

—No pasa nada Isabel, no te preocupes —le aseguro acariciándole el brazo con voz rota.

—¿Qué te ha pasado?

—Necesito tumbarme un rato —le digo con una mueca—, no quiero que avises a Eric de que estoy aquí, necesito descansar y no tengo prisa.

—¿Quieres que te prepare algo, cielo?

La palabra cielo hace reacción en mí. Cuando era pequeña mi madre me llamaba así, ahora que vuelve a ser ella también lo hace, yo misma lo digo a menudo.

El peso de lo que ha ocurrido esta mañana cae sobre mí, siento un nudo en la garganta, sé que cuando empiece no voy a parar, pero ya no puedo detenerlo. Me abrazo a esta buena mujer que tan bien me ha tratado siempre y rompo a llorar desconsoladamente en sus brazos.

Después de un largo rato Isabel me conduce a la habitación de Eric.

Nos sentamos en la cama y las lágrimas siguen corriendo por mis mejillas.

—¿Qué te pasa, Sarah?

—No puedo decírtelo, primero debo hablar con Eric.

—Le diré que estás aquí.

—No —la cojo de la mano para que no lo haga—, llevo dos días sin dormir, necesito tiempo.

—Sarah, estoy muy preocupada, parece que te haya atropellado un tráiler y haya dado marcha atrás para volver a pisarte.

—Me siento como si después de eso hubiese vuelto a pasar por encima de mí —contesto sincera—. ¿Podrías prepararme algo que relaje los nervios, por favor?

—Claro que sí —me acaricia la cara con un gesto de preocupación.

Se levanta y sale de la habitación, yo también me levanto, voy al vestidor, cojo una camisa usada de Eric e inspiro su aroma. ¡Cuánto lo he echado de menos! Me la pongo encima de la ropa, estoy destemplada. Abotono la camisa de camino a la cama y me quito los zapatos. Me quedo mirando la enorme cama de Eric, la abro y me meto en su lado, vuelvo a inspirar su aroma en la almohada y me cubro con la sábana.

Isabel vuelve y me tiende una pastilla, me la tomo con una tila sin preguntar qué es y me dejo caer en la cama de nuevo.

—Por favor Isabel, llama al trabajo, pregunta por Dani que es mi jefe, dile que estoy enferma.

—No te preocupes por eso ahora, tienes que descansar.

Se queda aquí, sentada conmigo en silencio, hasta que me duermo.

Me quedo profundamente dormida, sin sueños, despierto cuando me zarandean. Abro los ojos y veo la mirada del hombre al que a veces odio, el hombre al que amo. La mirada azul de Eric es puro hielo, aun así es atractivo hasta hartarse, tiene la mandíbula tensa y sus labios gruesos forman una línea recta.

Estúpida de mí y de mi cabeza, había distorsionado su imagen.

—¿Qué cojones haces en mi cama, Sarah? ¿Te has cansado de calentar la de Pablo y vuelves a la mía?

Se incorpora y me mira desde su más de metro noventa, yo también me incorporo y me siento en la cama, me toco la cara intentando despejarme, no sé qué me ha dado Isabel, pero me ha dejado fuera de juego.

—Y tienes la poca vergüenza de ponerte mi ropa. ¿Qué te crees que voy a caer en esa provocación? No me gustan las cosas de segunda mano y menos las tías como tú.

Me desarropo para que vea que estoy vestida.

—Tenía frío, por eso me he puesto tu camisa —le aclaro.

Soy consciente de lo que me ha dicho, pero yo sí que no quiero entrar en su provocación. No quiero discutir con Eric, debo decirle que Natalia ha muerto y no sé cómo hacerlo. Yo misma no acabo de asimilarlo y lo he visto con mis propios ojos.

—¿Qué haces aquí? —me pregunta, pero no me deja contestar— Te advierto que ahora ya lo sé todo.

—¿Todo? —intento comprender.

—Sí, me habían llegado los rumores, no quería creerlo, preferí confiar en ti, te juro que quería creerte, a pesar de todo —me da la espalda y le da una patada a la mesita de noche que se rompe, doy un salto sorprendida por esa reacción. La lamparita cae al suelo rompiéndose también, los pedazos salen en todas direcciones—. ¡He sido tan estúpido por confiar en ti! —exclama colérico.

No me gusta esto, Eric está muy rabioso, la última vez que le vi me dio un empujón y Pablo pasó más de una semana con el ojo izquierdo morado.

—Tranquilízate Eric —le pido en tono sosegado, a pesar de que no me siento tranquila después de ese ataque de ira—. ¿Qué rumores?

—¿Qué rumores van a ser? Por lo visto, en tu trabajo no se habla de otra cosa que de lo cornudo que soy.

—¿De qué estás hablado? —pregunto confundida.

—No te hagas la inocente conmigo, Sarah. Sal de mi cama ahora mismo, no quiero que la ensucies.

Me coge del brazo y me levanta de la cama, esa corriente ya olvidada hormiguea en mi brazo, me mira con desdén y se lleva el puño a la boca, me suelta de un empujón con sumo desprecio. Siento que mi corazón atormentado y herido se resquebraja aún más, no puedo creer que quede algún trozo entero por romperse.

No he debido venir aquí.

—Yo nunca te he engañado —me defiendo a pesar de mi mal estar.

—Ahora lo sé todo Sarah, no sigas mintiendo y dilo, sé que te besaste con él con todo el descaro en la fiesta de Nayara, ni siquiera me dijiste que fuiste con él.

Esto tiene el sello inconfundible de Mariona, es como una garrapata que nunca podré sacarme de encima. Le cojo la cara para que me mire y de un manotazo me la aparta.

—No me toques —dice con un gesto de asco que se clava como una aguja en mi corazón.

—Vale, no te toco, pero mírame.

Le da una patada a los trozos de lamparita, doy un brinco. Espero a que me mire y finalmente lo hace. El estómago se me retuerce sólo por tenerlo tan cerca de nuevo, *ojalá me creyeras Eric, ojalá.*

—Es cierto, fui con él, pero yo nunca te he engañado, sé quién te ha dicho que nos vio besarnos, pero ella miente. No entiendo por qué sigue haciéndolo, porque tú y yo ya no estamos juntos, que es lo que ella ha querido desde el principio, pero te miente.

Sus ojos se clavan en los míos, se acerca a mí demasiado rápido y me coge de los brazos.

—¿Te has tirado a Pablo?

—No.

—¿Os habéis enrollado?

Mierda.

—Han pasado muchas cosas.

—¡No me jodas, Sarah! —se exaspera— Me dejaste tirado hace unas semanas no años, o te has enrollado con él o no lo has hecho.

—La otra noche salimos de fiesta y nos besamos.

Me suelta de un empujón que me hace caer sobre la cama, como si mi contacto le quemara. Se da la vuelta para que no le vea la cara.

—Lo siento Eric, Pablo me ha ayudado mucho, salimos, bebimos, me besó y le correspondí.

—Lárgate de mi casa —dice dándome la espalda.

—Tú y yo ya no estábamos juntos, me has hecho mucho daño, Eric.

—¡¿Crees que tú a mí no?! —vocifera.

Se gira y me mira. Ahora sí tengo miedo de que me haga daño, está colérico, ahora sin Natalia no sé quién va a calmarlo y controlarlo.

—Lo siento —agacho la cabeza y vuelvo a mirarlo—, espero que te des cuenta que te he dicho la verdad, no te he mentido, nunca te he engañado con nadie, cuando nos besamos ya no estábamos juntos. Mariona te ha estado mintiendo, ha estado metiendo mierda entre nosotros para conseguir esto —señalo el suelo—. Puedes felicitarla mañana de mi parte en el trabajo, eso si no os veis antes, porque he leído por ahí que estáis juntos y no te he pedido ni una sola explicación, a pesar de que también podría hacerlo.

Eric no dice nada y yo no tengo más que añadir. Me doy la vuelta, huelo la camisa por última vez, puede que no vuelva a ver a Eric nunca más. No va a perdonarme que haya besado a Pablo, no importa si estábamos juntos o no, para él es una traición de todos modos y tampoco puedo culparlo, no debí besarlo.

Me quito la camisa y la dejo sobre la cama, recojo mis zapatos y voy a salir de la habitación cuando me coge del brazo, sin ningún tacto o cariño. Me hace parar junto a él, miro al frente y trago saliva.

—¿Por qué estás aquí?

Giro la cabeza y lo miro, así no, así no se lo puedo decir.

—No importa, sólo quería decirte algo, pero ya no puedo decírtelo. Suéltame el brazo, por favor.

Me suelta y salgo de la habitación, me asomo a la cocina para despedirme de Isabel pero no está aquí, me apoyo en la isleta de la cocina y me pongo los zapatos. Acaricio el mármol recordando, hubo momentos en que creí que podía funcionar, momentos en los que funcionó, aunque fuera por poco tiempo.

Voy a irme cuando Eric vuelve a interceptarme en el recibidor.

—¿Te vas con él, verdad? —dice en tono contenido.

—No —digo mirando la puerta de salida—, me voy a casa de Carla, que es donde estoy durmiendo desde que me fui de aquí.

—¿Por qué has venido, Sarah?

—No puedo decírtelo, ya te enterarás.

—No —dice rotuno—, me lo vas a decir.

—Acabo de tragar mucha mierda de tu parte, puede que no haya hecho las cosas bien, pero tampoco me merezco como me has tratado. He sido sincera contigo, te he pedido disculpas y no tengo más que añadir.

—Quiero que me lo digas y después te largues.

Me giro y lo encaro, intenta retenerme para darse el gusto de echarme, para hacerme daño, sólo quiere hacerme daño.

Eric ya no tiene nada bueno que ofrecerme, si es que en algún momento lo tuvo. Somos agua y aceite y siempre lo seremos, nunca podremos estar juntos por más que me duela. Tampoco sé si a él le importa eso, y esa es una herida que no ha dejado de sangrar en este tiempo.

Niego con la cabeza observando sus ojos de hielo, *te echo de menos*, pienso. Me giro de nuevo hacia la puerta, cojo el pomo y la abro. Eric pasa un brazo delante de mi cabeza y la cierra de un golpe.

—Dímelo y lárgate —repite.

Vuelvo la cabeza y le miro de nuevo.

—Así no, Eric. Lo que venía a decirte no es agradable, tenía la esperanza de que pudiéramos pasar por esto juntos, quería decírtelo yo —se me forma un nudo en la garganta. No quiero llorar delante de él, pero las lágrimas pugnan por salir, me giro hacia la puerta—, pensé que me ayudarías a entenderlo. Idiota de mí, pensé que podríamos apoyarnos el uno en el otro, que quedaría algo bueno en ti para mí, pero no es así. Déjame salir.

Las lágrimas corren por mis mejillas.

—¡Dímelo! —me grita.

—¡Natalia ha muerto! —le grito de vuelta, las lágrimas contenidas salen de mis ojos.

No puedo creer lo que acabo de decir, no puedo creer que sea cierto. Eric baja el brazo, necesito huir, alejarme de esa verdad.

Ayer mi vida se desmoronaba, había perdido el rumbo. Ahora está completamente destruida, Natalia ha muerto y me siento desubicada, perdida, triste y rota, completamente rota.

Cojo el pomo de la puerta y la abro, huyo sin volver la vista atrás.

Epílogo

Dos días después

Entramos en comisaria. Me acerco a Eric para que me rodee con el brazo, Nayara me ha llamado conmocionada porque querían interrogar a Sarah por el asesinato de Natalia, minutos después me han llamado a mí. Cuando le he dicho a Eric que tenía que venir a comisaria, resultó que también lo han citado a él. La oportunidad perfecta para que ella nos vea juntos. Con un poco de suerte ya estará aquí, no ha sido fácil distanciarlos, no voy a permitir que un encuentro deshaga todo lo que con tanto esfuerzo me ha costado conseguir.

Eric está justo donde debe estar, junto a mí y lejos de Sarah.

Un policía nos acompaña a una sala de interrogatorios, me agarro a Eric más fuerte, agacha la cabeza y me mira.

—¿Estás bien, Mariona? —me pregunta, afirmo con la cabeza mirando los ojos de Carlos— Todo irá bien —me asegura.

Vamos hacia la sala, en el pasillo sentada en una silla veo a Sarah, ella aún no ha reparado en nosotros, sólo mira al frente, parece que esté ida. En cuanto Eric la ve noto como se tensa junto a mí, deja de caminar una fracción de segundo mirándola, le cojo más fuerte para que no me suelte, ella tiene que vernos juntos, cuanta más distancia entre ellos mejor para mí. Necesito que Eric se olvide de ella de una vez por todas.

Sarah se frota la cara con las manos y gira la cabeza, nos ve, su cara está descompuesta, está blanca a pesar del tono cobrizo de su piel, sus ojos están hinchados como si llevara horas llorando, rodeados de unas enormes ojeras. Está hecha un desastre, desecha, me mira y después mira a Eric, sus ojos empiezan a brillar.

Eric se separa de mí y corre hacia ella, Sarah se levanta de la silla y se abrazan, la abraza como jamás me ha abrazado a mí. Duele.

La observo, va con unas mallas y una sudadera con capucha nada apropiada para un septiembre tan caluroso. Su mirada se encuentra con la mía, gira la cabeza al otro lado sin soltar a Eric.

—¿Estás bien? —pregunta Eric inclinándose para verle la cara sin soltarla.

—No —le contesta Sarah negando con la cabeza, se cubre la cara con las manos y rompe a llorar como una niña, haciéndose la víctima, "eso lo he inventado yo" pienso—, Natalia está muerta. Alguien la ha asesinado, no lo entiendo, Eric —dice entre sollozos—. No consigo entenderlo por más que me esfuerzo.

Eric le besa la cabeza y sigue abrazándola, meciéndola, susurrando palabras que yo no puedo oír.

Esto va a estropearlo todo, no puedo permitirlo, tengo que hacer algo, si hablan son capaces de solucionar las cosas entre ellos. Sarah es capaz de descubrirme, ya lo ha intentado otras veces.

Un policía se acerca a nosotros, a diferencia del que nos ha conducido hasta el pasillo, éste no lleva el uniforme de Policía.

—Lamento que debamos vernos de nuevo, Sarah —dice estrechando su mano. Cuando la suelta nos mira, a Eric y después a mí, dos pasos detrás de ellos—. Soy el detective Ortiz, necesito hacerles algunas preguntas a los tres —abre la puerta—, si son tan amables de pasar.

Sarah y Eric se miran a los ojos aún abrazados. No, no, no voy a permitir que esto pase. Entran en la sala, Eric ni siquiera se preocupa de que entre con ellos, Sarah ocupa toda su atención, como lo detesto, pienso llena de rabia.

—Si me lo permite —le digo al agente—, necesito hacer una llamada, sólo será un minuto.

—Un minuto señorita Prat, debemos empezar.

Me giro y le doy la espalda, no necesito más de un minuto para abrir un glacial entre esos dos.

Cojo mi teléfono móvil, hace muchos días que tengo este número guardado, esperando el mejor momento para utilizarlo. Ese momento ha llegado.

—¿Diga?

—Soy una amiga de Sarah, tiene problemas. Está en la comisaria, me ha pedido que te llamara para que vinieras a buscarla, ella te necesita.

—¿Ella quiere que yo vaya? —me cuestiona el muy idiota.

—Está destrozada, dice que sólo tú puedes ayudarla, que sólo tú puedes consolarla. Te necesita más que nunca, Pablo —miento.

—¿Ella está bien? —demanda el muy ingenuo.

—No, no lo está. Te necesita.

Cuelgo el teléfono y sonrío, el muy idiota no dudará ni un momento en venir, en cuanto Eric lo vea se acabó la tregua, se acabaron las miraditas y la compasión. Al verlo recordará las traiciones de Sarah. Me he encargado de que se entere de todos los rumores que circulan sobre ellos, incluso e añadido algo de mi propia cosecha para que Eric se dé cuenta de que Sarah no es para él.

En el amor y en la guerra todo vale.

Contengo mi regocijo por esta jugada maestra. Entro dentro de la sala con mi mejor careta de pobre niña desvalida. Me siento junto a Eric y le cojo de la mano, ese gesto no pasa inadvertido para Sarah. ¡Bien!

Agradecimientos:

Quiero dar las gracias al pueblo de Cazalilla (Jaén), por la ilusión y las ganas con las que recibieron *Agua y Aceite*, especialmente a mi prima Rosa y a Montse por regalarme uno de los momentos más emocionantes de mi vida. Al ayuntamiento, a su alcalde Manuel Raya junto a Prodecan y el club de lectura de Cazalilla, por hacer posible el evento. A todos los asistentes, tanto de Cazalilla como de alrededores y sus clubes de lectura. Me sentí en casa. Gracias.

A mi amiga Luisa no sólo por la mayor declaración de amor que me harán nunca, también por estar conmigo en cada paso de esta aventura. Gracias por tu apoyo, cariño, generosidad y sinceridad. Eres una amiga.

De nuevo gracias a les Bruixes. Miri, gracias por corregirme, por estar siempre ahí para mí siempre. Dolors, gracias por ser mi "Comunity Manager", por pisar el acelerador por mí, cuando mi timidez e inseguridad me frena. Os quiero mil.

Un enorme gracias a mi amiga Vir por corregirme, por el mimo y dedicación con el que ha tratado *Frío y Calor*. También a mi Huesitos por su ayuda, por romperse la cabeza conmigo y dar saltitos junto a mí. A mis Enriquetas, somos una piña.

Gracias a las Teresianas por volcarse y leer *Agua y Aceite* con tanto cariño, por ser las primeras en leerlo y comentarlo, por vuestro apoyo. A Antonia y Julia por hacerme un hueco en Sant Jordi, cumpliendo así uno de mis sueños.

Por supuesto dar las gracias a mi familia. Por todo, por estar ahí en las buenas y sobretodo en las malas, por el apoyo que he recibido desde el principio. A mi tía Juana por todo lo que ha hecho por mí a lo largo de mi vida. ¡Te quiero mucho, con todas las letras! También a mi familia política, por apoyarme tanto y demostrarme todo su cariño.

Quiero agradecer muchísimo a todos los que confiasteis en mí y me disteis una oportunidad con *Agua y Aceite*, sin conocerme de nada, sin saber que ibais a encontrar. Siguen llegándome muchos mensajes y comentarios que en muchas ocasiones llegan a emocionarme, he conocido a gente estupenda e increíble. Espero que todos podáis seguir disfrutando de *Frío y Calor* y que la espera de *Noche y Día* se os haga eterna, pues querrá decir que lo esperáis con ansias.

Gracias a todos, de corazón:

Gina

Gina Peral nació un doce de diciembre en Vilanova i la Geltrú (Barcelona).

Tímida, creativa e impaciente, es amante de la literatura romántica, el cine y los animales.

Se define como una soñadora experta.

Frío y Calor es su segunda novela, con la que espera no defraudar a sus lectores y llegar a otros nuevos hasta hacer realidad el mayor de sus sueños: Ser Escritora.